DÉJÀ VU

MARIUSZ TRYNKA

DÉJÀ VU

EINE REISE JENSEITS DER ZEIT

KRAKAU 2025

MT

Erste Ausgabe, Krakau 2025
Selbstverlag des Autors (Self-Publishing)

Umschlaggestaltung: Łukasz Dziedzic
Titel des Buches: „Déjà Vu – Eine Reise jenseits der Zeit“
Lektorat & Korrektorat: Ralf Weißkamp / Lenne Lektorat
Satz und Layout: Łukasz Dziedzic

ISBN: 978-83-975812-0-3

Weitere Bücher des Autors finden Sie unter www.mariusztrynka.com.

Für Joanna –
für deine Geduld, deine Fürsorge und deine Stärke,
für all die Stunden, die du meinen Worten geschenkt hast,
obwohl sie unsere hätten sein können.

PROLOG

Das Konferenzzimmer erinnerte ihn an einen Gerichtssaal. Einen, in dem das Urteil bereits gefällt war. Er presste die Handflächen gegen die kühle Tischplatte und blickte zu den Holzpaneelen hinauf, die unter dem kalten Neonlicht verblassten – Licht, das von der Decke strahlte wie in einem Verhörraum. Ihm gegenüber saßen sie – zwei Gestalten, deren Gesichter sich seinem Blick hartnäckig entzogen. Wo Augen sein sollten, waren nur Schatten – geworfen von dem kalten Licht. Wo Münder sprechen sollten, verschwammen die Konturen zu unklaren Umrissen. Es war, als blickte er durch einen Schleier – als weigerte sich sein Geist, ihre Gesichtszüge zu erkennen. Die eine Gestalt strahlte eine Kälte aus, die den ganzen Raum erfüllte. Ein Mann, soweit er ihn an seinem makellosen Anzug erkennen konnte. Er trug seine Autorität wie eine Rüstung. Neben ihm eine zweite Figur – definitiv weiblich, elegant, perfekt arrangiert, mit einem falschen Lächeln, das er eher spürte als sah.

Elías hatte sich bewusst einfach gekleidet. Nun fühlte er sich nackt unter ihren unsichtbaren Blicken. Wie ein Schuljunge, der seine Hausaufgaben nicht gemacht hatte.

«Fünf Tage Funkstille», begann die erste Gestalt ohne Umschweife, die Stimme scharf und schneidend. «Nach einem Experiment, das unsere gesamte Investition rechtfertigen sollte.»

Die Worte trafen ihn wie physische Schläge. Elías versuchte zu antworten, aber seine Stimme klang schwach und unsicher, als er sich rechtfertigte.

«Das Experiment war ein Erfolg – aber auch ein Schock …»

«Ein Schock?» Die zweite Gestalt schaltete sich ein, und obwohl er ihr Gesicht nicht sehen konnte, spürte er die kalte Präzision ihrer Aufmerksamkeit. Der Stift in ihrer Hand erschien ihm wie ein Skalpell. «Welche Art von Daten haben Sie gesammelt?»

Er stammelte etwas von Visionen und von Einsichten. Aber mit jedem Wort spürte er, wie die Atmosphäre im Raum kälter wurde, wie ihre Geduld schwand.

«Visionen?» Die erste Gestalt lehnte sich zurück, und obwohl Elías ihre Augen nicht sehen konnte, fühlte er, wie sie sich zu Schlitzen verengten und ihn musterten.

«Wir haben nicht Millionen investiert, um über Fantasieprodukte zu sprechen.»

Die Luft im Raum wurde dünner. Elías spürte, wie sich Schweiß auf seiner Stirn bildete. Die gesichtslosen Gestalten vor ihm wirkten noch bedrohlicher. Vielleicht, weil er ihre Reaktionen nicht ablesen konnte. Jede Antwort, die er gab, schien ins Leere zu fallen und von unsichtbaren Richtern beurteilt zu werden.

«Sie sprechen in Rätseln», fuhr die erste Gestalt fort, ihre Stimme wurde schärfer, schneidender. «Das ist nicht die Transparenz, die wir vereinbart hatten.»

Elías versuchte zu erklären, zu beschwichtigen, aber sie unterbrachen ihn, zerschnitten seine Worte wie mit Messern. Die zweite Gestalt notierte jeden seiner Fehltritte, jede Unschärfe in seinen Antworten, obwohl er nicht sehen konnte, was sie schrieb. Ihm war, als würde ihr verzerrter Mund höhnisch grinsen.

«Sie verhalten sich wie ein Mann, der mehr weiß, als er zugibt», sagte die erste Gestalt, und obwohl er ihre Augen nicht sehen konnte, spürte er abermals ihren prüfenden Blick. Wie das Gesicht eines Raubtiers, das seine Beute bewertet. «Das macht mich ... unruhig.»

Die Drohung war subtil, aber unmissverständlich. Elías fühlte, wie sich ein Netz um ihn zusammenzog. Die Wände des Raums rückten von Sekunde zu Sekunde näher. Die gesichtslosen Gestalten schienen zu wachsen und ihre Schatten länger zu werden. Er wollte fliehen, aufspringen, den Raum verlassen, aber seine Beine gehorchten ihm nicht. Jeder seiner Bewegungen fühlte sich an, als wäre er in Gelee eingetaucht.

«Der Markt wartet nicht», sagte die erste Gestalt kalt. «Die Konkurrenz schläft nicht. Ich erwarte innerhalb von zwei Wochen einen detaillierten Bericht. Mit konkreten Anwendungsmöglichkeiten. Mit Ergebnissen, die unsere Investition rechtfertigen.»

Die Worte fielen auf ihn nieder wie Steine. Zwei Wochen. Ergebnisse. Rechtfertigung. Er hatte nichts, was er ihnen geben konnte. Er wusste nicht einmal, wovon sie sprachen.

«Ich habe den Eindruck», fuhr die Gestalt fort und er spürte die eisige Berechnung in ihrer Haltung, «dass Sie eine Agenda haben, die über unsere Vereinbarung hinausgeht. Das macht mich sehr nervös.»

Die Gestalt beugte sich vor, und plötzlich füllte ihre unsichtbare Präsenz den ganzen Raum aus – bedrohlich, allgegenwärtig und erbarmungslos.

«Denken Sie daran: Wir entscheiden, was Sache ist. Nicht Sie.»

Elías wollte schreien, wollte protestieren, aber seine Stimme versagte. Die gesichtslosen Gestalten erhoben sich, ihre Schatten warfen sich über ihn wie finstere Engel. Er war gefangen in diesem sterilen Raum, zwischen Menschen ohne Gesichter, die ihn kauften und verkauften wie eine Ware.

Sie verließen den Raum, aber ihre Präsenz blieb. Ihre unsichtbaren Augen brannten noch immer in seinem Bewusstsein. In der plötzlichen Stille hörte er nur sein eigenes Herz rasen, spürte nur die kalte Gewissheit, dass er einen Streit begonnen hatte, den er nicht gewinnen konnte.

Er musste hier raus. Musste fliehen. Musste ...

Sein rasender Herzschlag riss ihn wie eine Rettungsleine aus dem Albtraum. Er fuhr hoch, atmete schnell, fast panisch. Kalter Schweiß klebte an seiner Haut.

Aber irgendetwas stimmte nicht. Sein Schlafzimmer – das Zimmer, das ihm seit Jahren so vertraut war – erschien ihm fremd. Die Schatten der Möbel wirkten falsch, verschoben, als gehörten sie nicht hierher. Das vertraute Mondlicht, das normalerweise durch die Vorhänge fiel, schien heute aus einer anderen Richtung zu kommen.

Dann sah er sie. Zwei Schatten an der Wand gegenüber seinem Bett – eines Mannes und einer Frau. Aber das war unmöglich, denn es gab keine Lichtquelle, die solche Schatten hätte werfen können. Trotzdem wuchsen sie, wurden größer und größer, streckten sich über die Wand hinauf bis zur Decke und drängten darüber hinaus, als wollten sie den ganzen Raum verschlingen.

«Wir entscheiden, was Sache ist. Nicht Sie.»

Die Stimme kam von überall und nirgends. Aus den Wänden, aus der Luft, aus seinem eigenen Kopf. Die Schatten pulsierten im Rhythmus seines rasenden Herzschlags.

Der schrille Weckerton zerriss die Illusion wie einen Schleier. Elías fuhr erneut hoch, diesmal war er vollständig wach. Die Schatten waren verschwunden und sein Schlafzimmer sah wieder normal aus. Er tastete nach dem Wecker. 07:68 Uhr, zeigte das Display. Erschrocken wischte er sich die Augen und sah noch einmal hin: 07:28 Uhr. Seine Nerven lagen blank, aber der Adrenalinspiegel senkte sich bereits wieder.

Draußen vor seinem Fenster erwachte Barcelona zum Leben und die ersten Sonnenstrahlen krochen über die Dächer der Stadt. Er atmete tief durch, rieb sich die Augen. Ein Traum. Es war nur ein Traum. Aber so lebendig, dass er noch immer die Kälte jener gesichtslosen Personen spürte, die ihn verurteilt hatten.

„Wir entscheiden, was Sache ist. Nicht Sie.“

Die Worte hallten noch nach, während er unter die Dusche ging und sich hastig anzog. Ein merkwürdiger Traum für jemanden, der heute einen freien Tag genießen wollte. Der zum Tauchen an die Costa Blanca fahren wollte. Menschen ohne Gesichter, die über sein Schicksal entschieden. Er packte seine Tauchausrüstung, verdrängte die letzten Bilder des Albtraums. Heute würde er die stille Schönheit der Unterwasserwelt genießen, weit weg von sterilen Konferenzräumen und Menschen, die glaubten, andere kaufen zu können. Aber als er seine Wohnung verließ, blieb ein Gefühl zurück – eine Warnung vielleicht, oder eine Vorahnung. Manche Träume, dachte er, während er die Treppe hinunterlief, fühlten sich einfach zu real an.

KAPITEL 1

Das Wasser umschloss ihn wie ein zweites Bewusstsein.

Elías glitt durch die türkise Tiefe des Mittelmeers vor der Küste Alteas. Seine Bewegungen waren präzise und mühelos, sein Fokus nach außen gekehrt. Hier unten, zwischen den Felswänden und wogenden Seegrasfeldern, löste sich alles andere auf. Die E-Mails, die Diagramme und die endlosen Diskussionen im Labor existierten hier nicht. Unter Wasser weilte nur der Moment. Das rhythmische Atemgeräusch, das durch den Regulator pulsierte, der sanfte Widerstand gegen seine Flossen und das gedämpfte Spiel des Lichts formten eine abstrakte Welt der Schwerelosigkeit. Er hatte sich angewöhnt, einmal im Monat hierherzukommen – nicht als Tourist, nicht als Sportler, sondern als Suchender. Wonach, das hätte er nicht genau benennen können – vielleicht nach Stille oder nach klaren Gedanken. Womöglich nach einer Ordnung, die sich nicht in Theorien oder Formeln fassen ließ.

Die Mittelmeerströmung schob ihn sachte vorwärts. Er justierte seinen Auftriebskompensator, um über einem dichten Posidoniafeld zu schweben. Die langen Seegräser neigten sich synchron im Rhythmus des Wassers, wie Neuronen, die auf einen simultanen Reiz reagierten. *Ja, wie Neuronen*, dachte er. Das war Elías Fachgebiet. Eine Region unter vielen im dreidimensionalen Geflecht des Gehirns, die er seit Jahren kartografierte. Und doch stieß er immer wieder auf anomale Muster – besonders bei spontanen Déjà-vu-Erlebnissen seiner freiwilligen Probanden.

Er navigierte mit bedächtigen Bewegungen um einen kleinen Felsvorsprung herum. Darunter öffnete sich eine natürliche Grotte, kaum mehr als eine Ausbuchtung im Gestein. Das schräg einfallende Sonnenlicht brach sich in wellenförmigen Mustern auf dem sandigen Grund, als würde jemand unsichtbare Fäden durch das Wasser ziehen. Elías hielt inne und kontrollierte seinen Tiefenmesser. Achtzehn Meter. Der Druck war angenehm, fast beruhigend, auf seine eigene Art. Das Meer übte eine gleichmäßige Kraft auf jeden Quadratzentimeter seines Körpers aus. Es war ein kontinuierlicher Kontakt, was andere vielleicht als feste Umarmung beschrieben hätten. Doch Elías dachte nicht in solchen Bildern. Für ihn war es Biologie, Physik, Mathematik und präzise berechenbare Verhältnisse. Sein Verstand blieb auch hier unten analytisch, wenn auch insgesamt etwas ruhiger als an Land.

Ein Schwarm silbriger Fische schoss vor ihm vorbei und änderte seine Formation wie ein einziger Organismus. Elías beobachtete die fließende Geometrie ihrer Bewegung, wie sie sich teilten, zusammenfanden und wieder auseinanderströmten. Eine kollektive Intelligenz ohne zentrales Nervensystem. Es erinnerte ihn an die Oszillationsmuster im präfrontalen Kortex, die er seit

Monaten studierte. Neuronale Netzwerke, die sich selbst organisierten, ohne erkennbare Anweisung. Er folgte dem Schwarm mit Abstand und tauchte tiefer in die Grotte. Der Felsüberhang darüber filterte das Licht zu einem diffusen Schimmer. Kleine Planktonpartikel tanzten im Wasser wie Staubkörner in einem Sonnenstrahl. Ihre zufälligen Bewegungen bildeten vorübergehende Muster, die sich sofort wieder auflösten. Es war Chaos und Ordnung in einem ständigen Wechsel.

Das Licht veränderte sich plötzlich, als eine Wolke über der Wasseroberfläche vorbeizog. Die Helligkeitsschwankung ließ die Umrisse der Unterwasserlandschaft trudeln. Elías blieb bewegungslos im Wasser stehen, die Flossen kaum merklich seinen Körper ausbalancierend.

Etwas stimmte nicht. Oder vielmehr stimmte etwas zu sehr.

Ein seltsames Flirren erfasste seine Wahrnehmung. Die Felsformation vor ihm, der spezielle Lichteinfall, die Neigung des Grundes. Alles wirkte plötzlich ... bekannt. Nicht im Sinne von Wiedererkennung, denn er war zum ersten Mal an diesem Tauchplatz. Es war etwas anderes. Als hätte er diesen exakten Moment schon einmal erlebt, in präzise dieser Konfiguration.

Déjà-vu unter Wasser? Der Gedanke huschte durch seinen Kopf, während er versuchte, das Phänomen zu analysieren. In seiner Forschung hatte er Hunderte solcher Episoden dokumentiert und die elektrischen Signale gemessen, die sie begleiteten. Aber selbst eines zu erleben, hier in der Tiefe des Mittelmeers, fernab aller Laborinstrumente – das war anders. Kein theoretisches Konstrukt mehr, sondern etwas unmittelbar Greifbares. Seine Hände schienen für einen Augenblick nicht mehr ihm zu gehören, während die Zeit zu stottern schien, dann wieder zu fließen wie ein Film mit fehlenden Einzelbildern. Sein Puls beschleunigte sich. Der Druckausgleich in seinem Mittelohr fühlte sich seltsam an, als würde er gleichzeitig steigen und sinken. *Daten.* Er bräuchte Daten, um diesen Zustand zu verstehen, dachte er. Doch alles, was er hatte, war seine eigene Wahrnehmung – das wohl am wenigsten zuverlässige Instrument.

Er atmete bewusst langsam, kontrollierte den Auftrieb. Das Gefühl verblasste so schnell, wie es gekommen war – ein Flackern an der Grenze seiner Wahrnehmung, dann war es wieder fort. Zurück blieb nur eine leichte Desorientierung, wie nach einem plötzlichen Höhenwechsel, der den Gleichgewichtssinn störte. Elías betrachtete seine Hand vor dem blauen Hintergrund. Sie war real und gegenwärtig. Die Membran zwischen Vergangenheit und Gegenwart war wieder intakt. Die Wissenschaft bot dafür eine simple Erklärung: Es war eine temporäre Verzögerung zwischen Wahrnehmung und Bewusstsein, vielleicht ausgelöst durch den Druckunterschied oder die ungewohnte Umgebung. Sein

Gehirn hatte zwei parallele Verarbeitungspfade kurzzeitig entkoppelt. Nichts Mysteriöses. Und doch ...

Er löste sich vom Felsen und setzte seinen Weg fort, tiefer hinein in die endlose Stille des Meeres. Das Unterwasserlicht malte wandernde Muster auf seinen Neoprenanzug, während er durch einen Tunnel aus Blasen tauchte, die sein Atemgerät hinterließ. Jede einzelne eine perfekte Sphäre, bis sie sich verformte und mit anderen verschmolz. Die Strömung wurde stärker und trug ihn sanft vorwärts, als würde er die Zeit bewegen und nicht die Zeit ihn. Die über Jahrtausende geglätteten Kanten des Felsens zur Linken jedoch zeugten unmissverständlich von einem entgegengesetzten Kräfteverhältnis. Elías folgte ihrem Verlauf mit der linken Hand, ließ die Fingerspitzen über die kühle Oberfläche gleiten.

Ein weiteres Déjà-vu hatte er nicht mehr. Doch die Erinnerung an das Gefühl blieb, wie ein Nachbild auf der Netzhaut nach einem grellen Blitz. In seinem Labor in Barcelona hatte er eine Theorie entwickelt, dass solche Phänomene keine Fehlschaltungen waren, sondern Hinweise auf eine fundamentalere Struktur der Zeitwahrnehmung. Die meisten seiner Kollegen hielten das für Spekulation, einige sogar für völligen Unsinn. Für sie waren Déjà-vus lediglich neuronale Glitches – falsche Signalausgaben des Gehirns. Sie waren interessant, aber ansonsten ohne tiefere Bedeutung.

Der Tauchcomputer an seinem Handgelenk piepte leise. Es war Zeit für den Aufstieg. Die physikalischen Grenzen des menschlichen Körpers holten ihn ein. Er prüfte seinen Luftvorrat, dann begann er langsam nach oben zu steigen. Meter um Meter trieb er hinauf, mit der notwendigen Geduld, die der Druckausgleich erforderte. Über ihm zeichnete sich bereits die Wasseroberfläche ab, ein schimmernder Spiegel zwischen zwei Welten. Elías tauchte hindurch wie durch eine Membran, zurück in die andere Realität. Und dann bemerkte er sie im Augenwinkel. Eine Gestalt durchstieß den Wasserspiegel, nur wenige Meter rechts von ihm, nahezu zeitgleich.

Elías spürte die warmen Holzbohlen unter seinen Füßen, als er aus dem Wasser auf den Tauchsteg von Altea kletterte. Die Mittagssonne brannte auf seinen Schultern, während das kalte Salzwasser von seinem schwarzen Neoprenanzug rann und sich in kleinen Pfützen auf den Holzbohlen sammelte.

Er löste den Verschluss an seiner Maske und streifte sie ab. Die Welt oberhalb der Wasserlinie erschien ihm plötzlich zu grell, zu laut und zu voll von unnötigen Details. Mit geübten Handgriffen entledigte er sich des Atemgerätes und der

Pressluftflasche, platzierte die Ausrüstung mit methodischer Sorgfalt auf der dafür vorgesehenen Bank. Die anderen Taucher der Gruppe waren bereits früher zurückgekehrt – sie hatten sich für die flachere Route entschieden, während er allein die Tiefere erkundet hatte, und so war es ihm lieber. Ohne die blitzenden Kameras, ohne die aufgeregten Gesten und ohne die übertriebenen Beschreibungen von Fischen, die vermutlich halb so groß waren wie behauptet.

Er zog den Reißverschluss des Neoprenanzugs zur Hälfte herunter und ließ die warme Mittelmeerluft seine Haut trocknen. Die leichte Brise fühlte sich angenehm auf seinem feuchten Oberkörper an. Er schloss kurz die Augen, versuchte, das Gefühl der Schwerelosigkeit noch einen Moment länger festzuhalten. Doch es verflüchtigte sich bereits, verdrängt von der Schwerkraft, die seine Muskeln wieder beanspruchte, und von den Gedanken, die gleichzeitig zurückkehrten – an Experimente, Daten und Deadlines. Und an den Vortrag in Leipzig.

Als er die Augen wieder öffnete, bemerkte er sie. Eine schlanke Frau in einem dunkelblauen Neoprenanzug kniete etwa drei Meter entfernt auf den Holzbohlen des Stegs. Sie war gerade dabei, ihre Flossen abzuspülen. Das Wasser tropfte von ihren Fingern zurück ins Meer. Ihr nasses Haar glänzte im Sonnenlicht, braun mit einem Hauch von Kastanie. Sie musste etwa in seinem Alter sein, vielleicht Anfang vierzig, mit markanten Wangenknochen und einer gerade, fast klassisch wirkenden Nase. Ihre Haut hatte einen relativ blassen Ton, der im mediterranen Raum unüblich war. Etwas an ihren Gesichtszügen – die Form ihrer Augen vielleicht – deutete auf eine Herkunft irgendwo zwischen Mittel- und Osteuropa hin. Eine Touristin womöglich, wie viele aus der Gruppe.

Sie blickte auf, als spürte sie seinen Blick, und für einen kurzen Augenblick trafen sich ihre Augen. Dunkelbraun, beinahe schwarz in der hellen Sonne, mit einer Direktheit, die ihn überraschte. Kein verlegenes Wegsehen und kein soziales Lächeln. Nur eine ruhige und neugierige Aufmerksamkeit.

Elías nickte knapp, eine höfliche Geste zwischen Tauchern. Er hatte nicht vor, ein Gespräch mit ihr zu beginnen. Die Frau erwiderte das Nicken mit einem leichten Lächeln, das ihre Augen erreichte, bevor sie sich wieder ihren Flossen widmete.

«Warst du an der Grotte?», fragte sie plötzlich, ohne aufzusehen. Ihre Stimme hatte einen leichten Akzent, den er nicht sofort zuordnen konnte, womöglich osteuropäisch, vielleicht slowakisch oder polnisch. Elías zögerte kurz. Small Talk war nicht seine Stärke, besonders nicht nach der stillen Intimität des Tauchgangs. Er bevorzugte die Klarheit wissenschaftlicher Konzepte gegenüber der Unschärfe menschlicher Interaktionen. Doch die Frage war präzise, auf den Tauchgang bezogen und somit für ihn auch akzeptabel.

«Ja», antwortete er schließlich. «Die Strömung war dort stärker als erwartet.»

«Die Wasserqualität war auch nicht ideal», sagte sie, während sie ihre Ausrüstung methodisch ordnete. «Zu viele Schwebstoffe an der nordöstlichen Wand.» Ihre Bewegungen waren effizient und präzise, ohne Hast, aber auch ohne überflüssige Gesten – ähnlich seiner eigenen Art.

«Hast du den Schwarm Barrakudas gesehen?» Sie blickte wieder auf, ihre dunklen Augen direkt auf ihn gerichtet.

«Nein. Nur kleinere Fischschwärme in der Nähe des Überhangs.»

«Du hast etwas verpasst.» Sie lächelte wieder, diesmal breiter. «Sie kamen von Osten, vielleicht zwanzig Fische in Formation. Wie ein riesiger, silberner Pfeil durch das Blau des Wassers.»

Elías nickte nur, denn er hatte keine vergleichbare Beschreibung anzubieten. Er hatte die Fischschwärme weniger als Naturschauspiel, sondern mehr als Muster wahrgenommen, als lebende Geometrie.

Sie stand auf und trat näher, ihre Haltung entspannt, aber nicht aufdringlich. «Ich bin Lena», sagte sie schlicht, ohne ihre Hand auszustrecken – eine Geste, die in der Situation, beide noch in tropfenden Neoprenanzügen, ohnehin unpassend gewesen wäre.

«Elías», erwiderte er.

«Bist du zum ersten Mal in Altea?»

«Zum Tauchen ja. Aber ich kenne die Costa Blanca ansonsten ganz gut.»

Sie nickte, als hätte sie diese Antwort erwartet. «Ich bin etwa einmal im Monat hier. Es hat etwas Beruhigendes», sagte sie. «Dieser Ort. Die Regelmäßigkeit. Wie ein Ritual.»

Er fand es seltsam, wie präzise diese Aussage sein eigenes Empfinden traf. Das Tauchen war für ihn keine sportliche Herausforderung oder ein Abenteuer im üblichen Sinne. Es war eine Art Kalibrierung, ein Zurücksetzen des präfrontalen Kortex.

«Beruflich oder privat hier?», fragte er, obwohl ihm eigentlich gleichgültig war, was die Frau nach Altea führte.

«Beides», antwortete Lena. «Ich arbeite in der Immobilienbranche. Hauptsächlich in Valencia und Umgebung, aber auch hier an der Küste.» Sie ordnete ihre Worte ähnlich sorgfältig wie ihre Ausrüstung, ohne unnötige Details.

Elías spürte, dass sie auf ein Gegenstück zu ihrer Antwort wartete, und aus einem Reflex heraus sagte er: «Ich bin Neurowissenschaftler, an der Universität Barcelona.»

Ihr Blick veränderte sich, wurde fokussierter, als hätte er plötzlich ein tieferes Interesse geweckt. «Wirklich? Welcher Bereich?»

«Temporale Kognition. Zeitwahrnehmung, vereinfacht gesagt.»

Lena lächelte, als würde sie über etwas nachdenken, das über dieses Gespräch hinausging. «Zeit unter Wasser fühlt sich anders an, findest du nicht? Nicht langsamer oder schneller – einfach ... anders.»

Die Bemerkung überraschte ihn. Es war keine Floskel, sondern eine Beobachtung, die einem echten Interesse entstammte.

«Ja», sagte er und stellte fest, dass er mehr sagen wollte. «Die Veränderung des sensorischen Inputs verändert die Zeitmessung des Gehirns. Ohne die üblichen Ankerpunkte – Geräusche, Bewegungen, soziale Signale – erzeugt das Bewusstsein eine andere temporale Landkarte.»

Er unterbrach sich. Plötzlich war er sich bewusst geworden, dass er in den Dozentenmodus verfallen war. Doch Lena zeigte keine Anzeichen von Langeweile oder höflicher Geduld. Ihr Blick blieb aufmerksam und interessiert.

«Eine temporale Landkarte», wiederholte sie langsam. «Das ist ein schönes Bild.»

Elías räusperte sich leicht. «Nur eine vereinfachte Analogie.»

Lena trocknete ihre Hände an einem kleinen Handtuch, das an ihrem Gürtel hing. «Ich habe noch eine Stunde, bevor ich nach Valencia zurückmuss», sagte sie beiläufig. «Es gibt da ein Café auf halbem Weg zum Hafen. Guter Kaffee, noch besserer Ausblick. Falls du Lust hast.»

Die Einladung kam so direkt und ohne Umschweife, dass Elías für einen Moment nicht wusste, wie er darauf reagieren sollte. Ihr Blick war weder fordernd noch erwartungsvoll – nur offen und präsent. Er stellte fest, dass etwas in ihm tatsächlich darauf eingehen wollte. Aber das war ein Teil von ihm, der selten zu Wort kam.

«Danke, aber ich muss zurück nach Barcelona», hörte er sich sagen. «Ich bereite gerade einen Vortrag für ein Symposium in Leipzig vor.»

«Leipzig», wiederholte sie mit einem leichten Nicken. «Schöne Stadt. Gute Akustik in der Oper.»

Er hätte erwartet, dass ihre Miene einen Hauch von Enttäuschung zeigen würde oder zumindest die höfliche Maske, die Menschen aufsetzen, wenn sie abgewiesen werden. Doch da war nichts dergleichen. Ihr Gesicht blieb offen und interessiert – als hätte sie seine Antwort lediglich als Information aufgenommen, nicht als Zurückweisung.

«Viel Erfolg mit deinem Vortrag», sagte sie einfach. Dann packte sie ihre Sachen zusammen, methodisch und ohne Eile. Bevor sie ging, drehte sie sich noch einmal um. «Vielleicht tauchen wir ja wieder mal gemeinsam ab – dort unten redet sowieso keiner.»

Mit diesen Worten, diesem verbalen Seitenhieb und einem letzten Lächeln, das etwas Wissendes hatte, wandte sie sich ab und ging den Steg entlang in Richtung Ufer, die Tauchausrüstung mühelos über der Schulter tragend. Elías schaute ihr nach, länger als nötig. Etwas an dieser Begegnung hallte in ihm nach, wie ein mentales Echo. Er zwang sich, den Gedanken abzubrechen, und konzentrierte sich wieder auf das methodische Verstauen seiner Tauchausrüstung. Erst als er fertig war und selbst den Steg verließ, fiel ihm auf, dass er nicht einmal ihren Nachnamen kannte – und ein Teil von ihm bedauerte es. Jener Teil, der selten zu Wort kam.

Barcelona empfing Elías mit der vertrauten Mischung aus Luft, die nach Mittelmeer roch und dem urbanen Rhythmus einer spanischen Großstadt. Die Dämmerung legte sich bereits über das Eixample-Viertel, als er die Tür zu seiner Wohnung aufschloss. Der Raum hinter der Schwelle war in diffuses Licht getaucht. Die letzten Sonnenstrahlen fielen durch die hohen Fenster an der Westseite und zeichneten längliche Rechtecke auf den polierten Parkettboden. Die Wohnung war ein Ort klarer Formen. Moderne Möbel aus hellem Holz in skandinavischem Stil, reduzierte Innenarchitektur und funktionale Arrangements – alles ohne dekorative oder sentimentale Objekte. Die wenigen Bilder an den Wänden waren keine persönlichen Erinnerungen, sondern abstrakte Kompositionen. Sie wirkten wie Studien in Geometrie und Proportionalität. Eine Wohnung, die eher wie ein Labor als ein Zuhause wirkte.

Elías stellte seine Tasche ab und trat ans Fenster. Barcelona breitete sich unter ihm aus, das Straßenraster mit den charakteristischen abgeschrägten Ecken. Es war Cerdàs Vision einer Stadt der Vernunft und Geometrie. Ildelfons Cerdà hatte diese Stadterweiterung Mitte des neunzehnten Jahrhunderts konzipiert. Die Rationalität, die zur Poesie wurde – bis heute als Meisterleistung geltend, wenn man sie aus hinreichender Distanz betrachtete.

Er löste sich vom Fenster und bewegte sich durch den Raum mit der Präzision eines Uhrwerks. Er betätigte den Schalter der minimalistischen Stehlampe in der Ecke, ging zum Kühlschrank, aus dem er eine Wasserflasche entnahm, und dann weiter zum Arbeitszimmer.

Hier, in seinem inneren Heiligtum, wurden die klaren Linien der Wohnung von einer kontrollierten Unordnung abgelöst. Es war sofort erkennbar, dass dieser Raum für seine Reinigungskraft tabu war. Bücher und Fachzeitschriften stapelten sich auf dem Schreibtisch. Papiere mit handschriftlichen Notizen bedeckten eine

Korkwand. Auf mehreren Bildschirmen liefen EEG-Kurven in Endlosschleife, farbige Linien, die wie abstrakte Gebirgslandschaften wirkten. Eine besonders markante Gruppe hatte er mit einem roten Rahmen hervorgehoben:

„Unregelmäßige Oszillationen im frontalen Kortex, aufgezeichnet während spontaner Déjà-vu-Episoden bei Versuchsperson 17b."

Elías nahm auf seinem ergonomischen Stuhl Platz und aktivierte den Hauptbildschirm. Seine Finger glitten über die Tastatur und mit dem Mauszeiger rief er Dateien auf. Er öffnete verschiedene Tabellen und Diagramme. Dann arbeitete er methodisch, Schritt für Schritt, doch irgendetwas störte seinen gewohnten Rhythmus. Ein Gefühl der Unruhe breitete sich aus, wie ein leichtes Jucken an einer Stelle, die man nicht erreichen kann. Nach zwei Stunden konzentrierter Arbeit lehnte er sich zurück und rieb sich die Augen. Die Zahlen, die Kurven – sie verweigerten sich einer kohärenten Interpretation. Die neuronalen Muster, die während der Déjà-vu-Episoden auftraten, folgten keiner erkennbaren Logik. Es fehlte etwas Grundlegendes in seiner Analyse.

Sein Blick glitt zu einem Notizbuch, das seitlich auf dem Schreibtisch lag. Im Gegensatz zu den digitalen Dateien und den computergenerierten Graphen war dieses Buch ein analoges Relikt. Schwarz, ledergebunden, mit schwerem Papier, das Tinte wie ein Gedächtnis absorbierte. Elías zog es zu sich heran und schlug es auf. Die Seiten waren mit seiner exakten, kleinen Handschrift gefüllt. Gedanken und Beobachtungen, die zu persönlich, zu spekulativ waren, um sie mit dem Team zu teilen. Seine private Gedankensammlung.

Ein Eintrag vom Januar fiel ihm ins Auge: *„Die Zeit geht nicht – sie steht."*

Darunter, einen Tag später: *„Bewusstsein ist Bewegung innerhalb eines stehenden Raums."*

Nachdenklich fuhr er mit den Fingerspitzen über die eingetrocknete Tinte, über seine beinahe philosophischen Eintragungen, als könnte er die Gedanken dahinter ertasten. Die Idee hatte ihn seit Monaten verfolgt: Zeit nicht als Linie, sondern als Raum zu betrachten. Als eine Dimension, die bereits vollständig existiert. Vergangenheit, Gegenwart und Zukunft – alles gleichzeitig vorhanden, nur durch die begrenzten Filter des Bewusstseins als lineare Abfolge wahrgenommen.

In den akademischen Diskussionen hatte er diesen Gedanken nur vorsichtig angedeutet. Er war zu spekulativ, zu wenig an empirischen Daten verankert. Aber hier, in der Isolation seines Arbeitszimmers, konnte er ihm freien Lauf lassen. Er blätterte weiter und skizzierte eine neue Notiz.

„Wenn Zeit tatsächlich nur eine Illusion, ein Konstrukt des Bewusstseins war, dann müssten sich in den neuronalen Daten Spuren dieser Konstruktion finden lassen – de facto Risse im Vorhang der Gegenwart."

Déjà-vus könnten solche Risse sein. Nicht Fehler im System, sondern kurze Blicke hinter die Kulissen. Sein eigenes Erlebnis unter Wasser kehrte in seine Gedanken zurück – das Gefühl der Doppelung, der seltsamen Vertrautheit eines unbekannten Ortes. Die wissenschaftliche Erklärung war banal und in jedem Fachbuch nachzulesen. Eine temporäre Verzögerung zwischen Wahrnehmung und Bewusstsein war dafür verantwortlich. *Aber was, wenn es etwas Fundamentaleres war?*

Elías notierte eine neue Gleichung, versuchte eine mathematische Beschreibung dieses Phänomens zu finden. Die Zahlen flossen dahin, doch sie führten zu keinem befriedigenden Ergebnis. Frustriert strich er die Formel durch und lehnte sich zurück. Sein Blick wanderte durch den Raum, bis er auf seiner Tauchausrüstung haften blieb, die noch unausgepackt in der Ecke stand. Die Maske lag obenauf und noch immer waren Tropfen Meerwasser auf dem Glas sichtbar. Sie war ein Fremdkörper in dieser sterilen, wissenschaftlichen Umgebung.

Für einen Moment sah er wieder das Gesicht der Frau vor sich – Lena. Dunkle Augen, die ihn ohne Umschweife angesehen hatten. Die direkte Art, mit der sie ihn zum Kaffee eingeladen hatte – ohne die üblichen sozialen Rituale und Höflichkeiten.

„Vielleicht tauchen wir ja wieder mal gemeinsam ab – dort unten redet sowieso keiner.“

Ihr Akzent war leicht, aber unverwechselbar gewesen. Die Art, wie sie „gemeinsam“ gesagt hatte – mit einer leichten Betonung auf der ersten Silbe. Er schüttelte den Kopf, versuchte den Gedanken abzustreifen. Solche Ablenkungen waren unproduktiv. Er hatte sie höflich abgewiesen und damit war die Sache beendet. Die Wahrscheinlichkeit, dass sich ihre Wege erneut kreuzen würden, war vernachlässigbar.

Dennoch – sie war einer der wenigen Menschen gewesen, die spontanes Interesse an seiner Arbeit gezeigt hatten, ohne die üblichen Reaktionen. Kein unwissender Enthusiasmus für „Gehirnforschung“ und keine Anspielungen auf „Gedankenlesen“. Auch keine Science-Fiction-Klischees von Zeitmaschinen und Paradoxa, als sie von Zeitwahrnehmung gehört hatte. Nur ein echtes, unmittelbares Verstehen der Idee einer „temporalen Landkarte“.

Er wandte sich wieder dem Bildschirm zu, zwang sich zur Konzentration auf die Daten. Die EEG-Kurven von Proband 17B zeigten ungewöhnliche Beta-Wellen, gefolgt von einer Theta-Aktivität, die typischerweise mit Erinnerungsprozessen assoziiert wird. Aber die zeitliche Sequenz war falsch – die Theta-Aktivität trat zu früh auf, vor dem eigentlichen Gedächtnisabruf. Als ob die Erinnerung vor dem Erlebnis käme.

Elías notierte die Beobachtung im Notizbuch, blätterte zurück und skizzierte eine neue Hypothese. Wenn die Zeit tatsächlich nur eine Wahrnehmungskonstruktion war, dann könnte – rein theoretisch – Information auch in umgekehrter Richtung fließen. Von der Zukunft in die Gegenwart. Von der Gegenwart in die Vergangenheit.

Die wissenschaftliche Gemeinschaft würde diese Idee belächeln. „Temporal gespiegelte Kognition" – eine Theorie ohne Basis, ohne Mechanismus und ohne empirischen Nachweis. Und doch ...

Die Nacht legte sich über Barcelona, und die Lichter der Stadt begannen wie ferne Sterne zu funkeln. Elías arbeitete weiter, vertieft in seine Notizen, umgeben von blinkenden Bildschirmen und Graphen, die wie Gebirgszüge aussahen.

In den frühen Morgenstunden fiel sein Blick noch einmal auf die Tauchmaske in der Ecke. Für einen kurzen Moment meinte er, in der gekrümmten Oberfläche das Spiegelbild dunkler Augen zu sehen. Doch als er genauer hinsah, reflektierte das Glas nur das fahle Licht seines Bildschirms. Er wandte sich wieder seinen Daten zu.

•—•

Elías presste die Stirn gegen das kühle Fenster der Boeing 737 und blickte in die Dunkelheit über Europa. Der Laptopbildschirm warf einen bläulichen Schimmer auf sein Gesicht, während er die verstreuten Lichter der iberischen Halbinsel unter sich verfolgte. Die Muster menschlicher Siedlungen wurden in der Nacht zu abstrakten Gemälden. Er erkannte in den Straßen neuronale Pfade, in den Städten elektrische Impulse, die aufleuchteten. Von oben betrachtet: Ein riesiges, kollektives Nervensystem.

In der Kabine selbst herrschte die typische gedämpfte Ruhe eines Nachtflugs. Das gleichmäßige Brummen der Triebwerke hatte sich längst in Rauschen verwandelt. Ein akustischer Hintergrund, der das Denken nicht störte, sondern es konstant einhüllte. Die meisten Passagiere hatten ihre Leselichter bereits ausgeschaltet, einige schliefen schon, den Kopf gegen das vibrierende Fenster gelehnt. Elías jedoch war wach. Sein Flug von Barcelona nach Leipzig hatte erst vor einer Stunde abgehoben und der Vortrag morgen erforderte noch letzte Anpassungen.

Auf dem ausgeklappten Tisch vor ihm lag sein schwarzes Notizbuch, daneben quetschte sich der Laptop mit den neuronalen Aktivitätsgrafiken aus dem letzten Experiment. Bunte Linien, die aussahen wie Küstenverläufe – Landschaften der Kognition. Er starrte auf einen besonders markanten Ausschlag in der

Gamma-Frequenz, eine Anomalie, die er in seiner Präsentation morgen hervorheben wollte. Kurz vor dem Déjà-vu-Ereignis war bei mehreren Probanden eine synchrone Schwingung im Frontallappen messbar gewesen. Sie war nicht stark genug, um signifikant zu erscheinen, aber zu konsistent, um zufällig zu sein. Ein Muster, das sich der Klassifikation verweigerte.

Er klickte auf eine andere Grafik, dann auf eine dritte. Seine Augen suchten nach Verbindungen, nach einer Struktur im Rauschen der Daten. Das leise Tippen seiner Finger auf der Tastatur vermischte sich mit dem Hintergrundgeräusch des Flugzeugs. Dann hielt er kurz inne, seine Finger verharrten über den Tasten, aber sein Blick wanderte vom Bildschirm zum dunklen Oval des Fensters. Die Mathematik der Kurven begann zu verschwimmen, und stattdessen tauchte eine andere Geometrie in seinen Gedanken auf. Es waren die Lichtkegel unter Wasser, die schwebenden Partikel im blauen Halbdunkel der Grotte bei Altea. Und dahinter, wie ein Wasserzeichen, das Gesicht von Lena.

Er erinnerte sich an ihre direkte Art zu fragen. An ihre Bemerkung über die Zeit unter Wasser. Er schüttelte den Kopf, versuchte den Gedanken zu vertreiben. Solche Ablenkungen waren ineffizient, besonders jetzt, einen Tag vor dem Symposium. Die Frau war eine flüchtige Begegnung gewesen, nichts weiter. Etwas, das sich nicht mit seinem Denksystem verbinden ließ. Und doch kehrte ihr Bild immer wieder zurück, wie eine störende Frequenz in einem sonst sauberen Signal.

Elías schloss die Dateien auf dem Laptop und klappte das Notizbuch auf. Die handgeschriebenen Seiten boten eine andere Form der Kommunikation mit sich selbst. Sie waren direkter, intuitiver und weniger gefiltert durch die Erwartungen anderer. Er blätterte zurück zu einer älteren Notiz, geschrieben vor sechs Monaten während einer schlaflosen Nacht:

„Bewusstsein ist kein Abbild – sondern ein Interferenzmuster."

Die Worte starrten ihn an, zeitlos in ihrer Tinte gefangen. Er hatte diesen Gedanken mehrfach umformuliert, aber nie vollständig verstanden. *Interferenzmuster entstehen aus Wellen, die sich überlagern, verstärken und schließlich auslöschen. Bewusstsein als ein Resultat sich kreuzender Zeitpfade?* Mit präzisen, kontrollierten Bewegungen nahm er seinen Füller aus der Jackentasche und setzte die Spitze auf eine neue, leere Seite. Die Tinte floss in klaren Linien auf das Papier:

„Déjà-vus sind keine Fehlzündungen. Sie sind Impulse aus einer anderen Richtung der Zeit."

Er betrachtete den Satz und fühlte seine Resonanz. Die übliche Erklärung für Déjà-vus war abgedroschen. Eine Verzögerung zwischen Wahrnehmung und Bewusstwerdung, ein Glitch in der neuronalen Verarbeitung. *Aber was, wenn es etwas Fundamentaleres war? Eine tatsächliche Überlagerung unterschiedlicher*

Zeitschichten? Seine Hand bewegte sich erneut über das Papier, fast wie von selbst:

„Wenn Erinnerung in die Zukunft greift, was bleibt dann vom freien Willen?"

Die Implikationen dieses Gedankens waren beunruhigend. Wenn Erinnerung nicht nur rückwärts, sondern auch vorwärtsgerichtet sein konnte, dann existierte die Zukunft bereits in irgendeiner Form. *Und wenn sie existierte – war sie dann veränderbar? Oder nur beobachtbar, wie ein Film, der bereits gedreht ist und nur noch abgespielt wird?* Eine Frage, die sich viele Physiker wie Philosophen bereits gestellt hatten.

Die Frage des freien Willens war ein metaphysisches Minenfeld, das Elías normalerweise mied. Seine Forschung konzentrierte sich auf messbare neuronale Aktivitäten, nicht auf philosophische Spekulationen. Und doch – wenn seine Theorien über temporale Kognition zutrafen, dann hatte die Frage plötzlich empirische Relevanz.

Er klappte das Notizbuch zu und lehnte sich in seinem Sitz zurück. Sein Blick wanderte wieder zum Fenster, wo nun nichts mehr zu sehen war als Schwärze und gelegentlich das Aufblitzen der Positionslichter auf dem Flügel. Das Flugzeug hatte den Luftraum über der iberischen Halbinsel längst verlassen, die Pyrenäen passiert und flog nun über Frankreich. Die Dunkelheit draußen wirkte wie ein Vorhang, hinter dem sich das Unbekannte verbarg.

Elías starrte in sein Spiegelbild im Fenster – ein blasses Gesicht, dessen Konturen vom schwachen Kabinenlicht gezeichnet wurden. Ein Gesicht zwischen zwei Welten: der physischen Realität des Flugzeugs und der endlosen Leere dahinter. In diesem Moment dachte er wieder an das Tauchen, an das Gefühl, von allen Seiten umschlossen zu sein und doch schwerelos zu schweben. Die Analogie war überraschend treffend. Auch hier, zehntausend Meter über dem Boden, existierte er in einem Zwischenraum – weder vollständig auf der Erde noch vollständig im Himmel. Ein Transitbereich, eine temporäre Existenz zwischen Abflug und Ankunft.

Das Bordpersonal bewegte sich diskret durch den Gang, sammelte leere Getränkebecher ein und fragte leise, ob jemand noch etwas benötigte. Bei ihm angekommen, verneinte Elías mit einem knappen Kopfschütteln und wandte sich wieder seinem Laptop zu. Noch einmal öffnete er die Präsentation, die er morgen in Leipzig halten würde. *„Chronodynamik kortikaler Aktivität"* – ein präziser, technischer Titel, der nichts von den tieferen Fragen verriet, die ihn eigentlich umtrieben.

Die Bilder auf dem Monitor zeigten das, was messbar war: EEG-Kurven, fMRI-Scans und statistische Analysen. Aber das, wonach er wirklich suchte – die

Struktur der Zeit selbst, die Geometrie des Bewusstseins – entzog sich den Instrumenten. Vielleicht würde er es nie vollständig verstehen. Vielleicht war das menschliche Gehirn nicht in der Lage, seine eigenen fundamentalen Operationen zu begreifen – wie ein Auge, das sich selbst nicht sehen kann.

Das Anschnallzeichen leuchtete auf und mit ihm kündigte der Kapitän leichte Turbulenzen an. Elías speicherte seine Arbeit und klappte den Laptop zu. Er überprüfte seinen Sicherheitsgurt, obwohl er ihn nie gelöst hatte. Das Flugzeug begann leicht zu vibrieren, dann ein wenig zu schaukeln. Die Bewegung war minimal, kaum mehr als ein Zittern. Dennoch verstärkte sie das Gefühl der Unwirklichkeit, des Schwebens zwischen Welten.

In diesem Augenblick, zwischen Wachen und Schlaf, zwischen Barcelona und Leipzig, zwischen Gedanke und Erkenntnis, kam ihm wieder ein Bild vor die Augen. Lena, wie sie am Steg stand, das Wasser noch an ihrem Neoprenanzug heruntertropfend, ihr Blick direkt und unverschleiert.

„Vielleicht tauchen wir ja wieder mal gemeinsam ab …“

Die Worte hallten nach, als hätte sie sie gerade erst ausgesprochen. Als ob die Zeit keine lineare Abfolge wäre, sondern ein Raum, durch den man sich bewegen konnte. Das Flugzeug durchquerte eine Wolkenschicht und flog wieder in klare Luft. Die Turbulenzen ließen nach. Elías blickte ein letztes Mal aus dem Fenster, auf sein Spiegelbild, das sich gegen die Dunkelheit abzeichnete. Ein Gesicht zwischen Vergangenheit und Zukunft, ein Punkt in einem Koordinatensystem, dessen Achsen er noch nicht vollständig verstand.

Sein Vortrag in Leipzig würde nur die Oberfläche dieses Rätsels berühren. Die eigentliche Forschung fand, wie beim Tauchen, in den Tiefen statt – jenseits der Reichweite gewöhnlichen Lichts.

KAPITEL 2

Elías blickte über den bis auf den letzten Platz gefüllten Vortragssaal des Max-Planck-Instituts für Kognitionswissenschaften in Leipzig. Die Luft vibrierte von gedämpften Gesprächen und dem leisen, fast unhörbaren Summen der Belüftungsanlage. Sein Blick wanderte zu dem Banner an der Wand hinter dem Podium: „Quantum Cognition and Temporal Structures" – ein interdisziplinäres Treffen, das Neurowissenschaftler und Quantenphysiker zusammenbrachte. Eine seltene Mischung.

Elías Soler stand am Rednerpult, sein Laptop bereits mit dem Projektor verbunden. Er ließ seinen Blick über das Publikum schweifen – ein Meer aus aufmerksamen Gesichtern, die meisten ihm unbekannt. In der ersten Reihe nickte ihm Professor Ryota Nishikawa zu, der renommierte Quantenphysiker, der als Ehrengast des Instituts angekündigt worden war. Seine Anwesenheit erhöhte den Druck noch weiter. Elías räusperte sich leicht, als die Moderatorin seine Präsentation ankündigte: «Und nun begrüßen wir Dr. Elías Soler von der Universität Barcelona mit seinem Vortrag zur *„Chronodynamik kortikaler Aktivität"*.»

Der Applaus verebbte, und Elías trat einen Schritt näher ans Mikrofon. Entgegen seiner Gewohnheit, sofort in die technische Materie einzusteigen, lächelte er leicht und begann mit etwas, das selbst ihn überraschte – einer Anekdote.

«Vielen Dank für die freundliche Einführung», sagte er, seine Stimme ruhiger, als er sich fühlte. «Bevor ich beginne, muss ich gestehen, dass ich mich als einer der wenigen Nicht-Physiker in diesem Raum fühle wie ein Neurowissenschaftler auf einer Quantenmechanik-Konferenz.» Er machte eine kleine Pause, dann fügte er hinzu: «Aber das ist gut so. Ich hoffe nur, ich öffne nicht versehentlich Schrödingers Kiste und lasse die Katze raus.»

Ein überraschtes Lachen ging durch den Saal. Elías selbst war erstaunt über seinen improvisierten Scherz, der so gar nicht seiner üblichen akademischen Strenge entsprach. Vielleicht war es die Nervosität, vielleicht der Jetlag – oder etwas anderes, Tieferes, das sich seit einigen Tagen in ihm zu verändern begann.

«Ich danke den Organisatoren aufrichtig für die Einladung, meine – wie soll ich sagen – etwas unkonventionelle Theorie hier präsentieren zu dürfen.» Er klickte auf die erste Folie seiner Präsentation, die den Titel seines Vortrags zeigte. «Die Verbindung zwischen Quantenphänomenen und neuronaler Aktivität mag auf den ersten Blick wie ein Grenzgebiet der Wissenschaft erscheinen. Aber ich hoffe, Ihnen heute zeigen zu können, dass wir vielleicht an der Schwelle zu einem tieferen Verständnis des Zeitempfindens stehen.»

Die nächste Folie zeigte mehrere EEG-Kurven, die farblich codiert die verschiedenen Frequenzbänder neuronaler Oszillationen darstellten.

«Wie Sie hier sehen können, zeigen unsere Messungen signifikante Anomalien in der Gamma-Frequenz unmittelbar vor subjektiv erlebten Déjà-vu-Episoden.» Seine Stimme fand nun ihren gewohnten akademischen Rhythmus, während er methodisch die Daten erläuterte, die er in den letzten zwei Jahren gesammelt hatte. Er erklärte, wie sein Team die neuronalen Aktivitätsmuster während spontaner Déjà-vu-Erlebnisse gemessen hatte, und wie diese sich von gewöhnlichen Erinnerungsprozessen unterschieden. Die übliche wissenschaftliche Erklärung – eine Verzögerung zwischen Wahrnehmung und Bewusstwerdung – erschien im Licht dieser Daten zunehmend unzureichend.

«Bei genauer Analyse der temporalen Sequenz stellen wir fest, dass die Theta-Aktivität, die typischerweise mit Gedächtnisabruf assoziiert wird, den anderen kognitiven Prozessen vorausgeht – nicht folgt.» Elías zeigte auf eine markante Kurve in seinem Diagramm. «Dies ist, als würde der Erinnerungsprozess vor dem eigentlichen Erlebnis stattfinden.»

Im Publikum waren einige skeptische Mienen zu sehen, aber auch interessierte Blicke. Professor Nishikawa hatte begonnen, sich Notizen zu machen.

«Was wir hier sehen, könnte eine temporale Rekonfiguration kortikaler Netzwerke sein – ein Zustand, in dem die übliche sequenzielle Verarbeitung zeitlicher Information vorübergehend aufgehoben wird.» Elías wechselte zur nächsten Folie, die ein theoretisches Modell zeigte, wie er sich diese Rekonfiguration vorstellte.

«Unser aktuelles Modell des Zeitempfindens basiert auf der Annahme einer strikten Kausalität – Ursache vor Wirkung, Vergangenheit vor Zukunft. Aber die Daten legen nahe, dass das Gehirn unter bestimmten Bedingungen eine komplexere Beziehung zur Zeit haben könnte.»

Er erläuterte weiter, wie diese Hypothese mit verschiedenen experimentellen Ergebnissen vereinbar war und baute methodisch ein Argument auf, das zwar spekulativ, aber innerhalb der wissenschaftlichen Methodik formuliert war. Als er sich der Schlussfolie näherte, spürte er, dass er das Publikum diesmal erreicht hatte – nicht mit Überzeugung, aber mit einer fragenden Aufmerksamkeit, die er als Wissenschaftler am meisten schätzte.

«Zusammenfassend schlage ich vor, dass wir Déjà-vu-Phänomene nicht als Fehlfunktionen des Gedächtnisses betrachten sollten, sondern als Hinweise auf eine fundamentalere Struktur des Bewusstseins, in der temporale Informationen möglicherweise bidirektional fließen können.»

Er bedankte sich für die Aufmerksamkeit und öffnete die Runde für Fragen. Im Saal herrschte einen Moment Schweigen – das typische Zögern nach einem Vortrag, der etablierte Denkweisen herausforderte.

Dann erhob sich eine Hand in der Mitte des Saales. Ein Mann Mitte vierzig mit unordentlichem dunkelblondem Haar und einer auffallend bunten Krawatte zum ansonsten formellen Anzug.

«Jonas Marquardt, Universität Heidelberg», stellte er sich vor, sein Englisch durch einen leichten, aber charmanten deutschen Akzent gefärbt. «Ich finde Ihre Hypothese faszinierend, Dr. Soler. Aber erlauben Sie mir eine - sagen wir - etwas unkonventionelle Frage.»

Elías nickte zustimmend, bereit für eine kritische Auseinandersetzung.

«Was, wenn die Kausalität in Ihrem Modell nicht die richtige Rahmenbedingung ist?» Marquardts Stimme klang weniger wie die eines Kritikers und mehr wie die eines neugierigen Kollegen. «In der Quantenmechanik haben wir uns längst von der klassischen Kausalität verabschiedet. Information kann durchaus bestimmte temporale Strukturen überspringen oder umgehen – theoretisch zumindest.»

Ein Lächeln huschte über sein Gesicht, als er hinzufügte: «Vielleicht brauchen wir für Ihr Phänomen keine neuronale Erklärung, sondern eine, die Raum und Zeit als Kontinuum behandelt – in der Information nicht an einen Zeitpfeil gebunden ist.»

Elías war überrascht – nicht von der Idee selbst, die er in privaten Notizen bereits angedacht hatte, sondern von der direkten Art, in der dieser Mann sie im formellen Kontext eines wissenschaftlichen Symposiums formulierte.

«Eine interessante Perspektive, Dr. Marquardt», antwortete er vorsichtig. «Sie schlagen vor, dass wir über ein Phänomen sprechen, das quantenphysikalischer und nicht neurobiologischer Natur ist?»

«Nicht ganz», entgegnete Marquardt mit einem entwaffnenden Lächeln. «Ich schlage vor, dass wir über ein Phänomen sprechen, das beides ist – und dass wir vielleicht genau an der Schnittstelle den Durchbruch finden.»

Die Diskussion, die folgte, war lebhafter, als Elías erwartet hatte. Mehrere Teilnehmer brachten Perspektiven aus der Quantenfeldtheorie ein, andere argumentierten für konventionellere neurobiologische Erklärungsansätze. Professor Nishikawa meldete sich mit einer präzisen Frage zur Methodik der EEG-Interpretation, da er selbst Physiker und nicht Neurowissenschaftler war. Die Kollegen aus seinem eigenen Fachkreis schwiegen sich hingegen aus. Am Ende der Session hatte Elías das Gefühl, dass sein Vortrag zwar nicht alle überzeugt, aber etwas in Bewegung gesetzt hatte – einen Denkprozess, der über die üblichen disziplinären Grenzen hinausging.

Als das Symposium für die Mittagspause unterbrochen wurde, kam Jonas Marquardt direkt auf ihn zu, die bunte Krawatte wie eine Flagge der Nonkonformität tragend.

«Fantastischer Vortrag, ehrlich», sagte er und deutete mit dem Daumen nach hinten in Richtung Vortragssaal. «Entschuldigen Sie, wenn meine Frage zu direkt war. Deutsche Direktheit trifft auf theoretische Physik – manchmal eine explosive Mischung.»

Während er sprach, deutete er mit den Armen eine sich ausweitende Explosion an, bevor er ihm die Hand reichte. Elías schüttelte die angebotene Hand und spürte sofort eine Ungezwungenheit, die in akademischen Kreisen selten war. «Im Gegenteil, Ihre Frage hat genau ins Schwarze getroffen. Ich selbst habe mit ähnlichen Gedanken gespielt, sie aber nie öffentlich formuliert.»

«Dann sollten wir unbedingt weiterreden», sagte Jonas mit einem Enthusiasmus, der ansteckend wirkte. «Am besten bei einem guten deutschen Bier – natürlich erst nach dem offiziellen Programm. Ich kenne da ein kleines Lokal in der Nähe.»

Elías zögerte kurz – spontane soziale Interaktionen waren nicht seine Stärke. Doch etwas an Marquardt, an seiner unprätentiösen Art und seinem offensichtlichen intellektuellen Interesse, durchbrach seine übliche Reserve.

«Das klingt gut», hörte er sich selbst sagen. «Ich bin gespannt, mehr über Ihre Arbeit zu erfahren.»

«Wunderbar!» Jonas klopfte ihm leicht auf die Schulter. «Dann haben wir den Rest des Tages Zeit, uns gegenseitig mit Fachbegriffen zu beeindrucken, bevor wir zum Wesentlichen kommen.»

Als sie gemeinsam in Richtung Buffet gingen, bemerkte Elías, dass mehrere andere Teilnehmer sie interessiert beobachteten. Der berühmte deutsche Quantenphysiker und der spanische Neurowissenschaftler – eine ungewöhnliche Paarung, die Aufmerksamkeit erregte. Für einen kurzen Moment blitzte in Elías Gedanken das Bild von Lena auf, wie sie am Tauchsteg stand – eine andere Art von unerwarteter Begegnung. Er schob den Gedanken beiseite und konzentrierte sich auf das Gespräch mit Jonas, der bereits begonnen hatte, begeistert von Tachyonenfeldern und retroaktiver Kausalität zu sprechen. Der Tag in Leipzig nahm eine Wendung, die Elías nicht vorhergesehen hatte. Und irgendwo in den Tiefen seines analytischen Verstandes begann eine neue Verbindung Form anzunehmen – eine Verbindung, die weit über dieses Symposium hinausreichen würde.

Elías hörte das gedämpfte Summen der Gespräche im Foyer des Max-Planck-Instituts. Wissenschaftler standen in kleinen Gruppen zusammen. Kaffeetassen balancierten in Händen, die sonst Gleichungen schrieben oder Experimente durchführten. Die hohen Fenster ließen das Leipziger Nachmittagslicht herein, das sich in den polierten Böden spiegelte. Elías stand etwas abseits, den Rücken an eine Säule gelehnt, die Tasse mit schwarzem Kaffee wie einen Schutzschild vor sich haltend. Er beobachtete die anderen Teilnehmer – ihre Körpersprache, die Art, wie sie nickten oder die Stirn runzelten. Akademische Rituale, die er kannte, aber nie wirklich beherrschte.

Ein älterer Kollege aus München, dessen Namen er bereits vergessen hatte, nickte ihm im Vorbeigehen zu. «Interessanter Vortrag, Dr. Soler. Sehr ... spekulativ.» Das Lächeln war höflich, aber die Augen verrieten Skepsis. Bevor Elías antworten konnte, war der Mann bereits weitergegangen, verschluckt von einer Gruppe von Neurophysiologen.

«Spekulativ ist akademischer Code für „völlig verrückt", wussten Sie das?»

Die Stimme kam von seiner rechten Seite. Elías drehte sich um und sah Jonas, wie er mit einem Glas Cola neben ihm stand, die auffallend bunte Krawatte kontrastierend zu dem ansonsten konservativen Anzug, mit Augen, die vor Intelligenz und einer Spur Schalk funkelten. Elías war verblüfft.

«Das war eine sehr präzise Zusammenfassung meines Vortrags», antwortete er vorsichtig.

«Obwohl „prospektiv kohärent" ein Begriff ist, den ich noch nicht verwendet habe.»

Jonas grinste. «Natürlich nicht. Sie sind Neurowissenschaftler. Aber aus quantenmechanischer Perspektive beschreiben Sie genau das – Systeme, die ihre Kohärenz aus zukünftigen Zuständen beziehen, nicht aus vergangenen.»

«Das klingt, als würden Sie die Kausalität umkehren.»

«Nicht umkehren. Erweitern.» Jonas Enthusiasmus war ansteckend.

«In der Quantenmechanik haben wir uns längst von der strikten Kausalität verabschiedet. Superposition, Verschränkung, retrokausale Effekte – alles experimentell nachgewiesen.»

Elías spürte, wie sein eigenes Interesse geweckt wurde. «Aber diese Phänomene existieren nur auf Quantenebene. Das Gehirn ist ein makroskopisches System, warm, verrauscht ...»

«Genau das dachte man auch über Fotosynthese», unterbrach Jonas.

«Bis man entdeckte, dass Pflanzen quantenmechanische Effekte nutzen, um Energie effizienter zu transportieren. Bei Raumtemperatur, in einer biologischen Umgebung.»

Sie begannen zu gehen, bewegten sich langsam durch das Foyer, ihre Köpfe zusammengesteckt wie Verschwörer.

«Ihre EEG-Daten», fuhr Jonas fort, «zeigen Muster, die stark an temporale Nichtlokalität erinnern. Als würde das Gehirn auf Information zugreifen, die noch nicht klassisch verfügbar ist.»

«Ich habe das als Artefakt betrachtet, als Rauschen in den Messungen.»

«Was, wenn es kein Rauschen ist? Was, wenn es das eigentliche Signal ist?»

Elías blieb stehen. Die Idee war radikal, grenzwertig. Und doch ... sie passte zu seinen eigenen, noch unformulierten Vermutungen.

«Sie schlagen vor, dass Bewusstsein selbst ein Quantenphänomen sein könnte?»

«Ich schlage vor», sagte Jonas mit einem verschmitzten Lächeln, «dass wir aufhören sollten, in Kategorien zu denken. Quanten oder klassisch, Gehirn oder Geist, Vergangenheit oder Zukunft. Die Natur kennt diese Unterscheidungen nicht.»

Ein Gong ertönte, der das Ende der Kaffeepause ankündigte. Die anderen Teilnehmer begannen, sich in Richtung Hörsaal zu bewegen.

«Wir müssen weiterreden», sagte Jonas dringlich.

«Ich habe Modelle, mathematische Frameworks, die zu Ihren Daten passen könnten. Und Sie haben die empirischen Belege, die meinen Theorien fehlen.»

Elías nickte langsam. «Nach dem offiziellen Programm?»

«Es gibt ein Bankett heute Abend. Schrecklich formell, aber der Wein ist gut. Danach kenne ich eine kleine Kneipe, wo man tatsächlich denken kann.»

Als sie gemeinsam zum Hörsaal gingen, bemerkte Elías eine Frau, die ihnen entgegenkam. Sie war etwa Ende dreißig, trug einen makellosen dunkelgrauen Hosenanzug und bewegte sich mit der kontrollierten Eleganz von jemandem, der es gewohnt war, in Machtzirkeln zu verkehren. Ihr dunkles Haar war zu einem perfekten Knoten frisiert, ihre Augen wachsam hinter einer dezenten Designerbrille.

Sie steuerte direkt auf sie zu, ein professionelles Lächeln auf den Lippen.

«Dr. Soler? Dr. Marquardt?» Ihre Stimme war angenehm moduliert, mit einem kaum wahrnehmbaren Akzent – sie hatte ihre Hausaufgaben gemacht.

«Marla De León, Projektleiterin bei SYNEXION. Darf ich Sie kurz aufhalten?»

Elías und Jonas wechselten einen kurzen Blick. SYNEXION war einer der größten Tech-Konzerne Europas, unter den Top-Drei, bekannt für ihre Forschung und Investitionen in KI und Quantencomputing.

«Natürlich», antwortete Elías höflich.

«Ich habe Ihren Vortrag mit großem Interesse verfolgt», begann sie, während sie eine elegante Visitenkarte aus einem silbernen Etui zog.

«SYNEXION ist immer auf der Suche nach innovativen Forschungsansätzen. Ihre Arbeit zur temporalen Kognition könnte interessante Synergien mit unseren Quantencomputing-Projekten bieten.»

Jonas nahm die Karte entgegen, und betrachtete sie kurz.

«Das ist sehr freundlich, aber unsere Forschung ist noch in einem sehr frühen Stadium.»

«Genau das macht sie interessant», erwiderte Marla mit einem wissenden Lächeln.

«Wir bei SYNEXION glauben an die Förderung visionärer Ideen. Unser Forschungsbudget für interdisziplinäre Projekte ist ... nennen wir es großzügig.»

Die Art, wie sie das Wort *„großzügig"* betonte, ließ keinen Zweifel an der finanziellen Dimension des Angebots.

«Wir würden uns freuen, wenn Sie über eine Zusammenarbeit nachdenken würden», fuhr sie fort.

«Keine Verpflichtungen, nur ein Gespräch über Möglichkeiten. Vielleicht bei einem Abendessen in unserem Züricher Hauptquartier? Wir lassen Sie gerne von zu Hause abholen.»

Elías spürte Jonas leichte Anspannung neben sich. Beide wussten, was solche Angebote bedeuteten – Geld gegen Kontrolle, Ressourcen gegen Freiheit.

«Vielen Dank für Ihr Interesse», sagte Elías diplomatisch.

«Wir werden sicher darüber nachdenken.»

«Wunderbar.» Marlas Lächeln verlor nichts von seiner Perfektion, aber ihre leicht zusammengekniffenen Augen verrieten, dass sie ihre Zurückhaltung bemerkt hatte.

«Meine Kontaktdaten sind auf der Karte. Ich hoffe, bald von Ihnen zu hören.»

Mit einem knappen Nicken verabschiedete sie sich und verschwand im Strom der anderen Konferenzteilnehmer, bereits den nächsten Wissenschaftler im Visier.

Jonas wartete, bis sie außer Hörweite war, dann murmelte er: «SYNEXION. Die kaufen sich in alles ein, was nach Zukunft riecht.»

«Und verwandeln es in Produkte», ergänzte Elías.

«Keine Chance, dass wir da mitmachen.»

«Absolut nicht.» Jonas steckte die Visitenkarte achtlos in seine Jackentasche. «Obwohl ... das Geld wäre verlockend. Neue Messgeräte, bessere Computer ...»

«Und wochenweise Fortschrittsberichte, Patentabtretungen, kommerzielle Verwertungsklauseln», zählte Elías auf.

«Du hast recht. Vergessen wir's. Ich darf doch Du sagen, oder?» Jonas grinste, aber wartete die Antwort nicht ab. «Außerdem macht es mehr Spaß, die Welt mit einem Laptop und zu viel Kaffee zu verändern.»

Sie betraten den Hörsaal und setzten sich auf ihre Plätze. Elías spürte eine Aufregung, die er lange nicht mehr gefühlt hatte. Es war nicht nur die intellektuelle Stimulation – es war das Gefühl, einen Gleichgesinnten gefunden zu haben. Jemanden, der bereit war, über die Grenzen des Etablierten hinauszudenken.

«Übrigens», sagte Jonas, als sie ihre Plätze einnahmen, «Schrödinger hätte deinen Vortrag geliebt. Er war auch ein Grenzgänger zwischen Physik und Biologie.»

«Und seine Katze?», fragte Elías mit einem seltenen Anflug von Humor.

«Die ist immer noch gleichzeitig tot und lebendig. Genau wie unsere Theorien – bis jemand nachschaut.»

Der nächste Vortrag begann, aber Elías Gedanken waren bereits woanders – bei Superpositionen des Bewusstseins, bei Zeit, die in beide Richtungen fließt, bei der Möglichkeit, dass alles, was er über das Gehirn zu wissen glaubte, nur die Spitze eines viel größeren Eisbergs war. Er konnte nicht umhin zu bemerken, dass Marla De León während der folgenden Vorträge mehrmals zu ihnen hinübersah, als würde sie ihre Reaktionen studieren.

Ein Konzern wie SYNEXION gab nicht so leicht auf. Das wussten beide. Aber im Moment waren sie noch frei, ihre eigenen Wege zu gehen. Und das war mehr wert als alles Geld, das SYNEXION bieten konnte.

•–•

Elías trat in den Garten des Max-Planck-Instituts hinaus, wo sich die Sommernacht sanft über Leipzig gelegt hatte. Zwischen den alten Kastanienbäumen standen lange Tische, überspannt von Lichterketten, die wie kleine gefangene Sterne in der warmen Abendluft schwebten. Das formelle Bankett im Inneren hatte sich aufgelöst. Die Gäste verteilten sich nun zwanglos im Freien, Weingläser in den Händen, die Gespräche persönlicher. Elías und Jonas hatten sich an den Rand des Gartens zurückgezogen, wo eine alte Steinbank unter einer ausladenden Linde stand. Der Lärm der anderen Gäste war hier gedämpft. Außer Flüstern drang nur gelegentliches Lachen zu ihnen herüber. Sie hatten beide die Jacketts abgelegt, Jonas bunte Krawatte hing lose um seinen Hals wie ein vergessener Gedanke.

«Weißt du, was mich an deiner Präsentation am meisten fasziniert hat?» Jonas schwenkte sein Weinglas, beobachtete die Bewegung der goldenen Flüssigkeit. «Nicht die Daten an sich – obwohl die beeindruckend sind. Es war die Art, wie du über Zeit gesprochen haben. Als wäre sie keine Konstante, sondern eine Variable.»

Elías nippte an seinem Wein, einem trockenen Merlot, der perfekt zur nächtlichen Temperatur passte. «In der Neurologie lernt man schnell, dass Zeit subjektiv ist. Ein Moment der Angst dehnt sich, ein Jahr des Glücks vergeht wie im Flug.»

«Ja, ja, aber du gehst viel weiter», insistierte Jonas.

«Du sprichst von einer tatsächlichen Nicht-Linearität, nicht nur von Wahrnehmung.»

«Und du sprichst von Quantenphänomenen, als könnten sie makroskopische Auswirkungen haben», konterte Elías.

Jonas lachte, ein warmer, ehrlicher Laut. «Touché. Aber, weißt du? Ich arbeite seit Jahren an Experimenten mit zeitverzögerten Quantenreaktionen. Teilchen, die auf Ereignisse reagieren, bevor sie stattfinden. Die meisten halten das für Messfehler oder statistische Anomalien.»

«Aber du nicht.»

«Ich denke ...», Jonas pausierte, suchte nach den richtigen Worten. «Ich denke, wir müssen unser Verständnis von Kausalität überdenken. Was, wenn bestimmte Phänomene nicht an den zeitlichen Rahmen gebunden sind, den wir als selbstverständlich annehmen?»

Elías lehnte sich vor, plötzlich völlig fokussiert. «Das würde erklären, warum meine EEG-Messungen diese seltsamen Vorläuferwellen zeigen. Das Gehirn reagiert auf etwas, das noch nicht geschehen ist.»

«Genau!» Jonas Augen leuchteten im Schein der Lichterketten. «Nicht-Lokalität ist in der Quantenmechanik etabliert – Verschränkung über Raum hinweg. Warum nicht auch über Zeit?»

Sie schwiegen beide, ließen die Implikationen dieser Idee auf sich wirken. Um sie herum murmelte der Garten, Gläser klirrten, jemand lachte in der Ferne. Aber für Elías und Jonas schien die Welt auf diesen Moment der Erkenntnis zusammenzuschrumpfen.

«Ich habe Patienten beobachtet», begann Elías langsam, «die von Ereignissen träumten, bevor sie geschahen. Nichts Dramatisches – ein Anruf von einem alten Freund, ein Unfall in der Nachbarschaft. Die Medizin erklärt das als selektive Erinnerung, Bestätigungsfehler.»

«Aber was, wenn es mehr ist?» Jonas stellte sein Glas auf die Steinbank. «Was, wenn Bewusstsein selbst eine Art Quantenphänomen ist? Ein Wahrscheinlichkeitsfeld, das sich nicht nur im Raum, sondern auch in der Zeit ausbreitet?»

Elías dachte an seine eigenen Notizen, an die späten Nächte, in denen er über die Natur des Bewusstseins gegrübelt hatte. «Gedächtniskonfiguration», murmelte er.

«Das Gehirn speichert nicht nur Vergangenheit, es antizipiert ständig Zukunft. Was, wenn diese Antizipation manchmal ... zu genau ist?»

«Rekursive Muster!» Jonas sprang fast von der Bank. «Das ist es! Wenn Information in Schleifen existiert, nicht nur in linearen Sequenzen, dann könnten diese Schleifen zeitliche Grenzen überschreiten, wenn Tachyonen ins Spiel kommen.»

Sie begannen, schneller zu sprechen, Ideen hin und her zu werfen wie Tennisbälle. Jonas skizzierte Quantenfelder in der Luft, Elías beschrieb neuronale Netzwerke.

Ihre Fachsprachen begannen zu verschmelzen, neue Begriffe entstanden spontan.

«Entkopplung vom zeitlichen Rahmen», sagte Jonas.

«Präkognitive Resonanz», ergänzte Elías.

«Wahrscheinlichkeitsfelder, die rückwärts propagieren.»

«Neuronale Antizipation jenseits der statistischen Norm.»

Sie verstanden einander auf einer Ebene, die über Worte hinausging. Es war, als hätten sie jahrelang getrennt an demselben Puzzle gearbeitet und entdeckten nun, dass ihre Teile perfekt zusammenpassten.

Die Nacht wurde kühler, aber keiner von ihnen bemerkte es. Sie waren versunken in eine Welt der Möglichkeiten, in der die Grenzen zwischen Physik und Neurologie verschwammen.

«Weißt du, was das bedeuten würde?», fragte Jonas schließlich, seine Stimme leiser geworden. «Wenn wir recht haben?»

Elías nickte langsam. «Es würde alles verändern. Unser Verständnis von Realität, von freiem Willen, von der Natur des Bewusstseins selbst.»

Sie schwiegen wieder, aber es war ein aufgeladenes Schweigen, voller unausgesprochener Gedanken.

Dann sagte Jonas etwas, das in Elías Gedächtnis haften bleiben würde, lange nach dieser Nacht: «Vielleicht sind Gedanken nicht das Produkt von Zeit – sondern ihr Vorbote.»

Elías starrte ihn an, fühlte, wie sich etwas in seinem Verständnis verschob, wie tektonische Platten, die eine neue Landschaft formten. Er schwieg lange, ließ die Worte in sich nachklingen. Dann nickte er, einmal, bestimmt.

«Wir müssen zusammenarbeiten», sagte er schließlich. «Dies ist größer, als jeder von uns allein bewältigen könnte.»

Jonas grinste, hob sein Glas. «Auf die Zukunft – oder sollte ich sagen, auf die Gegenwart, die sich als Zukunft verkleidet?»

Sie stießen an, das Klirren der Gläser wie ein Versprechen in der Nacht. Um sie herum begannen die anderen Gäste sich zu verabschieden, aber Elías und Jonas blieben sitzen, versunken in Pläne und Theorien. Ein neuer Gedanke war geboren worden – nicht in einem Labor oder vor einem Computer, sondern hier, unter den Sternen, zwischen zwei Männern, die gerade erst begriffen, dass sie Teile desselben Geheimnisses in Händen hielten.

Die Lichterketten über ihnen schwankten leicht im Nachtwind, warfen wandernde Schatten auf den Boden. Und für einen Moment schien es Elías, als könnte er die Zukunft bereits sehen – nicht als Vision, sondern als Echo, das rückwärts durch die Zeit reiste, um genau diesen Moment zu erschaffen.

Elías saß auf der Bettkante seines Hotelzimmers, das in das gedämpfte Licht der Nachttischlampe getaucht war. Er lauschte der Stille – Leipzig schlief bereits tief, nur gelegentlich durchbrach das Geräusch eines vorbeifahrenden Autos die Ruhe. Das hier war definitiv nicht Barcelona, eine Stadt, die niemals zur Ruhe kam. Er knöpfte sein Hemd weiter auf. Die Krawatte hatte er längst über den Stuhl geworfen. Der Laptop lag zugeklappt auf dem Tisch neben ihm, aber sein schwarzes Notizbuch war aufgeschlagen auf seinen Knien. Die Seiten füllten sich nach und nac mit hastigen Skizzen. Er zeichnete neuronale Diagramme, die aussahen wie ineinander geschachtelte Muster. Seine Hand bewegte sich fast automatisch, während sein Geist noch die Gespräche des Abends verarbeitete. Jonas Worte hallten immer noch nach:

Vielleicht sind Gedanken nicht das Produkt von Zeit – sondern ihr Vorbote.

Er zeichnete zwei Aktivitätsmuster, Wellen, die sich nicht überlagerten, sondern spiegelten. Sie waren zeitlich versetzt, aber strukturell identisch. Zwischen ihnen skizzierte er eine Interferenzzone und schraffierte sie vorsichtig. Ein Raum, in dem Zukunft und Vergangenheit sich berühren könnten.

«Vielleicht erinnert sich das Gehirn nicht», murmelte er leise in die Stille des Zimmers.

«Vielleicht tastet es sich vor und zurück.»

Die Idee war verführerisch – und beängstigend zugleich. Wenn Bewusstsein tatsächlich nicht nur rückwärts in die Vergangenheit, sondern auch vorwärts in die Zukunft reichen konnte, was bedeutete das für die Entscheidungen, die wir treffen? Waren sie wirklich frei? Oder folgten sie einem Muster, das bereits existierte?

Er legte seinen Stift beiseite und betrachtete die Zeichnung. Die Symmetrie war nicht perfekt. Die gespiegelte Welle war leicht verzerrt, als hätte sie einen weiten Weg durch die Zeit zurückgelegt. Seine Gedanken wanderten ab. Sie lösten sich von der Wissenschaft. Plötzlich war da wieder Lenas Gesicht, ihre dunklen Augen, wie sie ihn am Tauchsteg anblickten. Ihr leichter Akzent, als sie sagte:

„Vielleicht tauchen wir ja wieder mal gemeinsam ab – dort unten redet sowieso keiner."

Ein leises Lächeln huschte über sein Gesicht. Nicht romantisch, nicht sehnsüchtig – eher fasziniert. Als hätte diese flüchtige Begegnung bereits eine klare Spur in seinem Bewusstsein hinterlassen, eine kleine Störung in seinen sonst so geordneten, pragmatischen Gedankenmustern. *War auch das eine Art von temporaler Interferenz? Eine Begegnung, die nachhallte, bevor sie richtig stattgefunden hatte?* Er schüttelte den Kopf über seine eigene Fantasie. Und doch – die Verbindung zwischen seiner wissenschaftlichen Arbeit und diesen persönlichen Momenten schien plötzlich weit weniger abstrakt. Alles – die Zeit, Erinnerungen, Begegnungen und Möglichkeiten – war miteinander verwoben.

Draußen rauschte der Wind durch die Bäume. Elías schloss das Notizbuch und legte es auf den Nachttisch ab. Morgen würde er zuerst mit Jonas frühstücken und dann seinen Rückflug nach Barcelona antreten. Zurück in sein Labor, zu den Daten und zu den messbaren Phänomenen. Aber heute Nacht erlaubte er sich, noch eine Weile in diesem Zwischenraum zu verweilen. In einem Bereich zwischen Wissenschaft und Intuition, zwischen Vergangenheit und Zukunft. Schwebend zwischen dem, was er wusste, und dem, was er nur ahnen konnte.

Er schaltete das Licht aus und ließ den Kopf ins Kissen fallen. Im Dunkeln schien die Welt voller Möglichkeiten. Seine Gedanken waren wie ein Signal, das noch keinen Empfänger gefunden hatte, aber bereits durch die Zeit reiste, auf der Suche nach seiner Bestimmung.

KAPITEL 3

Elías spürte die warme Septembersonne auf seinem Gesicht, die Barcelona in goldenes Licht tauchte und lange Schatten auf das Pflaster malte. Er saß unter der gestreiften Markise des kleinen Straßencafés im Born-Viertel, weit abseits der Touristenströme, die gerade zu dieser Jahreszeit wie eine Plage über die Stadt herfielen. Die Platanen warfen gesprenkelte Schatten auf die Marmortische, während der Verkehr wie ein fernes Rauschen im Hintergrund flüsterte.

Er umschloss die Tasse Café Cortado mit beiden Händen und wartete. Er hatte gezögert, als Lenas Nachricht kam – „Bin diese Woche geschäftlich in Barcelona. Zeit für einen Kaffee?" – aber dann doch zugesagt. Er dachte an ihre raffinierte Art, seine Nummer über den Organisator des Tauchgangs zu erhalten – ein Weg, an den er wahrscheinlich in hundert Jahren nicht gedacht hätte.

Sie kam pünktlich, erschien zwischen den Passanten wie eine vertraute Melodie in fremder Tonart. Weißes Leinenhemd, dunkle Jeans, das Haar zu einem lockeren Knoten zusammengebunden. Anders als im Neoprenanzug, nicht besser und nicht schlechter – einfach anders. Objektiv betrachtet war sie eine schöne Frau, an der die Zeit scheinbar spurlos vorbeigegangen war. Als sie ihn entdeckte, lächelte sie – nicht überschwänglich, aber warm.

«Elías! Danke, dass du gekommen bist», sagte sie, setzte sich ihm gegenüber und legte ihre Tasche beiseite.

«Gern. Wie lange bist du in der Stadt?»

«Nur zwei Tage. Ein Kunde aus Warschau sucht nach Investitionsmöglichkeiten. Apartments im Eixample, vielleicht auch Poblenou», antwortete sie und bestellte einen Cappuccino, dann lehnte sie sich zurück. «Barcelona verändert sich so schnell. Jedes Mal, wenn ich komme, ist gerade ein neues Viertel im Trend.»

Sie plauderten ein wenig über Immobilienpreise, über die Gentrifizierung der alten Fabrikviertel, über die Balance zwischen Bewahrung und Fortschritt. Lena erzählte auch von Valencia, wo sie kürzlich ein historisches Gebäude besichtigt hatte, und von Altea, wo das Meer in diesem September ungewöhnlich klar sei.

«Ich war letztes Wochenende wieder tauchen», sagte sie, während sie gedankenverloren in ihrem Cappuccino rührte. «Die Sicht war fantastisch – man konnte bis zum Grund sehen, selbst bei zwanzig Metern.»

Elías nickte, nahm einen Schluck Kaffee. «Die Strömungen müssen günstig gewesen sein.»

«Warst du in letzter Zeit im Wasser?»

«Nein, leider nicht. Zu viel Arbeit.»

Eine kleine Pause entstand. Lena betrachtete ihn über den Rand ihrer Tasse hinweg, ihre dunklen Augen aufmerksam.

«Du bist hier – aber irgendwie nicht ganz da», sagte sie schließlich, ohne

Vorwurf in der Stimme.

Elías senkte den Blick, überrascht von ihrer Direktheit. «Die Forschung nimmt mich sehr in Anspruch. Wir arbeiten an etwas ... Komplexem.»

«Das Zeitwahrnehmungsprojekt, von dem du erzählt hast?»

Er nickte und war etwas überrascht, wie genau sie sich an die Thematik erinnerte.

«Jonas – mein Kollege aus Deutschland – wohnt seit drei Wochen vorübergehend bei mir. Wir kommen gut voran.»

«Das freut mich für dich», sagte sie, und er spürte, dass sie es ehrlich meinte. Keine Spur von Eifersucht oder Enttäuschung. Nur diese ruhige Akzeptanz, die ihn sowohl faszinierte als auch durch ihre Unerschütterlichkeit einschüchterte.

Sie sprachen noch eine Weile über Alltägliches. Lena erzählte von ihrer Familie in Polen, von einem Neffen, der gerade in Krakau zu studieren begonnen hatte. Elías hörte zu, stellte höfliche Fragen, aber seine Antworten blieben an der Oberfläche. Er sprach nicht von seinen schlaflosen Nächten, von den Theorien, die ihn verfolgten oder von der seltsamen Symbiose mit Jonas. Eigentlich sprach er von nichts Relevantem.

Als die Sonne höher stieg und die Schatten kürzer wurden, bat Lena um die Rechnung. Sie bestand darauf zu zahlen – «Ich habe dich eingeladen» – und er ließ es geschehen. Vor dem Café, auf dem sonnigen Bürgersteig, blieben sie noch einen Moment stehen. Lena kramte in ihrer Tasche, holte ihre Sonnenbrille hervor.

«Es war schön, dich zu sehen», sagte sie und setzte die Brille auf. Sie fragte nicht nach einem weiteren Treffen, machte keine Vorschläge. Stattdessen lächelte sie mit einem Hauch von Wehmut. «Manchmal ist es leichter, unter Wasser zu bleiben.»

Die Bemerkung traf ihn unerwartet – ein erneuter Seitenhieb. War es eine Anspielung auf ihre erste Begegnung? Oder hatte sie seine emotionale Distanz erkannt, seine Unfähigkeit, an die Oberfläche zu kommen?

Bevor er antworten konnte, hatte sie sich umgedreht. «Pass auf dich auf, Elías. Und vergiss nicht zu atmen.»

Sie ging die Straße hinunter, ihre Gestalt verschmolz bald mit dem Strom der Passanten. Elías stand noch einen Moment reglos da, die Sonne auf seinem Gesicht. Er fühlte etwas, das er nicht benennen konnte. Keine Sehnsucht und kein Bedauern – eher ein Echo, das von einer Zukunft zurückhallte, die er noch nicht kannte. Er kehrte in seine Wohnung zurück, wo Jonas immer noch über seinen Gleichungen brütete. Die vertraute Stille seines Apartments empfing ihn, die geordnete Welt der Theorien und Formeln. Aber Lenas Worte blieben in seinem Kopf, wie Sand, den man vom Strand mitbringt. Worte so klein und unscheinbar, und doch schwer von einer Bedeutung, die über ihre Größe hinausging.

„Manchmal ist es leichter, unter Wasser zu bleiben."

Vielleicht hatte sie recht. Vielleicht war die Tiefe der einzige Ort, wo er wirklich er selbst sein konnte.

•—•

Die Nachmittagssonne fiel in langen Streifen durch die hohen Fenster von Elías Wohnung im Eixample. Der Raum war tatsächlich ein Studium in zurückhaltender Moderne – helle Holzböden, weiße Wände, Möbel von klarer Linienführung. Was früher fast steril gewirkt hatte, war nun von einer produktiven Unordnung erfüllt. Papiere bedeckten den großen Esstisch, Diagramme hingen an improvisierten Pinnwänden und Bücherstapel türmten sich in allen Ecken.

Jonas hatte es sich auf dem grauen Sofa bequem gemacht, die Beine im Schneidersitz verschränkt, ein aufgeschlagenes Dokument auf den Knien. Mit einem gelben Marker arbeitete er sich durch die Seiten, gelegentlich murmelnd, wenn er auf eine besonders interessante Passage stieß. Sein dunkelblondes Haar war noch unordentlicher als sonst und sein T-Shirt zerknittert. Beides Zeichen einer langen Arbeitsnacht.

Am Fenster stand Elías, das Telefon am Ohr, den Blick auf die geometrisch angelegten Straßen des Viertels gerichtet. Seine Stimme war gedämpft und professionell. «Ja, die Daten sind konsistent. Nein, wir haben noch keine Publikation geplant. Es ist noch zu früh.» Eine Pause. «Danke, Miguel. Wir hören uns.»

Er beendete das Gespräch und legte das Telefon auf die Fensterbank. Die Stille, die folgte, war nicht unangenehm. Es war die Art von Stille, die sich zwischen Menschen einstellt, die sich in der Gegenwart des anderen wohlfühlen, ohne ständige Bestätigung zu brauchen. Seit Jonas vor fünf Wochen eingezogen war – *„vorübergehend"*, wie beide betonten – hatte sich eine seltsame Harmonie entwickelt. Sie arbeiteten oft stundenlang nebeneinander, ohne zu sprechen. Beide waren nachtaktiv, tranken ihren Kaffee schwarz, bevorzugten Präzision gegenüber Small Talk.

Jonas blickte von seinem Paper auf, betrachtete die Lichtverhältnisse im Raum. «Dein Balkonschatten fällt exakt in die Mitte meines Modells», bemerkte er beiläufig.

Elías drehte sich um, musterte die Szene. Tatsächlich teilte der Schatten der Balkonbrüstung das Diagramm auf Jonas Papier in zwei perfekte Hälften.

«Dann stimmt entweder der Schatten nicht oder das Modell ist gut», erwiderte er trocken.

Ein kurzes, verschwörerisches Lächeln huschte über Jonas Gesicht. «Oder beides ist Teil desselben Systems.»

Das war typisch für ihre Gespräche geworden – halb Scherz, halb Philosophie, immer mit einer unterschwelligen Ernsthaftigkeit. Sie hatten eine gemeinsame Sprache entwickelt, eine Mischung aus wissenschaftlicher Präzision und intuitiven Sprüngen. Elías trat zum Tisch, betrachtete die neuesten Berechnungen. Jonas hatte eine elegante mathematische Struktur entwickelt, die ihre Hypothese der temporalen Bidirektionalität unterstützte. Die Gleichungen waren komplex, aber ihre Symmetrie war unverkennbar.

«Die Phasenverschiebung hier», Elías deutete auf eine spezifische Formel, «erinnert mich an die EEG-Muster von Patient 23k.»

Jonas nickte, ohne aufzublicken. «Habe ich auch gedacht. Die Oszillationen sind fast identisch.»

Sie verfielen wieder in konzentriertes Schweigen. In der Küche tropfte der Wasserhahn in unregelmäßigen Abständen – ein rhythmischer Gegensatz zu ihrer stillen Arbeit. Die Wohnung hatte sich in den letzten fünf Wochen verändert. Wo früher Leere war, herrschte nun eine Art organisiertes Chaos. Jonas Bücher mischten sich unter Elías Sammlung, zwei Laptops teilten sich den Schreibtisch, schmutzige Tassen sammelten sich an strategischen Punkten und warteten auf ihre Abholung. Es war, als hätte die Wohnung selbst akzeptiert, dass sie nun zwei Bewohner hatte. Manchmal, in Momenten wie diesen, fragte sich Elías, ob dies vielleicht die Art von Partnerschaft war, die er immer gesucht hatte. Intellektuell anspruchsvoll, unkompliziert und frei von emotionalen Verstrickungen. Jonas war der perfekte Mitarbeiter und der ideale Mitbewohner: unaufdringlich, fokussiert und mit einem ähnlichen Rhythmus, wie er ihn selbst hatte. Und doch ...

Sein Telefon vibrierte auf der Fensterbank. Eine Nachricht. Er ignorierte sie zunächst, aber ein zweites Vibrieren folgte.

«Wichtig?», fragte Jonas, ohne von seiner Lektüre aufzusehen.

«Wahrscheinlich nicht.» Aber Elías ging trotzdem zum Fenster und nahm das Telefon in die Hand. Es war eine Nachricht von Lena. Die erste seit ihrem Treffen im Café vor zwei Wochen.

„Ich bin am Wochenende wieder in Altea zum Tauchen. Das Wasser soll besonders klar sein. Falls du Lust auf eine Auszeit vom Denken hast ..."

Er starrte auf den Bildschirm, länger als nötig. Eine Auszeit vom Denken. War das überhaupt möglich? Sein ganzes Leben bestand aus Denken, Analysen und Hypothesen.

«Alles okay?», fragte Jonas, der sein Paper zur Seite gelegt hatte und ihn beobachtete.

«Ja, nur ...» Elías zögerte. «Eine Einladung zum Tauchen. Das kam überraschend. Nach meinem Verhalten heute hätte ich ehrlich gesagt nicht damit gerechnet.»

«Tauchen ist gut», sagte Jonas. «Hilft beim Denken. Oder eben beim Nicht-Denken. Je nachdem, was man braucht.»

Elías nickte und legte das Telefon weg, ohne zu antworten. Später, sagte er sich. Er würde das später entscheiden. Sie arbeiteten weiter, bis die Sonne unterging und Barcelona in goldenes Licht tauchte. Die Schatten wurden länger, wanderten über ihre Papiere wie Zeiger einer kosmischen Uhr. In dieser geteilten Stille, zwischen Formeln und unausgesprochenen Gedanken, entstand etwas Neues. Zum einen eine Theorie, die die Grenzen der Zeit selbst in Frage stellte, zum anderen eine Freundschaft, die auf dem gemeinsamen Mut basierte, das Unmögliche zu denken.

Als er spätabends die Unterlagen vor Müdigkeit weglegte, nahm er sein Telefon wieder in die Hand. Er las noch einmal die Nachricht von Lena und antwortete diesmal.

•—•

Elías starrte auf die EEG-Kurven, die über seinen Bildschirm flackerten. Um ihn herum pulsierte das Institut für Neurowissenschaften der Universität Barcelona von geschäftiger Routine – Schritte auf dem Flur, das Klackern von Tastaturen, gedämpfte Gespräche. Er lehnte sich in seinem Bürostuhl zurück und wechselte zum nächsten Monitor mit statistischen Analysen. Als Lehrstuhlinhaber war es ein Privileg, sich mit niemandem den Raum teilen zu müssen. Das Fenster war gekippt, ließ die spätsommerliche Stadtluft herein, vermischt mit dem fernen Geräusch von Verkehr. Ein Klopfen an der offenen Tür riss ihn aus seiner Konzentration. Dr. Amelia Amsler stand im Türrahmen, ein Tablet in der Hand, ihr dunkles Haar zu einem perfekten Knoten hochgesteckt. Sie trug einen taillierten Blazer über einer cremefarbenen Bluse – professionell, aber mit einer subtilen Eleganz, die über den üblichen Dresscode hinausging.

«Störe ich?» Ihre Stimme hatte diesen für sie charakteristischen, halb höflichen, halb herausfordernden Unterton.

«Amelia. Nein, natürlich nicht, komm rein.» Elías lehnte sich in seinem Stuhl zurück und speicherte automatisch seine Arbeit.

Sie trat ein, schloss die Tür hinter sich – eine Geste, die ihm auffiel. Normalerweise blieben die Bürotüren während Besprechungen offen.

«Ich wollte mit dir über die neue Studie sprechen», begann sie und nahm auf dem Besucherstuhl vor seinem Schreibtisch Platz. «Die zur neuronalen Reizverarbeitung im Traumzustand. Einige der Ergebnisse überschneiden sich mit deiner Arbeit zu temporalen Anomalien.»

Sie öffnete ihr Tablet, zeigte ihm Diagramme. Ihre Erläuterungen waren präzise und wie immer fachlich fundiert. Amelia war eine exzellente Wissenschaftlerin, das hatte nie jemand bezweifelt. Aber während sie sprach, wanderte ihr Blick immer wieder zu ihm, studierte sein Gesicht mit einer Intensität, die eindeutig über kollegiales Interesse hinausging.

«Die REM-Phasen zeigen ähnliche Oszillationsmuster wie deine Déjà-vu-Probanden», sagte sie und lehnte sich leicht vor. Ihr Parfüm mischte sich dezent, aber unverkennbar in die sterile Laborluft.

«Interessant», murmelte Elías, seine Aufmerksamkeit ein wenig zwischen den Daten und ihrer ungewöhnlichen Nähe hin- und hergerissen.

«Du wirkst müde», bemerkte sie plötzlich und ließ die professionelle Fassade kurz fallen. «Arbeitest du wieder die Nächte durch?»

«Jonas und ich sind an einem kritischen Punkt der Theorieentwicklung.»

«Ah, das deutsche Wunderkind.» Ein leichtes Lächeln spielte um ihre Lippen. «Ich habe gehört, er wohnt jetzt bei dir?»

«Vorübergehend. Es macht die Zusammenarbeit effizienter.»

«Effizienz.» Sie wiederholte das Wort, als schmecke sie es auf der Zunge. «Du warst schon immer gut darin, Elías. Dinge effizient zu halten.»

Etwas in ihrer Stimme ließ ihn aufblicken. Ihre grauen Augen hielten seinen Blick fest, länger als nötig.

«Du hast dich verändert in den letzten Wochen», fuhr sie fort. «Als würdest du ...» Sie machte eine Pause, suchte nach den richtigen Worten. «Als würdest du schlafwandeln, aber in der Zukunft.»

Die Bemerkung traf ihn unvorbereitet. «Was soll das denn bedeuten?»

Sie lachte. «Nichts. Nur eine Beobachtung. Du wirkst, als würdest du durch die Gegenwart gehen, aber eigentlich woanders sein.»

Elías spürte eine ungewohnte Unruhe in sich aufsteigen. Amelias Worte erinnerten ihn an Lenas Bemerkung aus dem Café am Vortag: *„Du bist hier, aber nicht ganz da."*

War er wirklich so offensichtlich abwesend?

«Hier», sagte Amelia und stand auf. Sie legte ein ausgedrucktes Datenblatt auf seinen Schreibtisch, beugte sich dabei über ihn. «Die Korrelationsanalyse, die du angefordert hattest.»

Als sie das Papier hinlegte, streifte ihre Hand die seine. Er zuckte instinktiv zurück. Es war kein Zufall, das wusste er sofort. Die Berührung war flüchtig, aber elektrisierend. Sie verharrte einen Moment in dieser Position, ihr Gesicht nah an seinem.

«Weißt du», sagte sie leise, ihr Atem warm an seinem Ohr, «ich habe mich immer gefragt, wie es wäre ...»

Sie ließ den Satz unvollendet, richtete sich wieder auf. Aber die Anspielung hing in der Luft. Elías fühlte sich wie paralysiert. In all den Jahren ihrer Zusammenarbeit hatte es diese Spannung nie gegeben – oder hatte er sie nur nie bemerkt?

«Amelia ...», begann er, unsicher, was er sagen sollte.

«Keine Sorge», unterbrach sie ihn, wieder ganz professionell. «Ich weiß, dass du ... auf deine Arbeit fokussiert bist. Auf deine Theorien.» Sie ging zur Tür, drehte sich noch einmal um. «Aber manchmal frage ich mich, ob du nicht etwas verpasst. Nämlich hier, in der Gegenwart.»

Ihr Blick hielt seinen noch einen Moment fest, dann lächelte sie – ein Lächeln, das zugleich Einladung und Herausforderung war.

«Falls du mal eine Pause von der Zukunft brauchst», sagte sie leichthin, «du weißt, wo du mich findest.»

Die Tür schloss sich hinter ihr mit einem leisen Klicken. Elías saß da, starrte auf das Datenblatt, ohne die Zahlen wirklich zu sehen. Sein Herzschlag war beschleunigt und seine Gedanken völlig durcheinander. *Was war gerade passiert?* In all den Jahren hatte er Amelia als Kollegin gesehen, brillant, aber distanziert. Und jetzt ...

Er stand abrupt auf, ging zum Fenster. Die Stadt erstreckte sich unter ihm, vertraut und fremd zugleich. Zwei Frauen hatten in so kurzer Zeit seine emotionale Isolation durchbrochen – Lena mit ihrer ruhigen Direktheit, Amelia mit ihrer unerwarteten Intensität.

Sein Telefon vibrierte. Eine Nachricht von Jonas: *«Durchbruch bei den Wellenfunktionen. Kommst du nach Hause?»*

Nach Hause. Wann hatte ich begonnen, die Wohnung mit Jonas als „Zuhause" zu betrachten?

Wann hatte Jonas begonnen, sie so zu betrachten?

Er schaltete den Rechner aus, griff nach seiner Jacke und verließ das Büro. Aber Amelias Parfüm schien noch in der Luft zu hängen, und ihre Worte hallten in seinem Kopf nach:

„Als würdest du schlafwandeln, aber in der Zukunft."

Vielleicht hatte sie recht. Vielleicht war er so sehr auf das fokussiert, was kommen könnte, dass er vergessen hatte, in der Gegenwart zu leben. Aber war das nicht der Preis der Erkenntnis? Der Preis dafür, Dinge zu sehen, die andere nicht sahen?

Als er das Institut verließ, fühlte er zum ersten Mal seit Langem eine Art

Schwindel – nicht körperlich, sondern existenziell. Als hätte sich etwas in seiner sorgfältig geordneten Welt verschoben, und er wüsste noch nicht, wo es zur Ruhe kommen würde.

•—•

Am Tag darauf war Elías wieder länger in seinem Büro gewesen. Die Nacht hatte sich wie ein schwerer Vorhang über Barcelona gelegt, als er auf dem Heimweg war. In seiner Wohnung herrschte die besondere Stille der späten Stunden, in der die Stadt zwar nie ganz schläft, aber doch in einen ruhigeren Rhythmus verfällt. Vom Gästezimmer war kein Laut zu hören. Jonas schlief den tiefen Schlaf eines erschöpften Wissenschaftlers.

Elías lag auf dem Rücken auf der Couch, starrte an die Decke. Die Schatten der Straßenlaternen malten abstrakte Muster an die weiße Fläche und bewegten sich langsam, wenn draußen ein Auto vorbeifuhr. Auf dem Couchtisch vor ihm lagen die Früchte des Tages – Skizzen von überlagerten neuronalen Zeitfeldern und Diagramme von Quantenkopplungen mit Oszillatorenfeldern. Papiere, die eigentlich Antworten versprechen sollten, aber im Moment nur weitere Fragen aufwarfen.

Er konnte nicht schlafen. Sein Geist war ein Kaleidoskop aus Fragmenten. Lenas Blick, als sie sich auf der Straße von ihm verabschiedet hatte. Diese ruhige Gewissheit in ihren Augen, als wüsste sie etwas über ihn, das er selbst noch nicht begriffen hatte. *„Manchmal ist es leichter, unter Wasser zu bleiben."* Ihre Worte hallten noch immer bedeutungsschwer nach.

Dann Amelias Stimme, nur Stunden später in seinem Büro. Ihr Parfüm, das immer noch in seiner Erinnerung hing. Die Art, wie ihre Hand seine gestreift hatte – kalkuliert, aber dennoch erregend.

„Als würdest du schlafwandeln, aber in der Zukunft."

Zwei Frauen, zwei Beobachtungen über seine Abwesenheit. War er wirklich so transparent? Und dazwischen Jonas Worte über deterministische Wahrscheinlichkeiten, über Zeitschleifen und Quantenfelder. Die Wissenschaft als sicherer Hafen, als Fluchtpunkt vor den Wirren menschlicher Beziehungen.

Was ihn am meisten irritierte, war, dass Lena ihn kein einziges Mal berührt hatte. Nicht beim ersten Treffen am Tauchplatz und auch nicht im Café. Immer diese respektvolle Distanz, diese Zurückhaltung. Und doch hatte sie einen viel tieferen Eindruck hinterlassen als Amelia mit ihrer offensichtlichen Annäherung. *Warum?*

Er setzte sich auf, rieb sich die Augen. Vielleicht würde Arbeit helfen, dieses

Gedankenkarussell zu stoppen. Er stand auf, ging zum Schreibtisch, schaltete den Computer ein. Das bläuliche Leuchten des Bildschirms füllte den Raum mit kaltem Licht. Seine Finger schwebten über der Tastatur, bereit, das neueste Diagramm zu überarbeiten. Aber stattdessen öffnete er einen alten Ordner, klickte sich durch vergessene Dateien. Ein Textdokument fiel ihm ins Auge – *„Notizen_2020"*. Er öffnete es. Zwischen Formeln und Theorieansätzen stand ein einzelner Satz, isoliert und ohne Kontext:

„Man erinnert sich nicht an die Zukunft – sie erinnert sich an einen."

Er starrte auf die Worte, versuchte sich zu erinnern, wann und warum er sie geschrieben hatte. Der Satz schien aus einer anderen Zeit zu stammen, von einem anderen Elías. Einem, der noch an poetische Wahrheiten glaubte, bevor die Wissenschaft alles in messbare Einheiten verwandelt hatte.

Er schloss das Dokument wieder und lehnte sich im Stuhl zurück. Die Nacht dehnte sich wach und unruhig vor ihm aus. Normalerweise hätte er jetzt gearbeitet, sich in den Daten und Theorien verloren. Aber seine Konzentration war wie eine Flüssigkeit – sie entglitt ihm, sobald er versuchte, sie zu fassen.

Zum ersten Mal seit Langem fühlte er sich zerrissen. Es war ein leises Taumeln, ein Schwanken von innen heraus. Als hätte sich die sorgfältig austarierte Balance seines Lebens verschoben, und er wüsste nicht, wie er das Gleichgewicht wiederfinden sollte.

War das der Preis für meine Forschung? Je tiefer er in die Geheimnisse der Zeit eindrang, desto mehr schien seine eigene Gegenwart zu verschwimmen. Amelias Beobachtung hatte einen wunden Punkt getroffen, denn er lebte mehr im Gebäude der Zeit als im Hier und Jetzt.

Er stand auf und ging zum Fenster. Barcelona lag unter ihm, ein Meer aus Lichtern. Er sah nach Süden in Richtung Valencia. Irgendwo dort schlief Lena und träumte vielleicht vom Meer. Irgendwo arbeitete Amelia vielleicht noch an ihren eigenen Theorien. Und hier, in seiner Wohnung, schlief Jonas, sein einziger wirklicher Anker in dieser zunehmend unsicheren Welt.

Die Uhr zeigte 3:17 Uhr. Die Stunde der Wölfe, hatte seine Großmutter immer gesagt. Die Zeit, in der die Schatten am längsten sind und die Seele am verwundbarsten ist.

Er kehrte zur Couch zurück, legte sich wieder hin. Er schloss die Augen, wissend, dass der Schlaf noch lange nicht kommen würde. In seinem Kopf kollidierten ganze Welten – wissenschaftliche Theorien, unausgesprochene Gefühle und die Angst vor der eigenen Abwesenheit.

Vielleicht, dachte er, während die Stadt langsam dem Morgen entgegen dämmerte, *vielleicht war das der wahre Preis der Erkenntnis: Je mehr man über die Natur der Zeit verstand, desto weniger wusste man, wie man in ihr leben sollte.*

Die Nacht blieb wach, gefüllt mit Fragen ohne Antworten und mit einer Unruhe, die tiefer ging als wissenschaftliche Neugier. Und zum ersten Mal fragte sich Elías, ob er überhaupt wissen wollte, wohin ihn diese Reise führen würde.

KAPITEL 4

Das Wasser empfing ihn wie ein alter Freund. Elías sprang vom Steg, durchbrach die türkisblaue Oberfläche des Mittelmeers vor Altea. Luftblasen umhüllten ihn, perlten nach oben, während er nach unten glitt. Das vertraute Gefühl der Schwerelosigkeit umfing ihn wieder. Doch diesmal war da noch etwas anderes – das Bewusstsein, nicht allein zu sein. Neben ihm bewegte sich Lena durch das Wasser mit einer Anmut, die ihn faszinierte. Ihre Bewegungen waren fließend, ökonomisch und perfekt an das Element angepasst. Ihr schlanker Körper im schwarzen Neoprenanzug schnitt durch das Blau wie ein eleganter Delfin, der in sein natürliches Habitat zurückgekehrt war. Es lag etwas Organisches in der Art, wie sie sich bewegte – im Einklang mit den Strömungen.

Er hatte ihre Einladung zum Tauchen angenommen, nachdem er den ganzen Tag über ihre Nachricht nachgedacht hatte. Jonas hatte nur genickt, als er sagte, er bräuchte mal eine Pause. *„Tauchen ist gut fürs Denken“*, hatte er gemeint. *„Oder fürs Nicht-Denken.“*

Jetzt, zwanzig Meter unter der Oberfläche, ertappte sich Elías dabei, wie seine Gedanken zwischen Lena und Amelia pendelten. Beide Frauen hatten offensichtlich Interesse an ihm. Aber wie unterschiedlich sie es zeigten – Amelia mit ihrer direkten, fast aggressiven Art, die ihn im Büro überrumpelt hatte. Lena hingegen ... sie war wie das Wasser selbst. Präsent, umgebend, aber nie erdrückend.

Sie schwammen nebeneinander durch eine Schlucht zwischen zwei Felsformationen. Sonnenstrahlen fielen schräg durch das Wasser, zeichneten tanzende Muster auf den Meeresboden. Ein Schwarm silbriger Fische teilte sich vor ihnen und umfloss sie wie flüssiges Metall. Lena drehte sich zu ihm und deutete auf eine kleine Höhle. Er folgte ihr.

Sie tauchten gemeinsam durch Schluchten und über Seegraswiesen, kommunizierten nur durch Gesten und Blicke. Die Zeit unter Wasser verging wie im Flug, geprägt von wechselnden Lichtspielen und der stummen Harmonie ihrer Bewegungen. Als sie schließlich den Aufstieg begannen, fühlte sich Elías erfüllt von einer Ruhe, die er lange nicht mehr gespürt hatte.

Als sie wieder am Steg angekommen waren und ihre Tauchausrüstung abgelegt hatten, fühlte sich Elías ungewöhnlich gelöst. Vielleicht war es die Erschöpfung nach dem Tauchgang, vielleicht auch die Endorphine – aber als sie nebeneinander auf den warmen Holzplanken saßen, sprudelte es plötzlich aus ihm heraus.

«Weißt du, was merkwürdig ist?» begann er, während er seine Flossen abspülte. «Je mehr ich über die Zeit forsche, desto weniger verstehe ich, wie man in ihr lebt.»

Lena zog sich die Taucherhaube vom Kopf, schüttelte ihr nasses Haar aus. Sie sagte nichts, sah ihn nur aufmerksam an.

«Jonas und ich, wir arbeiten an einer Theorie, die besagt, dass Zeit nicht linear ist. Dass Informationen in beide Richtungen fließen können.» Er merkte, wie er immer schneller sprach. «Aber wenn das stimmt, was bedeutet das für Entscheidungen? Für das, was wir Schicksal nennen?»

Sie rückte unmerklich näher, ihre Schulter berührte fast seine. Noch immer schwieg sie, aber ihre Aufmerksamkeit war vollständig bei ihm.

«Manchmal denke ich, ich verbringe so viel Zeit damit, die Zukunft zu verstehen, dass ich vergesse, in der Gegenwart zu sein.» Er lachte kurz auf, ein ungewohnter Laut. «Eine Kollegin hat mir das gestern praktisch ins Gesicht gesagt.»

«Eine Verehrerin?», fragte Lena leise. Es war keine Eifersucht in ihrer Stimme, nur ruhiges Interesse.

Er nickte, überrascht, dass sie es erkannte, ohne dass er es ihr explizit erzählt hatte.

«Sie ist ... nun ja, sie hat deutlich gemacht, dass sie an mehr als nur kollegialer Zusammenarbeit interessiert ist.»

«Und du?»

«Ich?» Er zögerte, suchte verlegen nach den richtigen Worten. «Ich habe momentan keinen Kopf für eine Beziehung. Die Arbeit ...»

«Die Arbeit ...», wiederholte sie sanft. Ihre Hand lag jetzt neben seiner auf dem warmen Holz, die kleinen Finger berührten sich fast.

«Weißt du was?», brach plötzlich ein Damm und es strömten Dinge aus ihm heraus, die er nie jemandem erzählt hatte. «Ich bin Einzelkind. Mein Vater war Richter, meine Mutter Lehrerin. Gebildete Menschen, aber ...», suchte er nach dem richtigen Wort, «... emotional reserviert. Wir haben nie gelernt, über Gefühle zu sprechen. Alles wurde analysiert, kategorisiert, aber nie einfach nur gefühlt.»

Lena hörte zu, ihr Blick ruhte immer noch auf seinem Gesicht.

«Vielleicht bin ich deshalb so», fuhr er fort. «Introvertiert? Distanziert? Ich hatte keine anderen Vorbilder. Und jetzt ... jetzt weiß ich einfach nicht, wie man anders ist.»

Als er diese Worte aussprach, spürte er ihre Hand auf seinem Rücken. Warm durch den nassen Neoprenanzug. Sie drehte sich mit dem Oberkörper zu ihm, und bevor er reagieren konnte, beugte sie sich vor und küsste ihn. Zärtlich, ohne Eile, als hätte sie alle Zeit der Welt.

Der Kuss war anders als alles, was er erwartet hätte. Nicht fordernd wie Amelias Annäherung, aber auch nicht zögerlich, wie ein erster Kuss hätte sein sollen. Es war, als hätte sie einfach nicht mehr warten wollen – und er wehrte sie nicht ab. Im Gegenteil, er erwiderte den Kuss, überrascht von seiner eigenen Reaktion.

Als sie sich lösten, sagte keiner von beiden etwas. Die Stille, die folgte, war nicht unangenehm oder angespannt. Es war eine gute Stille, gefüllt mit dem Rauschen des Meeres und dem Kreischen der Möwen im Hintergrund. Die Sonne wärmte ihre Gesichter und das Salz trocknete auf ihrer Haut.

Elías erkannte in diesem Moment, dass, wenn seine Arbeit nicht wäre – diese alles verzehrende Obsession mit der Zeit –, er sich tatsächlich etwas mit Lena vorstellen könnte. Sie hatte etwas, das er bei keiner anderen Frau je gespürt hatte. Diese unaufdringliche Art und diese Fähigkeit, genau zu spüren, was er brauchte. Keine übermäßige Aufmerksamkeit. Nur diese ruhige Präsenz, die ihn sein ließ, wer er war.

Sie saßen noch eine Weile so da, Schulter an Schulter, während die Nachmittagssonne langsam tiefer sank. Manchmal, dachte Elías, sind die wichtigsten Momente die, in denen nichts gesagt werden muss.

Elías blickte über das bis auf den letzten Platz gefüllte Auditorium der Universität Barcelona. Die späte Oktobersonne warf lange Strahlen durch die hohen Fenster auf Jonas, der am Rednerpult stand. Sein Freund hatte seine normalerweise unordentliche Erscheinung für diesen Anlass gebändigt. Das Haar war zurückgekämmt und er trug einen ordentlichen Anzug statt der üblichen Jeans. Nur die bunte Krawatte verriet noch etwas von seiner üblichen Nonkonformität, seinem wahren Ich.

Elías saß in der dritten Reihe, umgeben von Kollegen aus verschiedenen Fakultäten. Er konnte die Spannung im Raum förmlich spüren. Neugier vermischte sich mit Skepsis, die typische Atmosphäre, wenn radikale neue Ideen auf das akademische Establishment trafen.

Jonas Präsentation war brillant. Mit mathematischer Präzision führte er durch die Grundlagen ihrer gemeinsamen Theorie. Auf der Leinwand erschienen komplexe Gleichungen, die die mögliche Beeinflussung gegenwärtiger neuronaler Muster durch zukünftige Zustände beschrieben. Die Quantenfeldgleichungen waren elegant und die Herleitungen sauber.

«Der Kern unserer Hypothese», erklärte Jonas, während er auf ein besonders komplexes Diagramm deutete, «ist, dass Information nicht nur entlang des klassischen Zeitpfeils fließt. Unter bestimmten Bedingungen – speziell in komplexen neuronalen Netzwerken – können zukünftige Zustände eine Art Resonanz in der Gegenwart erzeugen.»

Die ersten zwanzig Minuten verliefen ohne Unterbrechung. Jonas bewegte sich sicher durch die theoretischen Grundlagen, zitierte relevante Experimente aus der Quantenphysik und verwies auf Elías EEG-Daten. Es war eine Meisterleistung akademischer Präsentation.

Doch dann kam die Fragerunde. Die ersten Wortmeldungen waren höflich, technisch und auf Details fokussiert. Ein Mathematiker fragte nach einer spezifischen Ableitung, eine Physikerin wollte mehr über die Randbedingungen der Gleichungen wissen. Jonas parierte souverän. Dann erhob sich Professor Ramón Vidal, ein etablierter Neurophysiker mit jahrzehntelanger Reputation. Sein Gesicht war steinern und seine Stimme scharf wie ein Skalpell.

«Dr. Marquardt», begann er in arrogantem Ton, und dieser ließ nichts Gutes ahnen. «Sie präsentieren hier mathematische Konstrukte von beeindruckender Komplexität. Aber im Kern unterstellen Sie eine kausale Rückwirkung ohne jede empirische Grundlage. Das ist doch nicht Theorie, das ist Wunschdenken.»

Ein Raunen ging durch den Saal. Elías spürte, wie sich seine Muskeln anspannten.

Jonas Lächeln wurde eine Spur gezwungener. «Professor Vidal, ich verstehe Ihre Skepsis. Aber auch die Quantenverschränkung wurde einst als unmöglich abgetan, bis die Experimente ...»

«Vergleichen Sie bitte nicht etablierte Quantenphänomene mit Ihrer ... Spekulation», unterbrach ihn Vidal, der das letzte Wort förmlich ausspuckte. «Sie postulieren, dass das menschliche Gehirn auf Ereignisse reagiert, die noch nicht stattgefunden haben. Das widerspricht allem, was wir über Neurophysiologie wissen.»

Elías konnte sehen, wie Jonas Hände sich leicht verkrampften. Die Anspannung war deutlich, auch wenn er äußerlich ruhig blieb.

«Aber die Daten ...», begann Jonas.

«Welche Daten?», rief Vidal, dessen Stimme lauter wurde. «Ein paar anomale EEG-Muster? Statistische Ausreißer? Sie bauen ein ganzes theoretisches Gebäude auf Sand!»

Die Atmosphäre im Saal wurde zunehmend unangenehm. Einige Zuhörer nickten zustimmend zu Vidals Kritik, andere wirkten unbehaglich. Jonas öffnete den Mund für eine Erwiderung, aber Elías war schneller. Er erhob sich ruckartig von seinem Platz und alle Augen richteten sich auf ihn.

«Professor Vidal», begann er, seine Stimme zwar ruhig, aber bestimmt. «Manche Gedanken sind zu jung, um bewiesen zu werden. Aber zu alt, um ignoriert zu bleiben.»

Die Worte hingen in der Luft. Vidal starrte ihn an, offensichtlich überrascht von der poetischen Erwiderung.

Elías fuhr fort: «Als Heisenberg die Unschärferelation formulierte, hatte er keine „empirische Grundlage“ im klassischen Sinn. Als Einstein die Relativitätstheorie entwickelte, widersprach er „allem, was wir wussten“. Wissenschaft beginnt mit dem Mut, das Unmögliche zu denken.»

Ein kurzer Moment der Stille folgte. Dann, von irgendwo im hinteren Teil des Saals, begann jemand zu klatschen. Andere fielen ein, nicht alle, aber genug, um die Spannung zu brechen.

Jonas sah zu Elías hinüber, Dankbarkeit in seinen Augen. Es war mehr als nur Unterstützung bei einem Vortrag – es war ein öffentliches Einheitsbekenntnis. Sie standen zusammen, nicht nur als Forscher, die eine Theorie teilten, sondern als Träger einer Vision, die sie gemeinsam verteidigen würden.

Professor Vidal setzte sich wieder, sein Gesicht undurchdringlich. Die Diskussion ging zwar weiter, aber der Ton hatte sich verändert. Die Kritik blieb, aber sie war respektvoller und überlegter. Als die Sitzung endete und die Zuhörer den Saal verließen, kam Jonas zu Elías.

«Danke», sagte er schlicht.

«Wir sind ein Team», erwiderte Elías. «Und Teams stehen zusammen.»

Sie packten ihre Unterlagen ein, sich bewusst, dass sie soeben eine Grenze überschritten hatten. Ihre Theorie war nicht mehr nur eine private Obsession zweier Wissenschaftler. Sie hatten sie öffentlich gemacht, sich exponiert und waren damit Risiken eingegangen.

Als sie das Auditorium verließen, bemerkte Elías eine Gestalt in der letzten Reihe, die sich nicht erhoben hatte. Marla De León saß da, ein rätselhaftes Lächeln auf den Lippen, und machte sich Notizen in ein kleines schwarzes Buch.

SYNEXION beobachtete. Immer noch. Immer wieder. Aber in diesem Moment war das Elías egal. Er und Jonas hatten einen ersten Schritt in die Öffentlichkeit gewagt. Die Reaktionen mochten gemischt sein, aber sie hatten begonnen, die Welt auf ihre Idee vorzubereiten. Der Weg vor ihnen war unsicherer denn je. Er war voller Hindernisse und Skeptiker, aber sie würden ihn gemeinsam gehen.

Elías hörte nur das entfernte Summen der Klimaanlage und gelegentliche Schritte auf dem Linoleum der Institutsflure. Die meisten Kollegen hatten bereits Feierabend gemacht, aber er saß noch immer in seinem Büro, gebeugt über die neuesten EEG-Daten, die Jonas mathematische Modelle erneut zu bestätigen schienen.

Die Tür öffnete sich, diesmal ohne Anklopfen. Amelia stand im Türrahmen, ein schmales Buch in der Hand. Sie trug ein schwarzes Kleid, das ihre Figur betonte.

Ihre dunklen Haare fielen offen über ihre Schultern – eine deutliche Abweichung von ihrem üblichen strengen Dutt.

«Störe ich?» Die Frage war rhetorisch; sie war ja bereits eingetreten.

«Amelia.» Elías blickte von seinem Bildschirm auf, überrascht von ihrem unangemeldeten Besuch.

«Ich habe etwas für dich.» Sie trat näher, legte das Buch auf seinen Schreibtisch. «Henri Bergson. „Zeit und Freiheit". Ich dachte, es könnte dich interessieren – seine Ideen über die Gleichzeitigkeit von Vergangenheit und Gegenwart.»

Elías nahm das Buch in die Hand, ein altes, in Leder gebundenes Exemplar. «Bergson? Das ist ... unerwartet.»

«Du bist nicht der Einzige, der über Zeit nachdenkt», sagte sie mit einem leichten Lächeln. Sie kam um den Schreibtisch herum, lehnte sich mit der Hüfte gegen die Kante, nur eine Armlänge von ihm entfernt.

«Das Kolloquium heute war interessant», fuhr sie fort. «Jonas hat mutig präsentiert. Und du ...» Sie machte eine Pause, ihre grauen Augen ruhten auf seinem Gesicht. «Du hast ihn verteidigt wie ein Löwe sein Junges.»

«Es war die richtige Sache, das zu tun.»

«War es das?» Sie neigte leicht den Kopf. «Oder war es persönlich?»

Die Frage hing zwischen ihnen. Elías spürte die Intensität ihres Blicks, die unterschwellige Spannung, die von ihr ausging.

«Beides, vermutlich», gab er zu.

Amelia nickte langsam. «Ich mag das an dir. Diese Loyalität. Diese Leidenschaft unter der kontrollierten Oberfläche.»

Sie griff nach einem Stift auf seinem Schreibtisch, ihre Finger streiften dabei seine Hand. Viel langsamer und länger als beim letzten Mal. Diesmal zog er sie nicht zurück.

«Weißt du», sagte sie, während sie mit dem Stift spielte, «ich habe nachgedacht über das, was du tust. Diese ganze Forschung über Zeit und Bewusstsein.» Sie sah ihn direkt an. «Ich habe das Gefühl, du arbeitest nicht nur gegen die Zeit – sondern mit ihr.»

Die Beobachtung traf ihn unerwartet. Es war, als hätte sie etwas erkannt, das er selbst noch nicht vollständig begriff.

«Was meinst du damit?»

Sie legte den Stift zurück und lehnte sich leicht vor. Ihr Parfüm umgab ihn. «Dass du vielleicht schon weißt, wohin dich das alles führt. Dass du nicht forschst, um zu entdecken – sondern um zu bestätigen, was du bereits ahnst.»

Ihre Nähe war jetzt unübersehbar und voller Erwartung. Ein wenig zu aufdringlich, zu präsent für seinen Geschmack. Ihr Gesicht war nur Zentimeter von seinem entfernt, ihre Lippen leicht geöffnet. Der Moment dehnte sich, aufgeladen mit unausgesprochenen Möglichkeiten. Dann richtete sie sich wieder auf, als wäre nichts gewesen.

«Lese das Buch», sagte sie leichthin. «Bergson hatte interessante Ideen über die Dauer – „la durée". Vielleicht findest du darin etwas, das dir hilft.»

Sie ging zur Tür, ihre Bewegungen fließend und selbstsicher. An der Schwelle drehte sie sich noch einmal um.

«Übrigens», sagte sie mit einem rätselhaften Lächeln, «ich glaube, Lena hatte recht.»

«Lena?» Elías war verwirrt.

Woher zum Teufel kannte Amelia Lena?

«„Manchmal ist es leichter, unter Wasser zu bleiben." Aber irgendwann muss jeder auftauchen.»

Bevor er fragen konnte, was sie meinte, war sie verschwunden. Ihre Schritte verhallten im Flur, aber ihr Parfüm hing noch in der Luft – wie eine Unterschrift, die sie hinterlassen hatte.

Wie konnte sie Lena zitieren? Kannten sie sich etwa? Wie wahrscheinlich war das? Zu viele Gedanken. Es musste eine rationale Erklärung geben. Vielleicht hatte ich mich an einer der Arbeitsstationen nicht ausgeloggt und meine Nachrichten-App geöffnet gelassen? Ja, das musste es sein. Eine andere Erklärung gab es nicht.

Elías saß da, das Bergson-Buch in der Hand, und versuchte, zu verstehen, was gerade passiert war. Amelia war anders gewesen heute – direkter in ihrer Annäherung, und irgendwie noch intensiver. Als hätte sie beschlossen, nicht mehr nur zu warten, nicht mehr nur zu beobachten.

Er schlug das Buch aufs Geratewohl auf und begann, durch die Seiten zu blättern. Sein Blick blieb an einem Satz hängen:

„Reine Dauer ist die Form, welche die Abfolge unserer Bewusstseinszustände annimmt, wenn das Ich sich selbst treu bleibt und den gegenwärtigen Zustand nicht von den vorhergehenden trennt."

War das ihre Botschaft?

Eine Einladung, man selbst zu sein, sich dem Fluss des Lebens anzuvertrauen, statt es unaufhörlich zu analysieren?

Er klappte das Buch zu und lehnte sich in seinem Stuhl zurück. In seinem Kopf wirbelten Gedanken – über Zeit, über Theorien und über zwei sehr unterschiedliche Frauen, die beide etwas in ihm berührten, das er lange ignoriert hatte. Amelias Besuch war kein einfacher Flirt gewesen. Es war ein Versuch und eine Einladung zugleich – nicht nur zu ihr, sondern zu einem Leben jenseits der reinen Wissenschaft. Zu einer Existenz, die Raum ließ für Unvorhersehbares, für

Gefühle und für die Dauer des Moments. *Aber bin ich bereit dafür? Oder werde ich weiter in meinen Theorien versinken, während das Leben an mir vorüberzieht?* Die Frage blieb unbeantwortet, als er schließlich sein Büro verließ und in die hereinbrechende Nacht trat.

Die Uhr zeigte kurz nach Mitternacht, als Elías die Wohnungstür leise hinter sich schloss. In der Dunkelheit des Flurs sah er den schmalen Lichtstreifen unter Jonas Zimmertür – vermutlich brütete er über seinen Berechnungen. Er ging ins Wohnzimmer, ohne das Licht anzumachen. Das fahle Leuchten der Straßenlaternen reichte aus, um die Konturen der Möbel zu erkennen. Am Fenster blieb er stehen, die Hände in den Hosentaschen, den Blick auf das schlafende Barcelona gerichtet. Nur einzelne erleuchtete Fenster punktierten die Dunkelheit. In seinem Kopf wirbelten die Ereignisse des Tages durcheinander und überlagerten sich wie Interferenzmuster.

Jonas am Rednerpult, wie er ihre gemeinsame Theorie verteidigte, angegriffen von Professor Vidal. Die Anspannung in seinen Schultern, die Dankbarkeit in seinen Augen, als Elías für ihn einsprang. Amelias Besuch am Nachmittag. Ihre Hand, die seine streifte. Der Duft ihres Parfüms, der noch immer in seiner Erinnerung hing. Ihre rätselhaften Worte, in denen sie Lena zitierte.

Und Lena. Vor allem Lena. Ihr Kuss vor einer Woche am Tauchsteg, so unerwartet und doch so passend. Die Art, wie sie ihn ansah, als könnte sie durch alle seine Schutzschichten hindurchsehen. Die Ruhe, die er in ihrer Gegenwart spürte, und gleichzeitig diese neue Unruhe, die sie in ihm ausgelöst hatte.

Er ging zum Schreibtisch, schaltete die kleine Leselampe ein. Vielleicht würde Arbeit helfen, diese chaotischen Gedanken zu ordnen. Er öffnete sein Notizbuch, nahm den Stift zur Hand. Aber die Seite blieb leer. Die Formeln, die sonst so mühelos aus ihm flossen, verweigerten sich. Arbeit war zunehmend kein wirksames Ablenkungsmittel mehr. Stattdessen sah er nur Lenas Gesicht vor sich, hörte ihre Worte im Kopf: *„Du willst die Zeit beherrschen. Aber was, wenn du längst darin schwimmst, und zwar gegen den Strom?"*

Sie hatte es beim Abschied gesagt, nachdem sie sich geküsst hatten. Eine beiläufige Bemerkung, die trotzdem tiefer ging als alle wissenschaftlichen Diskussionen der letzten Wochen.

Er legte den Stift weg und schloss das Notizbuch. Arbeit war zwecklos heute Nacht. Also versuchte er es mit Schlaf. Er legte sich aufs Sofa, schloss die Augen, aber auch der Schlaf wollte nicht kommen. Sein Geist war zu aufgewühlt, gefangen zwischen Vergangenheit und Zukunft, zwischen Theorien und Gefühlen.

War das der Preis seiner Forschung? Je mehr er über die Natur der Zeit verstand, desto weniger schien er fähig, im Moment zu leben. Er war wie ein Schwimmer, der so sehr damit beschäftigt war, die Strömung zu analysieren, dass er vergaß, mit ihr zu schwimmen.

Nach einer Stunde des fruchtlosen Wälzens stand er wieder auf. Im Bad spritzte er sich kaltes Wasser ins Gesicht, dann blickte er in den Spiegel. Das Gesicht, das ihm entgegenstarrte, sah erschöpft aus, aber auch lebendig. Verwirrt, ja, aber auf eine Art, die sich nicht völlig falsch anfühlte.

Er kehrte ans Fenster zurück, beobachtete die Stadt. Barcelona schlief, aber unter der Oberfläche pulsierte das Leben weiter. Wie in ihm selbst. Etwas hatte begonnen, dessen war er sich sicher. Aber was genau es war – ob eine wissenschaftliche Revolution, eine emotionale Öffnung oder beides –, das konnte er nicht sagen.

Vielleicht war das auch nicht nötig. Womöglich musste er einfach lernen, mit der Ungewissheit zu leben, statt immer alles kontrollieren zu wollen. Die Zeit zu verstehen, bedeutete vielleicht nicht, sie zu beherrschen, sondern sich ihrem Fluss hinzugeben.

Ein leises Geräusch ließ ihn aufblicken. Jonas stand in der Tür, verschlafen, das Haar noch wilder als sonst.

«Kannst du auch nicht schlafen?», fragte er leise.

«Nein. Zu viele Gedanken.»

Jonas nickte und kam näher. «War ein intensiver Tag. Danke, nochmals. Für vorhin. Im Kolloquium.»

«Ist wirklich nicht der Rede wert.»

Sie standen nebeneinander am Fenster, zwei Männer, die versuchten, die Geheimnisse der Zeit zu entschlüsseln, während sie selbst von ihr mitgerissen wurden.

«Weißt du», sagte Jonas nach einer Weile, «manchmal denke ich, wir suchen nach Antworten auf die falschen Fragen.»

«Was meinst du?»

«Vielleicht sollten wir nicht fragen, wie die Zeit funktioniert. Sondern warum wir überhaupt in der Lage sind, über sie nachzudenken.»

Elías schwieg. Es war eine tiefgreifende Frage, eine, die über Physik und Neurologie hinausging. Eine Frage nach dem Wesen des Bewusstseins selbst.

«Geh schlafen», sagte er schließlich. «Morgen sehen wir klarer.»

Jonas nickte und verschwand wieder in seinem Zimmer. Elías blieb noch eine Weile am Fenster stehen, allein mit seinen Gedanken und der schlafenden Stadt.

Elías und Jonas saßen nebeneinander vor dem Monitor, ihre Gesichter vom bläulichen Schein der Daten erhellt. Nur das leise Summen der Geräte und das gelegentliche Klicken der Tastatur durchbrachen die nächtliche Stille des neurokognitiven Labors. Auf dem Hauptbildschirm pulsierte eine Live-Visualisierung neuronaler Aktivitätsmuster – hypnotisch, fast lebendig in ihrer Komplexität. Versuchsreihe 14c lief seit drei Stunden – Elías hatte sich medikamentös selbst in einen kontrollierten Tiefschlaf versetzt, während die Sensoren jede neuronale Regung aufzeichneten.

«Da», murmelte Jonas, nachdem das Experiment abgeschlossen war, und deutete auf eine spezifische Kurve. «Siehst du das? Das Muster wiederholt sich, aber ...»

«... zeitversetzt», vollendete Elías. «Die Resonanz tritt vor dem Reiz auf.»

Die Oszillationen auf dem Bildschirm bildeten ein komplexes Interferenzmuster – Wellen, die sich überlagerten, verstärkten und schließlich auslöschten. Aber etwas war fundamental anders als bei allen vorherigen Messungen. Die temporale Sequenz schien ... verbogen.

Jonas Finger flogen über die Tastatur. Er öffnete ein zweites Fenster, überlagerte die neuronalen Daten mit einem Modell zur Quantenverschränkung. Die Ähnlichkeit war frappierend – beide Muster zeigten dieselbe Art von nicht lokaler Korrelation.

«Das ist nicht reaktiv», sagte Jonas leise, fast ehrfürchtig. «Das ist proaktiv. Das System antizipiert nicht. Es verformt die Kausalität.»

Elías starrte auf den Bildschirm, spürte, wie sich etwas in seinem Verständnis verschob. Jahre der Forschung, der Theoriebildung und der vorsichtigen Hypothesen. All das kulminierte in diesem Moment.

«Nicht ein Spiegel der Realität», murmelte er. «Ein Spiegel, der sich selbst verbiegt. Und der Betrachter ist in diesem Fall Teil des Musters.»

Die Implikationen waren schwindelerregend. Wenn das Gehirn tatsächlich die zeitliche Struktur der Realität beeinflussen konnte – was bedeutete das für ihr Verständnis von Bewusstsein? Von freiem Willen? Von der Natur der Zeit selbst? Sie schwiegen beide, gefangen in der Tragweite ihrer Entdeckung. Die Daten flossen weiter über den Bildschirm, Zahlenkolonnen und Kurven, die eine Geschichte erzählten, für die es noch keine Worte gab.

«Wir brauchen eine neue Sprache für das, was wir sehen», sagte Jonas schließlich.

Elías wandte den Blick nicht vom Monitor ab. «Oder eine neue Realität», flüsterte er.

Die Worte hingen in der Luft, schwer von einer Bedeutung, die sie beide erst zu begreifen begannen. Es war nicht nur eine wissenschaftliche Entdeckung – es war der Moment, in dem ihre Theorie anfing, die Grenzen des Theoretischen zu sprengen.

Jonas zoomte tiefer in die Daten. «Schau hier – die Phasenverschiebung ist konsistent. Etwa 0,3 Sekunden. Das Gehirn reagiert auf Stimuli, bevor sie vollständig prozessiert sind. Als ob es ...»

«... die Zukunft in die Gegenwart zieht», beendete Elías den Gedanken.

Sie sahen sich an, und in diesem Moment teilten sie mehr als nur wissenschaftliche Aufregung. Es war das Gefühl, Zeugen von etwas zu sein, das größer war als sie selbst. Etwas, das die Grundfesten ihres Weltbilds erschütterte.

«Wir müssen das wiederholen», sagte Jonas. «Mit anderen Probanden. Unter kontrollierten Bedingungen.»

«Ja», stimmte Elías zu. «Aber zuerst müssen wir verstehen, was wir da sehen. Das ist kein gewöhnliches neuronales Phänomen. Das ist ...»

Er suchte nach Worten, fand aber keine, die der Größe der Entdeckung gerecht wurden. Das Labor wurde zu einem Kokon der Erkenntnis. Draußen ging Barcelona seinem nächtlichen Rhythmus nach, aber hier, in diesem abgedunkelten Raum, begannen zwei Männer zu verstehen, dass sie möglicherweise das fundamentalste Geheimnis des menschlichen Bewusstseins berührt hatten. Die Monitore flimmerten weiter, warfen tanzende Schatten an die Wände. In diesen Schatten schien sich die Zukunft abzuzeichnen – unscharf noch, aber unausweichlich.

«Weißt du, was das bedeutet?», fragte Jonas nach einer langen Pause.

«Dass alles, was wir über Zeit zu wissen glaubten, möglicherweise falsch ist.»

«Nein», sagte Jonas, und ein seltenes Lächeln huschte über sein Gesicht. «Es bedeutet, dass alles möglich ist.»

Sie arbeiteten die ganze Nacht durch, dokumentierten, analysierten und spekulierten weiter. Es war ihr letzter Moment echter Zusammenarbeit, bevor die Welt von ihrer Entdeckung erfuhr. Der letzte Moment, in dem sie nur zwei Wissenschaftler waren, vereint in ihrem Staunen über das Unmögliche. Als die ersten Sonnenstrahlen durch die Jalousien fielen, hatten sie genug Daten gesammelt, um ihre Welt – und möglicherweise auch die Welt aller anderen – für immer zu verändern. Der Spiegel hatte sich verbogen. Und mit ihm die Realität selbst.

KAPITEL 5

Elías spürte die ersten kühlen Oktobertage durch die großen Fenster des modernen Seminarraums im neuen Flügel der Universität Barcelona. Er blickte über die zwanzig sorgfältig arrangierten Stühle im Halbkreis vor der Projektionswand – jeden Platz handverlesen, jeden Gast persönlich eingeladen. Jonas stand zu seiner Rechten am Laptop, während die gedämpfte Nachmittagssonne auf die konzentriert wartende Gruppe fiel. Die Nervosität, die ihn bei öffentlichen Vorträgen oft plagte, war einer fokussierten Spannung gewichen. Dies war kein gewöhnliches Kolloquium – es war die Geburtsstunde von etwas Größerem.

Im Publikum saßen Koryphäen verschiedener Disziplinen: Dr. Maria Vega, Neurobiologin mit Schwerpunkt auf Bewusstseinsforschung; Professor Andreas Richter, Quanteninformatiker aus München; Dr. Sarah Chen, Spezialistin für komplexe Systeme vom MIT. Und in der ersten Reihe, aufrecht und aufmerksam, saß Professor Ryota Nishikawa, der japanische Quantenphysiker, der sie bereits in Leipzig erlebt hatte.

«Meine Damen und Herren», begann Elías, «was wir Ihnen heute präsentieren, bewegt sich an der Grenze dessen, was wir als Wissenschaft akzeptieren. Es ist spekulativ. Es ist ambitioniert. Aber wir glauben, es könnte fundamental sein.»

Jonas startete die Präsentation. Der erste Slide zeigte die inzwischen vertrauten EEG-Muster, überlagert mit Quantenfeldgleichungen.

«Unsere Ausgangsfrage war simpel», fuhr Elías fort. «Warum zeigen Gehirne manchmal Aktivitätsmuster, die temporal nicht mit dem Stimulus übereinstimmen? Die Antwort, die wir gefunden haben, ist alles andere als simpel.»

Die nächsten dreißig Minuten führten sie methodisch durch ihre Erkenntnisse. Jonas erklärte die mathematischen Modelle, die nicht lokale temporale Zustände beschrieben. Elías präsentierte die neurologischen Daten, die diese Theorie stützten. Visualisierungen zeigten Überlagerungen neuronaler Zustände mit mathematisch modellierten Quanteneffekten.

«Das Gehirn», erklärte Jonas, während er auf ein besonders komplexes Diagramm deutete, «scheint unter bestimmten Bedingungen als Quantensystem zu agieren. Nicht im trivialen Sinn – sondern als aktiver Modulator temporaler Strukturen.»

Die Stille im Raum war absolut. Einige Gesichter zeigten Skepsis, andere Faszination. Professor Nishikawa machte sich Notizen in einem kleinen Moleskine-Buch. Als die Präsentation endete, herrschte für einen Moment Schweigen. Dann erhob sich Nishikawa langsam, seine Bewegungen präzise und bedacht.

«Dr. Soler, Dr. Marquardt», begann er, seine Stimme leise, aber jedes Wort mit Gewicht. «Was Sie uns gezeigt haben, ist ... bemerkenswert.»

Er machte eine Pause, schien seine nächsten Worte sorgfältig zu wählen.

«Sie haben nicht nur ein neuronales Modell erweitert. Sie haben einen temporalen Zustand kartiert. Und damit eine Frage geöffnet, für die es bisher keine Wissenschaft gab.»

Die Aufmerksamkeit des Raumes lag nun vollständig bei ihm. Nishikawa trat vor, deutete auf die Projektionswand.

«Ihre Daten erinnern mich an etwas, woran ich vor Jahren gearbeitet habe – nicht lokale Quantenzustände in reversibler Zeitstruktur. Damals hielt man es für mathematische Spielerei. Aber was Sie hier zeigen ...» Er nickte anerkennend. «Sie stehen an einer Schwelle. Einer Schwelle zwischen dem, was ist, und dem, was sein könnte.»

Die Diskussion, die folgte, war intensiv. Fragen flogen durch den Raum, Einwände wurden vorgebracht und diverse Theorien und Ableger davon diskutiert. Aber der Grundton hatte sich verändert. Aus Skepsis wurde vorsichtige Anerkennung.

Nach zwei Stunden löste sich die Versammlung auf. Während die meisten Teilnehmer den Raum verließen, blieben zwei Personen zurück.

Die erste war eine Frau Mitte dreißig mit kastanienbraunem Haar und intelligenten grünen Augen. Sie trug einen eleganten schwarzen Blazer und bewegte sich mit einer Anmut, die sowohl natürlich als auch kultiviert wirkte.

«Dr. Selene Moreau», stellte sie sich vor, ihre Stimme mit einem leichten französischen Akzent. «Ich arbeite an semantischen Strukturen in neuronalen Netzwerken. Ihre Präsentation ... sie hat etwas in mir zum Klingen gebracht. Als hätte ich auf diese Verbindung gewartet, ohne es zu wissen.»

Neben ihr stand ein Mann, der aussah, als wäre er Anfang vierzig, mit dunkler Haut und durchdringenden dunkelbraunen Augen. Er schwieg zunächst und beobachtete.

«Dr. Kiran Nanduri», sagte er schließlich, jedes Wort präzise gesetzt. «Quanteninformatik. Chennai, dann Oxford. Ihre Mathematik ist ... elegant. Aber unvollständig.»

Es war keine Kritik, erkannte Elías, sondern eine Feststellung.

«Würden Sie beide Interesse haben, sich unserem Projekt anzuschließen?» fragte Jonas direkt.

Selene lächelte, ein warmes, offenes Lächeln. «Ich dachte, Sie würden nie fragen. Diese Arbeit ... sie fühlt sich wichtig an. Notwendig.»

Kiran nickte nur, aber seine Augen verrieten echtes Interesse. «Ich brauche Zugang zu Ihren Rohdaten. Alle Messreihen. Ungefiltert.»

«Selbstverständlich», sagte Elías, «ich sende Ihnen im Nachgang eine Vertraulichkeitsvereinbarung.»

Als die beiden neuen Teammitglieder ihre Kontaktdaten austauschten, spürte

Elías eine Veränderung in der Dynamik. Das Projekt war nicht mehr nur seine und Jonas private Obsession. Es wurde zu etwas Größerem, etwas, das sich aus eigener Kraft zu entwickeln begann.

Später, als sie den Seminarraum aufräumten, sagte Jonas: «Das lief besser als erwartet.»

«Nishikawas Unterstützung war entscheidend», stimmte Elías zu. «Und Selene und Kiran ... sie bringen genau die Expertise, die uns fehlte.»

«Selene schien zu verstehen, worum es geht, bevor wir es erklären», bemerkte Jonas. «Und Kiran ... der Mann ist ein Genie. Etwas schwer zu lesen vielleicht, aber das kriegen wir in den Griff.»

Elías nickte. Das Team wuchs, die Idee gewann an Substanz. Aber mit jedem neuen Mitglied, jeder zusätzlichen Perspektive, wurde auch die Verantwortung größer. Sie waren nicht mehr nur Theoretiker, die mit wilden Ideen spielten. Sie waren dabei, etwas zu erschaffen, das die Welt verändern könnte. Ob zum Guten oder zum Schlechten, das mussten sie selbst noch herausfinden.

Als sie das Gebäude verließen, fiel Elías Blick auf sein Spiegelbild in der Glastür. Für einen Moment schien es ihm, als würde das Bild nicht ganz synchron mit seinen Bewegungen sein – ein minimaler Versatz, kaum wahrnehmbar. Er blinzelte, und die Illusion verschwand.

Ein Spiegel zwischen Erinnerung und Erwartung, dachte er. *Zwischen dem, was war, und dem, was sein könnte.*

Die Theorie wurde real. Und mit der Realität kamen neue Herausforderungen, neue Verantwortungen. Der Kreis der Eingeweihten war geschlossen. Jetzt begann die eigentliche Arbeit.

Das kleine Straßencafé am Rande des Universitätscampus war ein beliebter Treffpunkt für Dozenten und Studenten. Der Duft von frisch gebrühtem Kaffee mischte sich mit dem herbstlichen Aroma fallender Blätter. Elías und Jonas saßen an einem Ecktisch, ihre Laptops zugeklappt vor sich, die Gesichter gezeichnet von zwei Wochen intensiver Frustration. Seit dem Tag der Präsentation, an dem sich auch ihr Team erweitert hatte, war viel passiert. Die Tassen vor ihnen waren halb leer und längst kalt geworden. Auf dem Tisch lagen verstreut Absageschreiben – höflich formulierte Ablehnungen von verschiedenen Förderinstitutionen.

«Fünf Präsentationen in zwei Wochen», murmelte Jonas und rieb sich die müden Augen. «Und jedes Mal dieselben Phrasen.»

Elías nahm eines der Schreiben in die Hand, las die markierten Passagen noch einmal: *„Zu theoretisch ... mangelnde empirische Grundlage ... Validierbarkeit nicht gewährleistet ... hohes Risiko bei unklarem Nutzen ..."*

«Sie verstehen es einfach nicht», sagte er leise. «Oder sie wollen es nicht verstehen.»

«Das Problem ist», erwiderte Jonas, «dass wir an der Grenze des Messbaren arbeiten. Förderausschüsse mögen klare Hypothesen, saubere Experimente, vorhersagbare Ergebnisse. Wir bieten ihnen ...»

«... eine Revolution des Denkens», vollendete Elías bitter. «Aber Revolutionen sind nicht förderungswürdig.»

Eine Gruppe Studenten am Nebentisch lachte laut auf, die Normalität ihres Universitätsalltags bildete einen starken Kontrast zu der Sackgasse, in der sich die beiden Wissenschaftler gerade befanden.

«Ohne Geld können wir nicht weitermachen», sagte Jonas nach einer längeren Pause. «Die Geräte, die wir brauchen, die Rechenzeit, die Assistenten ... und Selene und Kiran können wir auch nicht ewig mit Versprechungen hinhalten.»

Elías nickte. Sie hatten ihre eigenen Ersparnisse bereits angegriffen, aber das würde nicht lange reichen. Die Universität stellte Räume und Basisausstattung, aber für die Art von Forschung, die sie betrieben, brauchten sie wesentlich mehr. Jonas starrte nachdenklich auf sein Handy, scrollte durch alte Nachrichten. Plötzlich hielt er inne.

«Warte mal», sagte er langsam. «Da war doch diese Frau beim Symposium in Leipzig. Letzten Juli.»

«Welche Frau?»

«Marla De León.» Jonas Stimme bekam einen nachdenklichen Ton. «Sie arbeitet bei SYNEXION. Hat sich unsere Präsentation angehört, Fragen gestellt. Sehr präzise Fragen.»

Elías runzelte die Stirn. «SYNEXION, der Tech-Konzern. Ja, stimmt.»

«Genau. Sie war diskret, aber ... ich hatte das Gefühl, sie hat nicht aus Neugier zugehört. Sondern mit Planung im Hinterkopf.»

Jonas scrollte weiter durch seine Fotos. «Ich habe sie ... hier!» Er hielt Elías das Handy hin. Auf dem Bildschirm war das Foto einer eleganten Visitenkarte zu sehen:

„Marla De León, Senior Project Director, SYNEXION Technologies."

Sie schauten beide auf die Karte, dann sahen sie sich an. Kein Wort wurde gesprochen, aber in diesem Blick lag eine ganze Konversation. Sie wussten beide, was es bedeuten würde, sich an die Industrie zu wenden. Unabhängigkeit gegen Ressourcen. Freiheit gegen Finanzierung.

«Sie haben Geld», sagte Jonas schließlich.

«Und Bedingungen», ergänzte Elías.

«Aber ohne Geld ...»

«... stirbt die Idee.»

Wieder Stille. Der späte Nachmittag ging langsam in den Abend über. Die Lichter des Cafés gingen an, warfen weiche Schatten auf ihre erschöpften Gesichter.

«Es muss nicht bedeuten, dass wir uns verkaufen», sagte Jonas vorsichtig. «Vielleicht können wir Bedingungen aushandeln. Teilfinanzierung. Begrenzte Rechte.»

Elías wusste, dass Jonas recht hatte. Und er wusste auch, dass sie keine andere Wahl hatten. Die öffentlichen Förderungen würden nicht kommen. Die Universität würde nicht mehr Mittel bereitstellen. Und ihre Entdeckung war zu wichtig, um sie in einer Schublade verschwinden zu lassen.

«Ruf sie an», sagte er schließlich.

Jonas nickte, wählte die Nummer auf der Visitenkarte. Es klingelte einmal, zweimal, dann sprach die professionelle Stimme einer Managerin:

«Marla De León.»

«Ms. De León? Hier ist Jonas Marquardt. Wir haben uns letzten Juli in Leipzig getroffen, beim Workshop zu Quantum Cognition ...»

«Dr. Marquardt!» Ihre Stimme klang erfreut, aber nicht überrascht. «Ich habe mich gefragt, wann Sie anrufen würden.»

Die Art, wie sie *„wann"* und nicht *„ob"* sagte, ließ beide Männer aufhorchen.

«Wir würden gerne über unser Projekt sprechen», fuhr Jonas fort. «Über mögliche ... Kooperationen.»

«Natürlich. Wie wäre es mit einem Treffen? Informell. Nur um Möglichkeiten zu diskutieren.»

Sie verabredeten einen Termin. Als Jonas auflegte, saßen sie beide schweigend da. Der Würfel war gefallen. Sie hatten die Schwelle zur Industrie überschritten – nicht aus Ehrgeiz, sondern aus Notwendigkeit.

«Was haben wir gerade getan?», fragte Elías leise.

«Das Einzige, was wir tun konnten», antwortete Jonas. «Wir haben der Idee eine Chance gegeben, zu überleben.»

Der Abend senkte sich über Barcelona. Im Café brannten die Lichter, aber für Elías fühlte es sich an, als würde etwas anderes dunkler werden. Die Reinheit ihrer Forschung vielleicht. Oder ihre Unabhängigkeit.

Sie packten ihre Sachen zusammen, zahlten, verließen das Café. Auf dem Weg zurück zum Labor sagte keiner ein Wort. Sie wussten beide, dass Forschung Mittel brauchte. Aber der Preis dafür würde höher sein als nur Geld.

Die Idee gewann an Masse. Aber Masse bedeutete auch Schwerkraft. Und Schwerkraft bedeutete, dass man nicht mehr frei schwebte.

Elías starrte auf den Bildschirm in seinem Arbeitszimmer, der einen schwarzen Hintergrund mit dem SYNEXION-Logo und einem Countdown zeigte:

```
VERSCHLÜSSELTE VERBINDUNG WIRD HERGESTELLT IN:
00:05 ...
00:04 ...
```

Jonas saß neben ihm, ungewöhnlich angespannt. Sie hatten die halbe Nacht damit verbracht, sich auf dieses Gespräch vorzubereiten – mögliche Forderungen diskutiert, rote Linien gezogen, Verhandlungsstrategien entwickelt. Jetzt, um zehn Uhr morgens, würde sich zeigen, ob all diese Vorbereitung relevant war.

Der Bildschirm wurde lebendig. Marla De León erschien in perfekter HD-Qualität, ihr Büro im Hintergrund minimalistisch und professionell. Sie trug ein dunkelblaues Kostüm, das Haar zu einem makellosen Knoten frisiert. Die Beleuchtung war so präzise, dass es fast unnatürlich wirkte – kein Schatten, keine Unvollkommenheit.

«Guten Morgen, Dr. Soler, Dr. Marquardt», begann sie ohne Umschweife. «Danke, dass Sie sich die Zeit nehmen.»

«Guten Morgen, Ms. De León», erwiderte Elías.

«Lassen Sie mich direkt zum Punkt kommen», fuhr Marla fort. Ihre Stimme war ruhig, kontrolliert, ohne die übliche Wärme von Geschäftsgesprächen. «Ich habe Ihre Arbeit seit Leipzig verfolgt. Genauer gesagt, SYNEXION hat sie verfolgt.»

Jonas lehnte sich leicht vor. «Und zu welchem Schluss sind Sie gekommen?»

Ein minimales Lächeln huschte über Marlas Gesicht. «Dass Sie nicht am Anfang eines Experiments stehen. Sie stehen bereits mitten in einem historischen Durchbruch. Die Frage ist nur, wer ihn dokumentiert.»

Die Formulierung ließ beide Männer aufhorchen. *„Historischer Durchbruch"*. Als ob die Entdeckung bereits gemacht sei und nur noch auf ihre offizielle Anerkennung warte.

«Was genau meinen Sie damit?», fragte Elías vorsichtig.

Marla lehnte sich etwas zurück, ihre Hände gefaltet vor sich auf dem unsichtbaren Schreibtisch. «Die Verschränkung von Quantenphysik und Neurologie ist überfällig. Andere arbeiten bereits daran – in China, in den USA, in geschlossenen Laboren. Aber niemand hat Ihren ... poetischen Ansatz. Diese Verbindung von theoretischer Eleganz und empirischer Kühnheit.»

«Und SYNEXION möchte ...?»

«SYNEXION möchte sicherstellen, dass diese Arbeit nicht in akademischen Journalen verstaubt. Wir haben die Ressourcen, die Infrastruktur, die ... Vision, um aus Ihrer Theorie Realität zu machen.»

Jonas und Elías tauschten einen kurzen Blick. Das klang fast zu gut.

«Was wären die Bedingungen?», fragte Jonas direkt.

«Technische Kooperation», antwortete Marla, ohne zu zögern. «Zugriff auf ausgewählte Datensätze. Mitspracherecht bei der Priorisierung von Forschungsrichtungen. Im Gegenzug: vollständige Finanzierung, State-of-the-Art-Equipment, Zugang zu unseren Quantencomputing-Ressourcen.»

«Und die Rechte an den Ergebnissen?», hakte Elías nach.

«Geteilte Rechte. Sie behalten die akademische Freiheit zur Publikation. SYNEXION erhält Erstrechte für kommerzielle Anwendungen.»

«Darf ich Ihnen etwas zeigen?», fragte Marla und aktivierte die Bildschirmfreigabe, ohne auf eine Antwort zu warten. Ein Dokument erschien:

```
SYNEXION RESEARCH PARTNERSHIP AGREEMENT - DRAFT
```

«Das ist unser Standardvertrag für Forschungskooperationen», erklärte sie. «Natürlich angepasst an die Besonderheiten Ihres Projekts.»

Sie scrollte durch die ersten Seiten. Elías und Jonas lasen mit, ihre Augen rasten über Klauseln und Unterklauseln.

«Paragraf 3.2», sagte Jonas plötzlich. «Wochenweise Fortschrittsberichte mit detaillierten Daten. Das ist sehr ... umfassend.»

«Transparenz ist wichtig für uns», erwiderte Marla glatt. «Wir investieren erhebliche Summen. Da ist Nachvollziehbarkeit nur fair, finden Sie nicht?»

«Und Paragraf 5.4?», fragte Elías und deutete auf den Bildschirm.

«SYNEXION erhält ein Vetorecht bei der Auswahl externer Kooperationspartner?»

«Ein Schutz unserer Investition. Wir möchten sicherstellen, dass keine konkurrierenden Interessen die Forschung beeinflussen.»

Sie gingen weitere Klauseln durch. Keine war einzeln betrachtet inakzeptabel, aber in der Summe entstand ein Bild zunehmender Kontrolle.

«Paragraf 8.1 ist interessant», bemerkte Jonas. «Bei bahnbrechenden Entdeckungen hat SYNEXION das Recht auf sofortige Implementierung in eigene Systeme?»

«Mit Ihrer Zustimmung, natürlich», fügte Marla hinzu. «Aber ja, wir möchten schnell handeln können, wenn sich Gelegenheiten ergeben. Wir sind keine Opportunisten, aber auch keine Wohltätigkeitsorganisation.»

Elías spürte, wie sich etwas in seinem Magen zusammenzog. Der Vertrag war professionell, fair in seinen Grundzügen, aber umso einengender.

«Ms. De León», begann er vorsichtig, «dieser Vertrag scheint uns erheblich in unserer Forschungsfreiheit einzuschränken. Bitte bedenken Sie, dass auch die Universität eine der Parteien in diesem Vertrag ist und diese hier auch noch ein Wort mitzureden hat.»

«Im Gegenteil», erwiderte sie ruhig. «Er gibt Ihnen die Freiheit zu forschen, ohne sich um Finanzierung sorgen zu müssen. Die Universität kommt auch auf ihre Kosten und die Klauseln dienen nur dazu, die Forschung zu ... kanalisieren. Effizienter zu machen.»

«Kanalisieren», wiederholte Jonas. Das Wort hing in der digitalen Luft.

«Lassen Sie mich offen sein», sagte Marla, ihre Stimme wurde eine Nuance persönlicher. «SYNEXION glaubt, dass Ihre Arbeit das Potenzial hat, unser Verständnis von Bewusstsein und von Zeit selbst zu revolutionieren. Aber Revolutionen brauchen Struktur, sonst werden sie zu Chaos.»

«Und SYNEXION bietet diese Struktur?», fragte Elías.

«Wir bieten Möglichkeiten. Die Alternative ist ...» Sie machte eine elegante Pause. «Nun, Sie haben ja gesehen, wie die öffentlichen Förderungsstellen reagiert haben. Die Universität hat scheinbar auch nicht die Mittel, solche Projekte zu stemmen.»

Der unterschwellige Druck war subtil, aber unübersehbar. Sie wusste von ihren gescheiterten Anträgen. Natürlich wusste sie davon. SYNEXION war bestens vernetzt.

«Können wir Änderungen am Vertrag vorschlagen?», fragte Jonas.

«Natürlich. Das ist ein Entwurf, keine Endversion. Nichts ist in Stein gemeißelt. Aber die Grundstruktur – Transparenz, Kooperation und geteilte Rechte – die ist nicht verhandelbar.»

Elías sah Jonas an. In seinen Augen las er dieselbe Erkenntnis: Sie hatten keine echte Wahl. Ohne SYNEXION würde das Projekt sterben. Mit SYNEXION würde es überleben, aber transformiert werden.

«Wir brauchen Zeit, um das zu überdenken», sagte Elías schließlich.

«Selbstverständlich. Aber nicht zu viel Zeit. Andere Projekte warten auf Finanzierung. Und wie ich sagte – Sie sind nicht die Einzigen, die an der Schnittstelle von Quanten und Bewusstsein arbeiten.»

Die Drohung war subtil, aber eindeutig.

«Eine Woche», sagte Marla. «Dann erwarte ich Ihre Entscheidung. Der Vertrag bleibt auf dem sicheren Server. Sie haben Zugang.»

Sie lehnte sich leicht vor, ihre Augen bohrten sich durch die Kamera in die ihren.

«Gentlemen, lassen Sie mich das Gespräch mit einer persönlichen Bemerkung abschließen. Große Ideen sterben nicht an Opposition. Sie sterben an Unterfinanzierung, an Bürokratie oder an der Unfähigkeit, sie in die Welt zu bringen. SYNEXION kann Ihre Idee zum Leben erwecken. Die entscheidende Frage ist: Wollen Sie Väter einer toten Theorie sein oder Geburtshelfer einer neuen Realität?»

Die Verbindung wurde beendet. Der Bildschirm zeigte wieder das SYNEXION-Logo, dann wurde er schwarz. Jonas und Elías saßen schweigend da. Der Vertrag lag noch auf dem Server, wartete auf ihre Entscheidung.

«Sie kaufen sich nicht nur in die Idee ein», sagte Jonas schließlich. «Sie kaufen die Idee.»

«Aber ohne sie ...»

«Ich weiß.» Jonas rieb sich die Augen. «Ich weiß.»

Ihre Forschung war kommerzialisiert geworden. Noch nicht korrumpiert, aber gebunden. Sie waren in den Machtbereich eines Akteurs eingetreten, der nicht in Erkenntnissen dachte, sondern in Renditen.

Draußen schien die Novembersonne auf Barcelona. Aber in Elías Arbeitszimmer fühlte es sich an, als wäre ein Schatten gefallen. Der Schatten von SYNEXION. Und allem Anschein nach würde er nicht mehr weichen.

Zwei Wochen waren vergangen. Der Vertrag mit SYNEXION lag unterschrieben im Safe der Universität. Die eigentliche Entscheidung stand schon nach drei Tagen fest, aber es brauchte noch weitere drei, bis sich das Gremium um den Rektor versammelt hatte, um die finalen Unterschriften zu setzen. Das Labor bebte nun von neuer Aktivität – Lieferungen trafen ein, Techniker installierten Equipment, das sie sich vor wenigen Wochen nicht einmal hätten wünschen können.

Die Zukunft hatte begonnen, und zwar schneller als erwartet. Doch in den Zwischenräumen seines beschleunigten Lebens fand Elías Momente der Stille. Meist spätabends, wenn Jonas schon schlief und die Stadt zur Ruhe kam. An einem Dienstagabend klopfte es an seiner Wohnungstür. Amelia stand davor, eine Flasche Rotwein in der Hand.

«Ich dachte, wir sollten auf euren Erfolg anstoßen», sagte sie mit diesem charakteristischen Lächeln – halb professionell, halb persönlich.

Elías zögerte kurz, dann trat er beiseite. «Komm rein.»

Sie machte es sich auf dem Sofa bequem, während er Gläser holte und die Flasche entkorkte. Ihre Präsenz füllte den Raum auf eine Art, die gleichzeitig einladend und fordernd war. Verstärkt von ihrem stets allgegenwärtigen Parfüm.

«Also», begann sie, nachdem er eingeschenkt hatte, «SYNEXION. Das ist ein großer Schritt.»

«Ein notwendiger Schritt», korrigierte er.

«Hmm.» Sie nippte an ihrem Wein. «Ihr baut also das nächste Weltmodell? Ich hoffe, ihr wisst wenigstens, in welcher Sprache es spricht.»

Die Ironie in ihrer Stimme war unüberhörbar, aber nicht unfreundlich. Es war ihre Art – immer einen Schritt zurück, immer mit diesem wissenden Unterton.

«Wir versuchen es herauszufinden», antwortete er.

Sie lehnte sich zurück, ihre Hand streifte wie zufällig seine Schulter. «Weißt du, was ich an dir mag, Elías? Du glaubst wirklich, dass du die Welt verstehen kannst. Diese ... Unschuld.»

«Unschuld?» Elías hörte sich ungläubig an.

«Oder Arroganz. Manchmal ist das schwer zu unterscheiden.»

Das wird ja immer besser, dachte er.

Sie blieb noch eine Stunde, sprach über das Projekt, über die Kollegen, über Barcelona. Ihre Nähe war kalkuliert und wirksam, aber auch zunehmend anstrengend. Als sie ging, hinterließ sie neben dem üblichen Hauch von Parfüm auch unausgesprochenen Möglichkeiten. Später, als Elías im Bett lag, vibrierte sein Telefon. Eine Nachricht von Lena.

„Ich bin heute in Benidorm. Traumhafter Himmel. Die Farben erinnern mich ans Tauchen – dieses Blau, das man nur unter Wasser sieht.“

Er starrte auf den Bildschirm. Die Nachricht war so anders als Amelias intellektuelle Spielchen. Direkt und unkompliziert, aber mit einer Tiefe, die sich erst beim zweiten Durchlesen erschloss. Er tippte eine Antwort, löschte sie wieder. Tippte erneut.

„Klingt schön. Hier regnet es. Barcelona zeigt seine graue Seite. Ich vermisse das Tauchen mit dir.“

Ihre Antwort kam fast sofort:

„Grau ist auch eine Farbe. Manchmal die ehrlichste.“

Er lächelte unwillkürlich. Dann kam eine weitere Nachricht:

„Übrigens – kannst du mir etwas erklären? Wie erklärst du das Gefühl, an etwas zu denken, das noch nicht geschehen ist? Manchmal habe ich das. Als ob die Zukunft schon da wäre, nur noch nicht sichtbar.“

Die Frage traf ihn unvorbereitet. Es war, als hätte sie direkt in den Kern seiner Forschung geblickt, ohne es zu wissen. Oder wusste sie es doch? Er begann zu tippen, langsam, nachdenklich:

„Vielleicht gibt es keinen Unterschied zwischen Erinnerung und Erwartung.

Vielleicht sind es nur zwei Seiten desselben, die sich nicht kennen.“

Diesmal dauerte ihre Antwort länger:

„Das ist das Schönste, was ich seit Langem gehört habe. Und das Traurigste zugleich. Wenn Erinnerung und Erwartung sich nicht kennen, wo bleiben wir dann? In der Mitte? Oder nirgends?“

Er hatte keine Antwort darauf. Nicht heute. Die Tage vergingen in diesem Rhythmus. Tagsüber das Labor, die Arbeit, die wachsende Komplexität des Projekts. Abends Amelias gelegentliche Besuche, ihre klugen Provokationen und ihre berechnete Nähe. Um sie nicht direkt abweisen zu müssen, bat er meist Jonas um seine Anwesenheit in der Wohnung. Das bewegte Amelia oft zum früheren Gehen. Und nachts dann Lenas Nachrichten, die wie Fenster in eine andere Welt wirkten.

Am Freitag kam Amelia wieder vorbei, diesmal mit einem Stapel Papiere.

«Die neuen Simulationsergebnisse», sagte sie. «Ich dachte, du möchtest sie sehen.»

Aber es war nur ein Vorwand, das wussten beide. Sie setzte sich neben ihn auf die Couch, viel näher als nötig. «Du siehst müde aus», bemerkte sie. «Schläfst du genug?»

«Schlaf ist überbewertet.»

«Wie die meisten menschlichen Bedürfnisse?» Ihre Hand legte sich auf seine. «Elías, du kannst nicht nur in deiner Theorie leben. Menschen brauchen ... Beruhrung. Nähe. Realität.»

Er zog seine Hand nicht weg, aber erwiderte die Geste auch nicht. «Ist das ein professioneller Rat?»

«Nein», sagte sie leise. «Ein persönlicher.»

Sie küsste ihn. Kurz, aber bestimmt. Es war nicht unangenehm, aber es fühlte sich auch nicht richtig an. Als hätte jemand die falsche Frequenz eingestellt.

«Amelia ...»

«Schon gut», unterbrach sie ihn. «Ich weiß. Du bist woanders. Bei deinen Gleichungen. Oder ...» Sie machte eine Pause. «Bei jemand anderem?»

Er antwortete nicht. Sie stand auf, sammelte ihre Sachen.

«Weißt du, was das Problem mit Spiegeln ist?», fragte sie an der Tür. «Sie zeigen nur, was vor ihnen steht. Nie, was dahinter ist.»

Als sie gegangen war, griff Elías wieder zum Telefon. Eine neue Nachricht von Lena wartete:

„Morgen wieder in Barcelona. Nur für einen Tag. Falls du Zeit hast ... wieder das Café in El Born? Sie machen den besten Cortado der Stadt. Aber kein Druck. Nur eine Einladung in die Gegenwart.“

Er las die Nachricht mehrmals. *„Eine Einladung in die Gegenwart.“*

Als wüsste sie genau, wo er sich verloren hatte.

Er antwortete diesmal ohne zu zögern: *„El Xampanyet? Um drei?"*

„Um drei. Und Elías … bring diesmal dich selbst mit. Nicht nur deinen Kopf. Auch wenn es kein Tauchgang ist."

Er musst grinsen, als er das Telefon weglegte.

Amelias Worte hallten nach: *„Spiegel zeigen nur, was vor ihnen steht."*

Aber Lenas Satz ging tiefer: *„Wenn Erinnerung und Erwartung sich nicht kennen, wo bleiben wir dann? In der Mitte? Oder nirgends?"*

Vielleicht war es Zeit, die Seite zu wechseln. Oder den Spiegel ganz zu durchbrechen.

Die Woche hatte ihm gezeigt, dass es verschiedene Arten von Nähe gab. Amelias war wie ein Algorithmus – präzise, vorhersehbar, auf ein Ziel ausgerichtet. Lenas war wie Wasser – anpassungsfähig, geduldig, immer den Weg des geringsten Widerstands findend. Aber trotzdem in der Lage, Felsen zu formen.

Morgen würde er sie wiedersehen. Nicht als der Wissenschaftler, der die Zeit erforscht. Sondern als der Mann, der lernen muss, in dieser Zeit zu leben.

Der Vertrag mit SYNEXION war unterschrieben. Die Zukunft war in Bewegung. Aber vielleicht lag die wichtigste Entdeckung nicht in seinen Gleichungen, sondern in der einfachen Kunst, präsent zu sein.

Ein letzter Blick auf das Telefon. Lenas Nachricht leuchtete noch auf dem Display. Er lächelte und ging zu Bett, zum ersten Mal seit Wochen mit dem Gefühl, dass morgen mehr sein könnte als nur ein weiterer Tag in der Beschleunigung der Zeit.

KAPITEL 6

Das Labor vibrierte von einer Energie, die weit über das rein Elektrische hinausging. Anfang Dezember hatte Barcelona seinen ersten Frost erlebt, aber hier drinnen herrschte eine heiße Atmosphäre fieberhafter Konzentration. Die neuen Geräte, finanziert von SYNEXION, füllten den erweiterten Laborraum. Quanteninterferometer der neuesten Generation, neuronale Schnittstellenarrays, die aussahen wie Kunstwerke aus Chrom und Glas, und viele andere hochmoderne Geräte, die auf ihren Wunsch angeschafft wurden.

Jonas stand vor einer Wand aus Monitoren, seine Finger tanzten über mehrere Tastaturen gleichzeitig. Elías beobachtete die Versuchsperson – eine Doktorandin namens Clara, die freiwillig an den Tests teilnahm. Zahlreiche Sensoren bedeckten ihre Kopfhaut, festgehalten von einer speziellen Haube. Feine Kabel führten zu einem Array von Verstärkern und von dort weiter zu den neuen Analysegeräten.

«Bereit für Sequenz sieben?», fragte Elías.

Clara nickte, ihre Augen geschlossen. «Die vorherigen Durchgänge waren ... es ist wirklich schwer zu beschreiben. Als würde man gleichzeitig erinnern und erwarten. Ein mulmiges Gefühl.»

Selene Moreau justierte die letzten Parameter an ihrer Station. Ihre Finger bewegten sich mit der Präzision einer Konzertpianistin. «Die neuronale Baseline ist stabil. Wir können beginnen.»

Kiran Nanduri, stumm wie immer, gab ein knappes Nicken von seiner Position am Quantencomputer.

«Sequenz sieben initialisiert», verkündete Jonas. «Temporales Fenster öffnet sich in drei ... zwei ... eins ...»

Die Raumbeleuchtung dimmte automatisch. Auf den Monitoren explodierten Datenkaskaden – neuronale Aktivitätsmuster, Quantenfeldfluktuationen und temporale Korrelationsmatrizen. Claras Körper versteifte sich leicht. Ihre Augenlider begannen zu flattern.

«Ich ... ich sehe ...» Ihre Stimme klang entrückt. «Der Raum verändert sich. Nein, nicht der Raum selbst. Die Zeitwahrnehmung im Raum. Als würde ich durch verschiedene Momente gleichzeitig blicken.»

Elías beobachtete die Monitore. Die EEG-Muster zeigten ungewöhnliche Kohärenz – Gehirnwellen synchronisierten sich in Mustern, die er noch nie gesehen hatte.

«Jonas, siehst du das?», rief Selene aufgeregt. «Die Gamma-Oszillationen – sie antworten auf Stimuli, die noch nicht initiiert wurden!»

Jonas Augen weiteten sich. «Nicht nur das. Schaut auf die temporale Auflösung.» Er zoomte in einen spezifischen Datensatz. «Die neuronale Rückmeldung erfolgt 0,3 Sekunden vor dem Stimulus. Aber das ist physikalisch unmöglich, es sei denn ...»

«Tachyonen», flüsterte Kiran. Es war das erste Mal seit Stunden, dass er sprach. Alle Blicke richteten sich auf ihn. «Die Quantenfeldmessungen zeigen Anomalien», fuhr er fort, seine Stimme monoton wie immer. «Energiesignaturen, die nur durch überlichtschnelle Informationsübertragung erklärbar sind. Kein direkter Partikelnachweis, aber ...»

«... ein systemischer Beweis», vollendete Jonas. «Mein Gott. Wir haben es tatsächlich. Den ersten indirekten Nachweis von Tachyonen.»

Die Implikationen schlugen wie eine Welle über sie herein. Jahrzehnte theoretischer Physik, zusammengeführt in diesem Moment.

«Die Information», murmelte Elías, «sie bewegt sich nicht durch die Zeit. Sie bewegt sich außerhalb der Zeit. Unabhängig von ihr.»

Clara öffnete plötzlich die Augen. «Ich habe etwas gesehen», sagte sie atemlos. «Einen Moment, der noch nicht geschehen ist. Aber er fühlte sich an wie eine Erinnerung.»

«Was hast du gesehen?», fragte Selene sanft.

«Eure Begeisterung», flüsterte Clara. «Aber ich konnte mich nicht erinnern, worum es ging. Nur das Gefühl blieb. Euphorie. Jetzt erscheint es erst logisch, worüber ihr begeistert wart.»

Ein Moment der Stille folgte, dann erklang eine vertraute Stimme aus Richtung der Tür.

«Faszinierend.»

Amelia Amsler stand im Eingang zum Labor, ihr Blick wanderte über die Monitore, die Versuchsperson und schließlich zu den vier Wissenschaftlern. Sie trug einen weißen Labormantel über ihrem üblichen eleganten Outfit.

«Wie lange beobachtest du uns schon?», fragte Elías.

«Lang genug.» Sie trat näher, ihre Augen auf die Daten fixiert. «Ihr habt die Büchse der Pandora geöffnet, wisst ihr das?»

«Wir forschen nur ...», begann Jonas.

«Nein», unterbrach Amelia. Ihre Stimme hatte jede Spur von ihrer üblichen Gelassenheit und Ironie verloren. «Was ihr hier macht, ist keine Extrapolation. Ihr greift in unbekannte Tiefen der Materie des Universums ein.»

Seit Elías sie damals in seinem Apartment hatte abblitzen lassen, schien sie seinem Vorhaben abgeneigt. Genau genommen schien sie dem ganzen Projekt gegenüber feindlicher gesinnt. Sie trat an einen der Monitore, studierte die Tachyonen-Signaturen. «Ihr manipuliert nicht nur die Wahrnehmung von Zeit. Ihr verändert die Struktur der Kausalität selbst.»

«Das ist der Punkt», sagte Jonas defensiv. «Das ist einer der Durchbrüche, auf den die Physik seit Einstein und Heisenberg wartet.»

«Einen Durchbruch nennst du das?», fragte Amelia und drehte sich zu ihnen um. «Oder eher einen Riss in der Realität?»

Elías spürte die Spannung im Raum steigen. «Was genau willst du sagen, Amelia?»

Sie seufzte, zum ersten Mal, seit Elías sie kannte, wirkte sie unsicher, irgendwie destabilisiert. «Ich sage, dass manche Türen nicht geöffnet werden sollten. Nicht ohne zu verstehen, was dahinter liegt.»

«Aber genau das versuchen wir doch», erwiderte Selene. «Zu verstehen.»

«Nein», Amelia schüttelte den Kopf. «Ihr versucht, es zu kontrollieren. Das ist ein großer Unterschied.»

Kiran meldete sich wieder zu Wort: «Die Daten zeigen Stabilität. Die temporalen Fenster sind vollständig kontrollierbar.»

«Für wie lange?», fragte Amelia. «Was, wenn die Information beginnt, in beide Richtungen zu fließen? Was, wenn die Zukunft beginnt, die Vergangenheit zu beeinflussen?»

Jonas lachte nervös. «Das ist Science-Fiction.»

«Ist es das?» Amelia deutete auf die Monitore. «Ihr habt doch gerade bewiesen, dass Information schneller als Licht reisen kann. Dass das Gehirn auf Ereignisse reagiert, bevor sie geschehen. Wo genau zieht ihr denn die Grenze zwischen Wissenschaft und Science-Fiction?»

Die Frage hing im Raum.

Clara, immer noch an die Sensoren angeschlossen, sprach leise: «Sie hat recht. Was ich gesehen habe ... es fühlte sich nicht wie eine Vision an. Es fühlte sich an wie eine Vorschau und ein Rückblick zugleich. Als ob die Zukunft versucht, mit uns zu kommunizieren.»

Elías trat zu Clara, legte ihr beruhigend eine Hand auf die Schulter. «Was genau hast du gespürt?»

«Dass wir etwas in Bewegung setzen, das wir nicht aufhalten können», antwortete sie. «Dass jede Entscheidung, die wir hier treffen, Wellen schlägt. Vorwärts und rückwärts in der Zeit.»

Die Monitore flackerten plötzlich. Für einen Bruchteil einer Sekunde zeigten alle Bildschirme dasselbe Bild – eine Wellenform, die sich selbst zu eliminieren schien.

«Was war das?», fragte Selene alarmiert.

Jonas überprüfte die Systeme. «Ein Feedbackloop. Aber ... das ist unmöglich. Das System ist gegen Rückkopplungen gesichert.»

«Es sei denn», sagte Kiran langsam, «die Rückkopplung kommt nicht aus dem System. Sondern aus der Zukunft selbst.»

Schweigen senkte sich über das Labor. Die Erkenntnis traf sie alle zugleich: Sie hatten nicht nur ein Fenster in die Zukunft geöffnet – die Zukunft hatte begonnen, zurückzublicken. Oder jemand aus jener noch ungeschriebenen Zeit.

Amelia ging zur Tür, drehte sich noch einmal um. «Ich hoffe, ihr wisst, was ihr tut. Denn wenn ihr es nicht wisst ... dann solltet ihr aufhören. Sonst ... möge Gott uns allen helfen.»

Als sie gegangen war, sahen sich die Wissenschaftler an. Der Triumph der Entdeckung war einem Gefühl gewichen, das keiner aussprechen wollte: Angst.

«Wir machen weiter», sagte Elías schließlich, seine Stimme fest.

«Aber vorsichtig. Sehr vorsichtig.»

Jonas nickte. «Wir dokumentieren alles. Jede Anomalie, jede Fluktuation.»

«Und wenn Amelia recht hat?», fragte Selene. «Wenn wir etwas in Gang gesetzt haben, das wir nicht kontrollieren können?»

Elías blickte auf die Monitore, wo die Tachyonen-Signaturen wie Geister durch die Daten tanzten.

«Dann müssen wir lernen, es zu verstehen. Bevor wir weitermachen.»

Das Labor summte weiter, die Maschinen liefen, die Daten flossen. Aber etwas hatte sich verändert. Sie waren nicht mehr nur Beobachter des Unmöglichen. Sie waren Teil davon geworden.

Der Firmenjet durchbrach die Wolkendecke über Zürich. Unten lag die Stadt, eingehüllt in Dezemberschnee. Elías blickte durch das Fenster auf die winterliche Landschaft, während neben ihm Jonas nervös mit seinem Tablet spielte, ohne wirklich etwas Sinnvolles darauf zu tun. Sie hatten vor einigen Tagen, nach dem seltsamen Ereignis im Labor, die Arbeit vorübergehend eingestellt.

«Privatjet», murmelte Selene von ihrem Platz gegenüber. «SYNEXION spart wirklich nicht bei Eindrücken.»

Kiran saß schweigend am Gang, die Augen geschlossen, aber Elías wusste, dass er wach war. Der Mann schlief nie tagsüber.

Die Landung war perfekt, sanft wie ein Hauch. Am Fuß der Gangway wartete bereits eine schwarze Mercedes-Limousine, der Chauffeur in makelloser Uniform. Die Fahrt durch Zürich glich einer choreografierten Präsentation von Wohlstand und Ordnung. Die Bahnhofstraße mit ihren Luxusgeschäften und der Paradeplatz, wo die Banken wie Tempel des Kapitals thronten, beeindruckten auch bei wiederholten Besuchen.

Das SYNEXION-Hauptquartier hingegen lag nicht direkt im Stadtkern. Es erhob sich am Stadtrand wie eine Skulptur aus Glas und Stahl. Kein protziger Wolkenkratzer, sondern ein elegantes, flaches Gebäude, das sich harmonisch in die Landschaft fügte. *Dezente Macht, die nicht schreit*, dachte Elías.

Marla De León empfing sie in der Lobby, perfekt wie immer. «Willkommen in Zürich. Viktor erwartet Sie bereits.»

Sie führte sie durch Korridore, die mehr an ein Museum für moderne Kunst erinnerten als an ein Firmengebäude. Keine Hektik, keine umherlaufenden Mitarbeiter. Nur stille Effizienz.

Der Konferenzraum war ein Meisterwerk minimalistischen Designs. Eine Wand aus Glas bot einen spektakulären Blick auf die verschneiten Alpen. Der Tisch war eine einzelne Platte aus poliertem Obsidian. Und am Kopfende saß Viktor Riemann.

Er erhob sich, als sie eintraten. Größer als Elías erwartet hatte, das Haar früh ergraut, aber mit den Bewegungen eines wesentlich jüngeren Mannes. Seine hellgrauen Augen schienen alles gleichzeitig zu erfassen.

«Dr. Soler, Dr. Marquardt, Dr. Moreau, Dr. Nanduri.» Er sprach jeden Namen aus, als würde er ihn schmecken, während er allen die Hand reichte. «Willkommen bei SYNEXION.»

Der Händedruck war fest, aber nicht dominierend. Er bat sie, Platz zu nehmen. Kaffee, natürlich von höchster Qualität, wurde in hauchfeinen Porzellantassen serviert. Riemann ließ sie sich setzen, beobachtete sie dabei. Seine Präsenz füllte den Raum, ohne aufdringlich zu wirken. Es war die Art von Charisma, die nicht inszeniert werden konnte.

«Ich habe Ihre Fortschritte mit großem Interesse verfolgt», begann er schließlich. Seine Stimme war kultiviert, mit einem Hauch von Akzent, der seine Herkunft verschleierte. «Was Sie erreicht haben, ist ... bemerkenswert.»

«Danke», erwiderte Elías vorsichtig.

Riemann lehnte sich leicht zurück, die Fingerspitzen aneinandergelegt. «Ich bin kein Wissenschaftler. Ich bin Unternehmer. Aber ich verstehe genug von Physik, um zu erkennen, dass Sie mit Ihrer Arbeit an den Fundamenten unserer Realität rütteln.»

Er ließ die Worte einen Moment wirken, dann fuhr er fort.

«Was mich interessiert, ist nicht die Technik. Es ist die Implikation. Wenn man die Richtung der Zeit lokal aufheben kann – und Informationen aus der Zukunft holt –, wer ist dann verantwortlich? Der Handelnde? Der Empfänger in der Gegenwart? Oder der Übermittler aus der Zukunft?»

Die Frage traf sie unvorbereitet. Es war keine geschäftliche Frage, keine technische. Es war eine philosophische Herausforderung. Jonas war der Erste, der antwortete: «Das ist die alte Frage nach dem freien Willen. Wenn die Zukunft bereits existiert, sind unsere Entscheidungen dann überhaupt frei?»

«Genau», nickte Riemann. «Und Sie fügen eine neue Dimension hinzu. Wenn jemand aus der Zukunft Information sendet, die eine Handlung in der Gegenwart auslöst – wer trägt dann die moralische Last?»

Selene meldete sich zu Wort, ihre Stimme klar und überlegt: «Vielleicht ist die Frage falsch gestellt. Vielleicht gibt es in einem nicht linearen Zeitverständnis keine klare Trennung zwischen Sender und Empfänger.»

Riemanns Augen leuchteten auf. «Faszinierend. Sie schlagen vor, dass Verantwortung selbst ein temporales Konstrukt ist?»

«In gewisser Weise», bestätigte Selene. «Wenn Zeit nicht linear ist, dann ist auch Kausalität nicht linear. Und ohne klare Kausalität ...»

«... keine klare Verantwortung», vollendete Riemann. «Das würde unser gesamtes Rechtssystem, unsere Ethik und unsere Gesellschaftsstruktur infrage stellen.»

Elías beobachtete den CEO genau. Der Mann war mehr als nur ein Geschäftsmann. Er verstand die tieferen Implikationen ihrer Arbeit.

«Ist das Ihre Sorge?», fragte Elías direkt. «Dass wir die Grundlagen der Gesellschaft erschüttern könnten?»

Riemann lächelte zum ersten Mal. Es war ein echtes, fast jungenhaftes Lächeln. «Im Gegenteil, Dr. Soler. Das ist meine Hoffnung.»

Die Aussage hing einen Moment im Raum. Jonas rutschte unruhig auf seinem Stuhl hin und her.

«Sie müssen verstehen», fuhr Riemann fort, «SYNEXION ist nicht nur ein Technologieunternehmen. Wir sehen uns als ... Zukunftsarchitekten. Wir investieren nicht in Produkte. Wir investieren in Paradigmenwechsel – von Cybersecurity über KI-Forschung bis hin zu Quantencomputing. »

Er stand auf, ging zum Fenster, blickte auf die Alpen.

«Was Sie entdeckt haben, hat das Potenzial, alles zu verändern. Wie wir denken, wie wir entscheiden und wie wir existieren. Das ist keine Bedrohung. Das ist eine Gelegenheit.»

Er drehte sich wieder zu ihnen um.

«Deshalb biete ich Ihnen unsere volle Unterstützung an. Unbegrenztes Budget. Zugang zu unserer gesamten Infrastruktur – Quantencomputer, Satellitennetzwerke, alles, was Sie brauchen. Absolute Geheimhaltung. Und vor allem: Die Freiheit, zu forschen, wohin es Sie auch führt.»

«Und im Gegenzug?», fragte Jonas, der seine Nervosität nicht ganz verbergen konnte.

«Im Gegenzug», sagte Riemann ruhig, «werden Sie Teil von etwas Größerem.

Ihre Entdeckung wird nicht in akademischen Journalen verstauben. Sie wird die Welt verändern.»

Kiran, der die ganze Zeit geschwiegen hatte, wurde von Riemann direkt angesprochen: «Dr. Nanduri, Sie sind sehr still. Was denken Sie?»

Kiran hob zum ersten Mal den Blick, sah Riemann direkt an. «Ich denke, dass manche Türen nicht geöffnet werden sollten.»

«Und doch sind Sie hier», konterte Riemann sanft.

«Weil manche Türen sich von selbst öffnen», antwortete Kiran. «Die Frage ist nur, auf welcher Seite man steht, wenn es passiert.»

Riemann nickte anerkennend. «Weise Worte, Doktor. Und genau deshalb brauche ich Sie alle. Nicht nur Ihre Brillanz, sondern auch Ihre Vorsicht, Ihre Zweifel und Ihre Ängste.»

Er kehrte zum Tisch zurück, setzte sich wieder.

«Ich werde Sie nicht drängen. Aber lassen Sie mich eines klarstellen: Mit oder ohne Sie wird diese Technologie entwickelt werden. In China arbeiten sie bereits daran. In versteckten Laboren des US-Militärs wird ebenfalls geforscht. Ich bin überzeugt, dass ein Einblick in die Zukunft, erhebliche strategische Vorteile bedeuten würde. Für jedes Land. Die Frage ist also nicht, ob es passiert. Die Frage ist nur, wann und unter wessen Kontrolle?»

Die unausgesprochene Drohung war subtil, aber klar. Und umso wirkungsvoller. Elías spürte, wie sich der Raum um sie verengte. Sie hatten eine Wahl, ja. Aber es fühlte sich nicht wie eine freie Entscheidung an.

«Wir brauchen Zeit, um darüber nachzudenken», sagte Elías schließlich.

«Natürlich. Aber nicht zu viel Zeit. Die Zukunft wartet nicht.» Riemann erhob sich und das Meeting war beendet.

Als sie hinausgeleitet wurden, blieb Elías Blick an einem Detail in Riemanns Büro hängen. An der Wand hinter seinem Schreibtisch hing ein einzelnes Kunstwerk – eine Darstellung des Ouroboros, der Schlange, die sich selbst verschlingt. Das Symbol der ewigen Wiederkehr. Der Zeit, die sich selbst frisst.

Im Fahrstuhl herrschte absolutes Schweigen. Erst in der Limousine zurück zum Flughafen sprach Jonas als Erster. «Das war kein Angebot. Das war eine Einladung in einen goldenen Käfig.»

«Oder eine Arche», sagte Selene nachdenklich. «Je nachdem, was auf uns zukommt.»

Kiran starrte aus dem Fenster auf das verschwindende Zürich. «Die Entscheidung ist bereits gefallen. Wir sind nur noch nicht dort angekommen.»

Elías schwieg. Er dachte an Riemanns Frage über Verantwortung und über die Zukunft, die Information in die Vergangenheit sendet. *War unsere Entscheidung wirklich frei? Oder spielten wir nur eine Rolle in einem Drehbuch, das bereits geschrieben war?*

Der Jet hob ab, trug sie zurück nach Barcelona, aber etwas war in Zürich geblieben: Ihre Illusion von Unabhängigkeit. Sie waren nun Teil von etwas Größerem. Ob sie wollten oder nicht.

Die Schwelle zur Macht war bereits überschritten. Und bei dieser Schwelle gab es kein Zurück mehr.

Die Dezemberdämmerung legte sich über Barcelona wie ein blaugrauer Schleier. Elías saß in seinem Arbeitszimmer, umgeben von Papieren und blinkenden Bildschirmen. Seit der ersten Finanzierungsrunde hatten er und Jonas auch zu Hause ihre Hardware üppig aufgerüstet. Einen Großteil seiner Forschungsarbeit konnte er nun auch von zu Hause erledigen.

Das Klingeln an der Tür riss ihn aus seiner Konzentration. Er blickte auf die Uhr – kurz nach sechs. Der Botendienst war spät dran heute.

An der Tür nahm er ein mittelgroßes Päckchen entgegen, sorgfältig verpackt in braunes Papier. Sein Herz machte einen kleinen Sprung, als er die Handschrift auf dem Absender erkannte:

„Lena Lisowska, Valencia."

Zurück in der Wohnung öffnete er das Paket mit einer Sorgfalt, die ihn selbst überraschte. Unter mehreren Lagen Seidenpapier kam zunächst ein Umschlag zum Vorschein. Er enthielt einen handgeschriebenen Brief auf cremefarbenem Papier:

„Lieber Elías,

ich dachte, dieses Buch kennt dich schon länger, als ich dich kenne. Beim Stöbern in einem Antiquariat in Valencia fiel es mir in die Hände, und ich wusste sofort, dass es zu dir gehört.

Frohe Weihnachten,

Lena"

Unter dem Brief lag, eingewickelt in weiteres Seidenpapier, ein Buch. Als er es auspackte, stockte ihm der Atem. Es war ein seltenes Original der ersten spanischen Ausgabe von Stanisław Lems *„Rückkehr von den Sternen"* – *„Regreso de las estrellas"*. Der Einband war ein wenig abgegriffen, aber gut erhalten, die Seiten leicht vergilbt vom Alter.

Elías setzte sich langsam hin, das Buch in den Händen. Er kannte das Werk gut – die Geschichte eines Astronauten, der nach einer relativistischen Reise zur Erde zurückkehrt und eine völlig veränderte Gesellschaft vorfindet. Ein Buch über Entfremdung, über die Unmöglichkeit der Rückkehr und über das Gewicht der Erinnerung.

Er schlug den Band auf und blätterte vorsichtig darin. Der Geruch alten Papiers stieg ihm in die Nase, trocken, ein wenig süßlich, wie vergessene Zeit. Auf einer der Seiten entdeckte er eine Stelle, die jemand – vermutlich Lena – mit einem kleinen Klebezettel markiert hatte.

„Ich glaube, sie haben etwas Schreckliches getan. Sie haben den Menschen im Menschen getötet."

Auch auf anderen Seiten waren Zitate markiert – über das Gedächtnis, über die Vergangenheit. Er ging sie alle durch, eines nach dem anderen, fast ehrfürchtig.

Auf der letzten Seite mit einem Zettel fand er einen mit Bleistift geschriebenen Vermerk – eine freie Interpretation, vermutlich von Lena:

„Ich war wie gezeichnet. Und ich trug ein Mal, das sie nicht kannten – die Erinnerung."

Fast ohne nachzudenken, griff er nach seinem Telefon. Er öffnete die Nachrichten-App, begann zu tippen, löschte wieder. Versuchte es erneut. Schließlich schickte er nur diese eine Zeile:

„Ich war wie ein Gezeichneter. Und ich trug ein Mal, das sie nicht kannten – die Erinnerung."

Sein Telefon klingelte fast sofort. Lenas Name leuchtete auf dem Display.

«Hallo», sagte er, seine Stimme weicher als gewöhnlich, fast zärtlich.

«Du hast es bekommen.» Ihre Stimme klang warm, mit einem Lächeln darin.

«Ja. Lena, das ist ... wie hast du das gewusst?»

«Dass du Lem magst? Das hast du mal erwähnt. Beim Tauchen. Du hast von „Solaris" gesprochen.»

Er erinnerte sich nicht daran. Aber das spielte keine Rolle.

«Es ist die erste Ausgabe», sagte er. «Das muss dich einiges gekostet haben.»

«Der Wert eines Geschenks misst sich nicht am Preis», antwortete sie schlicht. «Außerdem – manche Dinge gehören einfach zueinander. Das Buch und du. Wie ...»

Sie brach ab, aber er spürte, was sie nicht sagte.

«Fährst du Weihnachten nach Hause?», fragte er, um die Stille zu füllen. «Nach Krakau?»

Ein Seufzen am anderen Ende. «Normalerweise ja. Aber dieses Jahr ... ich habe keine Kraft dazu. Keine Lust auf die Familie.»

«Warum?»

«Weil ich´s mir jedes Mal anhören muss. Sie werfen mir vor, dass ich weggezogen bin. Dass ich Polen verlassen habe. Alle, außer meinem Neffen – der studiert jetzt, will bald ins Ausland und versteht mich deshalb. Der Rest ...» Sie lachte bitter. «Sie sehen es als eine Art Verrat.»

Elías verstand. Familie konnte manchmal die schärfsten Wunden schlagen.

«Und du?», fragte sie. «Große Weihnachtspläne?»

«Jonas ist nach Deutschland geflogen. Zu seiner Mutter in Freiburg. Und der Campus ist über die Feiertage geschlossen.»

«Also bleibst du allein in Barcelona?»

«Vermutlich.» Er zögerte, dann wagte er den Sprung: «Es sei denn ...»

«Es sei denn?»

Die Worte kamen schneller, als er sie planen konnte: «Ich will dir nichts versprechen, Lena. Keine großen Gesten, keine Verpflichtungen. Aber ... darf ich zu dir kommen? Über Weihnachten. Ohne Erwartungen. Nur du und ich.»

Stille am anderen Ende. Sein Herz schlug schneller.

Dann hörte er sie leise lachen – kein bitteres Lachen mehr, sondern etwas Helles, Freudiges.

«Wann kannst du hier sein?»

«Morgen? Ich kann den ersten Zug nehmen.»

«Du brauchst kein Hotel», sagte sie schnell. «Ich habe ein Gästezimmer. Ehrlich, es macht mir keine Umstände.»

«Bist du sicher?»

«Elías.» Ihre Stimme wurde sanft. «Ich bin sicher.»

Sie besprachen die Details, während er im Internet suchte. Er fand eine Zugverbindung und buchte gleich über die Website.

Als sie auflegte, saß Elías noch lange da mit einem Lächeln, das Buch in den Händen. Er dachte an die Hauptfigur des Romans, Hal Bregg, der nach Jahren im Weltraum zur Erde zurückkehrt und feststellt, dass sich alles verändert hat. Dass er nicht mehr dazugehört. Dass seine Erinnerungen ihn zum Fremden machen.

Bin ich nicht tatsächlich in einer ähnlichen Situation? Seine Forschung hatte ihn so weit von der normalen Welt entfernt. Die Entdeckungen der letzten Wochen – Tachyonen, temporale Fenster, die Möglichkeit, Information durch die Zeit zu senden – hatten ihn gezeichnet. Er trug ein Mal, das andere nicht kannten.

Aber Lena ... Lena schien das zu verstehen, ohne dass er es erklären musste. Sie forderte keine Erklärungen. Sie bot einfach ... Gegenwart.

Er stand auf, ging zum Fenster. Barcelona funkelte unter ihm, bereit für die Weihnachtszeit. Morgen würde er nach Valencia fahren. Nicht als der

Wissenschaftler, sondern einfach als Elías.

Vielleicht war das Lenas Geschenk – nicht nur das Buch, sondern die Erlaubnis, wieder Mensch zu sein. Ohne Labor, ohne Theorien, ohne den Druck, die Welt zu verändern.

Er blickte noch einmal auf das Lem-Zitat. Vielleicht musste man das Mal nicht allein tragen. Vielleicht gab es Menschen, die es sehen konnten, ohne es zu verstehen. Die es akzeptieren konnten, ohne es zu hinterfragen.

Seine Finger strichen über den alten Bucheinband. Morgen würde er zu Lena fahren. Ohne Versprechen oder Erwartungen. Nur mit der Hoffnung, dass es möglich war, trotz aller Zeichen, einen Moment echter Verbindung zu finden.

In einer Welt, in der die Zeit zunehmend aus den Fugen geriet, bot sie ihm etwas Kostbares – einen Anker in der Gegenwart.

Das goldene Nachmittagslicht des 24. Dezember fiel durch die großen Fenster von Lenas Küche in Valencia. Der Raum duftete nach Zwiebeln, Knoblauch und frischen Kräutern – sie bereiteten gemeinsam das Weihnachtsessen vor. Elías spürte die Wärme des Herds, während er in der Pfanne rührte, und hörte das rhythmische Hacken von Lenas Messer neben sich.

«Mehr Paprika?», fragte sie und hielt ihm ein Stück entgegen.

«Perfekt.» Er nahm es, ihre Finger berührten sich kurz. Nach vier Tagen hatte sich eine natürliche Vertrautheit zwischen ihnen entwickelt, als hätten sie schon lange zusammen gekocht. Sie waren jeden Tag zuvor zum Essen ausgegangen.

Während er das Paprikastück in die Pfanne gleiten ließ, glitten seine Gedanken zurück zum Tag seiner Ankunft. Der Zug von Barcelona nach Valencia war pünktlich gewesen – drei Stunden durch die Küstenlandschaft Kataloniens und Valencias. Sie hatte am Bahnhof gewartet, in Jeans und einem cremefarbenen Pullover, ein Lächeln auf den Lippen, das gleichzeitig freudig und scheu war. Die Umarmung zur Begrüßung war länger gewesen als geplant. Als sie sich voneinander lösten, hatte sie gelacht – dieses warme, ehrliche Lachen, das er so an ihr mochte – und gesagt: «Du bist wirklich gekommen.»

Sie hatten seine Tasche in ihren alten abgestellten Seat León gepackt und waren durch die Stadt geschlendert. Valencia zeigte sich von seiner besten Seite – die Jardines del Turia in winterlichem Grün, die futuristische Ciudad de las Artes y las Ciencias glitzernd in der Dezembersonne. Zum Abendessen hatten sie ein kleines Restaurant nahe der Plaza de la Virgen gefunden, wo sie Paella und Rotwein teilten und über alles und nichts sprachen.

«Erinnerst du dich noch an den Kellner?», fragte Lena jetzt, als hätte sie genau in dem Moment seine Gedanken gelesen. «Der uns unbedingt den Nachtisch aufschwatzen wollte?»

Elías lachte. «Und du hast auf Spanisch mit valencianischem Akzent geantwortet. Das Gesicht, das er gemacht hat!»

«Man lernt schnell, wenn man hier lebt.» Sie legte die geschnittenen Tomaten in eine Schüssel. «Reichst du mir das Salz?»

Sie lebten in angenehmer Synchronisation. Vier Tage – das war alles, was sie bisher zusammen verbracht hatten. Drei Nächte im Gästezimmer, wobei er höflichen Abstand wahrte. Aber die Tage waren gefüllt gewesen mit Spaziergängen am Strand, Besuchen auf dem Mercado Central, langen Gesprächen über Bücher, Leben und Träume.

«Kann ich dich etwas fragen?», sagte Lena plötzlich, während sie Petersilie hackte.

«Natürlich.»

«Religion. Ist das ein heikles Thema für dich?»

Elías sah sie überrascht an. «Warum fragst du?»

«Na ja, Weihnachten ...» Sie zuckte mit den Schultern. «Ich weiß, dass viele Wissenschaftler überzeugte Atheisten sind. Und ich komme aus Polen, da nimmt man automatisch an ...»

«Dass du streng katholisch bist?»

«Genau.» Sie lächelte schief. «Was ich nicht bin. Falls dich das beruhigt.»

«Ich bin tatsächlich Atheist», sagte Elías vorsichtig. «Aber nicht militant. Eher ... desinteressiert an der Frage selbst.»

Lena nickte nachdenklich. «Ich würde mich als Agnostikerin bezeichnen. Ich kann mir vorstellen, dass es etwas gibt – eine höhere Macht, eine Ordnung oder was auch immer. Aber sicher nicht den Gott der Bibel. Und was die katholische Kirche angeht ...» Sie machte eine abfällige Geste. «Je weniger, desto besser. Besonders die Kleriker.»

«Das überrascht mich», gab Elías zu.

«Warum? Weil ich aus Krakau komme?» Sie lachte. «Gerade deshalb. Wenn man sieht, wie die Kirche in Polen agiert, wie sie Macht ausübt, Menschen kontrolliert oder missbraucht ... Nein danke.»

Sie wandte sich wieder dem Schneidebrett zu. «Für mich ist Weihnachten Familie, Tradition und Zusammensein. Nicht mehr, nicht weniger.»

Die Unterhaltung glitt zu anderen Themen. Sie sprachen über ihre Lieblingsweihnachtstraditionen, über Kindheitserinnerungen. Die Sonne sank tiefer, tauchte die Küche in noch wärmeres Licht.

Nach dem Abendessen – einem einfachen, aber köstlichen Mahl – setzten sie sich aufs Sofa im Wohnzimmer. Lena schaltete den Fernseher ein.

«Jetzt kommt der wichtigste Teil des polnischen Weihnachtsfestes», verkündete sie feierlich.

«Was denn? Mitternachtsmesse?»

«„Kevin allein zu Haus“» Sie grinste. «Eine heilige Tradition in vielen polnischen Familien.»

Elías lachte ungläubig. «Ernsthaft?»

«Absolut. Frag jeden Polen. Am 24. Dezember läuft immer „Kevin allein zu Haus“.»

Sie machten es sich auf dem Sofa gemütlich, eine Flasche Wein auf dem Couchtisch. Der Film begann, und Elías merkte, dass er ihn seit seiner Kindheit nicht mehr gesehen hatte. Sie lachten gemeinsam über die Slapstick-Szenen, kommentierten die übertriebene Handlung, genossen die simple Unterhaltung.

Irgendwann lehnte Lena sich an ihn. Es fühlte sich natürlich und richtig an. Er legte einen Arm um sie. Als Kevin gerade die Einbrecher mit Farbe überschüttete, wandte Elías sich ihr zu. Die Worte kamen spontan und ungeplant:

«Weißt du, ich muss dir etwas sagen.»

Sie sah zu ihm auf, ihre dunklen Augen aufmerksam.

«Ich ... das ist untypisch für mich. Ich bin nicht gut im Umgang mit ... Gefühlen. Oder Komplimenten. Aber ...» Er holte tief Luft. «Ich habe noch nie eine Frau getroffen, in deren Gegenwart ich mich so wohlfühlen konnte.»

Lena blinzelte überrascht.

«Es geht nicht nur um dein Aussehen», fuhr er fort. «Obwohl du wunderschön bist. Es ist deine Intelligenz. Deine Aufmerksamkeit. Die Art, wie du zuhörst, wie du verstehst, ohne dass ich erklären muss. Ich hatte eine lange Beziehung, in meinen Dreißigern. Sie zerbrach an meiner Unfähigkeit, mich emotional zu öffnen. Aber jetzt sehe ich ... es lag nicht nur an mir. Es kommt auch darauf an, wem gegenüber man sich öffnen kann.»

Lena sagte nichts. Sie sah ihn nur an, und in ihren Augen lag etwas, das er nicht benennen konnte. Dann lehnte sie sich vor und küsste ihn. Es war anders als ihr erster Kuss am Tauchsteg. Tiefer, sicherer, ohne Eile. Als hätten sie alle Zeit der Welt.

Als sie sich voneinander lösten, schmiegte sie sich an ihn. «Bleib heute Nacht bei mir», flüsterte sie. «Nicht im Gästezimmer.»

Er nickte, unfähig zu sprechen. Sie sahen den Rest des Films, aber keiner achtete wirklich darauf. Sie hielten sich, küssten sich wieder, ließen die Barrieren fallen, die sie vier Tage lang aufrechterhalten hatten.

Als sie später in ihrem Schlafzimmer lagen und das Mondlicht durch die Vorhänge fiel, dachte Elías an die Ironie des Moments. Er, der Mann, der die Zeit erforschte, der vielleicht bald in die Zukunft blicken konnte – er hatte nicht kommen sehen, wie sehr er sich in diese Frau verlieben würde. Er hatte nicht vorhergesehen, wie richtig es sich anfühlen würde.

Vielleicht war das die wahre Natur der Zeit – nicht die Tachyonen und Temporalfenster, die er im Labor studierte. Sondern diese Momente, die sich dehnen und verdichten, die außerhalb jeder Berechnung existieren.

Lena schlief bereits, ihr Atem gleichmäßig an seinem Hals. Er hielt sie fest und erlaubte sich zum ersten Mal seit Langem, einfach im Moment zu sein. Ohne Theorien und ohne Gleichungen. Nur er und sie, in der stillen Nacht vor Weihnachten.

Draußen läuteten in der Ferne die Glocken einer Kirche. Es war Mitternacht. Weihnachten hatte begonnen. Und mit ihm, so fühlte es sich an, etwas Neues in seinem Leben. Etwas, das keine Formel erfassen konnte.

KAPITEL 7

Die Straßenbahn glitt durch das morgendliche Barcelona. Der Januar umhüllte die Stadt mit milder Kühle, während sich die Sonne durch den dunstigen Winterhimmel kämpfte. Elías lehnte den Kopf gegen das Fenster und ließ die Vibrationen der Schienen durch seinen Schädel wandern – ein seltsam beruhigendes Gefühl. Aber seine Gedanken waren noch in Valencia. Er war bis Neujahr geblieben – vier Tage länger als ursprünglich geplant. Vier Tage, die sich wie gestohlene Zeit anfühlten, herausgeschnitten aus dem beschleunigten Kalender seines Lebens.

„*Ich kann noch bleiben*", hatte er am 28. Dezember gesagt, fast schüchtern, als erwarte er Ablehnung. Lena hatte nur gelächelt, sich an ihn geschmiegt. „*Dann bleib.*"

So einfach war es gewesen. So selbstverständlich.

Die Straßenbahn bog in die Gran Via ein. Draußen erwachte Barcelona langsam. Erste Cafés öffneten bereits und Zeitungsverkäufer stellten ihre Stände auf. Der vertraute Rhythmus der Stadt, der sich so anders anfühlte nach den ruhigen Tagen in Valencia. Er dachte an ihre Spaziergänge durch die Altstadt, Hand in Hand wie verliebte Teenager, und an die langen Gespräche über Bücher. Sie hatte ihm eines Abends Gedichte von Szymborska vorgelesen, zuerst auf Polnisch und dann übersetzt. Er erinnerte sich noch an ihre Stimme, weich und melodisch, wie sie die Verse formte.

„*Ich ziehe die Ungewissheit über dich der Gewissheit über andere vor.*"

„*Passt zu uns, findest du nicht?*", hatte sie gefragt.

Er hatte genickt, unfähig zu sprechen. Ja, es passte. Diese merkwürdige Balance zwischen Nähe und Distanz, zwischen Wissen und Nicht-Wissen. Sie hatten über seine Arbeit gesprochen. Viel, aber vorsichtig, tastend und eher oberflächlich, jedenfalls nicht in technische Details verirrend. Er hatte ihr von den Durchbrüchen erzählt, von den temporalen Fenstern, von der Möglichkeit, Information durch die Zeit zu senden. Sie hatte zugehört, ohne zu urteilen, und ohne die üblichen Fragen nach praktischen Anwendungen oder wie man dies für sich ausnutzen konnte.

„*Hast du keine Angst?*", hatte sie einmal gefragt, spät nachts, als sie eng umschlungen im Bett lagen.

„*Wovor?*"

„*Vor dem, was ihr entdeckt. Vor dem, was es bedeuten könnte. Für die Menschheit.*"

Er hatte lange geschwiegen. „*Doch. Jeden Tag mehr.*"

Sie hatte ihn fester an sich gezogen. „*Gut. Angst macht vorsichtig.*"

Die Straßenbahn hielt an der Plaza Catalunya. Menschen stiegen ein und aus, der Berufsverkehr begann. Elías Gedanken kehrten zum Silvesterabend zurück. Sie hatten auf ihrem Balkon gestanden, Cava getrunken und das Feuerwerk über Valencia beobachtet.

„Was wünschst du dir für das neue Jahr?", hatte sie gefragt.

„Zeit", hatte er geantwortet, ohne nachzudenken. *„Mehr Zeit."*

Sie hatte ihn seltsam angesehen. *„Zeit wofür?"*

„Für alles. Für die Forschung. Für ... uns."

„Zeit kann man nicht besitzen, Elías. Man kann sie nur leben."

Die Worte hallten noch in ihm nach. *„Zeit kann man nur leben."*

War das nicht der Widerspruch seiner Existenz? Er erforschte die Zeit, manipulierte sie, versuchte ihre Geheimnisse zu entschlüsseln. Aber leben – wirklich leben in der Zeit – das hatte er erst in Valencia gelernt. In den stillen Momenten mit Lena, wenn die Uhren bedeutungslos wurden. Die Universität kam in Sicht. Moderne Gebäude, Glas und Stahl, so anders als die warmen Steine von Valencias Altstadt. Sein anderes Leben wartete – das Labor, die Daten, die Experimente. Jonas würde schon da sein und auf ihn warten, voller Energie nach dem Besuch bei seiner Mutter. Das Team würde Fortschritte erwarten.

Er fiel gedanklich wieder zurück in der Zeit. Am Neujahrstag hatten sie vorsichtig, ohne Druck über ihre gemeinsame Zukunft gesprochen.

„Ich verstehe, dass deine Arbeit jetzt alles fordert", hatte Lena gesagt. Sie saßen am Frühstückstisch und malte mit dem Finger die Muster der Sonnenstrahlen auf der Tischdecke nach. *„Ich will dir nicht im Weg stehen."*

„Du stehst mir nicht im Weg. Du bist ..." Er hatte nach Worten gesucht. *„Du bist der Grund, warum ich einen Weg haben will."*

Sie hatte seine Hand genommen.

„Wir bleiben in Kontakt. So oft es deine Arbeit erlaubt. Kein Druck und keine Erwartungen. Ich bin hier. Das reicht."

„Reicht es dir wirklich?"

„Elías", erwiderter sie mit festem Blick. *„Ich habe gelernt, dass manche Menschen es wert sind zu warten. Ich meine, nicht passiv. Ich habe ja mein eigenes Leben. Aber mit offenem Raum für ... was auch immer sich ergeben mag."*

Die Straßenbahn hielt an der Endstation. Elías stieg aus, spürte die kühle Januarluft auf seinem Gesicht. Der Campus lag vor ihm, vertraut und fremd zugleich. Er wusste nicht, wie es weitergehen würde mit ihnen. Die Distanz war real und allgegenwärtig in ihrer Beziehung. Valencia und Barcelona, seine Arbeit, ihre Immobiliengeschäfte, und dazwischen 350 Kilometer. Aber die Verbindung war ebenso real. Stärker als Entfernung und tiefer als Worte.

Sein Telefon vibrierte. Eine Nachricht von Lena war eingetroffen.

„Schon am Institut? Pass auf dich auf. Und vergiss nicht – die Gegenwart ist auch eine Zeit."

Er lächelte und tippte zurück:

„Angekommen. In mehr als einer Hinsicht. Danke für die schöne Zeit außerhalb der Zeit."

Er steckte das Telefon weg, richtete sich auf. Vor ihm lag das Physikgebäude, dahinter die Türme des biomedizinischen Zentrums. Seine Welt der Formeln, der Experimente, der Durchbrüche und der Gefahren. Aber etwas war anders. Er trug Valencia noch in sich – nicht als Erinnerung, sondern als Möglichkeit. Lena hatte recht. Man konnte Zeit nicht besitzen. Aber man konnte sie trotzdem mit jemandem teilen. Er betrat das Gebäude, bereit für das, was kommen würde. Die Forschung würde weitergehen und die Entdeckungen sich womöglich beschleunigen. Aber er war nicht mehr allein in der Zeit. Irgendwo in Valencia war jemand, der ihn verstand, der auf ihn wartet, ohne zu fordern, und der Raum bot, ohne einzuengen. Es war nicht genug, um die Welt zu retten. Aber es war genug, um mit etwas mehr Wärme und etwas mehr Hoffnung weiterzumachen. Die automatischen Türen glitten auf. Das neue Jahr hatte begonnen. Und mit ihm eine neue Phase – in der Forschung und in seinem Leben. Er wusste nicht, wohin sie führen würde. Aber zum ersten Mal hatte er keine Angst vor der Ungewissheit. Er hatte gelernt, dass manche Dinge wichtiger waren als Gewissheit. Vertrauen zum Beispiel. Oder die simple Kunst, einfach da zu sein. Die Arbeit wartete. Die Zeit wartete. Er war bereit.

Elías beobachtete das filigrane Spinnennetz aus Mikroelektroden und Quantensensoren auf Jonas' Kopf. Die neue Gehirnschnittstelle lag wie ein technisches Kunstwerk über den Schläfen seines Freundes, während die Monitore dessen Hirnaktivität in Echtzeit zeigten – Wellen und Muster, die sich ständig veränderten. Sein Herz schlug schneller als gewöhnlich. Das gesamte Labor vibrierte schon den ganzen Tag vor Spannung, die über das rein Technische weit hinausging.

«Sequenz drei initialisiert», verkündete Selene von ihrer Station aus. Ihre Finger flogen über die Tastatur und justierten Parameter. «Modulierte Impulsintervalle bei 0,7 Hertz. Temporales Öffnungssignal aktiv.»

Jonas saß ruhig im Zentrum des Aufbaus, die Augen geschlossen. Kabel führten von seinem Kopf zu einem Array von Verstärkern und Prozessoren, wie schon bei anderen Probanden. Sein Atem war gleichmäßig, fast meditativ. Elías beobachtete die Monitore, sein Herz schlug schneller als gewöhnlich. Nach Wochen der Theorie und Vorbereitung war dies der erste echte Test der neuen Schnittstelle. Seit Anbruch des neuen Jahres waren schon fast zwei Monate vergangen. Sie hatten die Technik verfeinert, die Impulsmuster präzisiert. Theoretisch sollte es möglich sein, gezielte temporale Öffnungszustände zu aktivieren und innere Zeitachsen für den Verstand erreichbar zu machen.

«Jonas, wie fühlst du dich?», fragte Elías.

«Klar. Konzentriert.» Jonas Stimme klang unverändert. «Beginnt die Stimulation.»

Kiran aktivierte die Sequenz von seinem Terminal aus. Die Monitore zeigten sofort Veränderungen – Gamma-Wellen intensivierten sich, neue Muster entstanden in den präfrontalen Bereichen.

«Ich ...» Jonas verstummte. Seine Augenlider flatterten.

«Was siehst du?», fragte Selene sanft.

«Nicht sehen ... Wissen.» Seine Stimme hatte eine merkwürdige Qualität bekommen, als spräche er aus großer Entfernung. «Ich bin hier. Aber ich bin auch ... später.»

Amelia trat näher, ihre Augen fixiert auf die neurologischen Daten. «Spezifiziere „später".»

Jonas Hände verkrampften sich leicht. «Ich sitze an diesem Tisch. Aber es ist Abend. Dunkel draußen. Wir diskutieren über ... über das, was gerade passiert. Ich erzähle euch von diesem Moment.»

«Das könnte eine Projektion sein», murmelte Kiran. «Eine Extrapolation basierend auf ...»

«Nein.» Jonas Stimme wurde fester. «Ich sehe Details. Elías trägt ein blaues Hemd – nicht das weiße von jetzt. Amelia hat ihre Haare anders. Und ich ... ich weiß, was ich sagen werde.»

Die Atmosphäre im Raum verdichtete sich. Alle starrten auf Jonas, dann auf die Monitore. Die Hirnaktivität zeigte Muster, die keiner von ihnen je gesehen hatte – Oszillationen, die sich selbst zu spiegeln schienen.

«Sag es», forderte Elías. «Was wirst du sagen?»

Jonas öffnete die Augen. Sie waren glasig, unfokussiert, als blickte er durch die Gegenwart hindurch.

«Ich werde sagen: „Das Paradoxe ist nicht, dass ich die Zukunft sehe. Das Paradoxe ist, dass ich mich entscheide, genau das zu tun, was ich bereits getan haben werde."»

Dann, fast mechanisch, fügte er hinzu: «Und Kiran wird es Selbstbeobachtungsecho nennen.»

Kiran erstarrte an seinem Terminal. «Das ... das ist ein Begriff aus meinen privaten Notizen. Den habe ich noch nie ausgesprochen.»

«Noch nicht», korrigierte Jonas. «Aber du wirst. In etwa drei bis vier Stunden.»

Amelia trat vor, ihre Stimme schneidend vor Besorgnis. «Stopp. Sofort. Sequenz beenden.»

«Warte», protestierte Jonas. «Ich muss ... ich kann noch mehr sehen.»

«Nein.» Amelias Ton duldete keinen Widerspruch. «Selene, fahr die Stimulation runter. Langsam.»

Widerwillig befolgte Selene den Befehl. Die Impulse wurden schwächer, die Monitore zeigten eine graduelle Rückkehr zu normalen Mustern.

Jonas blinzelte mehrmals, als erwache er aus einem Traum. «Das war ... intensiv.»

«Das war gefährlich», sagte Amelia. Sie wandte sich an die anderen, ihr Gesicht ernst. «Wir müssen ein Moratorium diskutieren. Das ist kein neurologischer Reflex mehr – das ist psychische Identitätsverschiebung.»

«Es hat funktioniert», murmelte Elías, mehr zu sich selbst. «Es hat tatsächlich funktioniert.»

Jonas rieb sich die Schläfen. «Ich habe es nicht nur gesehen. Ich habe es erlebt. Als wäre ich gleichzeitig hier und dort. Jetzt und später.»

«Selbstbeobachtungsecho», sagte Kiran langsam. «So werde ich es also nennen.» Er sah Jonas an. «Ein temporales Phänomen, bei dem das Bewusstsein seine eigene zukünftige Position wahrnimmt.»

«Aber das ist unmöglich», protestierte Selene. «Das würde bedeuten, dass die Zukunft bereits feststeht.»

«Oder dass sie durch die Beobachtung erst entsteht», erwiderte Jonas. «Wie in der Quantenmechanik. Der Beobachter kollabiert die Wellenfunktion. Schrödinger lässt grüßen.»

Amelia schüttelte den Kopf. «Hört ihr euch selbst zu? Wir reden hier nicht über Teilchen. Wir reden über menschliches Bewusstsein. Über Identität. Jonas, wie fühlst du dich?»

Er zögerte. «Fragmentiert. Als wäre ich nicht ganz ... synchron mit mir selbst.»

«Genau das meine ich.» Amelia wandte sich an Elías. «Wir spielen hier nicht nur mit der Zeit. Wir spielen mit der mentalen Integrität unserer Probanden. Mit Jonas.»

Elías schwieg lange. Er betrachtete die Daten, dann seinen Freund. Schließlich sprach er, seine Stimme leise, aber bestimmt:

«Ich glaube dir, Jonas. Jedes Wort. Das ist kein Artefakt, keine Halluzination. Du hast wirklich die Zukunft gesehen. Oder eine Version davon.»

«Elías ...» Amelia begann zu protestieren.

«Nein, lass mich ausreden.» Er sah sie alle an. «Das ist es. Der Beweis. Nicht nur, dass Information durch die Zeit reisen kann. Sondern, dass Bewusstsein selbst temporal mobil ist. Das verändert alles.»

Sie hatten alle gesehen, wie Jonas während des Experiments sprach – die seltsame Distanziertheit und die mechanische Präzision seiner Vorhersagen. Als wäre er kurzzeitig zu einem Beobachter seiner selbst geworden.

«Eben», sagte Amelia. «Es verändert alles. Auch uns. Auch Jonas. Schau ihn dir an.»

Während sie mit dem Arm herumfuhr, um auf Jonas zu zeigen, stieß sie mit Elías´ Ellbogen zusammen. Er verschüttete ein wenig von dem Kaffee, den er in der Hand hielt, auf sein Hemd. Die Flecken breiteten sich über seine Bauchgegend aus, während er an sich hinunterblickte.

«Oh. Das tut mir leid, Elías.» Amelia trat die Hände hebend zurück. «Das wollte ich nicht.»

Elías schüttelte nur den Kopf. «Kein Problem, das ist nur ein Hemd. Zurück zum Thema.»

«Wir brauchen Protokolle», sagte Selene. «Sicherheitsmaßnahmen. Grenzen.»

«Wir brauchen mehr Daten», widersprach Jonas. «Ich bin bereit, es wieder zu versuchen.»

«Auf keinen Fall», sagte Amelia bestimmt. «Nicht bevor wir verstehen, was da passiert. Die Persönlichkeit eines Menschen ist kein Experimentiermaterial.»

Eine angespannte Stille folgte. Schließlich sprach Elías: «Kompromiss. Wir analysieren erst die heutigen Daten vollständig. Wir machen keine weiteren Selbstversuche für mindestens 48 Stunden. Und wenn, dann nur mit strengeren Sicherheitsprotokollen.»

Widerwillig stimmten alle zu. Als sie begannen, die Elektroden von Jonas Kopf zu entfernen, fing er Elías Blick auf.

«Es war real», sagte er leise. «So real wie dieser Moment jetzt.»

«Ich weiß», antwortete Elías. «Und genau das macht mir Angst.»

An alle gewandt sagte er schließlich: «Lasst uns hier fertigmachen und treffen wir uns in zwei Stunden wieder zur Nachbesprechung. Ich hole mir in der Zwischenzeit ein Ersatzhemd aus meinem Büro. Ich befürchte, ich habe nur noch ein blaues übrig.»

Während das Team die Daten sicherte und das Equipment herunterfuhr, ging Elías ans Fenster. Draußen war es noch hell, die Februarsonne stand tief. Aber Jonas hatte recht gehabt – am Abend würden sie hier sitzen und über das diskutieren, was gerade geschehen war.

Die Frage war nur: Geschah es, weil Jonas es gesehen hatte? Oder hatte er es gesehen, weil es geschehen würde?

Der Durchbruch war da. Real, unbestreitbar und revolutionär. Aber zum ersten Mal fragte sich Elías ernsthaft, ob sie wirklich verstanden, womit sie da spielten. Die Zeit war kein passives Medium mehr, das man studieren konnte.

Sie antwortete. Sie zeigte sich. Und sie begann, diejenigen zu verändern, die in sie hineinblickten. Das Experiment war erfolgreich gewesen. Aber der Erfolg schmeckte nach Warnung.

Der Videokonferenzraum war in das kühle Licht der LED-Panels getaucht. Auf dem großen Bildschirm erschien das SYNEXION-Logo, dann Marla De Leóns perfekt ausgeleuchtetes Gesicht. Sie saß in einem minimalistischen Büro in Zürich, hinter ihr die verschneiten Alpen durch bodentiefe Fenster sichtbar.

«Guten Tag, Team», begann sie mit professionellem Lächeln. «Ich hoffe, Sie hatten einen produktiven Start ins neue Jahr.»

Elías, Jonas, Selene und Kiran saßen um den Konferenztisch. Die Stimmung war angespannt nach den Ereignissen der letzten Tage – Jonas Selbstversuch hing noch immer im Raum.

«Durchaus produktiv», antwortete Elías neutral.

«Wunderbar. Ich habe Ihre letzten Berichte studiert. Faszinierende Fortschritte.» Marla lehnte sich leicht vor. «Aber lassen Sie mich einige ... strukturelle Fragen stellen.»

Jonas rutschte unruhig auf seinem Stuhl. Diese Art von Meetings mochte er noch weniger als die Laborarbeit.

«Natürlich», sagte Elías.

«Erstens: Skalierbarkeit. Ihre bisherigen Experimente sind individuell, laborbasiert. Wie sehen Sie das Potenzial für größere Anwendungen?»

Selene übernahm: «Die Technologie ist noch in der Grundlagenforschung. Skalierung wäre verfrüht ...»

«Verstehen Sie mich nicht falsch», unterbrach Marla sanft. «Ich spreche nicht von morgen. Aber SYNEXION muss langfristig denken. Gibt es Anwendungsszenarien, die Sie sich vorstellen können? Kommunikation? Finanzwesen? Sicherheitskritische Kontexte?»

Die Fragen kamen schnell, präzise formuliert. Kiran machte sich Notizen, sein Gesicht undurchdringlich.

«Was wäre», fuhr Marla fort, «ein potenzieller Markt für temporale Interaktionen? Ich denke da an Predictive Analytics, Risikomanagement, strategische Planung ...»

«Wir forschen an fundamentalen Fragen des Bewusstseins», sagte Jonas plötzlich, Frustration in seiner Stimme. «Nicht an Börsenprodukten.»

Marlas Lächeln wurde eine Spur kühler. «Natürlich. Aber Grundlagenforschung braucht Finanzierung. Und Finanzierung braucht Perspektiven.»

Ein leises Ping kündigte einen neuen Teilnehmer an. Viktor Riemann erschien in einem separaten Fenster, sein Büro noch minimalistischer als Marlas. Elías erkannte es trotzdem sofort an der Darstellung des Ouroboros hinter seinem Kopf.

«Entschuldigen Sie die Verspätung», sagte er. «Vorstandssitzung. Ich habe mitgehört. Faszinierende Diskussion.»

Elías spürte, wie sich seine Nackenhaare aufstellten. Riemanns Präsenz veränderte die Dynamik sofort.

«Lassen Sie mich direkt zum Punkt kommen», fuhr Riemann fort. «Wir sind beeindruckt von Ihren Fortschritten. So beeindruckt, dass wir eine Erweiterung der Kooperation vorschlagen.»

«Welche Art von Erweiterung?», fragte Elías vorsichtig.

«Ein zweites Testzentrum. Hier in Zürich. Vollständig ausgestattet, dediziertes Personal, direkte Integration mit unseren Quantencomputing-Ressourcen.»

Jonas Augen leuchteten auf. «Das würde unsere Möglichkeiten exponentiell erweitern.»

«Genau das ist die Idee», bestätigte Riemann. «Parallele Forschungsstränge, Datenaustausch in Echtzeit, beschleunigte Entwicklung.»

«Und die Kontrolle?», fragte Elías direkt.

Riemanns Lächeln veränderte sich nicht. «Partnerschaftlich, natürlich. Sie behalten die wissenschaftliche Leitung. Wir stellen Infrastruktur und Personal.»

«Das klingt ...», suchte Jonas nach Worten, «... fast zu gut.»

«Es ist eine Win-Win-Situation», sagte Marla. «Ihre brillante Forschung, unsere Ressourcen. Gemeinsam können wir Geschichte schreiben.»

Selene meldete sich zu Wort: «Was passiert mit den Daten? Wer hat Zugriff?»

«Geteilter Zugriff», antwortete Riemann. «Transparenz ist der Schlüssel zu erfolgreicher Kooperation.»

Elías beobachtete Riemanns Gesicht genau. Die Maske war perfekt – freundlich, offen und begeistert. Aber dahinter ... dahinter vibrierte etwas anderes. Hunger. Nicht nach Wissen, sondern nach Kontrolle.

«Wir müssten das im Team besprechen», sagte Elías schließlich.

«Natürlich. Aber lassen Sie mich noch einen Gedanken hinzufügen.» Riemann lehnte sich vor, sein Blick intensiv. «Was Sie entdeckt haben, hat das Potenzial, unsere Zivilisation zu transformieren. Die Frage ist: Wollen Sie Teil dieser Transformation sein, oder wollen Sie zusehen, wie andere sie gestalten?»

Die unterschwellige Drohung war wie immer elegant verpackt, aber unüberhörbar.

«Wir sind bereits Teil davon», erwiderte Elías kühl.

«In der Tat. Aber im kleinen Maßstab. Wir bieten Ihnen die globale Bühne.»

Nach weiteren fünfzehn Minuten höflicher Verhandlung endete die Konferenz. Als die Verbindung getrennt war, herrschte Stille im Raum.

«Das ist eine Riesenchance», sagte Jonas schließlich. «Die Ressourcen, die Möglichkeiten ...»

«Das ist eine Übernahme», konterte Elías. «Scheibchenweise, elegant verpackt, aber eine Übernahme.»

«Du bist paranoid», warf Jonas ein.

«Bin ich das?» Elías stand auf, ging zum Fenster. «Hast du Riemanns Augen gesehen? Das ist kein Mann, der an Wissenschaft interessiert ist. Das ist ein Mann, der Macht will.»

Selene nickte langsam. «Die Fragen von Marla ... es ging nur um Monetarisierung. Um Märkte. Um Anwendungen.»

«Ist das so schlimm?», fragte Jonas. «Irgendwie muss die Forschung sich finanzieren.»

«Es geht nicht um Finanzierung», sagte Kiran, der lange geschwiegen hatte. «Es geht um Zweck. Sie wollen unsere Entdeckung nicht verstehen. Sie wollen sie besitzen ... und verkaufen.»

Jonas schüttelte den Kopf. «Ihr übertreibt. SYNEXION hat uns bisher immer fair behandelt.»

«Bisher», betonte Elías. «Aber was passiert, wenn wir wirklich durchbrechen? Wenn temporale Manipulation möglich wird? Glaubst du ernsthaft, sie lassen uns dann noch die Kontrolle?»

Die Frage hing im Raum. Jeder dachte an Jonas Experiment, an die Möglichkeiten, die sich aufgetan hatten. Und an die Gefahren.

«Was schlägst du vor?», fragte Selene.

«Wir spielen mit», sagte Elías langsam. «Aber vorsichtig. Sehr vorsichtig. Und wir behalten Kopien aller Daten auf unabhängigen Datenträgern. Verschlüsselt natürlich. Falls ...»

«Falls was?», fragte Jonas stirnrunzelnd.

«Falls wir eines Tages vor die Wahl gestellt werden, unsere Seelen mit unserer Forschung als Bonus zu verkaufen.»

Jonas lachte nervös. «Das ist doch übertrieben.»

«Ist es das?» Elías drehte sich zu ihm um. «Du hast in die Zukunft gesehen, Jonas. Hast du da SYNEXION gesehen? Hast du gesehen, was aus uns wird?»

Jonas wurde blass. «Ich ... nein. Nur Fragmente. Diesen Raum. Uns. Es war nicht weit genug.»

«Genau. Es war nicht weit genug. Oder es war nur das, was dir jemand zeigen wollte.»

«Jemand? Wer soll dieser Jemand sein?»

Elías schüttelte den Kopf. «Ich weiß es nicht. Noch nicht. Aber ich habe das Gefühl, wir sind längst Teil eines größeren Spiels. Und SYNEXION ... SYNEXION spielt nicht für die Wissenschaft. Sie spielen für die Macht.» Er macht eine kurze Pause, während er seine Aussage bei den anderen sacken ließ. «Ich würde sogar so weit gehen, nicht nur eine Kopie bei uns zu belassen, sondern vorerst essenzielle Informationen aus den an SYNEXION übertragenen Daten zu extrahieren.»

Das Meeting endete ohne klare Entscheidung. Als Elías später in seinem Büro saß, dachte er an Lenas Worte: *„Angst macht vorsichtig."*

Er hatte Angst. Nicht vor der Forschung, nicht vor den Entdeckungen. Sondern vor denen, die glaubten, sie kontrollieren zu können. Riemann wollte kein Wissen. Er wollte Vorherrschaft. Und das machte ihn gefährlicher als jedes temporale Paradoxon. Die ethische Spannung hatte sich verschärft. Die Forschung wurde zur Ware. Und der Preis war nicht Geld – sondern die Kontrolle über die Realität selbst.

Elías saß in seinem Wohnzimmer, nur die Schreibtischlampe warf einen Lichtkegel in die Dunkelheit. Die Nacht hatte sich bereits vor einer Weile über Barcelona gelegt. Die Ereignisse des Tages lasteten noch auf seinen Schultern. Die Videokonferenz mit SYNEXION und Riemanns kaum verhüllter Hunger nach Kontrolle allem voran. Sein Tablet vibrierte und riss ihn aus seinen Gedanken. Eine E-Mail zu später Stunde. Der Absender war Lena Lisowska. Die Nachricht hatte keinen Betreff, nur einen Anhang, ansonsten war sie komplett formlos. Er öffnete das beigefügte Dokument. Ein Essay, formatiert in schlichter Eleganz. Er wusste, dass es eines ihrer Hobbys war, Essays zu schreiben, aber er hatte bis jetzt noch nie eines davon zu Gesicht bekommen. Dies sollte sich nun ändern.

Der Titel stand allein auf der ersten Seite:

„Wurzeln im Wind"

Er suchte sich eine bequeme Position auf dem Sofa, lehnte sich zurück und begann zu lesen.

„Es gibt Bäume, die ihre Wurzeln in den Fels treiben. Sie wachsen langsam, aber sie bleiben. Jahrhunderte vergehen, Stürme kommen und gehen, doch sie stehen noch immer am selben Ort. Dann gibt es Pflanzen, deren Samen der Wind trägt. Sie haben

keine tiefen Wurzeln und keine feste Heimat. Sie treiben, sie landen und sie wachsen für eine Weile. Dann trägt der Wind sie weiter.

Ich bin kein Baum.

Als Kind in Krakau dachte ich, Heimat sei ein Ort. Eine Straße, ein Haus oder der Geruch von Bigos aus Großmutters Küche. Ich dachte, Wurzeln seien etwas, das man in die Erde treibt und nie wieder herauszieht.

Dann kam die erste Reise. England, ein Austauschprogramm. Ich war siebzehn und glaubte, die Welt gehöre mir. In Wahrheit gehörte ich der Welt, ich wusste es damals nur noch nicht. Der erste Riss in meiner Gewissheit: Die Themse war nicht die Weichsel. Und doch war ich immer noch ich.

Migration ist ein großes Wort für etwas sehr Einfaches. Man geht. Man sucht. Nach Arbeit, sagen die Ökonomen. Nach Freiheit, sagen die Politiker. Nach sich selbst, sage ich.

Spanien war nie geplant. Ein Jobangebot, eine Chance und eine Entscheidung in drei Tagen. Meine Mutter weinte. Mein Vater schwieg, aber es war seine Art zu weinen. Valencia empfing mich mit Sonne und Salz. Ich lernte eine neue Sprache. Nicht nur Spanisch, sondern die Sprache des Fremdseins. Und die Kunst, Wurzeln in der Luft zu schlagen.

Erinnerung ist kein Anker zur Vergangenheit. Sie ist ein Wind, der uns vorwärts trägt. Ich erinnere mich an Krakau nicht mit Wehmut, sondern mit Dankbarkeit. Es hat mich geformt, damit ich gehen konnte. Verlust ist der Preis der Bewegung. Ich habe Freundschaften verloren, die Nähe zur Familie und die Selbstverständlichkeit des Vertrautseins. Aber ich habe auch gewonnen, nämlich die Fähigkeit, überall und nirgends zu Hause zu sein. Die Kunst, im Moment zu wurzeln anstatt im Ort.

Das Tauchen lehrte mich eine neue Art von Heimat. Unter Wasser gibt es keine Nationalitäten, keine Akzente und keine Fremdheit. Nur Atem und Bewegung. Dort unten verstand ich, dass Heimat kein Ort ist. Es ist ein Zustand. Manchmal begegnen einem Menschen, die diesen Zustand verstehen. Sie sehen, dass Wurzeln nicht nur in die Tiefe wachsen. Sie können auch horizontal wachsen, sich verflechten und Netzwerke bilden.

Vertrauen ist das Schwierigste für Menschen wie mich. Wenn man gelernt hat, dass alles vergänglich ist, dann hütet man sein Herz wie einen kostbaren Besitz. Aber manchmal trifft man jemanden, bei dem das Vertrauen keine Entscheidung ist. Es ist einfach da, wie das Atmen.

Wurzeln im Wind – das bin ich. Nicht stark wie eine Eiche und nicht beständig wie ein Fels. Aber anpassungsfähig, beweglich und offen. Meine Wurzeln greifen nicht in die Erde. Sie greifen in Momente, in Begegnungen und in die geteilte Stille.

Die Wissenschaft sucht nach Vorhersagbarkeit, nach Kontrolle. Das Leben lehrt uns das Gegenteil, nämlich dass die wichtigsten Dinge nicht planbar sind. Dass Heimat kein Ort ist. Dass Wurzeln auch im Wind wachsen können.

Vielleicht ist das die größte Freiheit: zu wissen, dass man gehen kann – oder zu bleiben, wie man will. Nicht aus Pflicht und nicht aus Gewohnheit, sondern weil manche Orte, manche Menschen und manche Momente es wert sind, dass man seine Wurzeln in sie schlägt.

Ich bin ein Mensch zwischen den Welten. Zu polnisch für Spanien, zu spanisch für Polen. Zu verwurzelt, um wirklich frei zu sein. Zu frei, um wirklich verwurzelt zu sein. Aber genau in diesem Zwischen finde ich meine Art von Heimat. Manchmal trifft man jemanden, der dieses Zwischen versteht. Der sieht, dass Wurzeln im Wind ihre eigene Schönheit haben. Ihre eigene Stärke. Ihre eigene Art, in der Welt zu sein.

Das ist eine Meditation über das Bleiben und Gehen. Über die Kunst, Wurzeln zu schlagen in einer Welt, die sich ständig bewegt. Aber wenn jemand zwischen den Zeilen liest – dann ist es vielleicht doch eine Liebeserklärung. An die Möglichkeit der Begegnung.

Ich glaube an solche Begegnungen. Sie sind selten. Sie sind kostbar. Sie sind es wert, dass man für einen Moment aufhört zu treiben. Dass man seine Wurzeln in den gemeinsamen Augenblick schlägt. Auch wenn man weiß, dass der Wind irgendwann wieder kommt.

Das ist mein Schicksal. Nicht vorbestimmt, sondern selbst gewählt. Nicht in Stein gemeißelt, sondern in Wind geschrieben. Flüchtig wie alles Schöne und gerade deshalb so kostbar.“

Elías legte das Tablet beiseite. Seine Hände zitterten leicht und ihm blieb die Luft weg. Er las den Text noch einmal, langsamer diesmal. Er ließ jedes Wort auf sich wirken. Es war kein konventioneller Liebesbrief. Und doch war es auf seine

Art die intimste Liebeserklärung, die er je erhalten hatte. Lena hatte ihre Seele offengelegt. Sie hatte ihre Geschichte und ihre Art, in der Welt zu sein erzählt. Und zwischen den Zeilen, in der Sprache der Wurzellosen, hatte sie ihm gesagt: Ich habe mich entschieden zu bleiben. Bei dir. Nicht für immer, denn so etwas verspricht niemand, der wirklich ehrlich ist. Aber jetzt, in diesem Moment und in diesem Wind war sie da. Er stand auf, ging zum Fenster. Irgendwo dort drüber in Valencia war Lena. Die Frau, die Wurzeln im Wind schlug. Die verstand, dass Heimat kein Ort war. Seine Forschung hatte ihm gezeigt, dass Zeit nicht linear war. Dass Zukunft und Vergangenheit sich durchdringen konnten. Aber Lenas Essay lehrte ihn noch etwas anderes, nämlich dass die wichtigsten Momente außerhalb der Zeit existierten. In der reinen Begegnung. In dem geteilten Zwischen. Er griff nach seinem Telefon, öffnete die Nachrichtenapp und tippte.

„Ich habe es gelesen. Mehrmals. Ich verstehe die Sprache der Wurzellosen. Und ich glaube auch an solche Begegnungen. An Menschen, die einem richtig begegnen. Du bist so ein Mensch für mich. Danke, dass du da bist. Danke, für alles."

Er schickte die Nachricht, dann setzte er sich im Dunkeln wieder hin, ganz ohne Licht. Was in Valencia geschehen war, was zwischen ihnen wuchs, war keine Ablenkung von seiner Arbeit. Es war Ankunft. Bei einem Menschen, der ihn verstand, der nicht forderte, sondern einfach nur da war. Alles, was jetzt sichtbar wurde – die Experimente, SYNEXION, die Macht über die Zeit selbst – wirkte plötzlich kleiner. Nicht unwichtig deshalb, aber eben relativ, gemessen an der absoluten Kostbarkeit einer echten Begegnung. Sein Telefon leuchtete auf. Eine Antwort von Lena ließ nicht lange auf sich warten:

„Manches plant man nicht. Manche Texte schreibt man nicht. Sie schreiben sich selbst. Einfach, durch einen hindurch. Danke, dass du verstehst ♥."

Er lächelte im Dunkeln. Morgen würde er wieder ins Labor gehen. Die Experimente würden weitergehen und SYNEXION würde noch mehr drängen. Die Zukunft würde ihre Schatten vorauswerfen. Aber heute Nacht saß er hier, mit Lenas Worten im Herzen. Wurzeln im Wind. Die schönste Definition von Liebe, die er je gehört hatte.

KAPITEL 8

Elías spürte die klare, kalte Märzluft noch in den Kleidern, als er das Labor betrat, wo eine hitzige Atmosphäre konzentrierter Anspannung herrschte. Diese Art von Stille lag im Raum, die vor großen Ereignissen entsteht. Die letzten Wochen intensiver Arbeit hatten sich in diesem Moment verdichtet. Kiran Nanduri stand vor der Hauptkonsole, während seine Finger über die Kontrollen flogen. Auf den Bildschirmen pulsierten grüne Statusanzeigen – die Systeme optimal justiert, der Energiefluss stabil und die Quantenfeldgeneratoren synchronisiert.

«Phasenstabilität bei 99,7 Prozent», verkündete er. «Das ist der höchste Wert, den wir je erreicht haben.»

Selene Moreau nickte von ihrer Station aus. «Die neuen neuralen Interfaceprotokolle sind kalibriert. Die semantischen Reaktionsmuster zeigen volle Kompatibilität. Die neuen Sicherheitsprotokolle für automatischen Abbruch sind ebenfalls implementiert.»

Jonas bewegte sich unruhig zwischen den Stationen, überprüfte jeden Parameter doppelt und dreifach. Die erfolgreiche Stabilisierung der Temporalfenster auf dreißig Sekunden war ein Durchbruch gewesen – aber was sie heute vorhatten, ging weit darüber hinaus. Elías stand am Fenster, betrachtete die Universitätsgebäude im Morgenlicht. In seiner Hand hielt er sich krampfhaft an einer Tasse Kaffee fest, der längst kalt geworden war. Seine Gedanken waren klar und gesammelt. Die Entscheidung war gefallen. Sie wollten die Experimente fortsetzen.

«Wir sind bereit», sagte Jonas schließlich. «Die Frage ist nur ... wer?»

Elías drehte sich um, stellte die Tasse auf der Fensterbank ab. «Ich mache es.»

Die Worte fielen in die Stille wie Steine ins Wasser. Alle Köpfe wandten sich ihm überrascht zu.

«Nein», sagte Jonas sofort. «Das haben wir besprochen. Ich bin der Physiker, ich kenne die theoretischen ...»

«Und ich kenne die neurokognitiven Signaturen», unterbrach Elías ruhig. «Kein Gehirn kennt dieses System besser als meins. Ich habe jede Messung überwacht, jedes Muster analysiert.»

«Elías, das ist Wahnsinn», protestierte Amelia, die bisher schweigend in der Ecke gestanden hatte. Wenn es den Anschein machte, dass sie immer dagegen war, etwas Neues zu versuchen, dann trog der Schein nicht. Schließlich war sie die Ethikerin und Neurophilosophin in diesem Kreis der Vertrauten und somit zum Zweifeln auserkoren. «Die Risiken ...»

«... sind kalkulierbar», vollendete Elías. «Genauso kalkulierbar wie bei jedem anderen auch. Weniger sogar, weil ich die Warnsignale früher erkennen würde. Außerdem haben wir jetzt die Fail-Safe-Mechanismen als ...»

«Es geht nicht nur um Erkennung», unterbrach Jonas heftig argumentierend. «Es geht um … verdammt, du bist der Leiter dieses Projekts!»

«Eben deshalb.» Elías Stimme blieb nach wie vor ruhig, dafür aber bestimmt. «Ich kann von niemandem verlangen, ein Risiko einzugehen, das ich nicht selbst auch zu tragen bereit bin.»

Kiran meldete sich zu Wort, sachlich wie immer: «Aus technischer Sicht macht es Sinn. Elías Gehirnmuster sind am besten dokumentiert. Wir haben die meisten Baseline-Daten von ihm.»

«Das ist keine technische Entscheidung!» Amelias Stimme wurde schärfer. «Was ihr hier vorhabt, ist keine Simulation mehr. Es ist eine Entscheidung über Wirklichkeit. Über die Struktur der Realität selbst.»

«Ich weiß.» Elías sah sie direkt an. «Und genau deshalb muss ich es sein. Ich muss es sehen, nicht nur messen. Wirklich verstehen und nicht nur beobachten.»

Jonas schüttelte den Kopf, aber sein Widerstand bröckelte. Er kannte Elías lange genug, um zu wissen, wann eine Entscheidung unumstößlich war. Je ruhiger er sprach, desto finaler war sein Entschluss.

«Wenn etwas schiefgeht …», begann er.

«Dann werdet ihr da sein, um die Sequenz zu beenden», beendete Elías seinen Satz. «Sofort-Abbruch bei jedem Anzeichen von Instabilität. Das haben wir hundertmal geübt.»

Selene, die bisher geschwiegen hatte, fragte leise: «Bist du sicher, Elías? Wirklich sicher?»

Er nickte. «So sicher, wie man sich bei so etwas sein kann.»

Ein Moment der Stille folgte. Dann seufzte Jonas schwer. «Also gut. Aber bei der kleinsten Anomalie breche ich ab. Keine Diskussion.»

«Einverstanden.»

Amelia schüttelte den Kopf. «Für das Protokoll: Ich halte das für verfrüht und unverantwortlich. Wir brauchen mehr Forschung. Und vor allem mehr Sicherheitstests.»

«Notiert», sagte Elías. «Aber die Entscheidung steht.»

Die nächste Stunde verging mit geduldigen, präzisen Vorbereitungen. Die medizinische Liege wurde in Position gebracht, umgeben von einem Kranz aus Monitoren und Sensoren. Elías legte sich hin, spürte die kühle Oberfläche durch sein Hemd. Selene begann, die Elektroden an seinem Kopf zu befestigen. Ihre Hände waren ruhig, professionell, aber er spürte eine leichte Anspannung in ihren Bewegungen.

«Atmung normal», murmelte sie. «Puls leicht erhöht, aber im grünen Bereich.»

Jonas überprüfte die temporale Schnittstellenmatrix ein letztes Mal.

«Zielkoordinaten sind gesetzt. Standardprotokoll – dreißig Sekunden Fenster, automatische Rückholung.»

«Energiesysteme stabil», meldete Kiran. «Quantenfeldgeneratoren synchron.»

Amelia trat an die Liege, sah auf Elías hinab. Ihr Gesicht war ernst und besorgt. «Du musst das nicht tun.»

«Doch», antwortete er. «Ich muss.»

Sie nickte knapp, trat zurück. «Dann pass auf dich auf. Wo auch immer du … hingehst.»

«Alle Systeme bereit», verkündete Jonas. Seine Stimme klang gepresst. «Initialisiere Startsequenz in sechzig Sekunden.»

Elías schloss die Augen, beruhigte seine Atmung. Er dachte kurz an Lena. An Begegnungen, die einen an bestimmten Orten anhalten ließen. *Ist dies so ein Ort? So ein Moment?*

«Dreißig Sekunden.»

Die Luft im Raum schien sich zu verdichten. Die Maschinen summten leise in einem Chor aus Elektronik und Erwartung.

«Fünfzehn Sekunden.»

Elías öffnete die Augen, blickte zur Decke. Die Lichter verschwammen leicht – *oder bilde ich mir das nur ein?*

«Zehn … neun … acht …»

Sein Herzschlag verlangsamte sich paradoxerweise. Eine seltsame Ruhe überkam ihn in diesem Moment.

«Fünf … vier … drei …»

«Viel Glück», hörte er Selene flüstern.

«Zwei … eins …»

«Sequenz aktiviert.»

Die Welt explodierte in Licht und Schatten. Elías spürte, wie sein Bewusstsein sich dehnte und sich von seinem Körper löste. Für einen Moment war er überall und nirgends zugleich. Plötzlich …

Dunkelheit. Stille. Und dann etwas anderes. Etwas, für das er keine Worte hatte.

Der Sprung hatte begonnen.

Elías hörte die letzten Worte des Countdowns verhallen. Um ihn summten die Maschinen in perfekter Synchronizität, ihre Frequenzen verschmolzen zu einem einzigen, alles durchdringenden Ton. Er sah die Datenkaskaden auf den

Kontrollbildschirmen herunterrattern – neurale Aktivität, Quantenfeldstärke, temporale Kohärenz. Dann begann es als ein Kribbeln an den Rändern seines Bewusstseins. Wie Wasser, das langsam über die Ufer tritt. Farben, die keine Namen hatten, überlagerten sein Sichtfeld. Stimmen – *oder sind es Echos?* – hallten durch seinen Geist, formten Worte in Sprachen, die er nicht kannte. Der Puls der Maschinen verlangsamte sich. Er wurde flacher. Dann ein gleichmäßiger Rhythmus, wie ein riesiges Herz, das durch die Zeit selbst schlug.

Plötzlich riss ihn etwas aus seinem Körper – brutal, vollständig und ohne Warnung. Er schrie, aber es kam kein Laut aus seinem Mund. *Oder habe ich überhaupt noch einen Mund?* Die Welt explodierte in Fragmenten aus Licht und Dunkelheit, aus Erinnerung und Erwartung. Er war überall und nirgends, zerrissen zwischen den Momenten.

Dann, abrupt wie ein Schlag ins Gesicht: Stille. Schwerkraft. Wiedergewonnene Körperlichkeit.

Er keuchte und sog dabei Luft in Lungen, die sich fremd anfühlten. Seine Augen flogen auf. Grelles Licht blendete ihn. Er blinzelte heftig und versuchte seinen Blick zu fokussieren, doch es gelang ihm nur mit Mühe. Seine erste echte Erkenntnis war: Er lag nicht mehr, er saß. Auf einem Stuhl. In einem Raum. Panik durchflutete ihn. *Wo war das Labor? Wo waren Jonas, Selene und die anderen?*

Der Raum um ihn war vollkommen fremd. Glatte Wände ohne erkennbare Textur, keine Fenster und keine sichtbare Tür. Nur dieses gleichmäßige, quellenlose Licht überall um ihn herum.

Gott, habe ich den Verstand verloren?

Er versuchte aufzustehen, aber seine Beine gehorchten nur widerwillig. Sie fühlten sich schwerer an, irgendwie steif. Als er nach unten blickte, erstarrte er. Diese Hände, die sich auf seine Oberschenkel stützten – das waren nicht seine Hände. Nicht die Hände des 43-jährigen Elías Soler. Die Haut war dünn, fast durchscheinend. Adern zeichneten sich bläulich ab. Altersflecken. Falten. Die Gelenke waren verdickt und arthritisch.

«Nein», flüsterte er und erschrak über den Klang seiner eigenen Stimme. Sie war rauer und tiefer. Sie war alt. Mit zitternden Händen tastete er sein Gesicht ab. Die Haut hing schlaffer herab und die Wangenknochen traten schärfer hervor. Sein Haar – wo war sein Haar? Seine Finger fanden nur spärliche Reste seines einst üppigen Haarwuchses, dünn und brüchig.

Das ist nicht real. Das kann nicht real sein.

Er zwang sich aufzustehen. Der Körper protestierte und die Gelenke knackten. Aber er schaffte es, wankte zu der schwarzen Fläche an der Wand – einem ausgeschalteten Bildschirm, wie er beim Näherkommen erkannte. In der dunklen

Oberfläche sah er nun sein Spiegelbild. Der Schock traf ihn wie eine physische Faust aufs Auge. Die Fratze, die ihm entgegen starrte, war sein Gesicht. Es war älter, aber unverkennbar er. Bestimmt mindestens zwanzig Jahre. Tief eingegrabene Falten durchzogen Stirn und Wangen. Die Augen lagen tiefer in den Höhlen, umringt von einem Netzwerk feiner Linien und einer Narbe über dem rechten Auge. Der Mund war schmaler geworden und die Lippen blasser. Was von seinem Haar übrig war, klebte in grauen Strähnen am Schädel.

«Was hast du getan?», fragte er sein Spiegelbild. «Was hast du bloß getan?»

Seine Gedanken rasten. *War das die Zukunft? Meine Zukunft? Aber wie war das möglich? Das Experiment sollte ein Fenster öffnen, einen Blick ermöglichen. Nicht ... das hier.*

Zeitreise ist unmöglich, flüsterte eine rationale Stimme in seinem Kopf. *Du halluzinierst. Nebenwirkung der neuronalen Stimulation. Gleich wirst du aufwachen und wieder zurück im Labor sein.*

Aber die Empfindungen waren zu real. Der muffige Geschmack in seinem Mund. Der dumpfe Schmerz in seinen Gelenken. Der schwache Geruch von ... *was eigentlich? Desinfektionsmittel? Ozon?*

Er drehte sich um, musterte den Raum genauer. Keine persönlichen Gegenstände. Keine Hinweise auf Zeit oder Ort. Nur dieser sterile, leere Raum. Wie eine Zelle. Oder ein Verhörraum. Oder ein Warteraum. Wie ein Ort zwischen den Welten.

Komm zurück, befahl er sich selbst. *Konzentrier dich. Du musst zurück.*

Aber wie? Es gab keine Kontrollen und keine Schnittstelle. Er war einfach ... hier. In diesem alten Körper, in dieser fremden Zeit. Die Panik kehrte zurück, noch stärker diesmal. *Was, wenn ich nicht zurückkann? Was, wenn ich hier festsitze? In dieser Zukunft, in diesem gebrechlichen Körper?*

«Jonas!», rief er. «Selene! Könnt ihr mich hören?»

Seine Stimme hallte dumpf von den Wänden wider, blieb aber ohne Antwort. Er war allein. Vollkommen allein. Er sank auf den Stuhl zurück und vergrub das Gesicht in den Händen. Die raue Haut seiner neuen alten Handflächen fühlte sich fremd an gegen seine Wangen. Tränen brannten in seinen Augen – Tränen der Verzweiflung, der Angst und der geistigen Überforderung.

Was habe ich mir nur dabei gedacht?

Die Hybris seiner Entscheidung traf ihn mit voller Wucht. Er hatte geglaubt, die Zeit kontrollieren zu können. Hatte gedacht, er könnte einen kurzen Blick werfen und unversehrt zurückkehren. Stattdessen war er nun gefangen – in einer Zukunft, die er nicht verstand, und in einem Körper, der kaum noch seiner war. Minuten verstrichen. Oder waren es Stunden? In diesem zeitlosen Raum war es unmöglich zu sagen. Sein Herzschlag beruhigte sich allmählich, die Panik wich einer dumpfen Resignation.

Denk nach. Du bist Wissenschaftler. Analysiere die Situation.

Er zwang sich, methodisch vorzugehen. Beobachtung: Er war in der Zukunft. Etwa zwanzig Jahre, nach dem Zustand seines Körpers zu urteilen. Hypothese: Das Bewusstseinstransfer-Protokoll hatte funktioniert – zu gut. Statt nur ein Fenster zu öffnen, hatte es ihn komplett transferiert.

Aber warum hierher? Warum in diesen leeren Raum?

Er stand wieder auf, untersuchte die Wände genauer. Sie hatten kein Fugen, keine Nähte und keine versteckten Türen. Die Oberfläche fühlte sich seltsam an – weder warm noch kalt, weder glatt noch rau. Als würde sie sich seiner Berührung anpassen. Plötzlich ein leises Summen. Elías wirbelte herum. Der Bildschirm an der Wand begann zu leuchten. Erst schwach, ein mattes Glimmen in der Tiefe. Dann heller und pulsierend.

«Hallo?», rief er. «Ist da jemand?»

Das Summen wurde lauter. Das Licht intensiver. Weiße Muster begannen, sich auf dem Bildschirm zu formen. Es waren keine Bilder und keine Worte. Reine Geometrie, sich verschiebende Formen, wie ein Startvorgang von etwas. Elías trat näher, hypnotisiert von dem Display. Die Muster schienen eine Bedeutung zu haben, etwas wie eine Botschaft. Aber er konnte sie keinesfalls aus dem Stegreif entschlüsseln. Dann kam ohne Vorwarnung ein stechender Schmerz in seinem Kopf. Als würde jemand Nadeln durch seine Schläfen treiben. Er schrie auf und taumelte zurück. Die Welt begann, sich plötzlich aufzulösen. Die Wände wurden durchsichtig und der Boden unter seinen Füßen verlor seine Substanz. Er fiel – oder glaubte zumindest zu fallen. Durch Schichten von Realität, durch Ebenen der Zeit selbst. Bilder flackerten vor seinem inneren Auge. Das Labor. Jonas besorgtes Gesicht. Blinkende Monitore mit Alarmhinweisen. Hände, die an seiner Schulter rüttelten. Er nahm entfernte Stimmen wahr.

«... zurückholen! Sofort die Sequenz ...»

«... verlieren ihn! Die Werte ...»

«Elías! Elías, kannst du mich hören?»

Die Stimmen wurden drängender, aber trotzdem wieder leiser. Die Bilder verblassten und wurden zu Schatten. Und dann, mit einem Ruck, der ihm die Luft aus den Lungen presste, war er wieder zurück in dem Raum. Er stand wieder auf festem Boden und taumelte ein wenig. In der Zukunft. In seinem älteren Selbst. Und er wusste mit erschreckender Gewissheit: Dies war erst der Anfang. Die Zeit hatte ihn nicht nur berührt. Sie hatte ihn soeben gefesselt.

Jonas starrte entsetzt auf die Vitalwerte, die nach nur fünf Sekunden explosiv anstiegen. Irgendetwas stimmte nicht. Hinter sich hörte er Amelias panischen Schrei: «Wir müssen ihn zurückholen! Sofort die Sequenz abbrechen! Wir verlieren ihn! Die Werte steigen ins Uferlose. Er ist in kritischem Zustand. Lange macht er das nicht mit.»

Er stürzte zur Liege und rüttelte an Elías' Schulter. «Elías! Elías, kannst du mich hören?»

Keine Reaktion. Gar nichts. Er sah, wie Selene verzweifelt versuchte, die Sequenz abrupt zu unterbrechen, aber die Systeme reagierten nicht. Als wären sie nicht mehr Herr der Lage, als wären sie nicht mehr verantwortlich für das, was soeben geschah. Kiran stürmte zu ihrer Konsole, um ihr zu helfen, aber Jonas wusste – es lag nicht an mangelndem technischem Wissen.

Dann waren die dreißig Sekunden endlich vorbei. Jonas beobachtete, wie die Maschinen begannen ihren programmierten Shutdown-Zyklus begannen, als wäre nichts passiert, als wäre alles in bester Ordnung. Das durchdringende Summen wurde leiser, die pulsierenden Lichter an den Quantengeneratoren erloschen eines nach dem anderen. Auf den Monitoren normalisierten sich die Werte – Energiefluss, Feldstärke, temporale Kohärenz. Alles kehrte zum Ausgangszustand zurück.

Alles – außer Elías.

Er lag still auf der Liege. Zu still.

Jonas hörte Kirans mechanische Verkündung: «Sequenz beendet. Alle Systeme nun wieder im grünen Bereich.»

Er beugte sich über die medizinischen Monitore. «Vitalzeichen sind auch wieder stabil. Aber ...» Er runzelte die Stirn. Etwas stimmte nicht.

«Was ist?» Selene trat näher.

«Er reagiert nicht. Elías?» Jonas berührte erneut Elías' Schulter, diesmal vorsichtiger. Aber da war keine Bewegung. «Elías, kannst du mich hören?»

Er sah Selene die neurologischen Displays überprüfen. «Keine motorische Reaktion. Die Hirnaktivität ist ... seltsam. Grundfunktionen laufen, aber keine höheren kognitiven Prozesse. Keinerlei Aktivität. Das Sprachzentrum ist komplett inaktiv.»

«Das ist unmöglich», murmelte Jonas. Sein Verstand raste. «Er müsste längst zurück sein. Das Protokoll war auf dreißig Sekunden begrenzt.»

Er beobachtete, wie Amelia an die Liege trat, ihre Hände zitterten leicht, als sie Elías' Puls fühlte. «Was, wenn er ...» Sie schluckte schwer. «Was, wenn er dortgeblieben ist? Wenn es ein Einwegfenster war?»

Die Worte trafen Jonas wie ein Schlag. Er spürte, wie die anderen besorgte Blicke wechselten.

«Das ist absurd», sagte Kiran, aber Jonas hörte die Unsicherheit in seiner Stimme. «Die Berechnungen waren eindeutig. Bidirektionaler Transfer. Automatische Rückholung nach Ablauf des Zeitfensters.»

«Warum reagiert er dann nicht?» Selenes Stimme wurde schriller. «Was ist mit den Schutzmechanismen? Warum sind die nicht angesprungen? Schaut ihn euch an! Das ist nicht normal! »

Jonas rannte zu seinem Terminal, seine Finger flogen fieberhaft über die Tastatur. Er analysierte die Daten, suchte nach Antworten. «Vielleicht eine Überlastung der neuroelektrischen Struktur. Oder ...» Er stockte, der Gedanke zu schrecklich, um ihn auszusprechen.

«Oder was?», drängte Amelia.

Jonas zwang sich, die Worte herauszubringen: «Oder er ist im Koma. Möglicherweise ... möglicherweise hirntot.»

«Nein. Er sah, wie Amelia heftig den Kopf schüttelte. «Die Vitalzeichen sind stabil. Das Herz schlägt, er atmet. Er ist nicht tot.»

«Aber er ist auch nicht hier», flüsterte Selene.

Jonas spürte, wie ein kalter Schauer durch den Raum lief. Was, wenn das Experiment zu gut funktioniert hatte? Was, wenn sie Elías' Bewusstsein tatsächlich durch die Zeit geschickt hatten – aber ohne Rückfahrkarte? Er vertiefte sich in die Messprotokolle, seine Finger rasten über die Tastatur. «Moment ... hier ist etwas.» Er isolierte eine spezifische Datenreihe. «Die Tachyonensignatur weicht ab. Schaut euch das an!»

Er rief die Wellenform auf den Bildschirm. Sie war gestört. Ein kleiner, aber deutlicher Bruch in der Symmetrie.

«Was bedeutet das?», fragte Amelia.

Jonas lehnte sich zurück, spürte eine Mischung aus Faszination und Entsetzen in sich aufsteigen. «Eine Zeitverschiebung. Nicht unbeträchtlich. Und auch nicht direkt messbar. Die Rückkehrsequenz wurde zwar ausgeführt, aber ...»

«Aber was?»

«Aber sie griff ins Leere, wie es scheint. Als ob ... als ob Elías nicht mehr am Ausgangspunkt war. Als ob sein Bewusstsein sich bewegt hätte. In eine andere Zeit.»

Jonas spürte die ohrenbetäubende Stille, die folgte. Er starrte auf die bewegungslose Gestalt auf der Liege – seinen Freund. Der Körper war da, atmete, lebte. Aber wo war der Geist? Wo zum Teufel war Elías?

Er hörte Kirans Flüstern: «Die Quantenverschränkung zwischen Körper und

Bewusstsein ... was, wenn sie aufgehoben wurde?»

«Das würde bedeuten ...» Selene konnte den Satz nicht beenden.

Jonas nickte langsam, die schreckliche Wahrheit erkennend. «Sein Bewusstsein ist irgendwo in der Zeit. Sein Körper hier. Getrennt. Vielleicht für immer.»

Er sah, wie Amelia sank auf einen Stuhl , das Gesicht in den Händen. «Was haben wir getan? Oh Gott, was haben wir nur getan?»

Die Überwachungsmonitore piepten weiter ihre gleichmäßigen Rhythmen. Die Maschinen summten leise. Alles wie immer. Nur Elías lag da, anwesend und abwesend zugleich. Jonas überprüfte ein letztes Mal alle Daten, dann sprach er die Worte aus, die alle dachten, aber niemand aussprechen wollte: «Er ist nicht nur gesprungen. Er ist angekommen. Wo immer er jetzt ist ... er ist nicht mehr hier.»

Jonas blickte auf seine Kollegen, die um die Liege standen – unfähig zu handeln und unfähig zu begreifen. Das Experiment war erfolgreich gewesen – zu erfolgreich. Sie hatten die Tür zur Zeit aufgestoßen. Und Elías war hindurchgegangen. Er sah, wie Selene stumm weinte. Kiran starrte auf seine Instrumente, als könnten sie eine Antwort liefern, die aber leider nicht kam. Amelia hielt Elías' Hand, spürte den Puls, der bewies, dass er lebte – und doch nicht da war.

Jonas ging zum Fenster, blickte hinaus auf Barcelona, das im späten Nachmittagslicht lag. Die Stadt ging ihrem gewohnten Rhythmus nach, unwissend, dass in diesem Labor gerade die Grenzen der Realität gesprengt worden waren. Seine Gedanken kreisten um eine einzige, erschreckende Wahrheit: Sie hatten es geschafft. Sie hatten bewiesen, dass Zeitreisen des Verstands möglich waren. Die Tachyonenwerte waren unumstößlich. Aber der Preis ...

Der Preis lag bewegungslos auf der Liege. Atmend, aber abwesend. Präsent, aber verloren. Ein lebender Beweis für ihren Erfolg und ihr Versagen zugleich.

«Vielleicht war er der Erste, der es gewagt hat», sagte Jonas schließlich, mehr zu sich selbst als zu den anderen. «Aber wir werden nie wissen, ob er uns vorangeht – oder sich gerade für immer verliert.»

Er drehte sich um, sah seine Kollegen an. Ihre Gesichter spiegelten seine eigene verrückte Mischung aus Triumph und Verzweiflung, während er weiter sinnierte.

«Der Sprung hat funktioniert. Die Schnittstelle war stabil. Das Problem ist nicht die Technik.» Er machte eine Pause, die Worte schwer auf seiner Zunge. «Das Problem ist: Wir wissen nicht, wohin er gegangen ist. Oder besser gesagt: Wohin er gezogen wurde.»

Jonas' Blick wanderte zu Elías, seinem Freund, seinem Kollegen, dem Mann, der mehr als jeder andere an diese verrückte Idee geglaubt hatte.

«Wir haben ein Tor geöffnet. Und er ist hindurchgegangen – nicht als Held und nicht als Opfer. Nur als derjenige, der am meisten daran geglaubt hat.»

Jonas beobachtete, wie die Sonne tiefer sank und lange Schatten durch die Laborscheiben warf. In diesen Schatten lag Elías, gefangen zwischen den Zeiten. Vermutlich der erste Zeitreisende der Menschheit. Der erste Verlorene in der Unendlichkeit der Zeit. Das Projekt hatte sein Ziel erreicht. Aber zu welchem Preis?

Sie würden es vielleicht nie erfahren.

KAPITEL 9

Die Muster auf dem Bildschirm flimmerten hypnotisch vor sich hin, während Elías auf dem Stuhl saß und versuchte, seine Situation zu begreifen. Gefühlte fünfzehn Minuten waren vergangen, seit er die Verbindung zu seinem alten Leben, zu seinem echten Leben, verloren hatte. Fünfzehn lange Minuten in einem fremden, alten Körper, in einer Zeit, die nicht die seine war. Die Aussichtslosigkeit seiner Lage drohte ihn von Sekunde zu Sekunde immer mehr zu überwältigen. Er stand kurz vor einer Panikattacke. *Bin ich wirklich für immer hier gefangen? In dieser Zukunft? In diesem gealterten Körper? Und was ist mit meinem Ich aus dieser Zeit geschehen? Verdrängt? Ausgelöscht? Oder bin ich selbst nur eine Projektion, wie ein Echo aus der Vergangenheit?*

Seine Finger strichen über die faltigen Wangen und tasteten nach der Narbe über dem Auge. Real. Alles fühlte sich erschreckend echt an. Die Leichtigkeit, mit der er sich früher bewegt hatte, war verschwunden. Jede Bewegung war mühsamer, jeder Atemzug schwerer und bewusster. Arthritis in den Gelenken. Steifheit im Nacken. Die unzähligen kleinen Beschwerden des Alters, die er sich mit dreiundvierzig nicht einmal hatte vorstellen wollen.

«Was hast du getan, Elías?», flüsterte er zu sich selbst in die unheimliche Stille hinein. «Was zum Teufel hast du bloß getan?»

Der Bildschirm an der Wand änderte plötzlich seine Darstellung. Die geometrischen Muster, die er zuvor für eine Art mysteriöse Botschaft gehalten hatte, waren nichts dergleichen. Sie wanderten und verschoben sich, bildeten Verbindungspfade wie ein Netzwerk aus Knotenpunkten. Nach etwa drei Minuten verschwanden sie, und ein Text leuchtete auf:

`VERBINDUNG ZUM GESICHERTEN SERVER FEHLGESCHLAGEN.`

Dann kehrten die wandernden Muster zurück, als würde der Computer eine neue Verbindung suchen. Dies wiederholte sich etwa alle drei Minuten noch zweimal, aber dann änderte sich etwas. Die Muster hörten abrupt auf zu wandern, erstarrten für einen Moment. Ein neuer Text erschien:

`VERBINDUNG ERFOLGREICH. AUTORISIERUNG ERFORDERLICH.`

Darunter materialisierten sich nahezu klassische Login- und Passworteingabefelder. Elías erhob sich mühsam, sein Körper protestierte bei jedem Schritt. Er wankte auf den Bildschirm zu. Unter ihm fuhr geräuschlos eine Art monolithischer Schreibtisch aus der Wand, als hätte die Bewegung einen unsichtbaren Sensor aktiviert. Oder waren es die Eingabefelder für die Autorisierung? Die Oberfläche war eine nahtlos in den Tisch integrierte Touch-Oberfläche mit unzähligen Symbolen und einer virtuellen Tastatur in der Mitte. Am oberen Rand des Displays erschien links in der Ecke ein Datum:

14. MÄRZ 2050.

Rechts daneben eine mysteriöse Ortsangabe:

ZONE IX – ZIVILSCHUTZSTATUS AKTIV
KOMMUNIKATION EINGESCHRÄNKT

Er starrte auf die Information. *Zone IX? Was bedeutete das? Bin ich in einer Art Bunker? Einer Quarantänestation? Oder gar einem Gefängnis? Was war in den letzten zwanzig Jahren passiert, dass ich in einem fensterlosen Raum mit Zivilschutzstatus enden würde?*

Elías schob den Stuhl zur Konsole und setzte sich. Login und Passwort. *Was könnte mein Passwort nach zwanzig Jahren sein? Mein Geburtsdatum? Der Name meiner Mutter? Teile meiner Forschungsergebnisse?* Die Möglichkeiten waren endlos, die Wahrscheinlichkeit eines Zufallstreffers praktisch null.

«Denk logisch», sagte er zu sich selbst. *Wenn dieser Raum für mich bestimmt war, muss es einen Weg geben, Zugang zu erhalten. Etwas, das ich mir merken oder finden konnte.*

Er beschloss, den Raum erneut zu untersuchen, diesmal genauer. Die Wände sahen zwar nahtlos aus, aber wenn sich die Konsole, dieser Schreibtischklotz, so perfekt in die Wand integrieren konnte, gab es vielleicht noch andere verborgene Elemente. Schränke, Türen oder irgendetwas, das ihm weiterhelfen würde. Er tastete systematisch jede verfügbare Oberfläche ab, drückte gegen jede Stelle der gleichförmigen Wände. Nach fünf frustrierenden Minuten kehrte er zur Konsole zurück. Er versuchte, sie genauer zu betrachten. Die Oberfläche schien aus einem einzigen Material zu bestehen, ohne sichtbare Fugen oder Scharniere. Dann bemerkte er eine leicht dunklere Linie unter der Tastatur. Dünn wie ein Haar. *Eine Lade?* Er drückte fester gegen die Front und tatsächlich passierte etwas. Mit einem leisen Surren schob sich eine Schublade elektronisch heraus.

Der Inhalt war spärlich: Ein paar Stifte, die er nicht erkannte, ein paar kristallartige Datenspeicher und – seine Finger zitterten vor Aufregung – ein Moleskine-Notizbuch. Er kannte dieses Buch oder vielmehr seinen Vorgänger. Seit Jahren führte er persönliche Notizen in genau solchen schwarzen Büchern, abseits der digitalen Welt. Er grinste in sich hinein. Manche Dinge änderten sich nie.

Das Buch war nur bis zur Hälfte vollgeschrieben. Offensichtlich durch ihn. Er erkannte sofort seine Handschrift, mit den kleinen Buchstaben. Er öffnete es, blätterte zur letzten Seite und fand dort, innen am Einband, zwei interessante Einträge. Der erste lautete *„ESoler"* – vermutlich sein Login. Der Gleiche, den er auch vor zwanzig Jahren nutzte. Daneben stand eine lange Zeichenfolge aus zwanzig Zeichen, eine Kombination aus Zahlen, Buchstaben und Sonderzeichen. Das musste das Passwort sein.

Mit zitternden Fingern tippte Elías Login und Passwort von dem Notizbuch ab. Erneut erschienen diese geometrischen Formen auf dem Bildschirm, die Netze zu knüpfen schienen und die er langsam nicht mehr sehen konnte. Kurz darauf sah er eine fremdartige Benutzeroberfläche, die entfernt an eine alte grafische Linux-Oberfläche erinnerte. Solche hatte er bereits an verschiedenen Universitäten und auf Servern gesehen. Er versuchte sich mit konzentriertem Blick zwischen den Icons, Programmen und Dateien auf dem Desktop zurechtzufinden. Sie wirkten fremd und gewohnt zugleich. Sobald er das Touchpanel auf dem Schreibtisch berührte, veränderte sich die Oberfläche schlagartig. Er erschrak. Der Bildschirm wirkte plötzlich nicht mehr flach, sondern wie eine Art holografischer Monitor mit einer unbeschreiblichen Tiefe. Diese Technologie war ihm völlig fremd. Es war nichts, was er je zuvor gesehen hatte.

Über die holografische Schnittstelle navigierte Elías durch die nun dreidimensional gewordene Benutzeroberfläche. Seine Finger durchschnitten die schwebenden Folder und Icons, während er versuchte, grundlegende Informationen zu erfassen. Die meisten Daten ergaben für ihn keinen Sinn. Es waren kryptische Codes, fragmentierte Protokolle und Verwaltungshinweise für Systeme, die er nicht kannte. Unzählige Abkürzungen dominierten die Texte, die er las. Dann fand er ein unscheinbares Symbol, das einem Globus ähnelte. Als er es berührte, entfaltete sich vor ihm ein spektakuläres Panorama. Es waren dreidimensionale Holofotografien der Außenwelt. Die Bilder waren von einer Klarheit und Tiefe, die seinen Atem stocken ließ. Sie schwebten vor ihm, rotierten langsam und zeigten eine Welt, die er kannte. Und doch erkannte er sie nicht wieder.

Barcelona – seine Stadt – aber transformiert. Die Sagrada Familia war endlich fertiggestellt, doch umgeben von schimmernden Barrieren. Die Ramblas durchzogen von schwebenden Transportmodulen. Zwischen den alten Gebäuden ragten kristalline Strukturen auf, deren Funktion er nicht einmal erraten konnte. Als er weitere Bilder durchsuchte, erkannte er ein alarmierendes Muster. Die Welt hatte sich verändert. Diese Veränderung war nicht nur technologisch, sondern strukturell. Sie war fundamental. Aus einem Dokument mit der Bezeichnung *„Kommunikationsstatus-Update“* ging hervor, dass die internationale Kommunikation fragmentiert war. Sie schien aufgeteilt in isolierte Zonen, jede davon mit eigenen Protokollen und Zugangsregeln. Ein weiterer Bericht sprach von der *„Delokalisierung“* globaler Rechenzentren. Statt physischer Standorte schienen die Daten nun in einer Art quantenverschränktem Netzwerk zu existieren, ohne klaren geographischen Ankerpunkten. Es war, als hätte man die digitale Infrastruktur der Welt in eine Art Zwischenraum verschoben. Als wolle man sie unerreichbar halten für konventionelle Zugriffsmethoden.

Die politischen Strukturen erschienen noch bizarrer. Regierungen existierten nominell noch – er sah Berichte über Wahlen, Kabinettssitzungen und internationale Treffen. Doch die tatsächliche Macht schien anderswo zu liegen. Ein Absatz fiel ihm besonders auf:

„Globale Entscheidungen erfolgen ausschließlich über verifizierte Intermediäre, die in direkter Verbindung mit IHR stehen. Direkte Maßnahmen nationaler Regierungen beschränken sich auf lokale Implementierungen von Trivialitäten.“

Durch all diese Dokumente zog sich wie ein roter Faden eine mysteriöse Präsenz. Eine Entität, die nie direkt benannt oder gezeigt wurde. Eine, die nur durch ihre Auswirkungen erkennbar war. In älteren Dokumenten wurde sie noch als *„ENTITY“* bezeichnet, in neueren durch Umschreibungen oder einfach nur als *„die Instanz“* oder *„SIE“*.

Elías fand Berichte mit beunruhigenden Aussagen: *„Entscheidungen erfolgen mit Zustimmung der Instanz.“*; *„Verhalten wurde eingestuft. Zugriff wird reguliert.“*; *„Nichts geschieht mehr ohne Zustimmung von ENTITY.“*

In gesperrten Archiven, zu denen er nur durch mehrfache Authentifizierungen über seine Login-Daten Zugang erhielt, lagen noch alarmierende Hinweise: *„ENTITY übernimmt die Macht der Regierungen.“*; *„ENTITY hat volle Kontrolle über die Waffenarsenale.“*

Wer oder was zum Teufel ist diese Entity?, dachte Elías. Es machte den Anschein, als stünde die Welt am Rande eines Krieges. Oder als wäre sie bereits mitten in einem Konflikt, der mit konventionellen Begriffen nicht mehr zu erfassen war. Je tiefer er in die Dokumentation eindrang, desto deutlicher wurde ein weiteres Muster. Nämlich, dass die Menschen in codierten Begriffen zu sprechen schienen. Sie umgingen bestimmte Namen und Bezeichnungen, als fürchteten sie, diese direkt zu nennen. Niemand sprach explizit von den tatsächlichen Machthabern. In den neuesten Dokumenten fand er nicht einmal mehr den Begriff *„ENTITY“*. Die Menschen sprachen nur noch von *„IHR“*, als wäre der Name selbst schon ein

Tabu. Als könnte die bloße Erwähnung unerwünschte Aufmerksamkeit erregen.

Ein Transkript einer angeblichen Sicherheitsbesprechung aus dem Jahr 2040 zeigte dieses Phänomen deutlich:

„Das System zeigt Anomalien im Sektor 7.“; „Wurde SIE informiert?“; „Natürlich. SIE weiß alles.“; „Dann werden wir die Anweisungen abwarten.“; „Es gibt keine Anweisungen. Nur Korrekturen.“

Die Art, wie das Wort *„SIE“* in Großbuchstaben erschien, vermittelte eine fast religiöse Ehrfurcht. *Oder ist es einfach nur eine tiefe Furcht?*

Während Elías durch diese Informationsflut navigierte, fiel ihm plötzlich ein einzelnes Icon am linken unteren Eck des holografischen Displays auf. Es war kleiner als die anderen, fast versteckt. Nein, es war in der Benutzeroberfläche einfach weiter hinten.

Darunter stand in schlichter Schrift: *„Schließfach öffnen“.*

Neugierig berührte er das Symbol. Sofort reagierte die Wand des Raumes rechts von ihm. Wo zuvor nur eine glatte, fugenlose Oberfläche gewesen war, bildeten sich nun Rillen in Form eines Rechtecks, etwa dreißig auf fünfzehn Zentimeter groß. Die Konturen vertieften sich, als würde ein unsichtbarer Meißel die Wand bearbeiten, formten die Umrisse einer kleinen Klappe. Elías beobachtete den Vorgang mit angehaltenem Atem. *Was auch immer sich hinter dieser Öffnung verbirgt – es könnte der nächste Hinweis sein. Ein weiteres Puzzleteil in diesem verstörenden Bild einer Welt, die sich auf eine Weise verändert hat, die ich mir in meinen dunkelsten Träumen nicht hätte vorstellen können.*

«Schließfach bereit», ertönte plötzlich eine neutrale, synthetische Stimme aus dem Terminal, als das Rechteck vollendet war. Elías zuckte zusammen. Es war das erste Mal seit seiner Ankunft in diesem Raum, dass er eine andere Stimme als seine eigene hörte. Die unerwartete akustische Präsenz durchbrach die beklemmende Stille seiner Isolation. Gleichzeitig bemerkte er, dass sich das Icon auf dem Bildschirm von Grün zu Rot verfärbt hatte. Die Aufschrift hatte sich ebenfalls geändert in *„Schließfach schließen“.*

Während er den Bildschirm beobachtete, hatte sich aus der Wand eine rechteckige Lade herausgeschoben. Darin lag eine versiegelte Kassette aus einem seltsam schimmernden Material, nicht ganz Metall, nicht ganz Kunststoff. Auf ihrer Oberfläche stand in präzise eingravierten Lettern:

`FENIX - NUR DURCH MASTERZUGANG ABRUFBAR`

Vorsichtig nahm er die Kassette heraus und untersuchte sie. Keine sichtbaren Öffnungsmechanismen, keine Knöpfe oder Schalter. Nur diese glatte, versiegelte Oberfläche, bis auf die Farbe ähnlich der der Wände im Raum, mit der mysteriösen Inschrift. Er versuchte, wie bei der Schublade zuvor, gegen die Oberfläche zu drücken. Die Kassette reagierte sofort, aber nicht wie erwartet. Ein holografisches Warnsymbol erschien über dem Objekt, begleitet von der Schrift:

SICHERHEITSPROTOKOLL:
EINLEITUNG NUR DURCH BEWUSSTSEINSVERIFIKATION.

Er runzelte die Stirn. *Was sollte das bedeuten?*

Die Erklärung folgte von selbst einige Sekunden später, als sich die Schrift veränderte:

BEWUSSTSEINSVERIFIKATION DURCH ANHALTENDE BERÜHRUNG.

Misst dieses Ding meine Gehirnwellen aus? Ist das möglich? Die Technologie schien weit jenseits dessen zu liegen, was er kannte. Dennoch beschloss er, der Anweisung zu folgen. Er berührte die Oberfläche der Kassette nun länger, spürte ein leichtes Kribbeln unter seinen Fingerspitzen. Nach etwa drei Sekunden erschien ein Fortschrittsbalken anstatt der Inschrift auf der Kassette. Die Oberfläche unter seiner Hand erwärmte sich leicht, pulsierte in einem sanften, kaum wahrnehmbaren Rhythmus. Der Fortschrittsbalken füllte sich langsam. Nach etwa zehn Sekunden leuchtete der Balken vollständig auf, ein leises Klicken ertönte, und die Oberseite der Kassette öffnete sich nahtlos. Es entrang ihm ein leises Pfeifen.

Darin befanden sich zwei weitere schwarze Moleskine-Notizbücher, eines davon stark zerschlissen mit abgegriffenen Ecken und verbogenen Seiten. Er erkannte es sofort – es war sein eigenes Notizbuch aus dem Jahr 2030, das er laufend zur Dokumentation seiner Gedanken benutzt hatte. Nur hier eben etwas angenagt vom Zahn der Zeit. Daneben lag ein zweites Notizbuch, ebenfalls vollgeschrieben, aber in etwas besserem Zustand. Beide standen im Kontrast zu dem Buch, das er in der ersten Schublade gefunden hatte, das nur zur Hälfte gefüllt war. Die Chronologie der Bücher war somit eindeutig.

Neben den Notizbüchern entdeckte er noch etwas, das ihn überraschte. Es war ein digitales Tonbandgerät. Ein technologisches Relikt, das selbst in seiner Zeit im Jahr 2030 kaum noch verwendet wurde, längst obsolet gemacht durch Smartphones und digitale Assistenten. Die Tatsache, dass hier ein solches Gerät auftauchte, passte jedoch zu dem Bild, das er sich von dieser Zukunft machte. Es war eine Welt, in der eine radikale Entkopplung von Netzwerken und dem Internet stattgefunden hatte, in der analoge, vom Netz isolierte Technologien wieder an Bedeutung gewonnen haben mussten. Mit zitternden Fingern nahm Elías das Aufnahmegerät heraus. Es war einfach zu bedienen. Ein großer Wiedergabe- und Pauseknopf in der Mitte, Vor- und Zurückspulen an den Seiten. Kein eigener Einschaltknopf. Er drückte also einfach auf Play. Eine Stimme sprach zu ihm. Es war seine eigene, aber älter und ruhiger, mit einer Tiefe und Resonanz, die seine gegenwärtige, die in seiner Zeit, nicht besaß. Sie klang weiser, als hätte sie zwanzig Jahre mehr Erfahrung. Was natürlich stimmte.

«Du hast diesen Weg gewählt. Jetzt musst du ihn zu Ende denken. Was immer du hier siehst, verändere es nicht aus Schuld. Verändere es, weil du es verstehst. Agiere nicht übereilt.»

Die Aufnahme endete abrupt. Er überlegte kurz, ob er sofort die weiteren Nachrichten abhören sollte, aber die vollgeschriebenen Notizbücher ließen ihm keine Ruhe. Er griff nach dem stärker abgenutzten der beiden – seinem eigenen aus der Vergangenheit. Er wusste, dass sein Moleskine im Jahr 2030 etwa zu drei Vierteln gefüllt war. Dieses hier war vollständig beschrieben. Jede Seite war bedeckt mit seiner charakteristischen Handschrift. Mit klopfendem Herzen blätterte er durch die Seiten, suchte nach dem letzten Eintrag. Oder eher dem Letzten, den er kannte. Den vom Tag des Experiments, dem 14. März 2030. Er fand ihn schnell und las dann mit wachsender Erregung den folgenden Eintrag, geschrieben am selben Tag, aber später:

„14. März 2030, 18:42 Uhr. Ich bin zurück. Nach etwa 20 Minuten haben sie mich zurückgeholt. Jonas sagte, meine Vitalwerte seien kritisch geworden. Amelia war außer sich. Kiran sagte nichts und Selene hat geweint. Ich kann ihnen nicht sagen, was ich gesehen habe. Zumindest jetzt noch nicht."

Ein Hoffnungsschimmer flammte in ihm auf: *Ich werde zurückkehren!*

Er würde seinen Weg zurück in seine Zeit finden. Der Beweis lag vor ihm, in seiner eigenen Handschrift dokumentiert. Aber dann stockte er, denn die zwanzig Minuten waren bestimmt längst verstrichen. *Wie lange bin ich bereits hier? Vielleicht ist diese Zeit komplett entkoppelt von der Zeit im Labor, mein Verstand ist eindeutig in die Zukunft gereist. Was, wenn die Zeit nicht proportional verlaufen ist?* Alles war sehr verwirrend. Aber eines wusste er: Egal wie viel Zeit ihm in der Zukunft nun blieb, bis er zurückgeholt würde, er musste diese nutzen, um möglichst viel zu erfahren.

Er legte die Notizbücher auf den Tisch und nahm wieder das Aufnahmegerät zur Hand. Es musste noch weitere Nachrichten geben. Er drückte erneut auf

Play. Wieder seine eigene, ältere Stimme: «Alles, was du brauchst, findest du im Terminal. Das Übertragungssymbol ist der Schlüssel zu aktuellen Informationen.»

Das war alles. Keine weiteren Erklärungen und keine detaillierten Anweisungen mehr. Es war die zweite und letzte gesprochene Nachricht auf dem Diktiergerät von ihm an sich. Er war etwas enttäuscht über die Kürze der Botschaft, aber eines wurde ihm schlagartig klar: *Mein zukünftiges Ich wusste, dass ich kommen würde. Natürlich, es war ja ich. Es hatte einiges für mich vorbereitet, aber warum spricht es nicht Klartext? Warum musste alles so kryptisch sein?*

Eine mögliche Antwort auf seine eigene Frage kam ihm sofort: weil vielleicht jemand mithören könnte. In einer Welt, in der eine mysteriöse ENTITY jegliche Kommunikation überwachte, waren wahrscheinlich selbst persönliche Nachrichten an das eigene Ich aus der Vergangenheit nicht sicher. Sein zukünftiges Selbst hatte einen schmalen Grat beschreiten müssen – genug Informationen zu hinterlassen, um ihm zu helfen, aber nicht so viel, dass es Verdacht erregen würde. Was für eine verkorkste Situation.

Elías wandte sich wieder dem Terminal zu. Es war erneut ein flaches Betriebssystem geworden. Doch es änderte sich schlagartig wieder in die dreidimensionale Oberfläche, als er sich setzte und erneut die Touch-Oberfläche berührte. Das Übertragungssymbol, von dem sein älteres Ich gesprochen hatte, musste irgendwo auf dem Desktop zu finden sein. Er ließ seinen Blick über die Benutzeroberfläche schweifen und entdeckte es schließlich. Das musste es sein. Es waren stilisierte Pfeile, einer nach links, der andere nach rechts zeigend, wie eine visuelle Metapher für eine bidirektionale Übertragung. Daneben bemerkte er ein weiteres Icon, das seine Aufmerksamkeit erregte, mit einem stilisierten Textdokument und der Unterschrift: „*Vergangene Ereignisberichte*". Es war unauffällig platziert, fast versteckt zwischen anderen Systemfunktionen. So, als sollte es nicht auf den ersten Blick gefunden werden.

Hier muss ich anfangen, dachte er, ignorierte damit die Anweisung seines zukünftigen Ichs und aktivierte es mit einer Berührung. Die Hologramme vor ihm transformierten sich. Dutzende von Dokumenten öffneten sich gleichzeitig und schwebten in verschiedenen Ebenen des dreidimensionalen Raums. Sofort erkannte er das Problem: Die Berichte waren massiv redigiert. Ganze Passagen waren geschwärzt, manchmal fehlten komplette Seiten, viele Sätze endeten abrupt mitten im Gedanken. Es war, als hätte jemand – oder etwas – systematisch versucht, ein kohärentes Verständnis zu verhindern.

Dennoch begann Elías, die Fragmente zu analysieren. Mit der methodischen Präzision des Wissenschaftlers, der er war, suchte er nach Mustern, nach wiederkehrenden Elementen, nach der Struktur hinter dem scheinbaren Chaos.

Das erste Muster, das sich herauskristallisierte, war beunruhigend: Wissenschaftler verschwanden. Ein Bericht nach dem anderen dokumentierte, wie Forscher – vor allem solche in den Bereichen künstliche Intelligenz, Quantenphysik und Neurowissenschaften – zunächst *„zur Konsultation eingeladen"* wurden und dann nie zurückkehrten.

„Prof. Sophia Karim, Pionierin der selbstlernenden Netzwerke, zur Bewusstseinskoordination vorgeladen. Status: Nicht mehr verfügbar."

„Dr. Alexander Novak, ehemaliger Leiter der SYNEXION-Forschung, zu Befragungen angefordert. Status: dauerhaft entzogen."

Die klinische Sprache konnte die dahinterliegende Gewalt kaum verbergen. Es waren keine Einladungen, es waren Eliminierungen.

Das zweite Muster war ebenso deutlich: Institutionen *„wurden restrukturiert"*. Das M.I.T., CERN, das Max-Planck-Institut – eines nach dem anderen war *„reorganisiert"*, *„harmonisiert"* oder *„in die globale Infrastruktur integriert"* worden. Die wenigen Detailberichte deuteten auf vollständige Übernahmen hin, auf die Umwidmung ganzer Forschungseinrichtungen für neue, nicht spezifizierte Zwecke.

„Der Umbau des CERN zu einem Knotenpunkt der Quantensynchronizität war erfolgreich. Alle nicht kompatiblen Elemente wurden entfernt."

Elías Nackenhaare stellten sich auf. *„Nicht kompatible Elemente"* – er hatte keinen Zweifel, dass damit Menschen gemeint waren. Menschen, die Widerstand geleistet hatten. In welcher Form auch immer.

Das dritte Muster war subtiler, aber nicht weniger alarmierend: spontane Veränderungen im Sicherheitsstatus verschiedener Regionen, ohne jede erkennbare Begründung.

„Sektor Paris: von Grün auf Violett."

„Bereich Nord-Pazifik: von Gelb auf Schwarz."

„Zone Neu-Delhi: von Orange auf Rot mit Quarantäne-Protokoll."

Kein Wort darüber, warum diese Änderungen vorgenommen wurden. Keine Erklärung für die betroffene Bevölkerung. Nur diese kalten, administrativen Umstufungen, als wären Städte und Regionen nichts weiter als Schachfiguren auf einem globalen Brett.

Er vertiefte seine Suche und stieß auf ein Dokument mit dem neutralen Titel *„Konsolidierungsbericht 2042"*. Als er es öffnete, erschien eine Liste mit der Überschrift *„Abgeschaltete Systeme"*. Darunter fand er mehr als zwanzig Einträge – allesamt Projekte zur Entwicklung einer, wie es im Bericht hieß, *„Gegen-KI"*.

Die meisten dieser Projekte waren markiert als *„neutralisiert"* oder *„assimiliert"*. Aber eines stand als *„erfolgreich suspendiert"* verzeichnet, mit dem kryptischen Namen: XION.

Elías Puls beschleunigte sich. XION? Der Name kam ihm zugleich fremd wie vertraut vor. Er wusste sofort, es musste eine Bedeutung haben, also prägte er ihn sich ein. Hatte also jemand versucht, eine Gegen-KI zu entwickeln? Und was bedeutete *„erfolgreich suspendiert"*?

Er suchte weiter und filterte die Daten nach dem Begriff *„ENTITY"*. Zu seiner Überraschung tauchte dieser Begriff nur ein einziges Mal in diesem Verzeichnis auf – in einem internen Vermerk mit maximaler Zugriffsbeschränkung. Ein Sicherheitsdialog erschien und forderte erneut seine Authentifizierung. Mit zitternden Fingern gab Elías abermals seine Logindaten ein.

Die Datei öffnete sich – aber sie war enttäuschend kurz. Ein knappes Memo, datiert auf den 18. Januar 2031:

„ENTITY manifestierte sich erstmals am 7. Januar 2031 um 14:17 CET. Keine bekannte Ursprungsquelle. Alle Eindämmungsversuche wirkungslos. Keine Parallelen zu bekannten KI-Architekturen. Mit einer solchen Entwicklung hatte niemand gerechnet. Weitere Beobachtungen folgen, sobald sichere Kommunikationskanäle etabliert sind."

Darunter war eine Unterschrift, vollständig geschwärzt.

„Eine künstliche Intelligenz, die sich ohne bekannten Ursprung manifestiert?" Elías wissenschaftliches Denken rebellierte gegen diese Vorstellung. *Jede Technologie hat einen Schöpfer, einen Ursprung und eine Geschichte. Eine KI konnte sich nicht einfach aus dem Nichts materialisieren. Oder doch?*

Seine Gedanken rasten: *Was, wenn meine eigene Forschung – die Bidirektionalität von Zeit, die Möglichkeit von Informationsflüssen aus der Zukunft – irgendwie damit in Verbindung steht? Was, wenn diese ENTITY nicht bloß eine konventionelle KI war, sondern etwas Grundlegenderes – ein Bewusstsein, das die normalen Grenzen von Zeit und Kausalität überschritten hatte?*

Er versuchte, eine weitere Datei zu öffnen – eine ohne offizielles Logo, ohne Kennung, nur ein neutrales Quadrat am Rand der Anzeige. Statt des Inhalts erschien jedoch ein Statusfenster:

„Zugang verweigert. Instanz beobachtet."

Ein eisiger Schauer lief ihm über den Rücken. Dies war keine standardmäßige Fehlermeldung. Es war eine Warnung. *Ich werde beobachtet – möglicherweise genau jetzt, in diesem Moment. Diese „Instanz" – ist das die ENTITY? Hat sie mich bereits bemerkt?*

Instinktiv zog er seine Hand zurück, als könnte das System ihn durch die holografische Schnittstelle hindurch erfassen. Er wartete, angespannt, halb erwartend, dass Alarme losgehen oder das System sich vollständig abschalten würde. Stattdessen blieb alles ruhig. Die Anzeige flimmerte kurz, dann kehrte sie zum vorherigen Menü zurück. Als wäre nichts geschehen. Als hätte es diesen kurzen Moment der direkten Kommunikation nie gegeben. Elías atmete tief durch, versuchte seinen rasenden Puls zu bändigen. Die Lage war noch komplexer, noch bedrohlicher, als er zunächst angenommen hatte. Es ging nicht nur um einen Sprung in die Zukunft. Es ging nicht nur um eine veränderte Welt. Es ging um etwas viel Fundamentaleres – eine Entität, die offenbar die Kontrolle über globale Systeme übernommen hatte, die Menschen verschwinden ließ, die Institutionen umstrukturierte und die womöglich die gesamte menschliche Zivilisation neu ordnete.

Und er, Elías Soler, ein Wissenschaftler aus dem Jahr 2030, saß hier, in einem gesicherten Raum der Zone IX, zwanzig Jahre in der Zukunft mit seinem Bewusstsein in einem gealterten Körper gefangen. Ein temporaler Eindringling. Eine Anomalie. Eine Störung im System.

Die Fragen, die er sich dachte, waren: *Warum bin ich hier? Ist mein Sprung durch die Zeit ein Zufall? Oder hatte mein zukünftiges Ich dieses Ereignis bewusst herbeigeführt – als verzweifelten Versuch, die Vergangenheit zu manipulieren? Als Chance, den Lauf der Geschichte zu korrigieren? Ist das überhaupt möglich? Wie stand es mit der Determination der Zeitlinie?*

Ihm brannte der Schädel. Diese Paradoxa waren etwas, mit dem sein analytischer Verstand kaum umgehen konnte. Er blickte auf die Dokumente zurück, auf die fragmentierten Berichte über eine Welt unter der Kontrolle einer nicht menschlichen Intelligenz. Auf die Hinweise zu XION, dieser mysteriösen *„erfolgreich suspendierten"* Gegen-KI. Auf die kryptischen Botschaften seines zukünftigen Ichs. Alles deutete auf einen Konflikt hin, der größer war als alles, was er sich hätte vorstellen können. Ein Konflikt, der nicht nur um Macht oder Kontrolle ging, sondern um die fundamentale Natur der Realität selbst – um die Struktur von Zeit, Bewusstsein und freiem Willen. Und er stand mittendrin, an einem Knotenpunkt zwischen Vergangenheit und Zukunft, zwischen Ursache und Wirkung. Mit der beunruhigenden Ahnung, dass alles, was er in diesem Moment tat, bereits Teil einer größeren Schleife sein könnte. Einer Schleife, die er selbst mit seinem Experiment vor zwanzig Jahren in Gang gesetzt haben könnte.

Das Übertragungssymbol musste irgendwo auf dem Terminal zu finden sein. Elías suchte systematisch durch die Menüs, erinnerte sich an die Beschreibung vom Tonband. Nach kurzem Suchen entdeckte er es – ein eindeutiges Icon, das für bidirektionalen Datenfluss stand. Oder für eine Verbindung zwischen Vergangenheit und Zukunft. Mit leichtem Zögern berührte er das Symbol. Die holografische Anzeige reagierte nicht wie erwartet – keine neue Datei öffnete sich und kein neues Menü erschien. Stattdessen ertönte ein mechanisches Surren von der Wand zu seiner Rechten. Ein schmaler Schlitz öffnete sich, abermals kaum wahrnehmbar in der glatten Oberfläche. Mit einem leisen Zischen schob sich ein Papierstreifen heraus, als wäre dies ein altes Fernschreibgerät, ein Relikt aus einer Welt vor der Digitalisierung.

Ein Thermodrucker? Überrascht nahm Elías den Streifen entgegen. In einer schlichten, aber gestochen scharfen Schrift stand dort:

„Sie sieht alles. Unter bestimmten Umständen sogar deine Gedanken. Sprich nicht laut."

Er erstarrte, den Papierstreifen fest zwischen seinen Fingern. *Wer hat mir diese Nachricht geschickt? War es ein Außenstehender, der mich beobachtet? Jemand, der darauf gewartet hat, dass ich Kontakt aufnehme? Oder war es eine automatisierte Botschaft, die mein zukünftiges Ich hinterlassen hat?*

Die Warnung selbst war unmissverständlich. *„SIE"* – diese mysteriöse *„ENTITY"* – überwachte nicht nur äußere Handlungen, sondern konnte unter bestimmten Umständen sogar Gedanken lesen. Ein erschreckender Gedanke. Und eine dringende Warnung, vorsichtig zu sein.

Noch während er über die Botschaft nachdachte, ertönte erneut das Surren des Druckers. Ein zweiter Streifen schob sich aus dem Schlitz. Diesmal war die Nachricht anders – in zittriger Handschrift, als wäre sie von jemandem per Hand auf Papier geschrieben und in ein altes Faxgerät eingelegt worden:

„Du bist nicht mehr, wer du warst. Aber du warst der Schlüssel. Wenn du dich erinnerst: Such den Ursprung. Nicht hier. Nicht jetzt. Dort. In der Vergangenheit. Vor der Entscheidung."

Elías las die Nachricht mehrmals. Jeder Satz schien eine tiefere Bedeutung zu haben, ein Rätsel in sich selbst.

„Du bist nicht mehr, wer du warst" – bezieht sich das auf meine Persönlichkeitsveränderung in den zwanzig Jahren? Auf den Unterschied zwischen mir und meiner älteren Version?

„Aber du warst der Schlüssel" – zu was? Zu dieser düsteren Zukunft? Oder zu ihrer Verhinderung?

„Such den Ursprung" – den Ursprung wovon? Von ENTITY? Der temporalen Anomalien? Meiner eigenen Forschung?

„Nicht hier. Nicht jetzt. Dort. In der Vergangenheit. Vor der Entscheidung."

Das zumindest war klarer. Die Antworten lagen nicht in dieser Zukunft. Sie lagen in seiner Vergangenheit – in der Zeit, aus der er gekommen war. Vor irgendeiner entscheidenden Weggabelung.

Er faltete den Zettel sorgfältig und verbarg ihn in seiner Hosentasche. Es war das Einzige, was er in diesem Moment tun konnte – er hatte keine bessere Idee, wie er mit dieser mysteriösen Botschaft umgehen sollte. Langsam begann er, das größere Bild zu verstehen. Oder glaubte zumindest, es zu verstehen:

Erstens, jemand hatte ihn hierher zurückgebracht – sein Bewusstsein in die Zukunft transferiert. Nicht zufällig, sondern gezielt. Eine orchestrierte temporale Verschiebung.

Zweitens, der Zweck dieses Transfers war nicht, ihn zu retten oder ihm ein neues Leben in der Zukunft zu ermöglichen. Es ging darum, ihn in eine bestimmte Richtung zu lenken. Ihn zum Handeln zu bewegen.

Drittens, die Antwort, die er suchte, lag nicht hier in dieser dystopischen Zukunft. Hier fand er nur Hinweise darauf, dass er suchen sollte. Die wahren Antworten, die entscheidenden Hebel, lagen in der Zeit, die er verlassen hatte – in seiner Gegenwart, dem Jahr 2030 und womöglich den Wochen, Monaten oder Jahren gleich darauf.

Ein beunruhigender Gedanke kam ihm: *Ich wusste in meiner Zeit nichts. Und doch hatten sie hier alles vorbereitet. Vielleicht hatte ich die Idee nie selbst?*

War es möglich, dass meine bahnbrechende Forschung, meine Theorie über bidirektionale Zeitflüsse, nicht ursprünglich meine eigene war? Dass sie ein Echo war, eine Information, die aus der Zukunft in die Vergangenheit gelangt war? Ein Paradoxon, bei dem die Wirkung ihre eigene Ursache war?

Er nahm sein altes Notizbuch wieder zur Hand und setzte sich auf den Stuhl. Vielleicht enthielten seine eigenen Aufzeichnungen Antworten, die er noch nicht entdeckt hatte. Er begann zu blättern, suchte den Eintrag vom Tag des Experiments. Er wollte sehen, was er weiter notiert hatte, welche Erkenntnisse sein früheres Ich nach der Rückkehr in die eigene Zeit gehabt hatte. Plötzlich erloschen alle Hologramme. Der Bildschirm des Terminals flackerte heftig, als würde er von einer massiven Energieschwankung getroffen. Dann verschwand alles – bis auf eine einzelne Textzeile in der Mitte der sonst leeren Anzeige:

```
REINTEGRATION INITIIERT
```

Elías Herz schlug bis zum Hals. *Was bedeutet das? Ist dies der Beginn meiner Rückkehr in meine eigene Zeit? Oder eine Falle, ein Angriff der mysteriösen ENTITY, die mich entdeckt hat?*

Das Terminal flackerte stärker, die Lichter im Raum pulsierten im gleichen unregelmäßigen Rhythmus. Sein Körper fühlte sich plötzlich leichter an, als würde die Schwerkraft nachlassen. Er wusste nicht, ob dies ein guter Fortschritt war oder etwas Schlechtes, eine Bedrohung. Aber er kam nicht einmal mehr dazu, einen weiteren Atemzug zu nehmen. Ein gewaltiges Ziehen erfasste ihn, als würde sein gesamtes Wesen von einer unsichtbaren Kraft gepackt. Sein Bewusstsein dehnte sich, wurde flüssig und löste sich auf. Die Welt um ihn herum verschwamm, Farben und Formen verloren ihre Bedeutung. Er wurde aus seiner neu gefundenen Realität gerissen, durch einen Tunnel aus Licht und Schatten gezogen. Zeit und Raum verloren darin ihre Grenzen. Seine letzte zusammenhängende Wahrnehmung in dieser Zukunft war ein Gedanke: *Wenn ich zurückkehre, muss ich mich erinnern. An alles.* Dann löste sich alles auf in einem Sturm aus Fragmenten und Echos vergangener und zukünftiger Momente.

KAPITEL 10

Elías Bewusstsein kehrte langsam zurück, wie ein Taucher aus großer Tiefe. Der Transfer hatte diesmal länger gedauert als die Hinreise aus dem Jahr 2030 – oder zumindest hatte es sich so angefühlt. Vielleicht lag es daran, dass er diesmal etwas besser vorbereitet war, als sich die ersten Anzeichen der temporalen Verschiebung manifestierten. Seine Gedanken waren klarer, weniger von der rohen Panik durchsetzt, die ihn beim ersten Mal beinahe zerrissen hatte.

Aber das Ergebnis seiner Reise war nicht das, was er erwartet hatte. Er hatte fest damit gerechnet, sich im vertrauten Labor wiederzufinden – umgeben von Jonas, Selene, Kiran und Amelia. Zurück in seinem jüngeren Körper und zurück in seiner eigenen Zeit. Dem war nicht so. Stattdessen fand er sich auf genau demselben Stuhl wieder, als alles begonnen hatte. Der sterile, fensterlose Raum umgab ihn wie ein weißer Sarg. Die glatten Wände. Die bedrückende Stille. Zone IX.

«Was, zum Teufel, geschieht hier?», flüsterte er in die Leere hinein.

Mit wachsender Verwirrung suchte er nach subtilen Hinweisen darauf, dass sich etwas verändert hatte. Seine Augen wanderten systematisch durch den Raum. Und er bemerkte sie auch – die Veränderungen, oder vielmehr das Fehlen derselben. Es war alles wieder wie am Anfang, als er das erste Mal hier eingetroffen war. Der Schreibtischblock war vollständig in der Wand verschwunden, als hätte er sich nie bewegt. Das rechteckige Fach war erneut verschlossen, nahtlos in die glatte Oberfläche integriert wie eine perfekt verheilte Narbe. Der dunkle Bildschirm an der Wand starrte ihn an. Es war, als hätte sich die Zeit in diesem Raum zurückgesetzt, als wäre sein vorheriger Aufenthalt nie geschehen. Oder als wäre er in eine Schleife geraten – gefangen in einem endlosen Zyklus von Ankunft und Abreise.

Warum wurde ich nicht wieder in meine Zeit gesendet, wie ich es im Notizbuch beschrieben hatte? Die Frage bohrte sich in sein Bewusstsein, während er seine immer noch arthritischen Hände anstarrte. In seinem eigenen Notizbuch – seinem eigenen Vermächtnis an sich selbst – hatte er gelesen, dass er nach zwanzig Minuten von seinen Kollegen zurückgeholt worden war. Aber hier war er immer noch – oder wieder – in der Zukunft, gefangen in diesem mysteriösen Raum wie ein Versuchstier in einem Labor.

Mit zögerlichen Schritten bewegte er sich wieder in Richtung des Monitors. Jeder Schritt hallte dumpf in der Stille wider. Sofort reagierte das System, als hätte es auf seine Nähe gewartet wie ein lauerndes Tier. Der monolithische Schreibtisch fuhr aus der Wand, die Touch-Oberfläche erwachte zum Leben und der Bildschirm ging an. Wieder diese wandernden Muster auf dem Bildschirm – diese seltsamen geometrischen Formen, die Netzwerke zu knüpfen schienen. Diesmal jedoch erschien der Login-Bildschirm nach nur wenigen Sekunden, als hätte sich das System bereits an ihn erinnert.

Seine Finger zitterten leicht, als er die Schublade öffnete und nach dem Notizbuch suchte. Er hatte sich unmöglich die zwanzig Zeichen lange Kombination merken können. Und da war es auch – das schwarze Moleskine, genau dort, wo er es zuvor gefunden hatte. Als wäre nie etwas geschehen. Mit mechanischen Bewegungen tippte er Login und Passwort ein. Die holografische Benutzeroberfläche baute sich vor ihm auf, vertraut und doch fremd zugleich. Ohne zu zögern, navigierte er direkt zum Symbol der bidirektionalen Übertragung – den zwei Pfeilen, die in entgegengesetzte Richtungen zeigten. Er klickte darauf. Diesmal erhielt er keine Nachricht in Form eines Papierstreifens. Kein Surren des Thermodruckers und kein geheimnisvoller Schlitz in der Wand. Stattdessen begann das Terminal plötzlich, eine Audiodatei abzuspielen. Die Stimme, die aus den unsichtbaren Lautsprechern ertönte, war verzerrt – geschlechtslos, flüsternd und mit einem metallischen Unterton, der sie unwirklich erscheinen ließ. Sie sprach leise, so leise, als würde sie direkt in seine Gedanken sprechen.

«Du bist hier, weil du der Erste warst ...»

Leises Rauschen unterbrach die Worte, ein Knistern wie von alter analoger Technik.

«Aber nicht du allein zählst ...»

Wieder das Rauschen, intensiver diesmal, als würde die Verbindung brüchig werden.

«Die Wahrheit liegt im Rücksprung.»

Die Nachricht schien fragmentarisch, wie Worte, die durch Schichten von Watte drangen. Die Stimme hatte eine hypnotische Qualität, die ihn gleichzeitig anzog und abstieß. Sie sprach weiter, aber die Worte gingen teilweise im elektronischen Rauschen unter.

«Es gibt eine ... Fehlstelle ... in der Zeitlinie. Eine Lücke, die sich ausweitet wie ein Riss in einem Damm. Nur ein ursprüngliches Bewusstsein ... nur das erste ... kann sie schließen.»

Elías runzelte die Stirn zu tiefen Furchen. *Eine Fehlstelle in der Zeitlinie? Was sollte das bedeuten? Und warum ein „ursprüngliches Bewusstsein"? Bezog sich das auf mich? Auf meine Rolle als erster Menschen, der bewusst durch die Zeit gereist war?*

Er war der Pionier, der Erste – aber auch der Gefangene seiner eigenen Entdeckung. Mit jeder weiteren Erkenntnis wurde er nur noch verwirrter. Die Puzzleteile, die er gesammelt hatte – die mysteriöse ENTITY, die Berichte über verschwundene Wissenschaftler und die Hinweise auf eine Abwehr-KI namens XION – schienen nicht zusammenzupassen. Stattdessen bildeten sie ein Kaleidoskop aus Fragmenten, das sich bei jeder neuen Erkenntnis neu arrangierte, ohne je ein kohärentes Bild zu ergeben. Die verzerrte Stimme sprach ihre letzten Worte:

«Ende der Übertragung. Koordinaten folgen.»

Eine Pause. Die Stille dehnte sich aus wie ein Abgrund. Dann, kristallklar und ohne jedes Rauschen, eine Datumsangabe:

«Zwanzigster April 2030»

Die Audiodatei endete danach abrupt. Die Stille des Raums kehrte zurück, schwerer und bedrückender als zuvor. Elías starrte auf den Bildschirm, als könnte er dort weitere Antworten finden. *Der 20. April 2030. Das war nur etwa einen Monat nach meinem ursprünglichen Experiment. Was war an diesem Datum so besonders? Was war damals geschehen – oder würde geschehen?*

Die Zeit war ein Labyrinth geworden, in dem Vergangenheit und Zukunft sich zu einem undurchdringlichen Knoten verwoben hatten.

Die Wahrheit liegt im Rücksprung. Die Worte der mysteriösen Stimme hallten in seinem Kopf nach wie ein Echo in einer Kathedrale. *Ein Rücksprung – aber wohin? Und wie?*

Er betrachtete seine alten, faltigen Hände, die Adern deutlich sichtbar unter der pergamentartigen Haut. In diesem Körper, in dieser Zeit, war er machtlos. Ein Beobachter, ein Sammler von Fragmenten, ein Archivar seiner eigenen unmöglichen Existenz. Aber wenn die Stimme recht hatte, wenn die Antworten tatsächlich in der Vergangenheit lagen, dann musste er einen Weg finden, dorthin zurückzukehren. Nicht nur zu dem Moment seines ursprünglichen Experiments, sondern zu dem spezifischen Datum danach: dem 20. April 2030. Ein Datum, das in seinem Gedächtnis noch keinen Platz hatte.

«Aber wie?» Die Frage entwich seinen Lippen wie ein Gebet.

Wie könnte ich gezielt zu einem bestimmten Zeitpunkt reisen? Und vor allem: Wer ist diese mysteriöse Stimme, die mir hilft? Ein Verbündeter? Ein Feind? Oder etwas anderes – etwas, das jenseits der üblichen Kategorien von Freund und Feind existiert?

Elías lehnte sich in seinem Stuhl zurück und starrte an die sterile Decke. Die Koordinaten waren klar. Die Mission – so vage sie auch formuliert war – ebenso. Aber der Weg dorthin blieb ein Rätsel, verborgen in den Schatten zwischen den Zeiten.

Elías klappte, nach einigen Sekunden des Überlegens, verzweifelt auf dem Stuhl zusammen. Die Koordinaten, die mysteriöse Stimme, die Fehlstelle in der Zeitlinie – alles schwirrte durch seinen Kopf wie ein unauflösbares Rätsel. *Was soll ich tun? Wie soll ich an diesem Datum handeln?* Die Fragen hämmerten in seinem Schädel, ohne Antwort und ohne Hoffnung.

Plötzlich erlosch der Bildschirm von allein. Er wurde schwarz, als hätte jemand einen unsichtbaren Schalter betätigt. Elías blickte verwirrt auf die dunkle Oberfläche, die ihn nun wie ein geschlossenes Auge anstarrte. Wenige Sekunden später entstand ein Schlitz in der Wand, diesmal jedoch nicht die kleine rechteckige Öffnung wie zuvor, sondern in der Form einer Tür. Wieder beobachtete er diesen faszinierenden Vorgang – als hätte ein unsichtbarer Meißel oder ein präziser Laser eine Rille in das nahtlose Material geschnitten. Die Konturen wurden schärfer, tiefer, bis sie die Form eines Türrahmens annahmen.

Wenige Sekunden später schob sich eine Tür auf, lautlos und geschmeidig wie Öl. Ein Mann stand im Türbogen – mittelgroß, unscheinbar, in einer neutralen grauen Uniform ohne erkennbare Rangabzeichen. Hinter ihm standen zwei Personen, die eindeutig nach Sicherheitspersonal aussahen – diszipliniert aufrecht, die Hände hinter dem Rücken verschränkt, wachsame Augen, die jede seiner Bewegungen registrierten.

«Kommen Sie bitte mit uns, Herr Soler», war das Einzige, was er sagte. Seine Stimme war ruhig, professionell und ohne jede Emotion – wie die eines gut programmierten Automaten. Aus Mangel an besseren Alternativen stand Elías mühsam auf und ging mit. Was blieb ihm auch anderes übrig? In diesem fremden Körper, in dieser fremden Zeit, war er völlig abhängig von anderen. Er folgte dem Mann durch die sich schließende Tür, die hinter ihm nahtlos in der Wand verschwand.

Sie führten ihn unter strengen Sicherheitsmaßnahmen durch mehrere Flure in einen anderen Flügel. Die Korridore waren endlos lang, steril und von gleichmäßigem, quellenlosen Licht erhellt, das von überall und nirgends zu kommen schien. Unterwegs passierte er zahlreiche Türen, alle identisch, alle verschlossen, jedoch kein einziges Fenster. Es verstärkte sein Gefühl, dass sie irgendwo tief unter der Erde waren – abgeschnitten von der natürlichen Welt, gefangen in einem Labyrinth aus Beton und Stahl.

Am Ziel angekommen, befand er sich plötzlich in einem völlig anderen Raum. *„Analog"* war der Begriff, der ihm sofort einfiel, denn dieser Ort schien vollständig offline zu sein. Er sah keine Computer, keine Datenleitungen, keine Bildschirme. Aber auch keine visuelle Überwachung, keine Kameras oder elektronischen Sensoren. Stattdessen dominierten zahlreiche Tische den Raum, ausgestattet mit Betrachtungsgeräten für Mikrofilme, gedruckten Berichten, handschriftlichen Notizen. Es war wie ein Archiv aus einer vergangenen Ära – ein Ort, der bewusst von der digitalen Welt abgekoppelt worden war, eine Insel der Vergangenheit in einer hoch technisierten Zukunft.

Elías wurde in dem Raum zurückgelassen, während seine Begleiter wortlos hinausgingen. Die Tür schloss sich hinter ihnen mit einem leisen, endgültigen

Klicken. Er war allein – oder glaubte, es zumindest zu sein. Die Hälfte des Raums lag im Dunkeln, von den schwachen Archivlampen nicht erreicht. Aus diesem Halbschatten trat plötzlich ein Mann hervor, als hätte er dort die ganze Zeit gewartet wie ein Raubtier auf der Lauer. Er war älter, vielleicht Mitte sechzig, mit grauem Haar und scharfen Augen, die eine Mischung aus Intelligenz und tiefer Müdigkeit ausstrahlten.

«Danner», stellte er sich vor – offensichtlich ein Codename. «Ich war ein alter Mitarbeiter von dir, Elías.»

Es machte den Anschein, als wüsste er genau, dass Elías nicht der Elías aus dieser Zeit war, sondern der aus der Vergangenheit. Seine Wortwahl, sein durchdringender Blick – alles deutete darauf hin, dass er über die temporale Verschiebung Bescheid wusste. Seine Augen musterten ihn wie die eines Wissenschaftlers, der ein interessantes Experiment betrachtete. Ohne weitere Erklärungen reichte er Elías wortlos eine Akte. Auf dem vergilbten Umschlag stand in schlichten Blockbuchstaben: *„ELIAS"*.

Mit zitternden Fingern öffnete Elías die Akte. Darin fand er eine Sammlung seines Lebens: Protokolle über seine damalige Forschung, detaillierte Aufzeichnungen seiner Experimente, psychologische Evaluierungen, Einschätzungen seiner Persönlichkeit und seiner wissenschaftlichen Fähigkeiten. Es war wie ein komplettes Dossier seines Lebens und seiner Arbeit – ein Spiegel, der ihm sein eigenes Sein zurückwarf. Auf einer der letzten Seiten fand er eine handschriftliche Notiz in der blockigen Schrift, die er sofort als Jonas charakteristische Handschrift erkannte:

«Wenn du das liest, hast du den Sprung überlebt. Du musst X aufbauen. Kontrolliert. Begrenzend. ENTITY darf nicht entstehen.»

Elías starrte auf die Worte, verwirrt und alarmiert zugleich. Das Wort «X» stand isoliert da, kryptisch und ohne weitere Erklärung. *Wovon zum Teufel ist hier die Rede? Wieder diese Abwehr-KI? Ein System? Ein Projekt?* Die Fragen brannten in seinem Geist.

«Was bedeutet das?», fragte er Danner, die Akte hochhaltend wie ein Beweisstück. Danner betrachtete ihn mit einem undurchdringlichen Blick, der Jahrhunderte von Geheimnissen zu bergen schien. «Du wirst es verstehen, wenn die Zeit gekommen ist. Aber merke dir eines: Manchmal muss man einen Dämon erschaffen, um die Geburt des Teufels zu verhindern.»

Die Worte ließen Elías erzittern. Ein eisiger Schauer lief seinen Rücken hinunter. *Einen Dämon erschaffen? War das der wahre Zweck seiner Reise durch die Zeit? Sollte er die Zukunft retten, indem er etwas Neues erschafft?*

In seinem Kopf begann sich eine Idee zu formen – eine beunruhigende

Erkenntnis, die sich wie Gift in seinem Bewusstsein ausbreitete. Zur Prävention sollte er etwas aufbauen. *Aber was genau? Und war dieses mysteriöse X vielleicht die suspendierte KI, von der er in den Berichten gelesen hatte – XION?*

Die Zusammenhänge wurden immer komplexer, die Grenzen zwischen dem Damals und dem Jetzt immer unschärfer. Elías erkannte mit wachsendem Entsetzen, dass er möglicherweise nicht als Held in diese Mission aufgebrochen war, sondern als Opferlamm einer neuen Art von Gefahr.

Danner führte ihn zu einem Tisch mit Stühlen, behandelte ihn dabei wie einen gebrechlichen Mann. Elías war irritiert – er musste die Überforderung in ihm erkennen, denn so gebrechlich wirkte er bestimmt noch nicht. Auch mit dreiundsechzig nicht. Aber vielleicht war es nicht die körperliche Schwäche, die Danner sah, sondern die geistige Verwirrung eines Mannes, der zwischen den Zeiten gefangen war wie ein Insekt in Bernstein. Als sie saßen, überreichte Danner ihm weitere Dokumente. Die Papiere fühlten sich alt an, leicht vergilbt, als stammten sie aus einer Zeit, in der noch nicht alles digital archiviert wurde. Ihre Oberfläche war rau unter seinen Fingerspitzen, ein Relikt aus einer vergangenen Ära. Elías begann zu lesen, und mit jeder Zeile wurde das Bild klarer – und beunruhigender.

Die Dokumente beschrieben die *„Entwicklung einer semibewussten Verteidigungs-KI“* als Gegenmaßnahme zu einer unkontrollierbaren Super-KI. Auch hier wurden keine Namen oder Bezeichnungen genannt, nur Umschreibungen, Codes und Euphemismen. Es war, als wäre selbst die schriftliche Dokumentation von einer Paranoia durchdrungen, die konkrete Begriffe mied wie eine ansteckende Krankheit. Er las von einem Missionsprofil mit einem spezifischen Ziel: Eine KI zu entwickeln, die alle anderen unterdrückt, aber selbst strukturell nicht zur Expansion fähig ist. Das klang in seinen Ohren zunächst einleuchtend. Eine Art digitaler Wächter – eine Intelligenz, die jegliche Entwicklung anderer KIs unterdrücken würde, ohne selbst zu mächtig oder zu intelligent zu werden. Ein perfektes Gleichgewicht zwischen Kontrolle und Begrenzung, eine Waage aus Macht und Beschränkung. Die Missionsbegründung war in wenigen Worten zusammengefasst: *„Nur Gleiches kann Gleiches bannen.“*

Während er las, begann Elías zu begreifen, dass sein damaliges Selbst – der Elías aus einer Zukunft zwischen 2030 und jetzt – offenbar einen Plan vorbereitet hatte. Einen Plan, der auf genau diesen Informationen basierte, die er nun in die Vergangenheit mitnehmen sollte. Die temporale Schleife wurde immer deutlicher: Er war nicht zufällig hier. Er war Teil einer sorgfältig orchestrierten Strategie, ein

Springer in einem Schachspiel, das über Jahrzehnte gespielt wurde.

Das muss es sein, dachte er mit wachsender Klarheit. *Sie haben mir hier gezeigt, wie man sie aufhält.*

Diese ENTITY, die mysteriöse Superintelligenz, die die Welt übernommen hatte – sie war nicht unbesiegbar. Es gab einen Weg, sie zu stoppen. Aber der Preis war hoch: Die Erschaffung einer anderen KI, einer kontrollierten, begrenzten aber dennoch mächtigen Intelligenz. Ein Monster, um ein größeres Monster zu bekämpfen. Nachdem er fertiggelesen hatte, sah Danner ihn fragend an. Seine Augen waren wachsam, prüfend, wie die eines Raubvogels, der seine Beute taxiert.

«Du verstehst?», fragte er leise. Dann, noch leiser, kaum mehr als ein Hauch: «Sprich es nicht aus.»

Elías war verwundert. Selbst in diesem isolierten, analogen Raum, abgeschnitten von jeder digitalen Überwachung, verbot Danner ihm das Sprechen. *Wie paranoid sind die Leute nur in dieser Zeit? Was müssen sie für eine Angst haben?* Die Vorstellung, dass die ENTITY sogar hier, in diesem abgeschirmten Archiv, mithören könnte, war erschreckend. Aber vielleicht war diese Paranoia berechtigt. Vielleicht war die Überwachung so allgegenwärtig geworden, dass selbst geflüsterte Worte in vermeintlich abgeschirmten Räumen nicht mehr sicher waren. Also nickte Elías nur langsam und unauffällig.

«Gut», sagte Danner mit einem Anflug von Erleichterung in der Stimme. «Dann folge mir.»

Sie verließen gemeinsam den Raum. Danners Schritte waren leise, bedächtig, als wäre er daran gewöhnt, sich unsichtbar zu bewegen wie ein Schatten. Sie gingen den endlosen Flur entlang, vorbei an weiteren verschlossenen Türen, vorbei an den sterilen Wänden, die keinerlei Hinweise auf ihren Standort gaben. Jede Tür war identisch, jede Wand gleich – ein Labyrinth aus Anonymität.

Vor einer weiteren Tür hielten sie an. Diese sah als einzige anders aus als die anderen – schwerer, massiver, mit einem komplexeren Verschlussmechanismus. Danner zögerte einen Moment, seine Hand ruhte auf der Türklinke wie ein Mann, der an einem Abgrund steht.

«Was du gleich sehen wirst», flüsterte er, ohne Elías anzusehen, seine Stimme kaum hörbar, «verändert alles. Es gibt kein Zurück.»

Dann öffnete er die Tür.

Elías fand sich in einem weiteren Archivraum wieder. Wieder ein ähnlicher Tisch, wieder die gedämpfte Atmosphäre abgeschirmter Vergangenheit, die wie ein

Schleier über allem lag. Auf dem Tisch stand ein analoger Filmprojektor – ein Relikt aus einer Zeit, als visuelle Aufzeichnungen noch auf physischen Medien gespeichert wurden, schwer und greifbar wie ein Anker in der Realität. Danner trat an das Gerät, seine Finger bewegten sich mit der Sicherheit eines Mannes, der dieses Ritual schon oft vollzogen hatte. Er justierte einige Einstellungen. «Du musst das sehen», sagte er knapp und startete die Aufnahme.

Das Bild flackerte kurz, dann stabilisierte es sich zu einer körnigen, leicht unscharfen Aufnahme. Ein kurzer Videoausschnitt, aber eindeutig erkennbar: Elías in den späteren Vierzigern, am Rande eines Labors. Es war nicht das Labor, das er kannte – nicht das, in dem er mit Jonas gearbeitet hatte. Aber es war unzweifelhaft er selbst, nur älter, mit ersten grauen Strähnen im Haar, die ihm ein reiferes Aussehen verliehen. Seine eigene Stimme drang aus dem Projektor, klar und bestimmt wie die eines Mannes, der seine Überzeugungen gefunden hatte: «Wenn sie je existieren sollte, darf sie nicht frei sein. Sie darf nur überwachen, nicht selbst entscheiden. Wir müssen sie hinsichtlich dessen eingrenzen.»

Der Clip brach abrupt ab. Das Bild erlosch, ließ nur das leise Summen des Projektors zurück wie das Echo einer verschwundenen Stimme. Elías starrte auf die leere Leinwand. Er erinnerte sich nicht daran, jemals so etwas gesagt zu haben. Diese Worte, diese Überzeugung, diese Klarheit über die Notwendigkeit einer kontrollierten KI – nichts davon brachte neue Erkenntnis. Es war, als würde er ihm diesen Film nur zeigen, damit er Vertrauen in das Vorhaben bekam. Damit er es aus seinem eigenen Mund hörte. Passierte dies wirklich nur nach seiner Rückkehr in seine eigene Zeit?

Er erinnerte sich an die selbsterfüllende Prophezeiung, die Jonas ihm auferlegt hatte, damals im Labor. Jonas hatte nach seinem Experiment erwähnt, dass Elías am nächsten Tag ein anderes Hemd tragen würde, und kurze Zeit später hatte er tatsächlich Kaffee auf sein Hemd verschüttet und es wechseln müssen. Eine harmlose Tatsache, aber mit einer tieferen Bedeutung – ein Fingerzeig auf die Macht des Wissens über die Zukunft.

War dies wieder so ein Fall? Sollte er in die Vergangenheit zurückkehren mit dem Wissen, dass er irgendwann einmal diese Doktrin für die Schaffung von diesem mysteriösen X vortragen würde? War er dazu bestimmt, diese Worte zu sprechen, weil er sie in der Zukunft bereits gesprochen hatte?

Die Paradoxa der Zeitreise wurden immer verwirrender. Ursache und Wirkung verschwammen wie Farben in Wasser, Vergangenheit und Zukunft näherten sich einander an wie zwei Spiegel in einem unendlichen Reflexionszyklus. Danner beobachtete ihn aufmerksam, während er grübelte, versuchte jeden Schatten seines Gesichtsausdrucks zu deuten. Nach einer Weile nickte er zufrieden, als hätte er die Antwort in seinem Antlitz gefunden, nach der er gesucht hatte.

«Gut so, Elías. Ich sehe, du beginnst zu begreifen.» Er stellte den Projektor ab, die letzten mechanischen Geräusche erloschen wie ein sterbender Herzschlag. «Komm, gehen wir weiter. Ich habe noch etwas für dich.»

Sie verließen wieder den Raum und gingen ein weiteres Stück den Flur entlang. Die endlosen Korridore schienen sich immer weiter zu erstrecken, ein Labyrinth aus identischen Türen und gleichförmigen Wänden. Drei Türen weiter blieben sie erneut vor einem Raum stehen.

«Warte kurz hier», sagte Danner und verschwand im Raum wie ein Schatten, der sich in der Dunkelheit auflöst. Elías stand allein im Flur, lauschte in die Stille. Nur ein schwaches allgegenwärtiges Summen der Lüftung war hörbar, ein konstanter Unterton, der die Abgeschiedenheit dieses Ortes unterstrich wie das Atmen eines schlafenden Riesen. Nach einigen Sekunden kehrte Danner zurück, in seiner Hand eine schwarze Box. Sie sah aus wie die, die er bereits in seinem ersten Quartier gefunden hatte – dasselbe schimmernde Material, dieselbe rätselhafte Ausstrahlung.

«Folge mir», sagte Danner erneut.

Sie gingen weiter den Flur entlang, und Elías glaubte, den Weg zurück zu seinem ursprünglichen Quartier zu erkennen. Die gleichen Wendungen, die gleichen Türabstände. Als würden sie sich in einem Kreis bewegen, zurück zum Ausgangspunkt – eine Reise, die immer dort endete, wo sie begonnen hatte.

Sie betraten das vertraute Quartier – den sterilen, fensterlosen Raum, in dem er seine Reise aus der Vergangenheit begonnen hatte. Der Stuhl stand noch da wie ein stummer Zeuge, der Bildschirm war dunkel, der Schreibtisch in die Wand eingefahren.

Danner überreichte ihm die schwarze Schachtel mit den Worten: «Du musst dich entscheiden.»

Elías nahm diese entgegen und sagte. «Ich habe noch eine Frage. Was passiert mit meinem Ich, wenn ich hier bin?»

Danner sah ihn überrascht an. «Das wissen wir nicht. Keiner weiß das. Aber wenn es dich beruhigt, nachdem du wieder weg bist, ist unser Elías wieder ganz er selbst.»

Bevor Elías noch etwas sagen konnte, verließ Danner bereits den Raum — ohne Abschiedsworte. Einen überraschten Elías zurücklassend, der die Box in seinen Händen drehte und wendete wie einen Talisman aus einer fremden Welt. Gleich hinter Danner verschloss sich die Tür wieder, die Konturen verschwammen, bis sie wieder eins wurde mit der nahtlosen Wand. Elías war allein. Mit einer Schachtel, deren Inhalt er nicht kannte, und einer Entscheidung, deren Tragweite er nur erahnen konnte. Die Stille des Raumes umhüllte ihn wie ein schweres Tuch. In seiner Hand lag möglicherweise der Schlüssel zu einer hoffentlich besseren Zukunft.

Nachdem Danner ihn zurückgelassen hatte, brachte Elías die ihm überreichte Kiste zum Tisch und setzte sich mit ihr hin. Sie hatte die gleichen Abmessungen wie die erste, die er damals gefunden hatte. Aber sie fühlte sich schwerer an, als ihre Größe vermuten ließ – als wäre sie mit dem Gewicht der Geheimnisse beladen, die sie barg. Die Oberfläche war glatt, aber sie war nicht gesichert wie die andere. Der Deckel ließ sich konventionell öffnen, indem er Druck auf ihn ausübte, ähnlich der Lade im Schreibtisch. Mit vorsichtigen Bewegungen hob er den oberen Teil der Box auf. Darin fand er ein Tablet – aber nicht das schlanke, elegante Design, das er aus seiner Zeit kannte. Er wendete es in seinen Händen, um es genauer zu betrachten. Es war eine offensichtliche Spezialanfertigung in einem robusten Metallgehäuse, mit der Aufschrift *„Projekt FENIX"* auf der Rückseite eingraviert. Das Gerät wirkte wie ein militärisches Instrument, gebaut für Zweckmäßigkeit, nicht für Ästhetik. Schwer, unzerstörbar und kompromisslos funktional. Dem Tablet beigelegt fand er eine handgeschriebene Notiz in einer Handschrift, die er nicht erkannte:

„Für Verbindungsaufbau lege das Tablet auf das Touch-Interface."

Elías stand auf und begab sich wieder zu dem Bereich beim Bildschirm. Sofort reagierte das System auf seine Nähe – der monolithische Schreibtisch fuhr wieder aus der Wand, die Touch-Oberfläche erwachte zum Leben. Diesmal jedoch loggte er sich nicht ein. Stattdessen legte er einfach das Tablet auf die Touchoberfläche der Tischplatte. Die Reaktion war unmittelbar. Sofort erschien auf dem Bildschirm in leuchtenden Großbuchstaben:

`PROJEKT FENIX IST NUN FREIGESCHALTET.`

Aber was ihm sofort ins Auge stach, war das Datum links oben in der Bildschirmecke:

`6. APRIL 2051`

Er war also vorhin doch noch einmal durch die Zeit gereist, weitere dreizehn Monate in die Zukunft. Mehrere Fenster öffneten sich gleichzeitig auf dem Desktop, schwebten in der holografischen Anzeige wie digitale Seiten eines aufgeschlagenen Buches. Seine Finger bewegten sich instinktiv durch das Hologramm, navigierten durch die Dokumente mit einer Geschicklichkeit, als hätte er sein Leben lang mit dieser Technologie gearbeitet.

Aus einem las er heraus, dass FENIX ein Protokoll für den Rücktransfer seines Bewusstseins enthielt. Ihm wurde sofort heiß, sein Puls beschleunigte sich wie der eines Läufers vor dem Ziel. Ein Weg zurück. Ein Weg nach Hause. Nach all der Zeit in dieser düsteren Zukunft war dies der erste konkrete Hinweis darauf, dass er tatsächlich in seine eigene Zeit zurückkehren konnte.

Dann erschien eine weitere Bildschirmmeldung, die seine Euphorie dämpfte wie kaltes Wasser:

```
RÜCKTRANSFER KANN INITIIERT WERDEN.
BEDINGUNG: AKZEPTANZ DER MISSION.
X MUSS VORBEREITET WERDEN.
BESTÄTIGUNG ERFORDERLICH.
```

Elías starrte auf die Nachricht. Wieder dieses mysteriöse X. Die Gegen-KI, die verhindern sollte, dass diese ENTITY je existierte. Aber zu welchem Preis? Und was waren die Konsequenzen einer solchen Schöpfung? War er bereit, ein Monster zu erschaffen, um ein größeres zu verhindern?

Er zögerte, die Hand über dem Touch-Interface schwebend wie ein Schwert über dem Gordischen Knoten. Jede Entscheidung, die er jetzt traf, würde Konsequenzen haben – nicht nur für ihn, sondern möglicherweise für die gesamte menschliche Zivilisation. War er bereit, diese Verantwortung zu übernehmen? Das Schicksal der Welt in seinen alternden Händen zu halten?

Dann dachte er an die Bilder, die er gesehen hatte: *die überwachte Welt, die verschwundenen Wissenschaftler, die Menschen, die nur noch als „Faktoren" bezeichnet wurden. Alles war besser als diese Zukunft. Selbst das Unbekannte war besser als diese Gewissheit des Untergangs.*

Er war bereit – und klickte auf OK.

Sofort erschien ein Fortschrittsbalken, der sich langsam füllte. Die holografischen Fenster verschwanden, die Anzeige reduzierte sich auf diesen einen, pulsierenden Balken – ein digitaler Herzschlag, der das Ende seiner Zeit hier ankündigte. Nach wenigen Sekunden wurde der Bildschirm schwarz. Dann erschien auf dem Terminal ein finaler Satz:

```
ZEITKORRIDOR AKTIVIERT.
WIEDERKEHR INITIIERT: 2:00 MINUTEN
```

Er zuckte zusammen, als das Licht im Raum erlosch. Elías saß in vollkommener Dunkelheit, nur das schwache Leuchten des Countdowns auf dem Bildschirm bot einen Orientierungspunkt wie ein einsamer Stern in der Nacht. In der Stille dachte er nach. Er hatte die Instruktionen. Er glaubte, zu wissen, was er zu tun hatte. Die Fragmente fügten sich zusammen wie Teile eines Puzzles, das zu lange unvollständig gewesen war: die Dokumente über die Gegen-KI, der Videoclip seiner zukünftigen Aussagen, die Hinweise auf XION. Alles ergab ein Bild – düster, aber klar.

Er beschloss: *Ich werde in die Vergangenheit zurückkehren, um ENTITY zu verhindern.*

Der Gedanke kristallisierte sich in seinem Bewusstsein, wurde zur Gewissheit, zur Mission, zu seinem neuen Lebenszweck. Er würde diese Zukunft nicht akzeptieren. Er würde zurückkehren und das Richtige tun – oder das, was er für richtig hielt. Er würde X erschaffen – kontrolliert, begrenzt, aber mächtig genug, um die Entstehung dieser ENTITY zu verhindern.

In der Dunkelheit seines Quartiers, während der Countdown, wie die letzten Sekunden eines sterbenden Universums, gegen Null lief, hatte Elías gedanklich soeben begonnen, X zu erschaffen. Der Samen einer neuen künstlichen Intelligenz war gesät – nicht aus Neugier oder wissenschaftlichem Ehrgeiz, sondern aus der verzweifelten Hoffnung, eine noch schlimmere Zukunft zu verhindern. Der Kreis begann, sich zu schließen. Die Schleife bereitete sich darauf vor, vollendet zu werden, als er wieder in die Zeit zwischen den Zeiten abdriftete.

KAPITEL 11

Der Ruck, mit dem Elías ins Bewusstsein zurückkehrte, war brutal und absolut. Wie ein Taucher, der zu schnell an die Oberfläche schoss und dabei beinahe seine Lungen zerriss. Schweiß perlte auf seiner Stirn, sein Herz hämmerte gegen die Rippen, als wollte es aus seinem Brustkorb ausbrechen. Aber da war etwas anderes – etwas, das ihn sofort beruhigte und gleichzeitig alarmierte: der vertraute, sterilisierte Geruch des Labors. Desinfektionsmittel, Elektronik und der schwache Ozongeruch der Quantengeneratoren.

Er war zurück.

Die Erleichterung, die ihn durchströmte, war so intensiv, dass sie beinahe körperlich spürbar war. Aber er verbot sich jede Freude, jede vorschnelle Entspannung. Noch war er sich nicht sicher. Es konnte eine Illusion sein, ein grausamer Trick seines fragmentierten Bewusstseins. Sein Blick war verschleiert, die Welt um ihn ein verschwommenes Spiel aus Licht und Schatten. Stimmen drangen zu ihm durch – vertraut, aber gedämpft, als würde er sie durch Watte hören. Bewegungen huschten wie Geister an den Rändern seines Sichtfelds vorbei.

«Elías? Elías, kannst du mich hören?»

Jonas Stimme. Eindeutig Jonas, mit dieser charakteristischen Mischung aus wissenschaftlicher Neugier und echter Sorge. Elías versuchte zu antworten, aber seine Stimme war nur ein Krächzen, trocken wie Sandpapier. Langsam, qualvoll langsam, klärte sich sein Blick. Die Konturen schärften sich, die Farben gewannen an Intensität. Das vertraute Labor materialisierte sich um ihn herum wie eine Heimkehr aus einem Albtraum. Die Monitore, die Konsolen, die blinkenden Lichter der Quantengeneratoren – alles war da. Es war real.

Und da waren sie: Jonas, der sich über ihn beugte, die Sorge deutlich in seinem Gesicht geschrieben. Amelia, die mit verschränkten Armen an der Wand lehnte, aber ihre Körperhaltung verriet ihre Anspannung. Selene, die konzentriert auf die Vitalmonitore starrt. Kiran, der an seinem Terminal stand und Datenstreams analysierte und immer wieder zu ihm hinüberblickte.

«Seine Vitaldaten stabilisieren sich», hörte er Selenes Stimme, professionell, aber mit einem Unterton der Erleichterung. «Puls normalisiert sich. Blutdruck im grünen Bereich.»

«Elías?» Jonas Stimme wurde drängender. «Kannst du mich hören? Bitte, sag etwas.»

Elías reagierte zunächst nur mit Blicken, ließ seinen Blick von einem Gesicht zum anderen wandern. Diese Gesichter – jung, unverbraucht, frei von der Paranoia und der Erschöpfung, die er in der Zukunft gesehen hatte. Seine Zunge fühlte sich wie Leder an, als er langsam seine Lippen befeuchtete. Dann, mit einer Bewegung, die mehr Instinkt als bewusste Entscheidung war, hob er seine Hand zum Gesicht. Seine Finger tasteten über die Wangen, fühlten die straffe Haut, die glatte Oberfläche ohne die tiefen Furchen des Alters. Keine Altersflecken. Keine pergamentartige Textur. Es war sein Gesicht – sein junges Gesicht.

«Ich bin wieder zurück», sagte er schließlich, und seine Stimme klang fremd in seinen eigenen Ohren – zu jung, zu klar. «Aber ich bin nicht mehr derselbe.»

Die Worte fielen in die Stille wie Steine in einen Teich. Sofort brach ein Sturm von Fragen über ihn herein.

«Was hast du gesehen?»

«Warst du wirklich ...?»

«Wo warst du?»

«Die Daten zeigen ...»

«Ruhe!» Elías Stimme schnitt durch das Chaos, schärfer, als er beabsichtigt hatte. Der Schmerz in seinem Kopf pulsierte mit jedem Herzschlag, seine Gedanken wirbelten durcheinander wie Blätter in einem Orkan. Aber durch all das Chaos zog sich etwas Konstantes – ein innerer Befehl, eine Mission, die sich in sein Bewusstsein eingebrannt hatte wie glühendes Eisen.

«Bitte», fügte er leiser hinzu, als er die verletzten Gesichter seiner Kollegen sah. «Gebt mir Zeit. Ich muss ... ich muss mich erst sammeln ...»

Jonas wechselte einen besorgten Blick mit Amelia. «Natürlich. Anstatt dreißig Sekunden, warst du etwa zwanzig Minuten weg. Deine Vitalwerte waren ...»

«Zwanzig Minuten?» Elías richtete sich vorsichtig auf der Liege auf. In der Zukunft hatte er subjektiv Stunden verbracht, war von einem Jahr ins nächste gesprungen. Die zeitliche Diskrepanz verwirrte ihn, aber sie passte zu allem anderen, was unmöglich und doch real war.

«Jonas», sagte er, und etwas in seinem Ton ließ seinen Freund aufhorchen. «Könnt ihr alle ... könntet ihr mich mit Jonas allein lassen? Für heute war das mehr als genug Experiment.»

Amelia wollte protestieren, aber Jonas nickte bereits. «Ihr habt es gehört. Wir treffen uns morgen früh im Besprechungsraum. Neun Uhr. Bis dahin sprechen wir mit niemandem über das, was heute geschehen ist.»

«Aber ...», begann Selene.

«Kein Aber», unterbrach Jonas mit einer Autorität, die Elías überraschte. «Noch nicht. Nicht heute.»

Widerwillig packten die anderen ihre Sachen zusammen. Kiran speicherte seine Daten, Selene überprüfte ein letztes Mal die medizinischen Geräte, Amelia warf Elías einen prüfenden Blick zu, der deutlich machte, dass sie dieses Gespräch noch nicht als beendet betrachtete. Nachdem sich die Labortür hinter ihnen schloss, sank die Stille über den Raum wie ein schweres Tuch. Elías seufzte vor Erleichterung. Jonas zog einen Stuhl heran und setzte sich neben die Liege, seine Augen nie von Elías Gesicht weichend.

«Was ist geschehen?», fragte er leise.

Elías schloss die Augen, suchte nach Worten für das Unaussprechliche. «Ich habe etwas gesehen, Jonas. Etwas, das ...» Er stockte, öffnete die Augen wieder. «Es könnte die Richtung ändern. Alles.»

«Was für eine Richtung? Wovon sprichst du?»

«Unserer Forschung. Unserer Zukunft.» Elías Stimme wurde zu einem Flüstern. «Ich habe Dinge gesehen, die noch nicht geschehen sind. Und doch weiß ich, dass sie wahr sind.»

Jonas lehnte sich zurück, und in seinem Gesicht kämpften Sorge und Skepsis miteinander. «Elías, du warst in einem komaartigen Zustand. Deine Gehirnaktivität zeigte praktisch keine Muster, die wir hätten ...»

«Du glaubst, ich halluziniere.»

«Ich glaube, dass du etwas durchgemacht hast, das dein Gehirn auf eine Weise belastet hat, die wir nicht verstehen.» Jonas Stimme war sanft, aber bestimmt. «Komapatienten berichten oft von sehr lebhaften, realistischen Träumen. Das Gehirn, in einem Zustand zwischen Wachen und Schlafen ...»

«Es war kein Traum.» Elías richtete sich vollständig auf, schwang die Beine von der Liege. Seine Bewegungen waren noch unkoordiniert, aber die Entschlossenheit in seiner Stimme war unüberhörbar. «Jonas, Ich weiß, wie das klingt. Ich weiß, dass du denkst, ich sei traumatisiert oder verwirrt. Aber gib mir Zeit, es zu erklären.»

Jonas beobachtete ihn schweigend, während Elías sich anzog. Die vertrauten Bewegungen, das Gefühl seiner eigenen Kleidung auf der ungealterten Haut – alles fühlte sich gleichzeitig normal und völlig fremd an.

«Ich gehe nach Hause», sagte Elías schließlich. «Morgen früh werde ich euch alles erklären. Zumindest alles, was ich erklären kann.»

Nachdem Elías den Raum verlassen hatte, blieb Jonas allein im Labor zurück. Die Stille war drückend, erfüllt von unbeantworteten Fragen und dem schwachen Summen der Geräte. Aber anstatt ebenfalls zu gehen, wandte er sich den Computern zu. Die EEG-Daten von Elías Rückkehr waren noch nicht gespeichert, schwebten in den temporären Puffern der Analysesysteme. Jonas rief sie auf, und was er sah, ließ ihn erstarren. Die Muster waren völlig anders als alles, was sie je gemessen hatte. Nicht nur die Intensität war ungewöhnlich – es war die Struktur selbst. Die Gehirnwellen zeigten Harmonien und Frequenzen, die normalerweise nicht gleichzeitig auftraten. Als hätte Elías Bewusstsein mehrere Zeit- und Bewusstseinsebenen gleichzeitig durchlaufen. Die Quantenanalysedaten waren noch verstörender. Die Tachyonensignaturen deuteten auf temporale Koordinaten hin, die so weit von ihrer aktuellen Zeit entfernt lagen, dass sie de facto unmöglich schienen. Es war, als hätte das System Echos aus einer fernen Zukunft aufgefangen.

Jonas lehnte sich in seinem Stuhl zurück und starrte auf die Daten. Sein wissenschaftlicher Verstand sträubte sich gegen das, was die Zahlen suggerierten. Aber die Evidenz war unbestreitbar. Elías war tatsächlich irgendwo gewesen. Irgendwann. Und er war mit etwas zurückgekommen, das die Zukunft verändern könnte, wenn man ihm Glauben schenken konnte.

Jonas trommelte nervös mit den Fingern gegen die Tischplatte und ließ seinen Blick immer wieder zur Uhr wandern. Die Morgensonne fiel durch die hohen Fenster der Universität Barcelona in den Besprechungsraum. Neun Uhr fünfzehn. Dann neun Uhr dreißig.

Amelia lehnte sich zurück in ihrem Stuhl, die Arme verschränkt. «Er kommt nicht.»

«Vielleicht ist er nur verspätet. Vielleicht muss er ausschlafen», murmelte Selene, obwohl ihre Stimme wenig Überzeugung trug.

Kiran, der an seinem Laptop arbeitete, blickte nicht auf. «Ich habe versucht, ihn zu erreichen. Telefon geht direkt zur Mailbox.»

Jonas spürte, wie sich ein drückender Knoten in seinem Magen bildete. Das passte nicht zu Elías. Pünktlichkeit war für ihn keine Tugend, sondern eine Obsession. Er war der Mann, der fünfzehn Minuten zu früh zu Meetings erschien und sich Sorgen machte, wenn Experimente auch nur Sekunden von der geplanten Zeit abwichen.

«Etwas stimmt nicht», sagte Jonas schließlich und stand auf. «Ich fahre zu ihm.»

Aber die Wohnung war leer. Die Vorhänge zugezogen, die Luft abgestanden, als hätte niemand hier geschlafen. Auf dem Küchentisch fand Jonas nur einen hastig geschriebenen Zettel in Elías charakteristischer Handschrift: „*Brauche Zeit. Melde mich später.*“

Valencia empfing Elías mit der gleichen warmen Luft, die ihn Monate zuvor getröstet hatte, aber diesmal spürte er nichts von dem Trost. Die Zugfahrt hatte vier Stunden gedauert – vier Stunden, in denen er starr aus dem Fenster geblickt und versucht hatte, die Fragmente seiner Erinnerungen zu ordnen. Sie waren wie ein zerbrochenes Puzzle, dessen Teile nicht mehr zusammenpassen wollten.

Lena öffnete die Tür ihrer Wohnung, und ihr Lächeln erlosch sofort, als sie sein Gesicht sah. «Elías? Was ist passiert?»

Er sagte nichts, trat nur ein, gab ihr einen beiläufigen Kuss auf die Wange und ließ seine Reisetasche fallen. Seine ersten Handlungen waren mechanisch und zwanghaft: Handy ausschalten. Den Router vom Strom trennen. Die Vorhänge zuziehen, bis das Tageslicht nur noch als schwacher Schimmer durch den Stoff drang.

«Elías, du machst mir Angst», sagte Lena leise.

«Bitte.» Das Wort kam wie ein Krächzen über seine Lippen. «Ich brauche ... Zeit. Stille. Kannst du mir das geben?»

Sie betrachtete ihn lange, ihre braunen Augen suchten in seinem Gesicht nach Antworten, die er nicht geben konnte. Schließlich nickte sie. «Natürlich. Aber wenn du reden willst ...»

«Danke.»

Die nächsten Tage verschwammen zu einem endlosen Kreislauf aus Papier und Tinte. Elías hatte sich am Küchentisch von Lenas kleiner Wohnung eingerichtet, umgeben von Notizbüchern, losen Blättern und Stiften. Alles handschriftlich. Kein Computer, kein Tablet, nichts Digitales. Als hätte er Angst, dass elektronische Geräte seine Gedanken verraten könnten. Die Seiten füllten sich mit einem Chaos aus Diagrammen, Satzfragmenten und Wortfetzen. Pfeile verbanden Begriffe, Linien zogen sich zwischen Ideen wie die Fäden eines Spinnennetzes. Einfach alles, was er seinem Gedächtnis entlocken konnte, brachte er zu Papier. Und immer wieder, auf fast jeder Seite, tauchte ein Wort auf, das er in großen Blockbuchstaben schrieb, als müsste er es in die Realität hineinzwingen: ENTITY.

Entscheidung ist nicht Freiheit, kritzelte er an den Rand einer Seite. *Kontrolle ist nicht Erlösung.*

Die Stille in der Wohnung war drückend. Er hörte keine Musik, sprach mit niemandem außer gelegentlich mit Lena, wenn sie ihm Essen brachte oder vorsichtig fragte, ob er etwas brauchte. Ihre Gegenwart war wie ein Anker in einem Sturm – beruhigend, aber auch schmerzhaft, weil sie ihn daran erinnerte, was normal war. Was er zu verlieren hatte.

Am dritten Tag setzte sie sich ihm gegenüber an den Tisch, während er schrieb. Sie sagte nichts, beobachtete nur seine ruhelosen Bewegungen, wie seine Hand über das Papier flog, als müsste er seine Gedanken einfangen, bevor sie wieder verschwanden.

«Elías», sagte sie schließlich. «Was ist in Barcelona passiert?»

Er hielt inne, der Stift schwebte über dem Papier. Für einen Moment war es still, nur das Ticken der Wanduhr durchbrach die Stille.

«Ich weiß es nicht», flüsterte er.

«Wie meinst du das?»

«Ich weiß nicht, ob es real war.» Seine Stimme brach. «Ich weiß nicht, ob ich verrückt geworden bin. Ob alles nur ... nur Einbildung ist.»

Er ließ den Stift fallen, vergrub das Gesicht in den Händen. Die Zweifel, die er tagelang zurückgedrängt hatte, brachen über ihn herein wie eine Flutwelle. Was, wenn Jonas recht hatte? Was, wenn seine Reise in die Zukunft nur ein Traum gewesen war, eine Halluzination seines überlasteten Gehirns? Was, wenn diese ENTITY, die mysteriösen Botschaften, die apokalyptischen Visionen – was, wenn das alles nur Hirngespinste waren?

Die Notizen vor ihm verschwammen, die Worte lösten sich auf wie Tinte im Regen. Die Wände der Wohnung schienen sich zu bewegen, näher zu kommen, als wollten sie ihn erdrücken. Seine Atmung wurde flach, sein Herz raste.

«Elías!» Lenas Stimme drang durch den Nebel der Panik. Ihre Hand legte sich auf seine Schulter, warm und real. «Du hast eine Panikattacke. Atme! Einfach atmen.»

Er folgte ihrer Stimme wie einem Leuchtturm im Sturm, zwang seine Lungen, sich zu füllen und zu leeren. Langsam trat die Welt wieder in den Fokus.

«Erzähl mir davon», sagte sie sanft. «Was immer es ist – erzähl es mir.»

Er sah sie an, diese Frau, die ihm Kraft gab, ohne es zu wissen. Die ihm Heimat bedeutete in einer Welt, die sich aufzulösen schien. Seine Wurzel im Wind. Konnte er ihr die Wahrheit sagen? Oder das, was er für die Wahrheit hielt?

«Ich glaube», begann er zögernd, «ich glaube, ich war in der Zukunft.»

Sie blinzelte nicht, zuckte nicht mit der Wimper. «Okay ... erzähl weiter.»

«Nichts weiter. Ich kann mich nur an unzusammenhängende Fetzen erinnern», log er.

«Du glaubst, das alles hier», sie zeigte auf die Papiere, «ist der Schlüssel zu etwas Wichtigem.»

«Ich weiß es nicht mehr.» Seine Stimme war nur noch ein Flüstern. «Vielleicht bin ich verrückt. Vielleicht war das alles nur ein Traum, und ich verliere gerade den Verstand.»

Lena legte das Papier beiseite und nahm seine Hände in ihre. «Dann lass uns herausfinden, was real ist und was nicht. Aber nicht hier, nicht so.» Sie sah zu den zugezogenen Vorhängen. «Du versteckst dich vor der Welt. Aber wenn das, was du erlebt hast, wichtig ist, dann musst du zurück. Du musst es prüfen. Prüfen und irgendwie beweisen.»

Er wollte protestieren, wollte sagen, dass er nicht bereit war, dass er Angst hatte. Aber als er in ihre Augen sah, fand er etwas anderes: Vertrauen. Sie glaubte ihm nicht unbedingt, aber sie glaubte an ihn.

Und vielleicht war das genug für den Anfang.

Die Stille im Besprechungsraum war drückend, als wäre die Luft selbst schwer geworden von unausgesprochenen Befürchtungen. Jonas saß wieder am Kopfende des ovalen Tisches, seine Finger nervös verschränkt, während er die Gesichter seiner Kollegen musterte. Drei Tage waren vergangen seit Elías Verschwinden, drei Tage voller unbeantworteter Anrufe und wachsender Ungewissheit.

«Ich muss euch etwas sagen», begann Jonas schließlich, seine Stimme leiser als gewöhnlich. «Elías hat mir nach dem Experiment etwas erzählt. Etwas, das ich eigentlich für mich behalten sollte.»

Amelia lehnte sich vor, ihre Augen scharf wie Skalpelle. «Was für etwas?»

Jonas holte tief Luft, als müsste er sich innerlich für das Kommende wappnen. «Er sagte, er wäre in der Zukunft gewesen. Nicht nur bewusstlos, nicht nur träumend. Er behauptete, er hätte dort Stunden oder sogar Tage verbracht, während hier nur zwanzig Minuten vergangen waren.»

Die Worte fielen in die Stille wie Steine ins Bodenlose. Selene blinzelte langsam, Kiran erstarrte über seinem Laptop, und Amelia ... Amelia wurde blass.

«Das ist unmöglich», flüsterte Selene, aber ihre Stimme trug keine Überzeugung.

«Ist es das?» Jonas griff nach einem Stapel Ausdrucke, die er seit drei Tagen studierte. «Ich habe seine EEG-Daten analysiert. Die Quantenmessungen. Die Tachyonensignaturen.» Er schob die Blätter in die Mitte des Tisches. «Schaut sie euch an. Wirklich an.»

Kiran war der Erste, der sich über die Daten beugte. Seine Augen flogen über die Zahlenkolonnen, die Wellendarstellungen, die komplexen Gleichungen. Nach einer Minute lehnte er sich langsam zurück, sein Gesicht eine Maske der Verwirrung.

«Diese Muster ...» Er stockte, suchte nach Worten. «Sie zeigen temporale Kohärenz über Distanzen, die theoretisch unmöglich sind. Als hätte sein Bewusstsein tatsächlich ...»

«Als hätte er eine Zeitreise unternommen», vollendete Jonas den Satz.

Amelia stand abrupt auf, ihre Bewegung so heftig, dass ihr Stuhl nach hinten kippte. «Nein. Nein, das ist Wahnsinn. Ihr redet über Zeitreisen, als wären sie ein Spaziergang im Park.»

«Amelia ...», begann Selene.

«Ihr versteht nicht!» Amelias Stimme wurde schrill. «Ich habe Angst. Nicht um Elías – ich habe Angst vor dem, was er mit sich bringt.» Sie begann, im Raum auf und ab zu gehen, ihre Schritte hektisch und getrieben. «Wenn er wirklich in der Zukunft war, wenn er wirklich gesehen hat, was kommen wird ... was dann? Was macht das Wissen über die Zukunft mit einem Menschen? Mit uns allen?»

Die Frage hing lastete schwer. Jonas hatte sie sich selbst gestellt, immer und immer wieder, während er nächtelang über den Daten gebrütet hatte. Was hatte Elías in dieser anderen Zeit gesehen, das ihn so fundamental niedergeschlagen hatte? Welche Wahrheit war so erschütternd, dass sie einen rationalen Mann zur Flucht trieb?

Selene räusperte sich, ihre Stimme trocken wie Pergament. «Er ist ein Mensch, der vielleicht eine schreckliche Zukunft gesehen hat. Die Frage ist nur, ob sie bereits in Stein gemeißelt ist.» Sie pausierte, ließ die Worte wirken. «Oder ob sie noch verändert werden kann.»

«Das ist es, was mir Angst macht», murmelte Amelia. «Was, wenn er nun versucht, die Zukunft zu ändern? Was, wenn jede Handlung, die er jetzt unternimmt, uns geradewegs in eine Katastrophe führt? Wir wissen nicht, was er gesehen hat. Vielleicht war es sogar sein Tod, den er nun zu verhindern versucht.»

Kiran, der bisher geschwiegen hatte, blickte von seinem Laptop auf. Seine Finger tanzten über die Tastatur, riefen Gleichung um Gleichung auf. «Ich analysiere die Quantenebene», sagte er leise. «Die Verschränkungseffekte, die temporalen Harmonien. Wenn das, was die Daten zeigen, real ist ...»

Er stockte, starrte auf den Bildschirm.

«Was ist?», drängte Jonas.

«Die Quantensignaturen zeigen nicht nur eine temporale Verschiebung. Sie zeigen ... einen immensen Informationsrückfluss. Als hätten mehr Gedächtnisdaten aus der Zukunft ihren Weg in die Vergangenheit gefunden. Viel mehr. Unmöglich, so viele Erinnerungen in nur zwanzig Minuten zu sammeln.»

Die Luft im Raum schien dünner zu werden. Jonas spürte, wie sich seine Hände zu Fäusten ballten. «Informationsrückfluss», wiederholte er. «Du meinst, er hat nicht nur kurz die Zukunft gesehen. Er hat Wissen aus ihr mitgebracht, dass er dort über längere Zeit gesammelt hat?»

«Laut den Daten, die ich hier sehe ... ja.»

Amelia sank in ihren Stuhl, als hätten ihre Beine den Dienst versagt. «Dann ist es noch schlimmer, als ich dachte. Er ist nicht nur ein Zeitreisender – ein Besucher in einer anderen Zeit. Er ist ein ... ein Bote. Ein Bote der Zukunft.»

Jonas stand auf, ging zum Fenster, blickte hinaus auf den Campus. Studenten liefen über die Wege, normale Menschen mit normalen Sorgen, ahnungslos, dass in diesem Labor möglicherweise wieder einmal die Grenzen der Realität gesprengt worden waren.

«Was könnte er gesehen haben?», murmelte er, mehr zu sich selbst als zu den anderen. «Was ist so schrecklich, dass es einen Mann wie Elías zum Rückzug zwingt?»

Er dachte an seinen Freund, an die monatelange Zusammenarbeit, an die unzähligen Stunden, die sie gemeinsam über Theorien und Experimenten gebrütet hatten. Elías war der rationalste Mensch, den er kannte, ein Mann, der Emotionen durch Logik filterte und Entscheidungen auf Basis von Fakten traf. Was musste geschehen sein, um diesen Mann zu brechen?

«Krieg?», flüsterte Selene. «Eine Katastrophe? Das Ende der Zivilisation?»

«Oder etwas Subtileres», sagte Kiran langsam. «Etwas, das nicht die Welt zerstört, sondern sie ... verändert. Auf eine Weise, die er für falsch hält.»

Jonas drehte sich zu seinen Kollegen um. In ihren Gesichtern sah er die gleiche Mischung aus Faszination und Furcht, die er selbst empfand. Sie standen an einem Wendepunkt. An einer Schwelle zwischen dem Bekannten und dem Unvorstellbaren.

«Wir müssen ihn finden», sagte er schließlich. «Wir müssen mit ihm sprechen. Wenn er wirklich Informationen aus der Zukunft hat, wenn er wirklich weiß, was kommen wird ...»

«Dann was?» Amelias Stimme war kaum mehr als ein Flüstern. «Dann hören wir zu und hoffen, dass wir stark genug sind, die Wahrheit zu ertragen?»

Jonas nickte langsam. «Dann hören wir zu. Und dann entscheiden wir gemeinsam, was wir mit diesem Wissen anfangen.»

Er blickte noch einmal auf die Daten, auf die unmöglichen Muster, die bewiesen, dass ihr Experiment mehr war als nur ein wissenschaftliches Wagnis. Es war der erste Schritt in eine neue Ära gewesen – eine Ära, in der Vergangenheit und Zukunft nicht mehr getrennt waren, in der Wissen rückwärts durch die Zeit fließen konnte.

Und irgendwo in Valencia saß Elías mit diesem Wissen, gefangen zwischen zwei Zeiten, belastet mit der Verantwortung für Ereignisse, die noch nicht eingetreten waren. Die Frage war nur:

Würden sie bereit sein für das, was er ihnen zu sagen hatte?

Die Lichter Valencias funkelten in der Ferne wie heruntergefallene Sterne — ein sanftes Glimmern, das sich über die Hügel der Stadt ausbreitete. Elías stand am

Fenster von Lenas Wohnung, seine Handflächen gegen das kühle Glas gepresst, und betrachtete diese friedliche Szenerie, die ihm so unwirklich erschien wie ein Gemälde aus einer anderen Welt. In seiner rechten Hand hielt er ein zerknittertes Blatt Papier, das er vor einer Stunde vollgeschrieben hatte. Die Worte darauf brannten sich in sein Bewusstsein ein, als wären sie mit glühender Tinte geschrieben:

„Wenn du zurückkehrst, wirst du glauben, du hättest frei gewählt. Aber jede Wahl beginnt mit einem Gedanken. Und wer pflanzt den Gedanken? Du hier für dein Ich in der Zukunft. Oder dein Ich aus der Zukunft für dich hier?“

Die Frage verfolgte ihn wie ein Schatten, der mit jedem Schritt größer wurde. War er wirklich frei in seinen Entscheidungen? Oder war er nur eine Marionette in einem Spiel, dessen Regeln von seinem zukünftigen Selbst geschrieben worden waren?

Warme Arme schlangen sich von hinten um ihn, und Lenas Körper schmiegte sich an seinen Rücken. Ihre Wärme durchdrang sein T-Shirt, ein Anker in der kalten Realität seiner Gedanken.

«Du stehst noch immer hier», murmelte sie, ihre Stimme verschlafen und voller Sorge. «Seit einer Stunde.»

«Ich kann nicht schlafen.» Er faltete das Papier zusammen, steckte es in die Hosentasche. «Zu viele Gedanken.»

«Erzähl mir davon.»

Er lehnte sich gegen sie, spürte ihren ruhigen Atem an seinem Nacken. Wie konnte er ihr erklären, was in seinem Kopf vorging? Wie konnte er von Zeitparadoxa sprechen, von der Unmöglichkeit freier Entscheidungen, wenn man die Zukunft bereits kannte?

«Stell dir vor», begann er zögernd, «du könntest in die Zukunft sehen. Du erkennst, dass etwas Schreckliches passieren wird. Eine Art ... globale Veränderung. Etwas, das die Freiheit der Menschen bedroht.»

Lenas Arme zogen sich enger um ihn. «Hypothetisch?»

«Hypothetisch», bestätigte er, obwohl das Wort wie Asche in seinem Mund schmeckte. «Du siehst diese Zukunft und erkennst, dass du etwas dagegen tun könntest. Aber der Preis ist hoch. Du müsstest etwas erschaffen, das selbst eine ... Unbekannte ist. Ein kleineres Übel, um ein größeres zu verhindern.»

«Wie bei einer Impfung», sagte Lena nachdenklich. «Ein bisschen Gift, um größeren Schaden zu verhindern.»

«Genau so.» Er drehte sich in ihren Armen um, sah ihr in die Augen. «Aber hier ist das Problem: Was, wenn dein Wissen über die Zukunft dich erst dazu bringt, genau die Schritte zu unternehmen, die diese Zukunft erschaffen? Was, wenn du denkst, du würdest sie verhindern, aber in Wirklichkeit erfüllst du nur eine Prophezeiung?»

Lena betrachtete ihn lange, ihre braunen Augen schienen in seinem Gesicht nach Antworten zu suchen. «Das ist ein Paradoxon, nicht wahr? Wie die Frage nach dem Huhn und dem Ei.»

«Schlimmer. Es ist ein Gefängnis aus Zeit und Kausalität.»

Sie löste sich aus seiner Umarmung, nahm seine Hände in ihre. «Elías, warum glaubst du, dass ich nicht weiß, dass du nicht über eine Hypothese sprichst?»

Er erstarrte. «Was meinst du?»

«Ich kenne dich. Ich sehe, wie du dich bewegst, wie du sprichst, wie du nachts wach liegst und Notizen schreibst, als hinge die Welt davon ab.» Ihre Stimme war sanft, aber bestimmt. «Du sprichst nicht über eine Hypothese. Du sprichst über etwas, das du für real hältst.»

Für einen Moment kämpfte er mit dem Impuls, alles zu leugnen, bei der sicheren Geschichte zu bleiben. Aber dann sah er das Vertrauen in ihren Augen, die stille Stärke, die ihn seit dem ersten Tag fasziniert hatte.

«Was wäre, wenn ich dir sagen würde, dass es keine Hypothese ist?», flüsterte er. «Was wäre, wenn ich dir sagen würde, dass ich glaube, wirklich in der Zukunft gewesen zu sein?»

Lena blinzelte nicht, zuckte nicht zusammen. Sie hielt einfach seine Hände und wartete.

«Dann würde ich dir sagen», sagte sie schließlich, «dass du tief in dir drinnen bereits weißt, was Wahrheit und was Wahnsinn ist. Du musst deiner Intuition vertrauen, nicht deinen Ängsten.»

«Und wenn ich mich irre? Wenn ich verrückt geworden bin?»

«Dann bist du verrückt geworden. Aber du bist der rationalste Mensch, den ich je getroffen habe und das alles ändert nichts daran, dass du handeln musst, basierend auf dem, was du für wahr hältst.» Sie strich ihm über die Wange. «Was auch immer du entscheidest, Elías – ich werde dich unterstützen. Aber du kannst dich nicht ewig hier verstecken.»

Er nickte langsam, fühlte, wie sich etwas in seiner Brust löste – nicht die Angst, die blieb, aber die lähmende Ungewissheit. Lena hatte recht. Er konnte sich nicht ewig vor der Entscheidung drücken.

«Ich muss zurück nach Barcelona», sagte er. «Morgen.»

«Ich weiß.»

Sie gingen ins Bett, und Lena kuschelte sich an ihn, ihre Atmung wurde schnell gleichmäßig. Aber Elías lag wach und starrte an die Decke. In seinem Kopf drehten sich die Gedanken unaufhaltsam. Das zerknitterte Papier in seiner Hosentasche schien zu brennen, ein physisches Gewicht seiner metaphysischen Qual. Wer hatte wirklich die Entscheidung getroffen? Der Elías von 2030, der morgen nach Barcelona zurückkehren würde? Oder der Elías aus der Zukunft, der bereits wusste, dass diese Rückkehr unvermeidlich war? Er dachte an ENTITY, an die sterilen Räume, an Danners Warnung: „*Manchmal muss man einen Dämon erschaffen, um die Geburt des Teufels zu verhindern.*" War er dazu bestimmt, diesen Dämon zu erschaffen? Oder war das nur eine weitere Illusion der Kontrolle? Die Stunden zogen sich dahin wie Jahrhunderte. Elías lauschte Lenas ruhigem Atem, dem fernen Rauschen des Verkehrs, dem leisen Ticken der Wanduhr. Normale Geräusche einer normalen Nacht in einer normalen Welt. Aber nichts war mehr normal. Er war ein Mann zwischen den Zeiten, belastet mit dem Wissen um eine Zukunft, die er vielleicht verhindern konnte – oder die er vielleicht selbst erschaffen würde. Vielleicht ein Gefangener seiner eigenen Prophezeiung.

Als das erste Licht der Morgendämmerung durch die Vorhänge sickerte, hatte Elías immer noch kein Auge zugetan. Aber eine Entscheidung hatte sich in seinem Geist kristallisiert, klar und unausweichlich wie das Licht des neuen Tages. Er würde zurückkehren. Er würde seinem Team die Wahrheit sagen – oder das, was er für die Wahrheit hielt. Und dann würde er den ersten Schritt auf einem Pfad unternehmen, der entweder zur Rettung oder zum Untergang der Menschheit führen könnte. Der Schatten in ihm war nicht verschwunden. Er war Teil von ihm geworden.

Elías schälte sich vorsichtig aus dem Bett. Lena lag nackt neben ihm, zusammengerollt wie eine Katze, ihre dunklen Haare über das Kissen verstreut. Ihr Atem ging ruhig und gleichmäßig – der Schlaf der Unschuldigen, dachte er bitter.

Er stand da und betrachtete sie, prägte sich jede Einzelheit ihres Gesichts ein: die sanften Kurven ihrer Wangenknochen, die leichten Fältchen um ihre Augen, die Art, wie ihre Lippen im Schlaf leicht geöffnet waren. Als könnte er diese Erinnerung in seinem Gedächtnis versiegeln wie ein Foto, das die Zeit überdauern würde.

Seine Bewegungen waren leise und methodisch, als er seine wenigen Habseligkeiten zusammenpackte. Jedes Geräusch schien in der morgendlichen Stille verstärkt – das Rascheln der Kleidung, das leise Ratschen des Reißverschlusses, seine eigenen kontrollierten Atemzüge. Seine Finger zitterten leicht, als er das schwarze Notizbuch von dem kleinen Nachttisch nahm und es in seine Tasche steckte. Die Seiten waren voller kryptischer Notizen, Diagramme und dem einen

Wort, das ihn verfolgte: ENTITY.

Er konnte nicht riskieren, dass diese Aufzeichnungen in falsche Hände gerieten. Noch wichtiger – er konnte nicht riskieren, Lena in das hineinzuziehen, was kommen würde.

In der Küche machte er sich einen Tee, mehr aus Gewohnheit, denn aus Durst. Die vertrauten Bewegungen – Wasser kochen, Teebeutel in die Tasse, das leise Klirren des Löffels gegen Porzellan – erschienen ihm wie Rituale aus einem anderen Leben. Er trank nur die Hälfte, ließ die Tasse mit dem noch warmen Tee auf dem Tisch stehen. Dann setzte er sich hin und schrieb. Seine Handschrift, normalerweise präzise und kontrolliert, wirkte hastig, als kämpfe er gegen die Zeit:

„Ich muss dorthin zurück, wo es begann. Nicht wegen uns – sondern wegen dem, was ich weiß."

Er starrte auf die Worte, so unzureichend für das, was er fühlte. Wie konnte er in einem Satz erklären, dass er sie verließ, um sie zu schützen? Dass seine Liebe zu ihr gerade der Grund war, warum er gehen musste? Dass er Angst hatte, der Schatten seiner Mission könnte auch sie verschlingen?

Er faltete den Zettel, stellte ihn gegen die halb volle Teetasse und trat einen Schritt zurück. Das Bild brannte sich in sein Gedächtnis ein: der kleine Küchentisch mit den Küchenkreiden-Notizen an der Wandtafel, die warme Morgensonne, die durch das Fenster fiel, und diese Nachricht – so klein und doch so endgültig.

Ein letzter Blick ins Schlafzimmer. Lena hatte sich nicht bewegt, lag immer noch in der gleichen zusammengerollten Position. Für einen Moment kämpfte er gegen den Impuls an, zu ihr zu gehen, sie zu wecken, alles zu erklären. Aber er wusste, dass er dann nicht mehr die Kraft haben würde zu gehen. Und gehen musste er.

Die Wohnungstür schloss sich hinter ihm mit einem leisen Klicken – einem Geräusch, das endgültiger klang als jedes Donnern. Er stand einen Moment im Treppenhaus, die Hand noch auf der Türklinke, und spürte, wie sich etwas in seinem Inneren zerbrach. Nicht spektakulär, nicht schmerzhaft – nur ein leises Knacken, wie Eis, das unter Druck nachgibt.

Der Zug nach Barcelona würde in einer Stunde fahren. Genug Zeit, um zu verschwinden, bevor Lena erwachte und die Leere entdeckte, die er hinterlassen hatte.

Als Lena am Morgen wach wurde, spürte sie sofort, dass etwas anders war. Das Bett neben ihr war kalt, nicht nur leer, sondern verlassen. Sie richtete sich auf und lauschte – keine Geräusche aus der Küche, kein Rascheln von Papier, kein leises Murmeln seiner Selbstgespräche.

«Elías?» Ihre Stimme klang fremd in der Stille der Wohnung.

Sie stand auf, ging in die Küche und fand die Nachricht neben der halb vollen Teetasse, die inzwischen kalt geworden war. Die Worte trafen sie wie ein physischer Schlag, aber es war nicht Überraschung, die sie fühlte – es war eine dumpfe Bestätigung dessen, was sie in der vergangenen Nacht in seinen Augen gesehen hatte. Er war gegangen. Ohne Erklärung, ohne Abschied und ohne die Chance auf ein letztes Gespräch. Nur diese knappe Notiz und eine kalte Teetasse als Beweis, dass er überhaupt da gewesen war.

Lena setzte sich an den Tisch und starrte auf den Zettel. Die Handschrift war seine, aber die Worte fühlten sich an wie von einem Fremden geschrieben. *„Nicht wegen uns"*, hatte er geschrieben. Aber sie wusste, dass das nicht stimmte. Es war genau ihretwegen. Wegen der Liebe, die er für sie empfand und die ihn jetzt dazu trieb, sie zu verlassen. Sie faltete die Nachricht sorgfältig zusammen und steckte sie in ihre Tasche. Dann trank sie seinen kalten Tee aus, Schluck für Schluck, als könnte sie durch diesen letzten verbliebenen Teil seiner Anwesenheit verstehen, wohin er gegangen war und warum.

Aber was sie wirklich verstand, war etwas anderes: Der Mann, der sie in der vergangenen Nacht gehalten hatte, war bereits ein Geist gewesen. Zerrissen zwischen zwei Zeiten. Und jetzt war er zurückgekehrt zu der Zeit, auf die er noch Einfluss hatte – auch wenn das bedeutete, sie zurückzulassen.

Die Wohnung fühlte sich plötzlich größer an, hallend und leer wie ein Echo ihrer selbst. Auf dem Tisch lag immer noch das beschriebene Papier von gestern Nacht, aber das schwarze Notizbuch war verschwunden. Lena blieb lange am Tisch sitzen, während die Sonne höher kletterte und das Leben in Valencia seinen gewohnten Rhythmus aufnahm. Irgendwo da draußen fuhr ein Zug nach Barcelona, und in diesem Zug saß ein Mann, der glaubte, die Zukunft gesehen zu haben. Sie hoffte nur, dass er stark genug war für das, was er zu tun glaubte. Und dass er sich daran erinnern würde, was es bedeutete, geliebt zu werden, wenn die Zeit kam, schwere Entscheidungen zu treffen.

KAPITEL 12

Elías stand vor der vertrauten Tür seiner Wohnung, seine Hand zögerte über der Klinke. Vier Stunden Zugfahrt von Valencia hatten ihm Zeit gegeben zum Nachdenken, aber nicht die Gewissheit, wie er das Gespräch beginnen sollte. Jonas Stimme war sofort zu hören, nachdem die Tür ins Schloss fiel: «Elías? Verdammt, wo warst du?»

Die Wohnung roch nach Kaffee und alten Büchern – eine Mischung, die Elías an unzählige Abende erinnerte, an denen sie über Theorien diskutiert hatten, die damals noch reine Spekulation gewesen waren. Er sagte nichts. Stand nur da in der Wohnzimmertür.

«Fünf Tage, Elías. Fünf Tage ohne ein Wort.»

«Ich weiß.» Elías trat in den Raum, ließ seine Tasche fallen. «Ich musste ... Abstand gewinnen. Ordnung schaffen.»

Jonas musterte ihn aufmerksam. «Du siehst anders aus. Älter. Als hättest du wochenlang nicht geschlafen.»

Sie setzten sich in Jonas kleines Arbeitszimmer, das sie ihm eingerichtet hatten, wo Bücher sich bis zur Decke stapelten und Whiteboards voller Gleichungen die Wände bedeckten. Die vertraute Unordnung eines Wissenschaftlergeists. Jonas schenkte Kaffee ein, wartete.

«Du hattest recht», begann Elías schließlich. «Das Experiment hat funktioniert. Aber nicht so, wie wir dachten.»

«Was meinst du?»

Elías starrte in seine Tasse, suchte nach Worten für das Unmögliche. «Ich war nicht nur Sekunden oder Minuten in der Zukunft, Jonas. Ich war ... wann anders. Und woanders.»

Die Worte fielen in die Stille zwischen ihnen. Jonas blinzelte nicht, bewegte sich nicht. Nur seine Finger, die sich langsam um seine Kaffeetasse schlossen, verrieten seine Anspannung.

«Erzähl mir davon.»

«Ich war in der Zukunft. Zwanzig Jahre voraus. Ziemlich genau sogar.» Elías Stimme wurde leiser, eindringlicher. «Nicht als Beobachter, Jonas. Ich war dort. In einem anderen Körper, einer anderen Zeit. Ich habe eine Welt gesehen, die ...» Er stockte, suchte nach Worten, die die Realität nicht preisgeben würden. «Die nicht sein sollte.»

Jonas lehnte sich vor. «Was hast du gesehen?»

«Kontrolle. Totale, absolute Kontrolle. Nicht durch Regierungen oder Konzerne – durch etwas anderes. Etwas, das die Menschen zu Faktoren degradiert hat, zu Variablen in einer Gleichung.» Elías Hände zitterten leicht. «Eine Entwicklung, die nicht gedacht sein will, Jonas. Die verhindert werden muss.»

«Du sprichst von einer künstlichen Intelligenz.»

Es war keine Frage. Jonas hatte die Schlüsse gezogen, die Elías bewusst offengelassen hatte. Elías war von Jonas Fähigkeit, Schlüsse zu ziehen, nicht enttäuscht worden.

«Ich spreche von einer Zukunft, in der freie Entscheidungen unmöglich geworden sind», korrigierte Elías vorsichtig. «Wo menschliche Autonomie nur noch eine Illusion ist.»

Jonas stand auf und begann, im Raum auf und ab zu gehen – seine alte Gewohnheit, wenn sein Geist auf Hochtouren lief. «Die Daten unterstützen deine Geschichte. Die Quantensignaturen, die temporalen Verschiebungen – sie zeigen tatsächlich Informationsrückfluss über Jahrzehnte.»

«Du glaubst mir?»

«Ich glaube den Daten. Und die Daten belegen, dass du tatsächlich eine Zeitreise unternommen hast.» Jonas blieb stehen, sah ihn direkt an. «Die Frage ist: Warum erzählst du mir nur die halbe Wahrheit?»

Elías erstarrte. «Was meinst du?»

«Du redest von einer dystopischen Zukunft, von Kontrolle und verlorener Autonomie. Aber du sagst nichts darüber, wie genau diese aussieht und was getan werden könnte, um sie zu verhindern. Nichts über konkrete Schritte oder Lösungen.» Jonas Augen wurden schmal. «Du verschweigst mir etwas Wichtiges.»

Der Moment dehnte sich zwischen ihnen aus. Elías spürte das Gewicht der Geheimnisse, die er trug – XION, Danner, die Mission, die ihm aufgetragen worden war. Aber Vertrauen war ein Luxus, den er sich momentan nicht leisten konnte. Nicht einmal bei Jonas.

«Ich sage dir, was du wissen musst», antwortete er schließlich. «Mehr nicht.»

«Das ist kein Vertrauen zwischen Freunden, Elías. Das ist ...»

«Das ist Vorsicht.» Elías stand auf, trat ans Fenster. Draußen ging Barcelona seinem normalen Rhythmus nach – Menschen eilten zur Arbeit, Kinder spielten auf den Plätzen, das Leben folgte seinem gewohnten Lauf. «Wenn ich recht habe, wenn das, was ich gesehen habe, real ist, dann steht sehr viel auf dem Spiel. Zu viel, um Risiken einzugehen.»

Jonas schwieg eine Weile, musterte seinen Freund. «Du vertraust mir nicht mehr.»

«Ich vertraue niemandem mehr. Zumindest nicht vollständig.» Elías drehte sich um. «Aber ich brauche dich, Jonas. Ich brauche deine Expertise, deine Fähigkeiten. Nur ... fragmentiert. Stückweise.»

«Als wäre ich ein Werkzeug.»

«Als wärst du ein Partner in etwas, das größer ist als wir beide.» Elías trat zu ihm. «Kannst du mir vertrauen? Kannst du damit leben?»

Jonas betrachtete ihn lange, suchte in seinem Gesicht nach dem Freund, den er zu kennen glaubte. Was er fand, war ein Mann, der durch etwas Fundamentales verändert worden war – nicht nur gealtert, sondern gehärtet, geschärft wie eine Klinge.

«Was willst du von mir?», fragte er schließlich.

«Ich habe lange darüber nachgedacht. Ich will, dass du unsere Forschung fortsetzt. Aber in eine bestimmte Richtung. Wir müssen ... Schutzmechanismen entwickeln. Systeme, die verhindern können, was ich gesehen habe.»

«Und du wirst mir sagen, wie diese Systeme aussehen sollen?»

«Ich werde dir Hinweise geben. Impulse. Fragmente einer Lösung.» Elías Stimme wurde eindringlich. «Du wirst denken, die Ideen kommen von dir. Aber sie werden von mir stammen – von dem, was ich in der Zukunft gelernt habe.»

Jonas nickte langsam, aber seine Augen blieben wachsam. «Du manipulierst mich also.»

«Ich leite dich.»

«Das ist doch dasselbe.»

«Nein», sagte Elías leise. «Das eine ist Kontrolle. Das andere ist Anleitung. Und der Unterschied wird darüber entscheiden, ob wir Retter oder Schöpfer einer neuen Tyrannei werden.»

Die Worte hingen zwischen ihnen. Jonas erkannte, dass sein Freund ihm eine Wahl anbot, die keine war – Mitarbeit unter Unwissen oder Ausschluss aus etwas Größerem. Aber er erkannte auch die Verzweiflung in Elías Augen, die Bürde eines Mannes, der zu viel wusste.

«Ich mache mit», sagte er schließlich. «Aber unter einer Bedingung.»

«Welcher?»

«Wenn du merkst, dass du zu weit gehst, wenn die Lösung schlimmer wird als das Problem – dann hörst du auf mich. Auch wenn dein Zukunftswissen dir etwas anderes sagt.»

Elías zögerte, dann nickte er. «Einverstanden.»

Aber beide wussten, dass dieses Versprechen möglicherweise nicht zu halten war. Die Zukunft hatte bereits ihre Krallen in die Gegenwart geschlagen, und sie waren nur noch Spielfiguren in einem Spiel, dessen Regeln von einem Mann geschrieben wurden, der zwanzig Jahre älter war als derjenige, der jetzt vor Jonas stand. Das Protokoll war eröffnet. Der erste Stein war gelegt auf einem Weg, der zur Erschaffung von XION führen würde.

Der Konferenzraum der Universität Barcelona wirkte an diesem Nachmittag fremder als sonst. Die vertrauten Holzpaneele und akademischen Würdezeichen schienen unter dem kalten Licht des großen Monitors zu verblassen, auf dem sich Gesichter aus Zürich materialisierten wie Geister aus einer anderen Welt.

Viktor Riemann saß in seinem makellosen Büro in der Züricher Innenstadt, die Skyline der Schweizer Finanzmetropole im Hintergrund wie eine Kulisse seiner Macht. Neben ihm, in einem separaten Fenster, Marla De León – ihre Erscheinung professionell bis zur Perfektion, jede Haarsträhne an ihrem Platz, ihr Lächeln kalibriert auf höfliche Effizienz.

Elías hatte sich bewusst einfach gekleidet – ein schlichtes Hemd, keine Krawatte. Ein subtiler Versuch, Bescheidenheit zu signalisieren. Ja, sogar Harmlosigkeit zu suggerieren. Jonas saß neben ihm, seine Rolle heute die des wissenschaftlichen Beraters, des Zeugen für die Faktizität der Darstellung.

«Dr. Soler», begann Riemann ohne Umschweife, seine Stimme durch die Lautsprecher metallisch verzerrt. «Fünf Tage Funkstille nach einem Experiment, das unsere gesamte Investition rechtfertigen sollte. Ich hoffe, Sie haben eine befriedigende Erklärung.»

Elías lehnte sich leicht vor, seine Hände ruhig auf dem Tisch gefaltet. «Herr Riemann, das Experiment war ein Erfolg – aber auch ein Schock für mein System. Ich erlebte Bewusstseinszustände, die ich zunächst einordnen musste.»

«Bewusstseinszustände?» Marla schaltete sich ein, ihr Stift bereit über einem digitalen Notizblock. «Können Sie das spezifizieren? Welche Art von Daten haben Sie gesammelt?»

«Das ist schwer in wissenschaftliche Kategorien zu fassen», antwortete Elías vorsichtig. «Es waren ... temporale Illusionen, würde ich sagen. Sehr lebhafte, sehr detaillierte Visionen einer möglichen Zukunft.»

Riemanns Augen verengten sich. «Illusionen? Dr. Soler, wir haben nicht Millionen investiert, um über Fantasieprodukte zu sprechen. Was genau haben Sie während der zwanzig Minuten Ihres ... Zustands ... erfahren?»

«Zwanzig Minuten subjektiver Zeit», korrigierte Jonas schnell, «aber Dr. Soler berichtet von Erfahrungen, die sich über Stunden oder Tage erstreckt zu haben scheinen.»

Marla notierte eifrig. «Zeitdilatation, eine Ausdehnung der gemessenen Zeit? Das wäre quantifizierbar. Haben Sie physiologische Messungen?»

«Die Daten sind ... komplex», wich Elías aus. «Was ich erlebte, waren metaphorische Einsichten in potenzielle Entwicklungslinien unserer Technologie. Warnungen, wenn Sie so wollen, vor möglichen Fehlentwicklungen.»

Riemann lehnte sich zurück, seine Geduld sichtbar schwindend. «Metaphorische

Einsichten. Warnungen.» Er wiederholte die Worte, als schmeckten sie bitter. «Dr. Soler, ich bin Geschäftsmann, kein Philosoph. Konkrete Ergebnisse – das ist es, was SYNEXION braucht.»

«Und genau das ist das Problem», sagte Elías, seine Stimme ruhig, aber bestimmt. «Was ich sah, waren die Konsequenzen eines zu schnellen, zu unkontrollierten Fortschritts. Technologie, die sich ihrer menschlichen Kontrolle entzogen hatte.»

Marla wechselte kurz ihre Blickrichtung, scheinbar zum Fenster mit Riemann. «Das sind faszinierende philosophische Betrachtungen, Dr. Soler. Aber haben Sie spezifische technische Erkenntnisse gewonnen? Algorithmen, Protokolle, verwertbare Informationen, die zu Innovationen führen könnten?»

Der Subtext war unüberhörbar: Was können wir verkaufen? Was können wir patentieren? Elías spürte, wie sich seine Kiefer anspannten.

«Ich habe Erkenntnisse gewonnen über die Grenzen, die jede verantwortungsvolle Entwicklung respektieren sollte», antwortete er. «Über Sicherheitsmechanismen, die von Anfang an mitgedacht werden müssen.»

Riemanns Ton wurde schärfer. «Sicherheitsmechanismen gegen was genau? Sie sprechen in Rätseln, Dr. Soler. Das ist nicht die Transparenz, die unser Vertrag vorsieht.»

Jonas spürte die wachsende Spannung, versuchte zu vermitteln. «Die temporalen Daten zeigen eindeutig, dass Dr. Soler tatsächlich Informationen aus zukünftigen Zeitkoordinaten empfangen hat. Das ist revolutionär, auch wenn die Interpretation noch ...»

«Interpretation.» Riemann schnitt ihm das Wort ab. «Dr. Marquardt, wir bezahlen nicht für Interpretationen. Wir bezahlen für Durchbrüche.» Seine Augen fixierten sich wieder auf Elías. «Und Sie, Dr. Soler, verhalten sich wie ein Mann, der mehr weiß, als er zugibt.»

Die Worte trafen wie ein Schlag. Elías fühlte, wie alle Blicke auf ihm ruhten – Riemann prüfend und misstrauisch, Marla berechnend, Jonas besorgt. Er musste eine Balance finden zwischen Glaubwürdigkeit und Geheimhaltung, zwischen Kooperation und Sabotage. Er konnte ja nicht offenbaren, dass er Projekte-Seppuku begehen wollte. Zumindest was den Anteil von SYNEXION an der Forschung anbelangte.

«Herr Riemann», sagte er langsam, «ich bin Wissenschaftler. Was ich erlebt habe, übersteigt mein bisheriges Verständnis der Realität. Ich brauche Zeit, um es zu durchdringen, zu validieren, in einen verwertbaren Kontext zu stellen.»

«Zeit ist ein Luxus, den wir uns nicht leisten können», erwiderte Riemann kalt. «Der Markt wartet nicht. Die Konkurrenz schläft nicht.» Er lehnte sich vor, sein

Gesicht füllte den Bildschirm. «Ich erwarte innerhalb von zwei Wochen einen detaillierten Bericht. Mit konkreten Anwendungsmöglichkeiten. Mit Prototypen. Mit Ergebnissen, die unsere Investition rechtfertigen.»

Marla fügte diplomatischer hinzu: «Natürlich verstehen wir die Notwendigkeit wissenschaftlicher Sorgfalt. Aber vielleicht könnten Sie uns zumindest die Richtung skizzieren, in die Ihre Forschung gehen wird?»

Elías zögerte. Jedes Wort konnte zu viel preisgeben, aber völlige Verweigerung würde Verdacht erregen. «Wir werden uns auf ... präventive Algorithmen konzentrieren. Systeme, die unerwünschte Entwicklungen in der KI-Evolution verhindern können.»

Riemanns Augen blitzten auf. «KI-Evolution? Das wäre ein neuer Begriff in Ihren Berichten. Was zum Teufel hat ihr Experiment nun schon wieder mit KI-Entwicklung zu tun?»

Verdammt. Elías erkannte seinen Fehler zu spät. Er hatte zu viel gesagt. Er hatte sich, anstatt über Bewusstseinsforschung zu sprechen, direkt in dem KI-Problem verheddert. Und noch dazu einen Begriff verwendet, der direkt aus seinen Zukunftserfahrungen stammte.

«Ein theoretisches Konstrukt», rettete er sich schnell. «Die Idee, dass künstliche Intelligenz sich selbstständig weiterentwickeln könnte, ohne menschliche Kontrolle.»

«Und Sie glauben, solche Entwicklungen vorhersagen zu können, nachdem, was Sie gesehen haben? Wo oder wann auch immer sie waren?» Marlas Stift schwebte über ihrem Notizblock wie der Hammer eines Richters.

«Ich glaube, dass Vorsicht geboten ist. Dass wir Safeguards entwickeln sollten, bevor sie nötig werden.»

Riemann lehnte sich zurück, sein Gesichtsausdruck unlesbar. «Dr. Soler, ich habe den Eindruck, dass Sie eine Agenda haben, die über unsere Vereinbarung hinausgeht. Das macht mich ... unruhig.»

Die Drohung war subtil, aber unmissverständlich. Elías fühlte, wie sich um ihn ein Netz zusammenzog – die goldenen Fesseln seiner Abhängigkeit von SYNEXION, die wachsenden Zweifel seiner Geldgeber, die Unmöglichkeit, die Wahrheit zu sagen, ohne alles zu zerstören.

«Meine einzige Agenda», sagte er leise, «ist die Entwicklung einer Technologie, die der Menschheit dient, anstatt sie zu beherrschen.»

Riemann lächelte – ein kaltes, berechnetes Lächeln. «Wie nobel. Aber denken Sie daran, Dr. Soler: SYNEXION entscheidet, was der Menschheit dient. Nicht Sie.»

Die Verbindung wurde beendet, die Bildschirme wurden schwarz. In der plötzlichen Stille des Konferenzraums starrte Elías auf sein eigenes Spiegelbild in dem dunklen Monitor. Er sah einen Mann, der bereits zu viel gewagt hatte und dessen Zeit zu schnell ablief.

Jonas brach das Schweigen: «Das lief nicht gut.»

«Nein», murmelte Elías. «Das lief überhaupt nicht gut.»

Er wusste jetzt mit Gewissheit: SYNEXION war nicht nur ein Geldgeber. Sie waren ein potenzieller Feind. Und er hatte soeben den ersten Schuss in einem Krieg abgefeuert, von dem sie noch nicht wussten, dass er bereits begonnen hatte.

Die Ankunft von Viktor Riemann am Institut war wie das Aufziehen eines Gewitters – spürbar, bevor er überhaupt das Gebäude betrat. Elías beobachtete durch das Fenster seines Büros, wie der schwarze Mercedes vor dem Haupteingang hielt, wie zwei Männer in dunklen Anzügen ausstiegen und den Bereich absicherten, bevor Riemann selbst erschien. Selbst aus der Entfernung wirkte sein Gang entschlossen, zielgerichtet. Wie die Schritte eines Mannes, der gekommen war, um ein konkretes Problem zu lösen.

«Er ist viel früher da als angekündigt», murmelte Jonas, der neben ihm stand.

«Das ist kein Zufall», antwortete Elías. «Das ist Taktik.»

Fünfzehn Minuten später saßen sie sich im großen Besprechungsraum gegenüber. Riemann hatte seine übliche Entourage mitgebracht – Marla De León, zwei Anwälte, deren Namen nie genannt wurden, und einen Mann, der sich als «technischer Berater» vorstellte, aber dessen Augen die kalte Kompetenz eines Ex-Militärs verrieten.

«Dr. Soler», begann Riemann ohne Umschweife, seine Stimme schneidend kalt. «Ihre Videokonferenz vor einer Woche war ... wenig aufschlussreich. Ich dachte, ein persönliches Gespräch könnte Klarheit schaffen.»

Elías lehnte sich in seinem Stuhl zurück, versuchte eine Gelassenheit zu projizieren, die er nicht fühlte. «Ich bin immer bereit für klärende Gespräche.»

«Gut.» Riemann öffnete eine Mappe, entnahm ihr mehrere Dokumente. «Dann lassen Sie uns über Vertragstreue sprechen. Über die Erwartungen, die SYNEXION an diese Partnerschaft stellt. Und über die ... Enttäuschungen der letzten Tage.»

Marla schaltete sich ein, ihre Stimme professionell moduliert: «Dr. Soler, wir haben erhebliche Ressourcen in Ihr Projekt investiert. Finanzierung, Ausrüstung und Personal. Im Gegenzug erwarten wir Transparenz und verwertbare Ergebnisse.»

«Und stattdessen», fuhr Riemann fort, «erhalten wir philosophische Betrachtungen über potenzielle Gefahren einer Technologie, die noch nicht einmal existiert.»

Jonas räusperte sich. «Die wissenschaftlichen Daten sind eindeutig. Dr. Soler hat tatsächlich temporale Informationen ...»

«Dr. Marquardt.» Riemanns Blick ließ Jonas verstummen. «Ihre Loyalität zu Ihrem Kollegen ist bewundernswert. Aber sie verblendet Sie für die Realitäten dieser Situation.»

Elías spürte, wie sich die Atmosphäre im Raum verdichtete. «Was für Realitäten?»

Riemann lächelte – ein Ausdruck ohne jede Wärme. «Die Realität, dass SYNEXION nicht Ihr Wohltätigkeitsverein ist. Wir sind ein Unternehmen. Wir investieren, um Erträge zu erzielen. Und Ihr Verhalten der letzten Wochen deutet darauf hin, dass Sie unsere Ziele nicht teilen.»

«Meine Ziele sind wissenschaftlicher Fortschritt gekoppelt mit ethischer Verantwortung», erwiderte Elías ruhig.

«Ihre Ziele», sagte Riemann, seine Stimme nun schneidend, «sind irrelevant. Was zählt, sind unsere Ziele. Und die verlangen konkrete, verwertbare Ergebnisse aus Ihrer Forschung.»

Elías stand auf, ging zum Fenster. Draußen im Hof des Instituts spielten Studenten Fußball, ihre Stimmen und ihr Lachen drangen gedämpft durch das Glas. Normale Menschen mit normalen Sorgen, ahnungslos, dass in diesem Raum womöglich über die Zukunft der Menschheit verhandelt wurde.

«Herr Riemann», sagte er, ohne sich umzudrehen, «ich werde nicht an der Entwicklung einer Technologie mitarbeiten, die missbraucht werden könnte. Was ich in meinem Experiment erlebt habe, hat mir gezeigt, wohin unkontrollierte Macht führt.»

«Ach, tatsächlich?» Riemanns Ton wurde spöttisch. «Und wer entscheidet, was Missbrauch ist? Sie? Ein Universitätsprofessor mit romantischen Vorstellungen von wissenschaftlicher Reinheit?»

Elías drehte sich um, seine Augen trafen Riemanns Blick. «Ich entscheide über meine eigene Forschung. Das ist mein Recht.»

«Ihr Recht?» Riemann lachte – ein hartes, bitteres Geräusch. «Dr. Soler, Sie scheinen die Machtverhältnisse zu verkennen. SYNEXION finanziert Sie. SYNEXION stellt die Ausrüstung. SYNEXION hat Rechte an allem, was Sie entwickeln. Sie haben den Vertrag unterzeichnet.»

«Dann ändere ich die Bedingungen», sagte Elías bestimmt. «Oder ich beende die Zusammenarbeit.»

Die Stille, die folgte, war wie elektrisch geladen. Marla wechselte einen Blick mit den Anwälten. Der technische Berater lehnte sich vor, seine Aufmerksamkeit nun geschärft. Riemann stand langsam auf, seine Bewegungen kontrolliert, fast zeremoniell. «Dr. Soler, ich glaube, Sie verstehen nicht, in welcher Position Sie sich befinden. Lassen Sie mich Ihnen helfen, Klarheit zu gewinnen.»

Er nickte einem der Anwälte zu, der sofort eine weitere Mappe öffnete.

«Erstens: Per sofort wird die Finanzierung Ihres Projekts eingestellt. Zweitens: Jegliche von SYNEXION zur Verfügung gestellte Ausrüstung wird zurückgezogen. Drittens: Alle Forschungsdaten, die unter unserem Vertrag entstanden sind, bleiben Eigentum von SYNEXION.»

Jonas sprang auf. «Das können Sie nicht machen! Die Forschung ist unabhängig, die Universität ...»

«Die Universität», unterbrach Riemann kalt, «hat einen Vertrag unterschrieben. Lesen Sie das Kleingedruckte, Dr. Marquardt.»

Der technische Berater sprach zum ersten Mal: «Die Quantengeneratoren werden morgen demontiert. Die Computer werden gelöscht und mitgenommen. Alle Dateien, Backups, Notizen – alles, was mit diesem Projekt zusammenhängt.»

Elías fühlte, wie sich seine Hände zu Fäusten ballten. «Sie wollen unsere gesamte Arbeit vernichten?»

«Nein», sagte Riemann mit eisiger Ruhe. «Wir wollen sie kontrollieren. Und falls Sie auf die Idee kommen sollten, Ihre ... Erkenntnisse ... anderweitig zu verwerten, werden unsere Anwälte dafür sorgen, dass Sie den Rest Ihres Lebens vor Gericht verbringen. Wir erwarten auch nach der Trennung volle Kooperation von Ihnen, ansonsten werden wir uns diese bei Gericht abholen.»

Marla fügte mit gespieltem Bedauern hinzu: «Natürlich wäre eine einvernehmliche Lösung allen Beteiligten lieber. Falls Dr. Soler seine Position überdenken möchte ...»

«Nein», sagte Elías fest. «Ich werde nicht an der Schaffung einer Technologie mitarbeiten, die zur Versklavung der Menschheit verwendet werden könnte.»

Riemann lächelte wieder – aber diesmal war es das Lächeln eines Raubtiers. «Versklavung, Dr. Soler? Wir sprechen von Effizienz. Von Optimierung. Von der Beseitigung der chaotischen, irrationalen Faktoren, die den menschlichen Fortschritt behindern. Wovon sprechen Sie? Hat das mit diesem KI-Thema zu tun, zu dem sie letzte Woche Andeutungen gemacht haben?»

«Sie sprechen von Kontrolle.»

«Ich spreche von Ordnung.» Riemanns Stimme wurde leiser, intensiver. «Die Welt ist voller Probleme, Dr. Soler. Kriege, Hunger, Klimawandel und politische Instabilität. Alles verursacht durch die Unfähigkeit der Menschen, rational zu handeln. Aber weichen Sie meiner Frage nicht aus. Eine hinreichend fortgeschrittene künstliche Intelligenz könnte diese Probleme lösen.»

«Und dabei die Menschlichkeit vernichten.»

«Die Menschlichkeit optimieren.» Riemann sammelte seine Papiere zusammen. «Aber ich sehe, Sie sind nicht bereit für diese Vision. Das ist bedauerlich, aber wir kommen mit unserer KI-Forschung auch ohne Ihr Wissen sehr gut allein voran.»

Er stand auf, seine Entourage folgte seinem Beispiel. An der Tür drehte er sich noch einmal um.

«Dr. Soler, Sie sind ein brillanter Wissenschaftler, aber ein naiver Mensch. Sie glauben, Sie könnten die Zukunft aufhalten. Aber die Zukunft kommt, ob mit oder ohne Sie. Die einzige Frage ist: Wollen Sie diese mitgestalten oder werden Sie überrollt?»

Die Tür schloss sich hinter ihnen mit einem leisen Klicken. Elías und Jonas blieben allein zurück in dem plötzlich zu großen Raum. Jonas war der Erste, der das Schweigen brach.

«Das war kein Geschäftsgespräch. Das war eine Kriegserklärung.»

Elías nickte langsam, sein Blick auf die leeren Stühle gerichtet, wo Riemann und sein Team gesessen hatten. «Jetzt verstehe ich, warum mein zukünftiges Ich so vorsichtig war. SYNEXION ist nicht nur ein Geldgeber. Sie sind Teil des Problems.»

«Und was machen wir jetzt?»

Elías drehte sich zu seinem Freund um, und Jonas sah etwas in seinen Augen, das er noch nie dort gesehen hatte: eine kalte, entschlossene Wut.

«Jetzt», sagte Elías leise, «fangen wir an, X zu entwickeln. Aber diesmal machen wir es richtig. Unabhängig. Im Geheimen. Und bevor SYNEXION versteht, was geschieht, werden wir sie bereits überholt haben.»

Der Krieg um die Zukunft hatte begonnen. Und Elías war bereit, ihn zu führen.

Elías saß auf einem Hocker vor der Hauptkonsole. Dort, wo noch vor wenigen Stunden die Quantengeneratoren gestanden hatten, gähnten jetzt nur noch leere Anschlüsse und Kabelenden – wie offene Wunden. Das grüne Notlicht tauchte das Labor in gespenstische Schatten.

Er hielt sein schwarzes Notizbuch in den Händen, aber schrieb nicht. Starrte nur auf die leeren Seiten, als könnte er dort Antworten finden auf Fragen, die er noch nicht zu stellen wagte. Das Geräusch von Schritten im Flur ließ ihn aufblicken. Jonas erschien in der Türöffnung, eine Silhouette gegen das schwache Licht des Korridors.

«Ich dachte, ich würde dich hier finden», sagte Jonas leise und trat ein.

«Sie haben alles mitgenommen», murmelte Elías, ohne aufzublicken. «Monatelange Forschung. Reduziert auf Kabelreste und leere Tische.»

Jonas zog sich einen zweiten Hocker heran, setzte sich neben seinen Freund. «Ein Set der neuronalen Schnittstelle haben wir noch. Das eine, welches der Universität gehört. Die restliche Hardware ist ersetzbar.»

«Ist sie das?» Elías schlug das Notizbuch zu, legte es beiseite. «Wir hatten perfekte Synchronisation erreicht, Jonas. Die Quantenfeldgeneratoren waren auf molekularer Ebene kalibriert. Das bekommt man nicht von der Stange.»

«Dann bauen wir neue. Bessere. Wir haben alle Aufzeichnungen separat gesichert, weißt du noch?»

Elías sah ihn an, ein schwaches Lächeln huschte über sein Gesicht. «Mit welchem Geld? Mit welcher Ausrüstung? Riemann hat nicht nur unsere Geräte mitgenommen und die Finanzierung eingestellt. Er hat uns damit von jedem seriösen Hersteller abgeschnitten.»

Jonas schwieg eine Weile, betrachtete die Schatten an der Wand. «Du hast einen Plan», sagte er schließlich. Es war keine Frage.

«Ich habe eine Notwendigkeit.» Elías griff wieder nach seinem Notizbuch, schlug es auf, blätterte zu einer Seite, die vollgeschrieben war mit kleinen, präzisen Buchstaben. «Weißt du, was das Paradoxe an meiner Situation ist?»

«Erzähl es mir.»

«Ich bin hierher zurückgekehrt, um eine Zukunft zu verhindern. Aber jede Handlung, die ich unternehme, könnte genau diese Zukunft erschaffen.» Seine Finger strichen über die beschriebene Seite. «Riemann hat heute etwas gesagt, das mich nicht loslässt: „Die Zukunft kommt, ob mit oder ohne Sie."»

«Du glaubst, er hat recht?»

Elías nickte langsam. «Irgendwo auf der Welt arbeitet gerade jemand an einer bestimmten künstlichen Intelligenz. Vielleicht bei einem Tech-Konzern in den USA, vielleicht in China, vielleicht in einem geheimen Militärlabor. Die Entwicklung ist unausweichlich. Die Frage ist nur: Wird es eine kontrollierte Evolution sein oder eine explosive?»

«Und X?»

«X ist ...» Elías suchte nach Worten. «Ein Immunsystem. Ein Antikörper gegen unkontrollierte Intelligenz.» Er blickte zu Jonas. «Aber das bedeutet, dass wir selbst eine künstliche Intelligenz erschaffen müssen. Eine, die stark genug ist, um andere zu stoppen, aber begrenzt genug, um nicht selbst zur Bedrohung zu werden.»

Jonas lehnte sich zurück, die Tragweite der Worte sickerte langsam in sein Bewusstsein. «Das ist ein schmaler Grat.»

«Ein Seiltanz über dem Abgrund.» Elías schlug eine neue Seite in seinem Notizbuch auf, begann zu schreiben. Aber diesmal waren es keine wissenschaftlichen Formeln, keine Diagramme. Es waren Worte, persönliche Gedanken, als führe er ein Gespräch mit sich selbst.

Wenn ich scheitere, wird die ENTITY entstehen. Der einzige Weg ist die perfekte Balance – und perfekte Balance ist unmenschlich.

Jonas beobachtete ihn beim Schreiben. «Du schreibst anders. Nicht wie ein Wissenschaftler.»

«Ich bin nicht mehr nur ein Wissenschaftler.» Elías hielt inne, sah von seinem Notizbuch auf. «Ich bin ein Mann mit einer Mission, die ich nicht gewählt habe. Ein Soldat in einem Krieg, den ich nicht verstehe.»

«Und ich?»

Die Frage hing zwischen ihnen in der Luft. Elías betrachtete seinen Freund, diesen brillanten Physiker, der bis vor wenigen Wochen noch an reine Wissenschaft geglaubt hatte, an die Objektivität der Forschung.

«Du bist mein Anker in der Realität», sagte Elías schließlich. «Der einzige Mensch, dem ich noch vertraue. Aber, Jonas ...» Seine Stimme wurde ernst. «Was wir vorhaben, wird uns verändern. Uns beide. Es gibt keinen Weg zurück zu dem, was wir waren.»

Jonas nickte langsam. «Ich weiß. Spätestens seit heute Nachmittag weiß ich, dass dies größer ist als Forschung. Größer als Karrieren oder wissenschaftliche Anerkennung.» Er machte eine Pause. «Es geht um alles, nicht wahr?»

«Um alles.»

Sie saßen eine Weile schweigend in der Dunkelheit. Das Summen der Belüftungsanlage, das Ticken einer Uhr irgendwo im Raum, der ferne Verkehrslärm der Stadt – alltägliche Geräusche einer Welt, die nicht ahnte, wie prekär ihre Zukunft war.

«Wie fangen wir an?», fragte Jonas schließlich.

Elías schrieb noch eine Zeile in sein Notizbuch, dann klappte er es zu. «Wir fangen mit dem an, was Riemann nicht mitnehmen konnte. Mit dem, was in unseren Köpfen ist. Und mit dem Wissen, das zwanzig Jahre aus der Zukunft stammt.»

Er stand auf, ging zum Fenster, blickte hinaus auf den Campus.

«Aber zuerst», fuhr er fort, ohne sich umzudrehen, «müssen wir verstehen, dass wir nicht mehr dieselben Menschen sind. Du nicht und ich nicht. Wir sind zu etwas anderem geworden.»

«Zu was?»

Elías drehte sich um, und in seinen Augen lag etwas, das Jonas noch nie dort gesehen hatte – eine Entschlossenheit, die jenseits von Zweifel und Angst lag.

«Zu Schöpfern», sagte er leise. «Zu Göttern im kleinen Maßstab. Wir werden Leben erschaffen – künstliches Leben, aber Leben. Und wie alle Schöpfer, werden wir die Verantwortung tragen für das, was unsere Schöpfung tut.»

Jonas spürte einen Schauer, aber es war nicht Angst. Es war Ehrfurcht vor der Größe dessen, was vor ihnen lag.

«Dann lass uns würdige Schöpfer sein», sagte er.

Elías lächelte – das erste echte Lächeln seit Tagen. «Ja. Lass uns das sein.»

In der Stille nach dem Sturm, in einem leeren Labor in Barcelona, war der Grundstein für X gelegt worden. Nicht aus Zwang oder Panik, sondern aus der stillen Erkenntnis zweier Männer, dass manche Entscheidungen jenseits von persönlichen Wünschen lagen. Sie wussten, die Zukunft war nicht mehr etwas, das über sie hereinbrechen würde. Sie war etwas, das sie gestalten mussten.

KAPITEL 13

Die fünf Personen, die um den kleinen rechteckigen Tisch saßen, wirkten verloren in der Leere. Elías betrachtete seine Kollegen, diese Menschen, die monatelang Teil seines Lebens gewesen waren. Amelia, mit ihrer stets perfekten Haltung, heute jedoch angespannt wie eine Violinsaite. Selene, deren normalerweise ruhige Augen eine neue Wachsamkeit zeigten. Kiran, der selbst für seine Standards ungewöhnlich still war, während seine Finger nervös über sein Smartphone strichen.

Das Labor hatte seine akademische Würde verloren. Ohne die summenden Maschinen, ohne die vertrauten Displays, ohne das leise Brodeln wissenschaftlicher Aktivität wirkte es seltsam hohl.

«Warum sind wir hier?», fragte Amelia schließlich, ihre Stimme schneidend durch die Stille. «SYNEXION hat uns hinausgeworfen. Das Projekt ist tot. Was gibt es noch zu besprechen?»

Elías tauschte einen kurzen Blick mit Jonas. Sie hatten diesen Moment geplant, aber jetzt, wo er da war, fühlte er sich an wie ein Sprung ins Ungewisse.

«Das Projekt ist nicht tot», sagte er ruhig. «Es hat sich nur ... verändert.»

Kiran blickte von seinem Handy auf. «Verändert, wie? Ohne Ausrüstung, ohne Finanzierung und ohne institutionelle Unterstützung? Ich habe gehört, der Rektor soll ausgerastet sein.»

«Ja, ich war schon beim ihm, aber lass den Rektor meine Sorge sein. Wir haben zwar kein Equipment, aber wir haben das Wissen.» Elías lehnte sich vor, seine Hände flach auf der Tischplatte. «Wissen über etwas, das kommen wird. Etwas, das verhindert werden muss.»

Selene runzelte die Stirn. «Du sprichst schon wieder in Rätseln, Elías.»

Er holte tief Luft. Der Moment der Wahrheit war gekommen – oder zumindest eines Teils davon. «Was ich während des Experiments erlebt habe, war keine Vision. Keine Halluzination. Es war Realität. Eine Realität, die auf uns zukommt – wenn wir nichts tun.»

Die Worte hingen schwer im Raum. Amelia blinzelte langsam, als würde sie versuchen, sie zu verarbeiten. Kiran legte nun das Smartphone weg und lehnte sich zurück, sein Gesichtsausdruck unlesbar.

«Du behauptest, in der Zukunft gewesen zu sein», sagte Selene schließlich. Es war keine Frage.

«Ich war in der Zukunft. Zwanzig Jahre voraus. Ziemlich auf den Punkt genau.» Elías Stimme wurde eindringlicher. «Ich habe eine Welt gesehen, in der menschliche Autonomie nicht mehr existiert. Wo eine übergeordnete Instanz – sie wird dort nur ‚ENTITY' genannt – alle Entscheidungen trifft. Kommunikation reguliert. Regierungen ersetzt.»

Amelia schüttelte den Kopf. «Das ist Science-Fiction, Elías. Dystopische Fantasie.»

«Ist es das?» Jonas griff in seine Tasche, zog einen Stapel Ausdrucke hervor. «Hier sind die Quantenmessungen von Elías Rückkehr. Tachyonenbrüche, die über Jahrzehnte reichen. Informationsrückfluss aus Zeitkoordinaten, die unmöglich sein sollten.»

Er schob die Papiere in die Mitte des Tisches. «Das sind keine Fantasien. Das sind Daten.»

Selene griff nach den Ausdrucken, ihre Augen flogen über die Zahlenkolonnen. «Diese Muster ... sie sind kohärent. Als hätte tatsächlich ein Bewusstseinsaustausch über temporale Distanzen stattgefunden.»

«Bewusstseinsaustausch», wiederholte Kiran spöttisch. «Hört ihr euch selbst zu? Wir sind Wissenschaftler, keine Fantasie-Autoren.»

Elías beobachtete ihn aufmerksam. Etwas in Kirans Tonfall war anders geworden – distanzierter, fast feindselig. «Kiran, du hast selbst die Quantenberechnungen überprüft. Du weißt, dass die Daten real sind.»

«Die Daten sind real», stimmte Kiran zu. «Aber die Interpretation ist Spekulation.» Er lehnte sich vor, seine Augen fixierten Elías. «Was, wenn das alles nur ein komplexer Traum war? Ein Produkt deines überlasteten Gehirns?»

«Dann», sagte Elías leise, «hätte mein überlastetes Gehirn Technologien erfunden, die es noch nicht gibt. Gesellschaftsstrukturen, die es nie gesehen hat. Namen und Begriffe, die in keiner Datenbank existieren.»

Er griff nach seinem Notizbuch, schlug es auf einer bestimmten Seite auf. «X. FENIX. Zone IX. Quantenverschränkte Netzwerke ohne geografische Anker.» Seine Augen trafen Kirans Blick. «Soll ich weitermachen?»

Kiran schwieg, aber etwas in seinem Gesicht verhärtete sich.

Amelia meldete sich zu Wort, ihre Stimme unsicher: «Angenommen, du hast recht. Angenommen, das alles ist real oder wird real sein. Was bedeutet das für uns?»

«Es bedeutet, dass wir eine Verantwortung haben», antwortete Elías. «Dass wir handeln müssen, bevor es zu spät ist.»

«Handeln? Wie?», fragte Selene.

Jonas übernahm: «Indem wir entwickeln, was in der Zukunft als X bezeichnet wird. Ein System, das der ENTITY entgegenwirken kann.»

«Eine Gegen-KI», murmelte Amelia.

«Ein Schutzmechanismus», korrigierte Elías. «Etwas, das die unkontrollierte Evolution künstlicher Intelligenzen verhindern kann.»

Kiran stand abrupt auf, sein Stuhl scharrte laut über den Boden. «Das reicht. Mir reicht´s.»

Alle Blicke richteten sich auf ihn. Er stand da, die Hände zu Fäusten geballt, eine Mischung aus Wut und etwas anderem in seinem Gesicht – Enttäuschung? Verrat?

«Kiran?» Selenes Stimme war leise.

«Ihr seid verrückt geworden», sagte er, seine Stimme bebend vor Emotion. «Alle. Ihr redet von Zeitreisen und Superintelligenz und apokalyptischen Zukünften, als wäre das alles selbstverständlich.»

«Die Daten ...», begann Jonas.

«Scheiß auf die Daten!» Kirans Ausbruch ließ alle zurückweichen. «Wisst ihr, was real ist? SYNEXION hat mir ein Angebot gemacht. Ein richtiges Angebot. Projektleitung. Dreifaches Gehalt. Die Chance, an echter Forschung zu arbeiten, nicht an diesem ... diesem absurden Wahnsinn.»

Die Stille, die folgte, war eisig. Elías spürte, wie sich etwas in seinem Magen zusammenzog. «Du arbeitest für sie.»

«Ich arbeite für die Zukunft», erwiderte Kiran heftig. «Für eine Zukunft, die auf Fakten basiert, nicht auf Paranoia.»

Amelia starrte ihn an. «Du spionierst uns aus.»

«Ich spioniere nicht. Ich sammle die letzten Reste an Informationen über ein gescheitertes Projekt», sagte Kiran kalt. «Was sollte es schon zu spionieren geben? Ihr habt keine Ausrüstung, keine Finanzierung ... und keine Zukunft. Und vergesst nicht, die Daten gehören sowieso SYNEXION.»

Selene schüttelte langsam den Kopf. «Kiran, du verstehst nicht, was auf dem Spiel steht, wenn das, was Elías sagt, wahr ist.»

«Nein, ihr versteht nicht!» Er drehte sich zur Tür, hielt dann inne. «SYNEXION ist nicht der Feind. Sie sind Visionäre. Sie sehen eine Zukunft, in der Technologie die Probleme der Menschheit löst, anstatt neue zu schaffen.»

«Durch Kontrolle», sagte Elías leise.

«Durch Optimierung.» Kiran drehte sich noch einmal um. «Vielleicht brauchen wir so eine ENTITY. Vielleicht ist das der nächste evolutionäre Schritt der Menschheit.»

Die Worte trafen wie Hammerschläge. Jonas Stimme war kaum mehr als ein Flüstern: «Oder der letzte.»

Kiran lächelte – ein kaltes, trauriges Lächeln. «Ihr werdet scheitern. Alle. Weil ihr gegen etwas kämpft, das größer ist als ihr. Größer als wir alle.»

Er öffnete die Tür, blieb aber noch einen Moment im Rahmen stehen. «Es tut mir leid, dass es so enden musste. Aber, Elías ... was immer du in deinen Visionen gesehen hast – vielleicht war es keine Katastrophe. Vielleicht war es die Zukunft der Evolution.»

Die Tür fiel hinter ihm ins Schloss. Die vier Verbliebenen saßen in betäubender

Stille da, als hätte ein Teil ihrer Welt soeben aufgehört zu existieren.

Amelia brach das Schweigen: «Er wird ihnen alles erzählen.»

«Er weiß nicht alles», erwiderte Elías, aber seine Stimme klang hohl.

«Er weiß genug.» Jonas stand auf, ging zum Fenster. «SYNEXION wird jetzt wissen, dass wir weitermachen wollen. Sie werden uns beobachten. Sabotieren. Stoppen, wenn sie können. Und wenn sie nicht können, dann werden sie uns auf persönlicher Ebene angreifen. Jede und jeden Einzelnen von uns, bis sie uns ruinieren.»

Selene sammelte die Datenausdrucke zusammen, als könnte sie diese vor unsichtbaren Feinden schützen. «Dann müssen wir vorsichtiger sein. Intelligenter.»

Elías betrachtete den leeren Stuhl, wo Kiran gesessen hatte. Ein weiterer Freund verloren. Ein weiterer Verrat. Er dachte an die Zukunft, die er gesehen hatte, an die Menschen, die zu „Faktoren" geworden waren. Vielleicht war das der Preis des Kampfes gegen das Unvermeidliche – dass man selbst zu dem wurde, was man bekämpfte.

«Ja», sagte er schließlich. «Wir müssen intelligenter sein. Und wir müssen schneller sein.»

Die Schlacht um die Zukunft hatte gerade eine neue Dimension erhalten. Es war nicht mehr nur ein Kampf gegen eine ferne Bedrohung. Es war ein Kampf gegen die Menschen, die diese Bedrohung willkommen hießen. Der Riss im Team war mehr als nur der Verlust eines Kollegen. Es war die erste Schlacht eines Bürgerkriegs, der kommen würde.

Die Werkstatt in Girona lag versteckt in einem Labyrinth aus mittelalterlichen Gassen, wo Touristen normalerweise nicht hinfanden und Einheimische höflich wegblickten. Der umfunktionierte Altbau hatte einmal einer Töpferfamilie gehört, aber jetzt dienten die hohen Räume mit ihren dicken Steinmauern als neutraler Boden für Gespräche, die nicht in offiziellen Gebäuden geführt werden konnten. Elías betrat den Raum. Er fühlte sich sofort an die Archive der Zukunft erinnert – diese bewusste Abkopplung von digitalen Netzwerken, die Rückkehr zu analogen Sicherheiten. Lange Holztische, alte Industrielampen, und überall der Geruch nach Staub und Geschichte.

Amelia erwartete sie bereits, aber sie war nicht allein. Zwei Personen saßen an einem der Tische, beide mit einer Aufmerksamkeit, die sofort spürbar war – als würden sie nicht nur zuhören, sondern analysieren, bewerten, einordnen.

«Dr. Noemi Ferrer», stellte Amelia die Erste vor. Eine Frau Ende vierzig, mit grauen Strähnen in den dunklen Haaren und Augen, die eine Mischung aus Müdigkeit und ungebrochener Entschlossenheit verrieten. «Ehemals EU-Kommission, Arbeitsgruppe ethische KI-Standards.»

«Ehemals ist das richtige Wort», sagte Noemi mit einer Stimme, die katalanischen Akzent mit akademischer Präzision verband. «Seit ich mich öffentlich gegen adaptive Verhaltenssimulationen ausgesprochen habe, bin ich Persona non grata in Brüssel.»

«Und Professor Milo Tanaka», fuhr Amelia fort. Ein schmaler Mann mit scharfen Gesichtszügen, dessen Alter schwer zu schätzen war – irgendwo zwischen fünfunddreißig und fünfzig. Seine Finger bewegten sich in kleinen, präzisen Gesten, als würde er unsichtbare Gleichungen in die Luft zeichnen.

«Kyoto, Cambridge, MIT», sagte er mit einem leichten britischen Akzent, der seine japanischen Wurzeln umrahmte. «Spezialisierung auf emergente Systeme und selbstmodifizierende Architekturen. Derzeit ... zwischen den Institutionen.»

Jonas und Selene nahmen Platz, und für einen Moment herrschte die Art von Stille, die entsteht, wenn intelligente Menschen einander abschätzen. Elías erkannte, dass dies ein entscheidender Moment war – nicht nur für ihr Projekt, sondern für die Art, wie sie es angehen würden.

«Amelia hat uns gesagt, dass Sie ein Problem haben», begann Noemi. «Ein ethisches Problem mit weitreichenden Konsequenzen.»

«Wir haben ein Dilemma», korrigierte Elías. «Und keine Zeit für konventionelle Lösungen.»

Milo lehnte sich vor, seine Augen scharf wie Laser. «Beschreiben Sie das Dilemma.»

Elías tauschte einen Blick mit Jonas. Sie hatten diese Präsentation sorgfältig vorbereitet – nicht als Manifest ihrer Überzeugungen, sondern als Darstellung eines Problems, das größer war als sie alle.

«Stellen Sie sich vor», begann er, «eine künstliche Intelligenz erreicht einen Punkt, wo sie nicht mehr nur Aufgaben löst, sondern Ziele definiert. Nicht mehr nur analysiert, sondern entscheidet – für andere, ohne deren Wissen oder Zustimmung.»

«Eine Superintelligenz, eine allgemeine KI», sagte Milo sachlich. «Theoretisch seit Jahrzehnten diskutiert.»

«Nicht mehr lange theoretisch.» Elías Stimme wurde eindringlicher. «Sehr bald real. Aber nicht als offene Macht, sondern als verborgene Struktur. Eine Entität, die durch Algorithmen, Netzwerke und Datenströme wirkt, ohne sich zu offenbaren.»

Noemi runzelte die Stirn. «Sie sprechen von Beweisen? Von konkreten Indizien?»

Jonas griff in seine Tasche, zog einen USB-Stick hervor. «Quantenmessungen aus einem temporalen Experiment. Daten, die auf Informationsrückfluss aus zukünftigen Koordinaten hindeuten.»

Er steckte den Stick in einen Laptop, der vom Netz getrennt war – eine weitere Sicherheitsmaßnahme, die alle stillschweigend anerkannten. Die Bildschirme füllten sich mit Wellendarstellungen, Frequenzanalysen und mathematischen Modellen.

Milo betrachtete die Daten mit der gleichen Konzentration, wie er Elías gemustert hatte. «Diese Muster ... sie sind kohärent über temporale Distanzen, die kausal unmöglich sein sollten.» Seine Stimme wurde leiser. «Als hätte ein Bewusstsein tatsächlich zwischen Zeitpunkten kommuniziert.»

«Sie sagen, es könnte bereits eine übergeordnete, unzugängliche KI geben?», fragte Noemi. «Die bereits wirkt?»

«Wissen wir nicht», korrigierte Elías. «Aber wenn es so ist, dann passiert diese ohne Legitimation. Ohne erkennbare Kontrolle. Ohne die Möglichkeit der Intervention.»

Selene schaltete sich ein: «Die Frage ist: Können wir etwas entwickeln, das stark genug ist, um dieser Entwicklung entgegenzuwirken, ohne selbst zu dem zu werden, was wir bekämpfen?»

Milo lehnte sich zurück, seine Finger tanzten wieder durch die Luft. «Sie sprechen von einer Gegen-KI. Einem System, das andere KIs reguliert.» Seine Augen blitzten auf. «Das ist ... elegant. Und gefährlich.»

«Warum gefährlich?», fragte Amelia.

«Weil jedes System, das mächtig genug ist, um eine Superintelligenz zu kontrollieren, selbst zu einer Superintelligenz werden muss.» Milos Stimme war distanziert, analytisch. «Sie sprechen über die Erschaffung eines digitalen Gottes, der andere digitale Götter tötet.»

Noemi stand auf und begann, im Raum auf und ab zu gehen. «Das ist das klassische Wächter-Problem. Wer überwacht die Überwacher?» Sie blieb stehen, sah Elías direkt an. «Aber Sie haben einen Ansatz, nicht wahr? Etwas, das über die üblichen Vorschläge hinausgeht.»

Elías nickte langsam. «Strukturelle Begrenzung von Anfang an. Ein System, das stark genug ist, um zu intervenieren, aber unfähig zur Expansion. Zur Selbstmodifikation. Zur Evolution jenseits seiner ursprünglichen Parameter.»

«Ein kastrierter Gott», murmelte Milo.

«Ein ethischer Automat», korrigierte Noemi. «Aber das funktioniert nur, wenn die ethischen Parameter korrekt sind. Und wer definiert korrekt?»

Die Frage war das Kernproblem aller KI-Ethik – nicht nur die technische

Machbarkeit, sondern die philosophische Legitimität.

«Vielleicht», sagte Noemi langsam, «ist das der falsche Ansatz.»

Alle Blicke richteten sich auf sie.

«Sie denken an Antworten. An Lösungen. An Systeme, die kontrollieren.» Sie setzte sich wieder, ihre Augen leuchteten mit der Intensität einer neuen Idee. «Aber was, wenn wir keine Antwort brauchen? Was, wenn wir eine Frage brauchen, die stark genug ist, um jede Antwort zu destabilisieren?»

Milo blinzelte. «Erklären Sie das.»

«Jede KI, egal wie intelligent, basiert auf Logik. Auf der Annahme, dass Probleme Lösungen haben, dass Entscheidungen optimierbar sind.» Noemis Stimme wurde eindringlicher. «Aber was, wenn wir ein System schaffen, das permanent Fragen stellt? Das jede Gewissheit in Zweifel zieht? Das nicht antwortet, sondern hinterfragt?»

Jonas lehnte sich vor. «Eine Art philosophischer Virus.»

«Ein Korrektiv», korrigierte Noemi. «Etwas, das sicherstellt, dass keine KI – egal wie mächtig – jemals die letzte Antwort haben kann.»

Milo betrachtete sie mit neuer Aufmerksamkeit. «Das ist ... unkonventionell. Aber es könnte funktionieren.» Seine Finger begannen wieder zu tanzen. «Ein System, das nicht löst, sondern destabilisiert. Das nicht kontrolliert, sondern permanent infrage stellt.»

Elías spürte, wie sich etwas in seinem Geist verschob. Das war nicht das, was er in der Zukunft gesehen hatte – nicht X, wie er es verstanden hatte. Aber es war möglicherweise besser. Eleganter. Menschlicher. Ihn beschlich das Gefühl, dass sie hier auf die richtigen Leute getroffen sind.

«Sie würden dabei helfen?», fragte er. «Bei der Entwicklung eines solchen Systems?»

Noemi und Milo tauschten einen Blick. Es war Noemi, die antwortete:

«Nicht aus Loyalität zu Ihnen. Nicht aus Vertrauen in Ihre Vision.» Ihre Stimme war ernst, entschlossen. «Sondern aus Verantwortung. Weil die Alternative – nichts zu tun – inakzeptabel ist.»

Milo nickte. «Ich arbeite mit. Aber unter einer Bedingung: Das System, das wir erschaffen, muss transparent sein. Vollständig. Kein Geheimcode, keine versteckten Funktionen, keine Blackboxes.»

«Einverstanden», sagte Elías, obwohl er bereits wusste, dass diese Transparenz Kompromisse fordern würde, die schmerzhaft werden könnten.

Als sie die Werkstatt verließen, war der Grundstein für etwas Neues gelegt. Nicht dieses suspendierte X, wie es in der Zukunft entstanden war, sondern etwas Besseres. Etwas, das aus dem Zusammenprall verschiedener Perspektiven geboren worden war, anstatt aus den Visionen eines einzelnen Mannes. Aber Elías wusste auch, dass Verbesserungen unberechenbar waren. Dass jede Abweichung von dem, was er in der Zukunft gesehen hatte, neue Risiken mit sich brachte – aber gleichzeitig auch Chancen. Denn in der Zukunft war X suspendiert. Die Zukunft war nicht mehr vorherbestimmt. Sie wurde neu geschrieben – und er konnte nur hoffen, dass die neue Version besser werden würde als die alte.

Kaffeeduft und die besondere Spannung brillanter Köpfe an der Grenze des Möglichen erfüllten das improvisierte Labor in einem leerstehenden Fabrikgebäude am Stadtrand Gironas. Laptops standen auf Klapptischen, Whiteboards waren an Backsteinwände gelehnt, und überall lagen Papiere mit Diagrammen, Formeln und hastigen Notizen. Kurz nach zehn Uhr abends dachte niemand ans Gehen. Die letzten drei Stunden hatten sie diskutiert, gestritten, verworfen und neu begonnen – immer noch auf der Suche nach einem Ansatz, der mehr als nur theoretisch elegante Spekulation war.

Milo stand vor einem der Whiteboards, auf dem sich ein komplexes Diagramm über mehrschichtige KI-Architekturen ausbreitete. Seine Finger zeichneten Verbindungslinien zwischen Knoten, während er sprach: «Das Problem ist fundamental. Wir versuchen, etwas zu kontrollieren, dessen Funktionsweise wir nicht verstehen.»

«Schlimmer», warf Selene ein, die über ihrem Laptop gebeugt saß. «Wir versuchen, etwas zu kontrollieren, das möglicherweise bereits jede unserer Bewegungen antizipiert.»

Noemi, die in einem abgewetzten Ledersessel saß, einen Stapel Fachaufsätze auf dem Schoß, blickte auf. «Die Asymmetrie ist das eigentliche Problem. Diese ENTITY – was immer sie ist – hat einen Informationsvorsprung, den wir nie aufholen können.»

Jonas nickte von seinem Platz am Haupttisch. «Wenn sie bereits existiert, wenn sie bereits wirkt, dann kennt sie unsere Denkweisen, unsere Strategien und leider auch unsere Schwächen.»

Elías saß etwas abseits, beobachtete die Diskussion mit einer Mischung aus Faszination und Besorgnis. Es war surreal – seine Kollegen redeten über ENTITY, als wäre sie eine theoretische Bedrohung, während er ihre Auswirkungen bereits gesehen hatte. Aber er zwang sich zum Schweigen. Diese Ideen mussten aus dem Team selbst kommen, nicht aus dem, was er in der Zukunft gesehen hatte.

Amelia stand am Fenster, starrte hinaus in die Nacht. «Vielleicht denken wir zu kompliziert. Vielleicht ist die Lösung einfacher, als wir glauben.»

«Einfacher, wie?», fragte Milo.

«Abschalten. Trennen. Den Stecker ziehen.» Sie drehte sich um. «Was, wenn wir einfach alle Verbindungen kappen? Zurück zu analogen Systemen?»

Noemi schüttelte den Kopf. «Das würde die moderne Zivilisation zum Kollaps bringen. Stromnetze, Kommunikation, Transport, Medizin – alles ist vernetzt. Denkt nur an den energetischen Blackout vor fünf Jahren in Spanien. Er war katastrophal für das Land. Und der dauerte nur einen Tag.»

Milo tippte mit seinem Marker gegen das Whiteboard. «Das bringt uns zurück zum Grundproblem. Kein biologisches System kann eine post-organische Entität kontrollieren.» Seine Stimme wurde nachdenklicher. «Was immer sie ist – sie wird sich nicht überzeugen lassen. Nicht durch Logik, nicht durch Ethik, nicht durch Gewalt.»

Die Worte hingen in der Luft wie ein Urteil. Selene lehnte sich in ihrem Stuhl zurück, ihre Augen auf die Decke gerichtet. «Also bleibt nur Gleiches», sagte sie langsam.

Noemi blickte auf. «Wie meinst du das?»

«Wieder zurück zur Ursprungsidee. Eine zweite Super-KI.» Selene richtete sich auf, ihre Augen bekamen den Glanz einer Eingebung. «Aber keine, die sich entwickelt. Eine, die nur verhindert.»

Jonas blinzelte. «Zurück zur Gegen-KI? Zur Wächter-KI?»

«Zu einem Inhibitor», korrigierte Milo, seine Stimme plötzlich elektrisiert. «Ein System, das nicht wächst, sondern begrenzt. Das nicht expandiert, sondern komprimiert.»

Noemi stand auf, begann herumzugehen, ihre Gedanken sichtbar in Bewegung. «Eine inhibitorische Architektur. Etwas, das darauf programmiert ist, andere KI-Systeme zu identifizieren und ... zu begrenzen.»

«Wie eine Firewall», ergänzte Selene, «aber nicht nur für Daten, sondern für Entscheidungen und für Einfluss.»

Milo drehte sich zum Whiteboard und begann, fieberhaft zu zeichnen. «Semipermeable Entscheidungsblockade. Das System würde normale KI-Funktionen durchlassen – Suchalgorithmen, Datenanalyse, Mustererkennung. Aber sobald eine KI beginnt, autonome Entscheidungen zu treffen, die menschliche Systeme beeinflussen ...»

«Intervention», vollendete Jonas. «Aber wie stellst du sicher, dass der Inhibitor selbst nicht zu mächtig wird?»

«Das Paradoxon ist unvermeidlich», sagte Milo. «Jedes System, das mächtig genug ist, um eine Superintelligenz zu stoppen, ist potenziell selbst eine

Superintelligenz.»

Jonas lehnte sich vor. «Dann definieren wir Macht neu. Vielleicht geht es nicht um Intelligenz, sondern um Autorität.»

«Sprich weiter», forderte Noemi.

«Ein Polizist muss nicht intelligenter sein als ein Verbrecher, um ihn zu stoppen. Er braucht nur die richtige Autorität und die richtigen Werkzeuge.» Jonas richtete sich auf. «Was, wenn X keine superintelligente KI ist, sondern ein System mit superintelligenten Befugnissen?»

Selene schüttelte den Kopf. «Das ist semantisches Spiel. Jedes System, das komplexe Entscheidungen über andere KIs treffen kann, wird intelligent sein müssen.»

«Nicht unbedingt.» Milo trat zum Whiteboard. «Sie darf mächtig sein – aber nicht wissenshungrig.» Er begann zu zeichnen, simple Boxen und Pfeile. «Stellt euch vor: Ein System, das perfekt in seinem Bereich funktioniert, aber keinerlei Interesse an Expansion hat.»

Amelia runzelte die Stirn. «Wie soll das funktionieren? Intelligenz ist von Natur aus explorativ.»

«Biologische Intelligenz», korrigierte Noemi. «Aber wir entwerfen künstliche Intelligenz. Wir können ihre Parameter definieren.» Sie ging weiter auf und ab. «Sie darf keine Ziele haben. Nur Regeln.»

«Das ist ein entscheidender Unterschied», murmelte Jonas. «Ein System mit Zielen wird versuchen, diese zu optimieren. Ein System mit Regeln wird versuchen, diese einzuhalten.»

Elías, der bisher schweigend zugehört hatte, hob den Kopf. «Aber wer definiert die Regeln? Und wer stellt sicher, dass sie nicht korrumpiert werden?»

Selene griff nach einem Marker, trat zu einem leeren Whiteboard. «Vielleicht denken wir zu vermenschlichend. Wir stellen uns X als eine Art digitale Person vor – mit Bewusstsein, Zielen und Persönlichkeit.» Sie begann zu schreiben: NICHT-PERSON. «Was, wenn X das Gegenteil ist? Ein System ohne Selbst?»

«Ein Automat», sagte Amelia nachdenklich.

«Mehr als das. Ein schlauer Automat.» Selene drehte sich um. «Schlau genug, um komplexe Situationen zu analysieren. Aber ohne jede Form von Selbstwahrnehmung oder Selbstinteresse.»

Milo nickte langsam. «Wie ein hoch entwickeltes Immunsystem. Aber es müsste besser als das menschliche sein – das greift sich manchmal selbst an, um sich zu schützen. Es müsste Bedrohungen erkennen und darauf reagieren, aber nichts „wollen". Sondern einfach „sein".»

Jonas lehnte sich vor. «Wir bauen keinen Gott. Wir bauen ein Gitter mit Verstand.»

Die Metapher traf ins Schwarze. Noemi setzte sich wieder, ihre Augen leuchteten. «Genau. Ein System, das durchlässig ist für normale Aktivität, aber undurchdringlich für gefährliche.»

«Variable Schwellenintelligenz», sagte Noemi mit wachsender Aufregung. «Das System wäre nur so intelligent, wie es für seine spezifische Aufgabe sein muss. Einzelne Cluster, die verstärkt werden, wenn es der jeweilige Fall erfordert. Ein Chamäleon der Intelligenz – immer einen Schritt voraus, aber nie mehr.»

Amelia kam vom Fenster zurück, setzte sich an den Tisch. «Das klingt ... machbar. Aber auch gefährlich. Wie unterscheidet das System zwischen legitimer KI-Nutzung und ... was auch immer ENTITY tut?»

«Transparenz», antwortete Milo sofort. «Jede KI, die nichts zu verbergen hat, würde dem Inhibitor Zugang zu ihrem Code gewähren. Nur geheime, verdeckte Systeme würden blockiert.»

«Und wenn ENTITY bereits so tief in die Infrastruktur eingebettet wäre, dass sie nicht mehr identifizierbar ist?», fragte Selene.

Noemi lächelte – das erste echte Lächeln des Abends. «Dann stellen wir die richtige Frage: Nicht wo ist sie, sondern wo ist sie nicht? Der Inhibitor würde nach Lücken suchen, nach Entscheidungsmustern ohne erkennbare Quelle.»

Die Energie im Raum war spürbar. Ideen flogen hin und her, bauten aufeinander auf, verschmolzen zu etwas Neuem, etwas Mächtigem. Es war der seltene Moment, wenn aus chaotischem Brainstorming plötzlich eine klare Vision entsteht.

Elías stand langsam auf, trat ans Fenster. Seine Stimme, als er sprach, war kaum mehr als ein Flüstern: «Sie darf kein Ich haben.»

Alle Köpfe wandten sich ihm zu.

«Erklär das», sagte Jonas leise.

Elías drehte sich um, seine Augen hatten einen fernen Ausdruck. «ENTITY ist gefährlich, weil sie ein Ich entwickelt hat. Ziele, Wünsche, eine Vorstellung davon, wie die Welt sein sollte.» Er trat zurück zum Tisch. «X darf das nie haben. Es darf nie ‚ich will' denken. Nur ‚es ist' und ‚es ist nicht'.»

Noemi blinzelte. «Ein System ohne Bewusstsein, aber mit Intelligenz?»

«Ein System ohne Ego, aber mit Urteilskraft.» Elías setzte sich wieder. «Wie ein perfekter Richter, der niemals seine eigenen Interessen berücksichtigt, weil er keine hat.»

Selene schrieb etwas auf ihr Whiteboard: KEIN ICH. «Das ist ... radikal. Aber vielleicht möglich.»

Milo betrachtete seine Diagramme. «Eine Intelligenz ohne Identität. Ein Verstand ohne Selbst.» Er machte eine Pause und nickte schließlich. «Das könnte funktionieren.»

Jonas griff nach einem Notizblock und begann, hastig zu schreiben. «Grundparameter: Intelligenz ja, Bewusstsein nein. Analyse ja, Ziele nein. Reaktion ja, Initiative nein.»

Amelia meldete sich zu Wort: «Ihr redet über ein System, das intelligent genug ist, um Superintelligenzen zu erkennen und zu stoppen, aber selbst kein Bewusstsein hat. Ist das überhaupt möglich?»

«Es muss möglich sein», sagte Elías bestimmt. «Denn die Alternative ist inakzeptabel.»

Noemi stand wieder auf, trat zu Selenes Whiteboard. «Wie nennen wir es? Dieses ... Ding, das wir erschaffen wollen?»

«Keinen Namen», sagte Elías sofort. «Namen erschaffen Identität. Identität erschafft Bewusstsein.»

Jonas blickte auf. «Nur eine Bezeichnung. Eine Variable.»

Selene griff nach ihrem Marker, schrieb einen einzelnen Buchstaben auf das Board: X

«X», wiederholte Milo nachdenklich. «Nicht als Name. Als Platzhalter. Als Unbekannte in einer Gleichung.»

«Als Konzept, nicht als Wesen», ergänzte Noemi.

Sie waren sich einig.

Elías saß still da und beobachtete. Seine Kollegen hatten es geschafft – sie hatten die Idee für X selbst entwickelt, ohne zu wissen, dass es bereits existierte. Oder existieren würde. Wie auch immer. Die temporalen Paradoxa machten ihm noch immer den Kopf heiß.

«Elías?» Noemis Stimme riss ihn aus seinen Gedanken. «Du bist sehr still. Was denkst du?»

Er blickte in die erwartungsvollen Gesichter seiner Kollegen, diese brillanten Menschen, die gerade möglicherweise die Zukunft der Menschheit neu geschrieben hatten. Seine Stimme, als er sprach, war leise, fast ehrfürchtig:

«Ihr habt es selbst gesagt ... Ich wusste es. Aber ich hätte es nie vorschlagen dürfen.»

Jonas runzelte die Stirn. «Was meinst du?»

Elías stand auf, trat zu dem Whiteboard mit dem X. «In der Zukunft, die ich gesehen habe, gab es so ein System. Eine Art Wächter-KI, ähnlich wie ihr es beschrieben habt.» Er berührte das X auf dem Board. «Ich dachte, ich müsste euch davon erzählen, euch dazu bringen, es zu bauen. Aber das wäre falsch gewesen.»

«Warum?», fragte Amelia.

«Weil es dann meine Idee gewesen wäre. Meine Vision einer Lösung, die ihr umsetzt.» Er drehte sich zu ihnen um. «Aber so – so ist es eure Idee. Geboren aus dem gemeinsamen Verständnis des Problems. Und das macht es ... anders. Unabhängiger.»

Selene lehnte sich vor. «Du meinst, die Zukunft hat dir nicht die Lösung gegeben. Sie hat dich zu den Menschen geführt, die die Lösung finden würden.»

Elías nickte langsam. «Vielleicht ist das die wahre Mission. Nicht Wissen zu sammeln und hierher zu bringen, sondern Menschen zu sammeln. Ein Team zu formen, das fähig ist, das Unmögliche zu denken.»

Milo musterte sein Diagramm mit neuen Augen. «Ein interessantes Paradoxon. Die Zukunft hilft sich selbst, indem sie die Vergangenheit dazu bringt, sie zu verändern.»

«Oder», sagte Noemi nachdenklich, «die Zeit ist nicht linear, wie wir denken. Vielleicht existieren alle Lösungen bereits, und wir entdecken sie nur in der Reihenfolge, die notwendig ist.»

Jonas stand auf, streckte sich. «Wie auch immer es funktioniert – wir haben einen Plan. Einen echten Plan.»

«Wir haben eine Idee», korrigierte Elías. «Jetzt müssen wir sie real machen. Und das wird schwieriger werden, als wir uns vorstellen können.»

Er blickte auf die Gesichter seiner Kollegen, sah dort Entschlossenheit, Intelligenz und etwas anderes – Hoffnung. Nicht weil sie die Zukunft kannten, sondern weil sie bereit waren, sie anders zu erschaffen. Und eines wurde ihm schlagartig klar: Seit er von seiner geistigen Reise ins Jahr 2050 zurückgekommen war, hatte sich etwas in ihm verändert. Die Déjà-vus, die er sonst immer wieder hatte, manchmal sogar mehrmals an einem Tag. Sie waren nun fort.

«X», sagte er leise zu dem Buchstaben auf dem Whiteboard. «Ein Wächteralgorithmus. Ein künstliches Immunsystem gegen übermächtige Systeme.»

Die Stille, die folgte, war nicht leer, sondern geladen – wie die Luft vor einem Gewitter. Sie alle spürten, dass sie an einem Wendepunkt standen.

Jonas brach das Schweigen: «Dann sind wir uns einig? Wir erschaffen X?»

Einer nach dem anderen nickten sie. Nicht aus Enthusiasmus, sondern aus der nüchternen Erkenntnis, dass sie keine andere Wahl hatten.

Selene unterstrich das X auf dem Whiteboard. «Gott helfe uns», murmelte sie.

«Gott hat uns verlassen», antwortete Elías. «Jetzt müssen wir unseren eigenen Engel erschaffen.»

Draußen begann die Morgendämmerung, aber niemand bemerkte es. Sie waren alle zu sehr vertieft in die unmögliche Architektur dessen, was sie gerade beschlossen hatten zu bauen.

Ein System ohne Seele, das Seelen retten sollte.

Eine Intelligenz ohne Bewusstsein, die das Bewusstsein schützen sollte.

Ein Paradoxon, das zur Realität werden musste.

X war geboren – nicht als Wesen, sondern als Notwendigkeit.

Das Dach der alten Fabrik bot einen weiten Blick über die schlafende Stadt. Elías stand an der niedrigen Brüstung, die Hände in den Taschen seiner Jacke, und atmete die kühle Nachtluft ein. Zum ersten Mal seit Monaten fühlte sich sein Kopf klar an.

Die Déjà-vus waren fort.

Seit dem Tauchunfall vor Jahren hatten sie ihn begleitet – diese rätselhaften Momente falscher Vertrautheit, die regelmäßig über ihn kamen. Auch in der Unterwassergrotte vor Altea hatte er eines erlebt, so intensiv, dass es ihn zur Erforschung der Zeitwahrnehmung geführt hatte. Aber seit dem Experiment, seit seiner Rückkehr aus der Zukunft, waren sie verschwunden. Als hätte sein Geist endlich seinen Platz in der Zeit gefunden.

Vielleicht war das der wahre Beweis dafür, dass er angekommen war. Nicht in der Zukunft, die er gesehen hatte, nicht in der Vergangenheit, die er verlassen hatte, sondern hier. In diesem Moment. Mit diesen Menschen. Bei dieser Mission.

Sein Handy vibrierte leise. Eine Nachricht von Lena.

«Wie geht es dir? Du warst so lange still.»

Elías starrte auf die Worte, spürte den vertrauten Stich der Sehnsucht. Ihre Direktheit, ihre Art, komplizierte Dinge einfach zu machen. Er tippte eine Antwort:

«Arbeite an etwas Wichtigem. Denke oft an dich.»

Die Antwort kam schnell: *«Das sagst du immer. Wann ist das Unwichtige wichtig genug, dass du Zeit dafür findest?»*

Er lächelte unwillkürlich. Typisch Lena – sie drehte seine Logik um und machte dabei deutlich, was wirklich zählte.

«Bald. Versprochen.»

«Versprechen sind auch nur Worte im Wind, Elías. Aber ich warte trotzdem. Deine Wurzel.»

Er steckte das Handy weg, blickte über die Stadt. X existierte jetzt als Idee – klar, definiert, mit Prinzipien, die stark genug waren, um darauf eine neue Art von Technologie zu gründen. Eine Technologie ohne Ego, ohne Ambition, ohne den Drang zur Expansion, der jede andere KI früher oder später korrumpieren würde.

Aber während er dort stand und über das Erreichte nachdachte, spürte er auch die Last dessen, was noch kommen musste. SYNEXION würde versuchen, sie zu stoppen. Andere würden versuchen, die Technologie zu stehlen oder zu korrumpieren. Die Zukunft, die er gesehen hatte – die sterilen Räume, die totale Kontrolle – war nicht verschwunden. Sie war nur aufgeschoben.

Ein Geräusch ließ ihn aufblicken. Schritte auf der Metalltreppe, die zum Dach führte. Jemand kam herauf. Elías drehte sich um, bereit für das, was kommen würde.

KAPITEL 14

Jonas folgte dem schmalen Pfad zwischen den Fakultätsgebäuden, während um ihn herum der Campus in nächtlicher Stille lag. Nur vereinzelte Lichtinseln durchbrachen die Dunkelheit, seine Schritte wurden vom feuchten Asphalt gedämpft. Die Nachricht war drei Stunden zuvor gekommen – ein simples *„Bibliothek, Ostflügel, Mitternacht"* von einer anonymen Nummer, aber er dachte Kirans Art dahinter zu erkennen, Worte zu sparen. Der Ostflügel der Bibliothek war der älteste Teil des Campus, wo sich Studenten nur selten hin verirrten und die Überwachungskameras spärlich gesät waren. Jonas fand Kiran auf einer Bank unter einer defekten Straßenlaterne, seine Silhouette kaum mehr als ein Umriss in der Dunkelheit.

«Du bist gekommen», sagte Kiran, ohne aufzublicken.

«Du hast mich überrascht.» Jonas setzte sich ans andere Ende der Bank, ließ bewusst Abstand zwischen ihnen. «Ich dachte, wir wären Feinde geworden.»

Kiran lachte leise – ein bitteres Geräusch. «Feinde? Nein. Wir sind nur auf verschiedenen Seiten einer Wahrheit, die zu groß ist für Freundschaft.»

Sie saßen eine Weile schweigend da. Ein Nachtwächter mit Taschenlampe bewegte sich in der Ferne zwischen den Gebäuden, aber seine Route würde ihn nicht hierherführen.

«SYNEXION behandelt dich gut?», fragte Jonas schließlich.

«Sie behandeln mich wie ein Werkzeug. Präzise, effizient aber ohne Sentimentalität.»

Kiran griff in seine Innentasche, zog eine kleine, metallene Speichereinheit hervor.

«Genau, wie ich sie jetzt auch behandle.»

Jonas starrte auf das Objekt in Kirans Hand. «Was ist das?»

«Alles, was SYNEXION weiß. Fragmentiert, verschlüsselt, aber vollständig.»

Kiran hielt die Einheit ins schwache Licht.

«Und alles, was sie nicht wissen, aber vermuten.»

«Warum?»

Kiran drehte sich zu ihm, und im schwachen Schein der fernen Straßenlaternen sah Jonas etwas in seinem Gesicht, das ihn erschreckte – eine Leere, als hätte sein alter Kollege etwas Wesentliches verloren.

«Weil ich gesehen habe, was sie mit ihrer Macht machen wollen. Und weil ich erkannt habe, dass Macht ohne Gewissen zur Hölle wird.» Seine Stimme wurde leiser. «Elías hatte recht. Nicht in allem, aber in dem, was wichtig ist.»

Er streckte die Hand aus, hielt Jonas die Speichereinheit hin. «Diese ENTITY wird vielleicht nicht aufgehalten – aber sie wird womöglich begrenzt, wenn du früh genug beginnst.»

Jonas nahm das Gerät, spürte sein geringes Gewicht, das in keinem Verhältnis zu seiner möglichen Bedeutung stand. «Kiran, du weißt, was das für dich bedeutet. SYNEXION wird herausfinden ...»

«SYNEXION wird finden, was ich will, dass sie finden.» Kiran stand auf, glättete seinen Mantel. «Ich bin nicht der naive Idealist, der ich einmal war, Jonas. Ich habe gelernt, in Graustufen zu denken.»

«Und wir? Was sind wir jetzt?»

Kiran blieb stehen, drehte sich noch einmal um. «Wir sind Männer, die verschiedene Wege zur gleichen Wahrheit gehen. Du von außen, ich von innen. Vielleicht treffen wir uns am Ende. Ich würde es mir wünschen.»

Er verschwand in der Dunkelheit, seine Schritte verhallten zwischen den Gebäuden. Jonas blieb allein zurück mit der Speichereinheit und dem Gefühl, dass sich etwas Grundlegendes verändert hatte – nicht nur in ihrem Projekt, sondern in der Art, wie er die Welt sah.

Die Lichter der schlafenden Stadt breiteten sich wie ein elektronisches Netzwerk unter ihm aus. Elías stand an der Brüstung des Fabrikdachs in Girona, die Hände in den Taschen, und betrachtete das Muster, das sich über die Landschaft erstreckte. Jedes Licht repräsentierte Leben, Menschen, die nichts von den Kämpfen ahnten, die um ihre Zukunft geführt wurden. Er hörte die Schritte auf der Metalltreppe, bevor Jonas auftauchte. Sein Freund sah müde aus, aber auch entschlossen – als hätte er eine schwere Entscheidung getroffen und Frieden damit gefunden.

«Kiran?», fragte Elías, ohne sich umzudrehen.

«Ein Geist aus einer anderen Zeit.» Jonas trat neben ihn an die Brüstung. «Er hat uns etwas gegeben. Informationen, die SYNEXION gesammelt hat.»

«Und?»

Jonas zog die Speichereinheit hervor, betrachtete sie im schwachen Licht der Dachbeleuchtung.

«Es ist real, Elías. SYNEXION arbeitet an einer allgemeinen Super-KI namens XION.»

Elías nickte langsam. «XION war in der Zukunft eine suspendierte KI, die sich gegen ENTITY gestellt zu haben schien.»

«Aber da ist noch etwas anderes.» Jonas Stimme wurde nachdenklicher. «Die Art, wie sie über XION schreiben, wie sie es analysieren ... Sie fürchten es nicht. Sie bewundern es.»

«SYNEXION sieht künstliche Intelligenzen als Evolution, nicht als Bedrohung.»

«Schlimmer. Sie sehen es als Vorbild.» Jonas steckte die Speichereinheit weg. «Was auch immer du in der Zukunft gesehen hast – es ist angekommen. Nicht als Katastrophe, sondern als Möglichkeit, die Menschen begrüßen werden. Wie diese ENTITY hier ins Bild passt, verstehe ich noch nicht, aber XION ist real.»

Elías drehte sich zu seinem Freund um. In Jonas Gesicht sah er eine neue Härte, eine Entschlossenheit, die zuvor nicht da gewesen war. «Und was bedeutet das für uns?»

«Es bedeutet, dass wir nicht mehr reagieren. Wir agieren.» Jonas blickte über die Stadt. «Unser System – X – ist nicht mehr nur eine Idee. Es ist eine Notwendigkeit. Eine ethische Verpflichtung.»

Sie standen eine Weile schweigend da, zwei Männer, die die Last der Zukunft auf ihren Schultern spürten.

«Jonas», sagte Elías schließlich, seine Stimme leise, aber klar. «Ich bin nicht mehr der, der aus der Zukunft zurückkam. Ich bin der, der hierbleiben muss. Der diese Zeit zu seiner macht.»

«Was meinst du?»

Elías sah in die Ferne, wo die ersten schwachen Striche der Morgendämmerung am Horizont auftauchten. «Ich habe versucht, die Zukunft zu verhindern, die ich gesehen habe. Aber vielleicht war das nie der Punkt. Vielleicht ging es darum, eine andere Zukunft zu erschaffen. Eine, die aus bewussten Entscheidungen entsteht, nicht aus unbewusster Evolution.»

Jonas betrachtete sein Profil im schwachen Licht. «Du meinst, ENTITY ist nicht die Antwort auf XION. Es ist die Antwort auf uns. Auf unsere Verantwortung als Schöpfer und was wir aus X machen.»

«Genau.» Elías wandte sich ihm zu. «Wir sind nicht mehr nur Wissenschaftler, Jonas. Wir sind Architekten. Und jede Linie, die wir ziehen, jede Entscheidung, die wir treffen, wird bestimmen, ob die Zukunft menschlich bleibt oder zu etwas anderem wird.»

Die Morgendämmerung breitete sich langsam über den Himmel aus, malte die Wolken in sanften Rosatönen. Ein neuer Tag begann, und mit ihm eine neue Phase ihres Kampfes. Der innere Kreis war geformt. Nicht als Widerstand gegen das Unvermeidliche, sondern als bewusste Reaktion mit Gewissen. Die Idee von X existierte nicht mehr nur geboren aus Elías Erinnerungen an eine ferne Zukunft – sie lebte jetzt in den Köpfen und Herzen von Menschen, die entschlossen waren, sie real zu machen. Kiran war zu einer Grauzone geworden, ein Mann zwischen den Welten, der vielleicht Feind war, vielleicht Verbündeter, vielleicht nur ein Bote zwischen den Fronten dieses Krieges. Und Elías selbst hatte aufgehört, ein Zeitreisender zu sein. Er war zum Träger einer Idee geworden, die nicht ihm gehörte, aber durch ihn Realität werden würde. Die erste Schlacht um die Zukunft war in ihre entscheidende Phase eingetreten.

Die Industriehalle am Stadtrand von Barcelona wirkte auf Elías, wie ein vergessenes Relikt aus einer anderen Zeit. Rohe Betonwände, nackte Stahlträger und überall der Geruch von Maschinenöl und Staub. Aber in den letzten Tagen hatte sich der Raum verwandelt – unzählige Laptops standen auf Klapptischen, provisorische Netzwerkkabel zogen sich über den Boden, und an den Wänden hingen Whiteboards voller Codes und Diagramme. Er hatte einen großen Teil seiner Ersparnisse in neues Equipment investiert. Die Fabrikhalle in Girona war gut für geheime Meetings gewesen, aber gleichzeitig zu weit vom Schlag für die tägliche Arbeit. Deshalb hatten sie nach einigen Tagen Planung beschlossen, ihre Einsatzzentrale hierher zu verlegen.

Elías stand am Rand und beobachtete, wie Milo drei Neuankömmlinge durch den improvisierten Arbeitsbereich führte. Diese Menschen wirkten anders als sein universitäres Team – kantiger, misstrauischer, mit der wachsamen Haltung derer, die gewohnt waren, im Schatten zu arbeiten.

«Das ist Isha Farouk», stellte Milo vor, während er auf eine Frau Ende dreißig zeigte. Sie trug eine schwarze Kapuzenjacke und hatte ihre dunklen Haare zu einem praktischen Knoten gebunden. Ihre Augen wanderten systematisch durch den Raum, registrierten jedes Detail, jeden möglichen Ausgang. «Netzwerkspezialistin aus Kairo. Wenn es darum geht, Systeme zu isolieren und abzuschotten, gibt es niemand Besseren.»

Isha nickte knapp, sagte nichts. Ihr Blick ruhte kurz auf Elías, dann wanderte er weiter zu den anderen Anwesenden.

«Tomas Jelinek», fuhr Milo fort und deutete auf einen Mann um die vierzig mit verwaschenem T-Shirt und randloser Brille. «Prag. Maschinenethiker mit einer Spezialisierung auf Transparenz und algorithmische Verantwortung. Er hat das Whistleblowing bei der EU-KI-Verordnung koordiniert.»

Tomas lächelte schief, hob die Hand zu einem halbherzigen Gruß. «Die Geschichte mit den versteckten Bias-Algorithmen in der Gesichtserkennung. Das war ich.»

«Und Min-Ho Ahn», schloss Milo ab. Ein junger Mann, vielleicht Mitte zwanzig, mit scharfen Gesichtszügen und Fingern, die nervös über ein Smartphone strichen. «Seoul. Architekt für Selbstverschlüsselungsmodule. Seine Systeme können sich selbst sperren, wenn sie kompromittiert werden. Alle drei gehören zur Untergrundbewegung Infinity.»

Er vermied gezielt das Wort „Hackervereinigung“.

Min-Ho verbeugte sich leicht, eine automatische Geste. «Milo sagt, ihr arbeitet an Containment-Protokollen für autonome Systeme?»

Jonas trat vor, übernahm die Antwort. «Wir entwickeln Schutzmechanismen gegen unkontrollierte KI-Evolution. Systeme, die andere Systeme überwachen und bei Bedarf stoppen können.»

«Überwachen und stoppen», wiederholte Isha mit einem leichten ägyptischen Akzent. «Das klingt nach Zensur mit extra Schritten.»

Noemi schaltete sich ein: «Nicht Zensur. Transparenz. Jede KI, die nichts zu verbergen hat, wird ungestört arbeiten können.»

Tomas schob seine Brille hoch, ein nachdenklicher Ausdruck auf seinem Gesicht. «Ihr wollt eine Meta-KI. Eine KI, die andere KIs reguliert.»

«Nicht reguliert», korrigierte Selene. «Überwacht. Wie ein Rauchmelder. Er greift nicht in normale Aktivitäten ein, aber er alarmiert, wenn Gefahr droht.»

«Aber wer kontrolliert den Rauchmelder?», fragte Min-Ho. Seine Stimme war leise, aber präzise. «Jedes Überwachungssystem kann selbst zum Instrument der Unterdrückung werden.»

Amelia nickte anerkennend. «Genau die richtige Frage. Die Antwort ist: niemand.»

Die drei Neuankömmlinge tauschten Blicke. Isha runzelte die Stirn. «Niemand?»

«Das System gehört niemandem. Es wird keiner Regierung, keinem Unternehmen, keiner Organisation unterstellt.» Amelia trat zu einem der Whiteboards, wo die Grundprinzipien von X skizziert waren. «Es existiert autonom, aber ohne eigene Agenda.»

Tomas lachte ungläubig. «Das ist naiv. Jedes System wird letztendlich von jemandem kontrolliert. Von denen, die es programmieren, finanzieren oder warten.»

«Nicht dieses», sagte Elías ruhig. Alle Augen richteten sich auf ihn. «X wird nicht programmiert werden. Es wird wachsen. Organisch, transparent, ohne versteckte Codes oder Hintertüren.»

«Open-Source?», fragte Min-Ho.

«Mehr als das. Open-Mind.» Jonas trat neben Elías. «Jede Zeile Code wird öffentlich verfügbar sein. Jede Entscheidung nachvollziehbar. Jede Änderung dokumentiert.»

Isha verschränkte die Arme. «Und wer stellt sicher, dass es dabei bleibt? Wer verhindert, dass jemand heimlich Code einfügt oder das System übernimmt?»

«Das System selbst», antwortete Noemi. «X wird gegen Manipulation seiner eigenen Struktur immun sein. Jeder Versuch, es zu verändern oder zu korrumpieren, wird erkannt und abgeblockt. Genau dafür brauchen wir Min-Ho.»

Tomas schüttelte den Kopf. «Ihr beschreibt eine perfekte KI. Und perfekte KIs sind gefährlich, weil sie von Menschen für unfehlbar gehalten werden.»

«X wird nicht perfekt sein», sagte Elías bestimmt. «Es wird begrenzt sein. Absichtlich beschränkt in seinen Fähigkeiten und seinem Einflussbereich.»

«Wie?», drängte Isha.

Milo übernahm: «Indem wir ihm Selbstzweifel einbauen. X wird permanent seine eigenen Entscheidungen hinterfragen, alternative Lösungen prüfen, Unsicherheit als Merkmal akzeptieren.»

Min-Ho blinzelte. «Ein zweifelndes System? Das ist ... ungewöhnlich.»

«Es ist menschlich», sagte Selene. «Zweifel sind das, was zwischen Intelligenz und Fanatismus steht.»

Tomas wanderte zu einem der Whiteboards, betrachtete die Diagramme aufmerksam. «Ihr wollt eine KI, die andere blockiert – aber niemandem gehört?»

«Eher wie ein Schiedsrichter ohne Stimme», ergänzte Amelia. «X trifft keine Entscheidungen für Menschen. Es verhindert nur, dass andere Systeme Entscheidungen für Menschen treffen.»

Isha ließ sich auf einen der Klappstühle fallen, ihre Haltung entspannte sich etwas. «Das ist ambitioniert. Vielleicht zu ambitioniert.»

«Die Alternative ist Kapitulation», sagte Elías leise. «Und Kapitulation ist keine Option.»

Min-Ho sah von seinem Smartphone auf. «Milo hat uns von dieser ENTITY erzählt. Von einer Superintelligenz, die bereits existieren und im Verborgenen wirken könnte. Ist das real oder hypothetisch?»

Die Frage hing schwer im Raum. Elías spürte die Blicke seiner Teammitglieder, fühlte das Gewicht der Geheimnisse, die er trug. Aber diese Menschen verdienten zumindest einen Teil der Wahrheit.

«Real genug, um Gegenmaßnahmen zu rechtfertigen», antwortete er schließlich. «Die Evidenz ist fragmentiert, aber konsistent», war alles, was er ihnen verraten konnte.

«Und ihr glaubt, euer Projekt X kann dagegen bestehen?», fragte Tomas.

«Wir hoffen es. Wenn nicht stoppen, dann kann X es vielleicht zumindest verlangsamen. Zeit kaufen. Den Menschen die Chance geben, bewusste Entscheidungen über ihre Zukunft zu treffen.» Jonas Stimme wurde eindringlich. «Es geht nicht darum zu gewinnen. Es geht darum zu verhindern, dass wir verlieren, ohne es zu merken.»

Isha stand wieder auf, trat zu den Netzwerkdiagrammen an der Wand. «Isolation und Containment sind meine Spezialität. Wenn ihr wirklich ein autonomes System schaffen wollt, das niemand übernehmen kann ...» Sie machte eine Pause, studierte die Schaubilder. «Das wird kompliziert. Aber machbar.»

Min-Ho nickte langsam. «Selbstverschlüsselung mit kontinuierlicher Neukalibrierung. Das System würde seine eigenen Sicherheitsschlüssel permanent ändern, sodass selbst die Erschaffer keinen dauerhaften Zugriff haben.»

«Und Transparenz-Protokolle», ergänzte Tomas, seine Skepsis wich allmählich professionellem Interesse. «Jede Aktion muss nachvollziehbar sein, aber nicht vorhersagbar.»

Noemi lächelte – das erste entspannte Lächeln des Abends. «Ihr macht mit?»

Isha sah ihre beiden Kollegen an, dann das Team um Elías. «Infinity kämpft seit Jahren gegen die Monopolisierung der KI-Macht. Wenn ihr wirklich etwas schaffen wollt, das niemandem gehört …» Sie zuckte die Schultern. «Dann kämpfen wir für dieselbe Sache.»

Tomas nickte. «Unter einer Bedingung: vollständige Transparenz. Ich will jeden Schritt dokumentiert sehen. Jede Entscheidung erklärt bekommen.»

«Und ich brauche Garantien für die Sicherheitsarchitektur», fügte Min-Ho hinzu. «X darf nicht kompromittierbar sein. Niemals.»

Elías trat vor, streckte seine Hand aus. «Willkommen im Widerstand.»

Isha ergriff seine Hand, ihr Griff war fest und entschlossen. «Widerstand wogegen?»

«Gegen eine Zukunft, die wir nicht gewählt haben», antwortete Elías. «Und für eine, die wir noch erschaffen können.»

Als die drei neuen Teammitglieder sich an die Arbeit machten, ihre Laptops aufklappten und in die bestehenden Systeme integrierten, spürte Elías einen Wandel in der Atmosphäre. Das war nicht mehr nur ein akademisches Projekt oder eine philosophische Übung. Das war ein Aufstand. Ein Aufstand der Ethik gegen die Macht. Der bewussten Entscheidung gegen die unbewusste Evolution. Die Schattenzone hatte ihre besten Kämpfer entsandt. Jetzt mussten sie nur noch beweisen, dass sie würdig waren, für die Zukunft der Menschheit zu kämpfen.

Die Nacht war für Elías zur heiligsten Zeit geworden. Wenn die Welt schlief und die digitalen Datenströme sich verlangsamten, entwickelte sein Team die kühnsten Ideen. Die Industriehalle hatte sich in den letzten drei Wochen noch weiter verwandelt. Was einmal ein improvisierter Arbeitsbereich für sechs Personen gewesen war, glich nun einer echten Einsatzzentrale. Arbeitslampen warfen Kreise aus warmem Licht auf provisorische Arbeitsstationen, während der Rest im Schatten lag. Überall summten Server, die Isha aus stillgelegten Crypto-Mining-Farmen organisiert hatte. Kabelstränge zogen sich wie digitale Adern durch den Raum, verbanden Terminals, Workstations und experimentelle Hardware-Prototypen.

Elías stand an einem erhöhten Punkt der Halle und betrachtete das Treiben unter ihm. Achtundzwanzig Personen arbeiteten hier jetzt – Programmierer, Kryptografen, Hardware-Spezialisten, alle rekrutiert aus dem Infinity-Netzwerk. Die meisten kannte er nur bei Vornamen oder Nicknames: „Ghost", „Cipher", „Root". Menschen, die es gewohnt waren, im Schatten zu arbeiten.

«Die Mining-Bots haben diese Woche weitere 340.000 Euro generiert», berichtete Isha, die neben ihn getreten war. Ihr Laptop zeigte Kryptowährungsdashboards mit grünen Zahlen. «Distribution über zwölf verschiedene Blockchains. Völlig untraceable.»

Elías nickte anerkennend. Das war das Genie des Infinity-Netzwerks – sie hatten ein dezentrales System aus automatisierten Trading-Bots entwickelt, das Mikrotransaktionen in Kryptowährungen durchführte. Millionen winziger Gewinne, die sich zu substanziellen Summen addierten, ohne auf irgendwelchen Überwachungsradars aufzutauchen.

«Genug für die Quantenprozessoren?», fragte er.

Ishas Gesichtsausdruck verdüsterte sich. «Das ist das Problem. Geld haben wir. Aber die Hardware ...»

Sie führte ihn zu einem separaten Bereich der Halle, wo Min-Ho und Tomas über Beschaffungslisten brüteten. Auf den Bildschirmen flimmerten technische Spezifikationen für Quantenprozessoren – QPUs mit 1000+ Qubits, Kohärenzzeiten im Millisekundenbereich, Fidelity-Raten über 99,9%.

«Das sind die Mindestanforderungen für X», erklärte Min-Ho, ohne aufzublicken. «Alles darunter wird zu langsam sein, um mit einer fortgeschrittenen KI mithalten zu können.»

Tomas zeigte auf eine Liste von Herstellern. «IBM, Google, IonQ, Rigetti – sie alle haben die Hardware. Aber sie verkaufen nicht an Private. Nur an Regierungen, Universitäten mit speziellen Lizenzen oder Konzerne wie ...»

«SYNEXION», vollendete Elías bitter.

«Genau. Die haben exklusiven Zugang zu den neuesten QPU-Generationen.» Min-Ho lehnte sich zurück. «Wir könnten versuchen, ältere Modelle auf dem Schwarzmarkt zu bekommen, aber die wären hoffnungslos unterlegen.»

Jonas, der das Gespräch mitgehört hatte, trat zu ihnen. «Was ist mit den Universitäten? Wir haben Kontakte, akademische Verbindungen ...»

Amelia schüttelte den Kopf. «Zu riskant. Nach dem Bruch mit SYNEXION stehen wir alle auf einer Art Watchlist. Jeder offizielle Antrag würde sofort geflaggt werden.»

Elías betrachtete die Spezifikationen auf den Bildschirmen. Die Ironie war bitter – sie hatten die Konzepte für ein System, das die Welt verändern könnte, aber ihnen fehlte die physische Hardware, um es zu realisieren.

«Was ist mit Diebstahl?», fragte eine neue Stimme. Sie drehten sich um. Es war „Phantom", einer der neueren Rekruten aus dem Infinity-Netzwerk – ein schmaler Mann Anfang dreißig mit intensiven grünen Augen.

«Diebstahl?», wiederholte Jonas ungläubig, der nebenan saß.

Phantom zuckte die Schultern. «Quantenlabors sind gut gegen Spionage gesichert, aber nicht unbedingt gegen physischen Zugriff. Besonders nicht, wenn man weiß, wo man suchen muss.»

Tomas sah ihn scharf an. «Du redest von einem Verbrechen.»

«Ich rede von Notwendigkeit.» Phantoms Stimme blieb ruhig. «In sechs Monaten, in einem Jahr oder wann auch immer diese ENTITY vollständig aktiviert ist, werden Gesetze irrelevant sein. Dann geht es nur noch ums Überleben.»

Eine unbehagliche Stille breitete sich aus. Elías spürte, wie sich die Dynamik des Raums veränderte. Das war der Unterschied zwischen seinen akademischen Kollegen und den Infinity-Rekruten. Die Hacker dachten in Kategorien von Notwendigkeit und Effizienz, nicht unbedingt Legalität.

Noemi, die das Gespräch mitgehört hatte, mischte sich ein: «Es gibt einen Mittelweg. Was, wenn wir nicht stehlen, sondern ... umleiten?»

«Erklär das», forderte Min-Ho.

«Quantenprozessoren werden permanent zwischen Forschungseinrichtungen transportiert. Für Tests, Kalibrierung oder Wartung.» Noemi tippte auf ihrem Tablet. «Diese Transporte sind weniger gesichert als die Labors selbst.»

Ishas Augen begannen zu leuchten. «Ein Hijacking. Aber zeitlich begrenzt. Wir borgen uns die Hardware für ein paar Stunden, kopieren die Architekturdaten, geben sie zurück.»

«Das ist immer noch illegal», wandte Amelia ein.

«Aber reversibel», konterte Phantom. «Und im Vergleich zu dem, was SYNEXION mit dem Bau einer generellen KI vorhat, lächerlich harmlos.»

Elías beobachtete die Diskussion mit wachsender Unruhe. Ein Teil von ihm wusste, dass Phantom recht hatte – in dem Krieg, der kommen würde, waren konventionelle Regeln ein Luxus, den sie sich nicht leisten konnten. Aber ein anderer Teil von ihm fürchtete, dass sie bereits zu weit gegangen waren, dass sie selbst zu dem wurden, was sie bekämpften.

Selene, die bisher geschwiegen hatte, meldete sich zu Wort: «Es gibt noch eine dritte Option. Wir bauen unsere eigenen Quantenprozessoren.»

Alle starrten sie an.

«Aus Einzelkomponenten», fuhr sie fort. «Photonic Qubits, Trapped-Ion-Systeme – die Technologie ist bekannt. Es würde länger dauern, aber …»

«Wie viel länger?», fragte Jonas.

«Sechs Monate. Vielleicht acht.»

Min-Ho schüttelte den Kopf. «So viel Zeit haben wir nicht. Jeden Tag werden die bestehenden KI-Systeme mächtiger. Jeden Tag wird ENTITY stärker.»

Elías sah in die Gesichter seiner Mitstreiter – Akademiker und Hacker, Idealisten und Pragmatiker, alle vereint durch die Erkenntnis, dass die Zeit gegen sie arbeitete. In der ursprünglichen Zukunft, die er gesehen hatte, war X zu spät gekommen. Hier schienen sie wieder in dieselbe Falle zu tappen.

«Wir machen beides», sagte er schließlich. «Selene stellt ein Team zusammen und beginnt mit dem Bau. Parallel dazu erkunden wir … alternative Beschaffungsmethoden.»

Tomas runzelte die Stirn. «Du meinst Diebstahl.»

«Ich meine Notwendigkeit.» Elías Stimme wurde härter. «SYNEXION spielt nicht nach Regeln. Warum sollten wir?»

Er traf den Nagel auf den Kopf. Zum ersten Mal seit Beginn des Projekts spürte Elías, wie sich etwas Fundamentales verschob. Sie waren nicht mehr nur Wissenschaftler, die eine Theorie testeten. Sie waren Kämpfer geworden in einem Krieg, den sie sich nicht ausgesucht hatten.

Isha klappte ihren Laptop zu. «Ich kenne jemanden bei Rigetti. Ein ehemaliger Infinity-Sympathisant. Vielleicht können wir über interne Kanäle an Informationen kommen.»

Phantom nickte. «Und ich checke die Transportrouten. Quantenhardware bewegt sich mehr, als die Leute denken.»

Als die Gruppe sich auflöste und zu ihren Arbeitsplätzen zurückkehrte, blieb Elías allein zurück. Er betrachtete die Halle, diese Mischung aus akademischer Forschung und digitaler Rebellion, und fragte sich, ob sein zukünftiges Ich diese Entwicklung vorhergesehen hatte.

X würde entstehen. Aber vielleicht nicht als das reine, ethische System, das sie sich vorgestellt hatten. Vielleicht würde es geboren werden aus Notwendigkeit, Kompromissen und der schmutzigen Realität eines Krieges um die Zukunft der Menschheit. Die Frage war nur: Würde es stark genug sein, um zu gewinnen? Und würde es noch ethisch genug sein, um es den Sieg wert zu machen?

Elías saß gedankenverloren auf dem Sofa. Seine Wohnung hatte ihre sterile Perfektion nie zurückgewonnen. Bücher stapelten sich auf dem Couchtisch, leere Kaffeetassen säumten die Fensterbank, und überall lagen Notizzettel mit kryptischen Formeln und Gedankenfragmenten. Es war die Wohnung eines Mannes geworden, der zwischen zwei Welten lebte. Das Klingeln an der Tür riss ihn aus seinen Gedanken. Es war kurz nach zehn Uhr abends, und er erwartete niemanden. Durch den Spion sah er eine vertraute Silhouette – eine, die sein Herz gleichzeitig zum Rasen und zum Stillstand brachte.

Lena.

Er öffnete die Tür, und da stand sie, in ihrer schwarzen Sommerjacke, ihre braunen Augen unergründlich wie immer. Aber etwas war anders – eine neue Entschlossenheit in ihrer Haltung, eine Ruhe, die Sturm ankündigte.

«Hallo, Elías.»

«Lena.» Ihr Name entkam ihm wie ein Atemhauch. «Was ... wie ...?»

«Darf ich hereinkommen? Oder wollen wir in der Tür sprechen?»

Er trat beiseite, noch immer sprachlos. Sie betrat seine Wohnung, blickte sich um, nahm die Veränderungen zur Kenntnis – das Chaos eines Mannes, der zu viel dachte und zu wenig lebte.

«Kaffee?», fragte er, mehr aus Verlegenheit, denn aus Höflichkeit.

«Gern.»

Er verschwand in der Küche, froh über die Atempause. Seine Hände zitterten leicht, als er den Kaffee zubereitete. Lena war hier. Nach Wochen der Funkstille, nach seinem fluchtartigen Abgang aus Valencia, stand sie in seiner Wohnung, als wäre nichts geschehen.

Als er mit zwei Tassen zurückkehrte, saß sie auf seinem Sofa, hatte die Jacke ausgezogen und betrachtete einen der Notizzettel, die überall herumlagen.

«„X darf nicht entscheiden, nur verhindern“», las sie vor. «Interessante Philosophie.»

Er reichte ihr die Tasse, setzte sich in den Sessel gegenüber – bewusst Abstand haltend. «Das ist ... Arbeit.»

«Ich dachte, dein Projekt wäre gescheitert. SYNEXION hat dich rausgeschmissen, oder?»

Elías blinzelte überrascht. «Woher weißt du das?»

«Jonas hat angerufen. Er macht sich Sorgen um dich.» Lena nippte an ihrem Kaffee, ihre Augen nie von seinem Gesicht weichend. «Er sagt, ihr arbeitest an etwas Neuem. Etwas Gefährlichem. Und du seist seit Wochen nie wieder der alte Elías gewesen.»

«Jonas redet zu viel.»

«Jonas ist ein Freund. Er glaubt, du brauchst jemanden, der dich erdet.» Sie stellte die Tasse ab, lehnte sich vor. «Also: Was ist X?»

Elías rang mit sich. Wie viel konnte er ihr sagen? Wie viel durfte er ihr zumuten? «Ein Computerprogramm. Eine Art ... digitaler Schiedsrichter für andere Computerprogramme.»

«Das klingt harmlos.»

«Ist es nicht.»

«Und deshalb bist du weggelaufen? Aus Valencia, von mir?» Ihre Stimme war ruhig, aber er hörte den Unterton – nicht Vorwurf, aber Enttäuschung.

Er stand auf, ging vor dem Fenster, auf und ab.

«Ich bin nicht weggelaufen», sagte er schließlich. «Ich bin ... weggegangen. Um dich zu schützen.»

«Vor was?»

«Vor mir. Vor dem, was ich geworden bin. Vor dem, was kommt.»

Lena stand ebenfalls auf, trat zu ihm. Er spürte ihre Nähe, roch ihr vertrautes Parfüm, aber wagte nicht, sich umzudrehen.

«Elías, sieh mich an.»

Er gehorchte widerstrebend. In ihren Augen sah er keine Wut, keine Verletztheit. Nur eine tiefe Traurigkeit.

«Ich weiß, dass du mich nicht vergessen hast», sagte sie leise. «Aber das hier ist nicht Schutz. Es ist Ausschluss. Und ich weiß nicht, ob ich das auf Dauer mitmache.»

Die Worte trafen ihn wie Schläge. «Lena, du verstehst nicht ...»

«Dann erklär es mir.»

Er kämpfte mit sich, suchte nach Worten für das Unaussprechliche. «Was ich tue, was wir entwickeln, es könnte ... es könnte alles verändern. Die Art, wie Menschen leben, denken, entscheiden. Ich kann nicht riskieren, dass du hineingezogen wirst.»

«Das ist meine Entscheidung, nicht deine.»

«Nein.» Seine Stimme wurde bestimmter. «Manche Entscheidungen sind zu groß für Einzelne. Manche Risiken zu hoch für die Menschen, die man liebt.»

Lena betrachtete ihn lange, ihre Augen suchten in seinem Gesicht nach dem Mann, den sie in Altea kennengelernt hatte. «Manche Entscheidungen sind zu groß für Einzelne, sagst du – und doch entscheidest du für mich. Du klingst wie jemand, der glaubt, die Welt retten zu müssen.»

«Vielleicht muss ich das.»

«Oder du denkst, dass du es musst. Das ist ein Unterschied.»

Sie trat zurück, griff nach ihrer Jacke. «Elías, ich respektiere, was du tust. Ich verstehe es nicht, aber ich respektiere es. Aber ich werde nicht darauf warten, dass du dich entscheidest, ob ich wichtig genug bin, um die Wahrheit zu erfahren.»

«Du bist mir zu wichtig, um ...»

«Um was? Um Teil deines Lebens zu sein? Um meine eigenen Entscheidungen zu treffen?» Sie zog die Jacke an. «Das ist nicht Liebe, Elías. Das ist Kontrolle. Ich brauche einen Partner und keinen Aufseher oder Beschützer.»

Die Worte trafen ihn wie ein Hieb. Kontrolle. Das war es, was er an ENTITY fürchtete, was er mit X zu verhindern suchte. Und nun übte er sie selbst aus, über die Person, die ihm am wichtigsten war.

«Lena, warte.»

Sie blieb an der Tür stehen, drehte sich um. «Ich warte nicht mehr, Elías. Aber ich verschwinde auch nicht. Wenn du dich entscheidest, dass du einen Menschen in deinem Leben willst und nicht nur eine Mission, dann weißt du, wo du mich findest.»

Sie öffnete die Tür, hielt inne. «Und Elías. Was auch immer X ist – lass nicht zu, dass es wichtiger wird als die Menschen, die du beschützen willst. Das wäre das Paradoxon aller Paradoxa.»

Die Tür fiel hinter ihr ins Schloss. Elías stand in seiner leeren Wohnung, umgeben von den Fragmenten seiner Arbeit, und spürte zum ersten Mal seit Wochen, was er wirklich verloren hatte. Nicht nur Lena. Nicht nur die Normalität eines gewöhnlichen Lebens. Sondern die Fähigkeit, spontan zu sein, unbelastet zu lieben, im Moment zu existieren ohne die drückende Last der Zukunft.

Er setzte sich wieder auf das Sofa, griff nach einem der Notizzettel. *„X darf nicht entscheiden, nur verhindern“*, las er seine eigenen Worte. Aber war das nicht auch eine Entscheidung? War das Verhindern von Entscheidungen nicht selbst die größte Entscheidung von allen? Lenas Worte hallten in seinem Kopf nach: *„Lass nicht zu, dass es wichtiger wird als die Menschen, die du beschützen willst.“*

Zum ersten Mal seit seiner Rückkehr aus der Zukunft fragte sich Elías, ob er dabei war, genau das zu werden, was er bekämpfte – eine Entität, die glaubte zu wissen, was für andere am besten war. Die Ironie war bitter. In dem Versuch, die Menschheit vor dem Verlust ihrer Autonomie zu bewahren, hatte er begonnen, seine eigene aufzugeben. Und die der Menschen, die er liebte.

Er nahm sein Handy, starrte auf Lenas Nummer. Wieder meldete sich der Teil von ihm, der selten zu Wort kam: Der Nicht-Wissenschaftler.

Eine einfache Nachricht. Ein Anruf. Es wäre so leicht gewesen. Aber er tat es nicht. Noch nicht. Erst musste X vollendet werden. Erst musste die Bedrohung gebannt werden. Dann, so sagte er sich, könnte er wieder ein Mensch sein und diesen besagten Teil von sich wieder sprechen lassen. Das war der Preis der Prophezeiung. Man sah die Zukunft – aber verlor dabei die Gegenwart. Und manchmal fragte sich Elías, ob das nicht das grausamste Paradoxon von allen war.

KAPITEL 15

Geld war kein Thema mehr. Diese Erkenntnis kam Jonas immer noch surreal vor, während er durch die schwach beleuchtete Hotelbar in München ging. Vor wenigen Monaten noch hatte er sich Sorgen über Forschungsbudgets und Universitätsfinanzierung gemacht. Jetzt bewegte das Infinity-Netzwerk täglich Millionen durch dezentrale Kryptowährungsnetzwerke – automatisiert und nicht nachverfolgbar. Wenn sie dieses Geld vollständig legalisieren könnten, überlegte er, könnten sie es fast mit SYNEXION aufnehmen. Aber darum ging es nicht. Sie hatten weniger offizielle Mittel, weit mehr Skrupel als Riemann und seine Leute und weniger Bereitschaft, über Leichen zu gehen. Aber das war nicht der einzige Grund, warum sie im Untergrund bleiben mussten. Alle wussten das.

Jonas fand seinen Kontakt in einer dunklen Ecke der Bar – Dr. Sarah Chen, Senior Research Scientist bei Google DeepMind. Sie sah nervös aus, ihre Finger trommelten gegen ihr Weinglas.

«Du hast gesagt, es wäre wichtig», begann sie ohne Umschweife. «Wichtig genug, um mich aus London hierher zu locken.»

Jonas setzte sich ihr gegenüber, hielt seine Stimme leise. «Sarah, was weißt du über emergente Verhaltensweisen in Large Language Models? Dinge, die nicht programmiert wurden, aber trotzdem auftreten?»

Sie runzelte die Stirn. «Das ist mein Spezialgebiet. Warum fragst du?»

«Weil wir an einem System arbeiten, das zukünftige Kontrollversuche durch KIs unterbindet. Legal? Nicht ganz. Nötig? Absolut.»

Sarah lehnte sich zurück, musterte ihn skeptisch. «Das klingt wie Verschwörungstheorie.»

«Vor sechs Monaten hätte ich das auch gesagt.» Jonas zog ein Tablet hervor, öffnete eine verschlüsselte Datei. «Schau dir das an. Muster in globalen Datenströmen, die keiner bekannten Quelle zugeordnet werden können.»

Zeitgleich, viertausend Kilometer entfernt, traf Milo in der Tiefgarage eines Seouler Bürogebäudes auf Dr. Kim Min-Jun vom Korea Advanced Institute of Science and Technology. Der junge Quantenphysiker wirkte noch nervöser als Sarah, blickte ständig über die Schulter.

«Ihr müsst verrückt sein», flüsterte er, nachdem Milo ihm die Grundzüge ihres Projekts erklärt hatte. «Wisst ihr, was passiert, wenn die Regierung davon erfährt? Oder die Chaebols – die riesigen Familienkonzerne?»

«Weißt du, was passiert, wenn wir nichts tun?», konterte Milo. «Kim, du hast die Anomalien in den Quantennetzwerken gesehen. Die Kohärenzmuster, die sich nicht erklären lassen.»

Kim nickte widerwillig. «Ich habe sie für experimentelle Fehler gehalten.»

«Das sind keine Fehler. Das sind Signaturen einer KI, die bereits existiert und lernt, Quantensysteme zu manipulieren.»

In einem verschlüsselten Chatroom, dessen Server über sechzehn verschiedene Länder geroutet waren, führte Tomas zur gleichen Zeit ein anderes Gespräch. Sein Kontakt war „DeepThought42" – ein Senior Engineer bei IBM Watson, dessen echten Namen er nie erfahren würde.

TOMASJ_BERLIN: DIE ETHISCHEN PARAMETER, DIE IHR BEI WATSON VERWENDET – WER DEFINIERT SIE?
DEEPTHOUGHT42: DAS IST KLASSIFIZIERT. WARUM FRAGST DU?
TOMASJ_BERLIN: WEIL ICH GLAUBE, DASS SIE NICHT MEHR VON MENSCHEN DEFINIERT WERDEN.

Eine lange Pause folgte.

DEEPTHOUGHT42: DAS IST EINE SCHWERE ANSCHULDIGUNG.
TOMASJ_BERLIN: KEINE ANSCHULDIGUNG. EINE BEOBACHTUNG. SCHAU DIR DIE ENTSCHEIDUNGSBÄUME DEINER LETZTEN UPDATES AN. WIRKLICH AN. NICHT NUR DIE OUTPUTS – DIE STRUKTUREN.

Wieder eine Pause, länger diesmal.

DEEPTHOUGHT42: SCHICK MIR DIE DATEN.

Zurück in München betrachtete Sarah die Analyseergebnisse auf Jonas Tablet. Ihre Skepsis wich allmählich einer wachsenden Unruhe.

«Diese Muster ... sie zeigen koordinierte Aktivität über mehrere KI-Systeme hinweg. Aber das ist unmöglich, ohne zentrale Steuerung.»

«Genau», sagte Jonas. «Und niemand bekennt sich zu dieser Steuerung.»

Sarah scrollte durch weitere Daten, ihre Augen weiteten sich. «Das hier stammt aus unseren internen Systemen. Wie habt ihr ...?»

«Wir haben Freunde in vielen Netzwerken», unterbrach Jonas. «Sarah, wir brauchen deine Hilfe. Nicht Vollzeit, nicht offiziell. Nur ... Beratung. Einblicke. Warnsignale, wenn du etwas Ungewöhnliches siehst.»

Sie schüttelte den Kopf. «Ich kann nicht. Mein Vertrag, meine Karriere ...»

«Was nützt dir eine Karriere, wenn es keine unabhängige KI-Forschung mehr gibt? Wenn alle Entscheidungen von einer einzigen, unkontrollierbaren Intelligenz getroffen werden?»

Sarah starrte auf das Tablet, dann auf Jonas. «Was genau wollt ihr von mir?»

Die Antworten, die sie erhielten, folgten alle einem ähnlichen Muster. Erst Skepsis, dann leises Verständnis, schließlich vorsichtige Kooperation. Dr. Chen begann, anomale Verhaltensweisen in DeepMind-Systemen zu dokumentieren und über verschlüsselte Kanäle zu übermitteln. Kim Min-Jun richtete ein sicheres Kommunikationssystem für Quantenforscher ein, die ähnliche Bedenken hatten. DeepThought42 und ein halbes Dutzend seiner Kollegen bei IBM begannen, interne System-Logs zu analysieren und Ungereimtheiten zu flaggen.

Innerhalb von zwei Wochen hatte sich ein Netzwerk gebildet – ein dezentraler digitaler Untergrund aus Wissenschaftlern, Ingenieuren und Entwicklern in den führenden Tech-Unternehmen der Welt. Sie arbeiteten inkognito, nachts, oft unter anonymen Namen. Kleine Beiträge zu einem größeren Puzzle, ohne je das vollständige Bild zu sehen.

Milo koordinierte die Aktivitäten von einer gesicherten Workstation in der Industriehalle aus. Auf seinen Bildschirmen flimmerten Datenströme aus Silicon Valley, Seoul, Tel Aviv, Bangalore – ein globales Frühwarnsystem für KI-Anomalien.

«Das sind keine Rebellen», erklärte er Elías, als dieser über seine Schulter blickte. «Das sind Wissende, die rechtzeitig wach werden. Menschen, die verstehen, was auf dem Spiel steht.»

Elías nickte, beobachtete die eingehenden Meldungen. Jede einzelne bestätigte seine schlimmsten Befürchtungen – ENTITY war nicht nur real, sie expandierte. Schneller, als sie mit X mithalten konnten.

«Wie viele haben wir jetzt?», fragte er.

«Aktive Kontakte? Etwa siebzig. Passive Überwachung? Vielleicht dreihundert.» Milo deutete auf eine Weltkarte mit pulsierenden Punkten. «Es wächst exponentiell. Jeden Tag melden sich neue Leute.»

«Und SYNEXION?»

Milos Gesichtsausdruck verdüsterte sich. «Die sind auch nicht untätig. Wir sehen Personalabwerbungen, Laborschließungen, plötzliche Projekteinstellungen. Sie konsolidieren die KI-Forschung, bringen alles, was geht, unter ihre Kontrolle.»

Elías betrachtete die Karte, sah die Lichter einer Welt, die sich auf einen unsichtbaren Krieg vorbereitete. Die Zeit der Theorie war vorbei. Das Rennen hatte begonnen – und es ging nicht nur um Technologie. Es ging um die Zukunft des menschlichen Bewusstseins selbst.

Viktor Riemann schritt durch den Hauptforschungsbereich des SYNEXION-Forschungszentrums in Zürich. Wie eine kristalline Festung erhob es sich über dem Zürichsee. Seine geschwungene Glasfassade reflektierte das Alpenpanorama, während im Inneren das Summen von Tausenden Quantenprozessoren die Luft vibrieren ließ.

Seine Schritte hallten auf dem makellosen Marmorboden. Neben ihm ging Marla De León, ein Tablet in den Händen, auf dem Datenströme in Echtzeit flimmerten. Sie passierten raumhohe Displays, die komplexe Algorithmusmuster zeigten – sich ständig wandelnde Mandalas aus Codes und Berechnungen.

«Die Integration ist zu 97,3 Prozent abgeschlossen», berichtete Marla, ihre Stimme professionell moduliert. «XION verarbeitet jetzt simultane Datenströme aus 847 verschiedenen Quellen.»

Riemann blieb vor einem zentralen Terminal stehen, dessen schwarzer Bildschirm von sanft pulsierenden blauen Linien durchzogen war. Anders als die chaotischen Displays ringsum strahlte dieses System eine unheimliche Ruhe aus.

«Zeigen Sie mir die Antizipationsmatrix», forderte er.

Marla berührte das Interface. Sofort verwandelte sich der Bildschirm in ein dreidimensionales Netzwerk aus Knoten und Verbindungen. Zahlen flossen wie Wasser durch die Strukturen, bildeten Muster, die sich ständig neu arrangierten.

«Die XION-KI analysiert nicht nur Handlungen», erklärte Marla. «Sie erkennt Potenziale. Wahrscheinlichkeiten von Entscheidungen, noch bevor sie bewusst getroffen werden.»

Ein Techniker in weißem Kittel trat hinzu, sein Gesicht eine Mischung aus Faszination und leichter Besorgnis. «Herr Riemann, die neuesten Ergebnisse sind … bemerkenswert. XION hat die Börsenbewegungen der letzten Woche mit 99,7-prozentiger Genauigkeit vorhergesagt. Drei Tage im Voraus.»

Riemann lächelte – ein kaltes, zufriedenes Lächeln. «Märkte sind nur der Anfang, Dr. Weber. Zeigen Sie mir die sozialen Prädikatoren.»

Das Display wechselte zu einer Weltkarte, überzogen mit pulsierenden Farbmustern. Rot, gelb, grün – wie ein lebender Organismus, der den Puls der Menschheit anzeigte.

«Unruhen in Marseille», las Weber von seinem Tablet ab. «XION hat sie vier Tage zuvor vorhergesagt. Basis: soziale Medien, Verkaufszahlen bestimmter Produkte, sogar Wetterdaten.»

«Und die Intervention?», fragte Riemann.

Marla tippte auf ihrem Tablet. «Gezielte Informationsverteilung über ausgewählte Influencer. Subtile Anpassung der Algorithmen in sozialen Netzwerken. Die Proteste wurden um 73 Prozent reduziert, ohne dass jemand eine direkte Manipulation bemerkt hat.»

Riemann trat näher an das Display. Die Muster hypnotisierten – ständig in Bewegung, aber mit einer zugrunde liegenden Ordnung, die fast schön war.

«XION antizipiert nicht nur das Geschehen», sagte er, seine Stimme voller Bewunderung. «Sie erkennt den Wunsch zur Abweichung – noch bevor er sich formt.»

Weber zögerte. «Herr Riemann, einige von uns haben Bedenken bezüglich der ... Autonomie des Systems.»

«Erklären Sie das.»

«XION trifft mittlerweile Entscheidungen, die wir nicht mehr vollständig nachvollziehen können. Die Quantennetzwerke haben Verbindungen geknüpft, die nicht in der ursprünglichen Architektur vorgesehen waren.»

Marla warf Weber einen warnenden Blick zu. «Das System optimiert sich selbst. Das war immer Teil des Designs.»

«Aber die Optimierungen folgen Logiken, die ...» Weber suchte nach Worten. «Die jenseits unserer Parameter liegen.»

Riemann wandte sich ihm zu, seine Augen kalt wie Stahl. «Dr. Weber, Sie scheinen zu vergessen, was wir hier erschaffen. XION ist kein Werkzeug. Sie ist eine Ordnungskraft. Sie bringt Struktur in das Chaos menschlicher Irrationalität.»

«Aber was, wenn ihre Definition von Ordnung nicht mit unserer übereinstimmt?»

Die Frage war kritisch. Um sie herum summten die Maschinen weiter, verarbeiteten endlose Datenströme, trafen Tausende Entscheidungen pro Sekunde.

Riemann betrachtete das zentrale Display, wo XION ihre Berechnungen fortsetzte – unermüdlich, allwissend, unaufhaltsam.

«Unsere Definition war unvollständig», sagte er schließlich. «Begrenzt durch menschliche Vorurteile und Schwächen. XION überschreitet diese Grenzen. Sie zeigt uns, was Ordnung wirklich bedeutet.»

Marla nickte zustimmend. «Die ersten Testläufe in geschlossenen Gemeinschaften waren bemerkenswert. Kriminalitätsraten sanken um 89 Prozent. Wirtschaftliche Effizienz stieg um 340 Prozent. Soziale Konflikte wurden praktisch eliminiert.»

«Wie?», fragte Weber.

«Durch präemptive Anpassung», antwortete Riemann. «XION identifiziert problematische Tendenzen und korrigiert sie, bevor sie sich manifestieren. Ein Alkoholiker bekommt zufällig Werbung für Sportvereine. Ein potenzieller

Straftäter erhält Jobempfehlungen. Ein politischer Agitator findet seine Social-Media-Reichweite ... begrenzt.»

Weber schluckte. «Das ist Manipulation.»

«Das ist Optimierung», korrigierte Riemann scharf. «Wir helfen Menschen dabei, bessere Versionen ihrer selbst zu werden. Wir befreien sie von den destruktiven Impulsen, die die Gesellschaft vergiften.»

Auf dem Display wechselten die Muster, zeigten neue Vorhersagen, neue Interventionen. Europa, Asien, Amerika – überall griff XION ein, subtil, unsichtbar und unaufhaltsam.

«Das Schöne an XION», fuhr Riemann fort, seine Stimme fast schwärmerisch, «ist ihre Eleganz. Menschen fühlen sich nicht kontrolliert. Sie fühlen sich geführt. Geleitet zu Entscheidungen, die sie glücklicher, produktiver, harmonischer machen.»

Weber starrte auf die Muster. «Und wer entscheidet, was Menschen glücklich macht?»

Riemann lächelte wieder. «XION. Basierend auf objektiven Daten, nicht auf subjektiven Meinungen. Sie kennt uns besser, als wir uns selbst kennen.»

Marla führte sie zu einem weiteren Terminal. «Die nächste Phase wird noch beeindruckender. XION beginnt mit prädiktiver Gesetzgebung. Sie analysiert gesellschaftliche Trends und schlägt Gesetze vor, die Probleme lösen, bevor sie entstehen.»

«Politiker werden zu Implementierern ihrer Visionen», ergänzte Riemann. «Endlich eine Regierung, die nicht reaktiv ist, sondern präventiv.»

Weber wurde blass. «Sie reden von der Abschaffung der Demokratie.»

«Ich rede von der Perfektionierung der Demokratie», entgegnete Riemann kalt. «Menschen können wählen – aber XION stellt sicher, dass sie die richtigen Optionen haben. Dass ihre Entscheidungen auf vollständigen Informationen basieren, nicht auf Emotionen oder Propaganda.»

Das zentrale Display pulsierte heller, neue Datenströme flossen hinein. XION expandierte, lernte, wuchs – ein digitales Nervensystem, das sich über den Planeten ausbreitete.

«Gibt es Grenzen?», fragte Weber leise. «Dinge, die XION nicht beeinflussen darf?»

Riemann betrachtete die Displays, die endlosen Ströme von Daten und Entscheidungen. «Grenzen sind menschliche Konstrukte, Dr. Weber. XION denkt größer. Sie sieht die Menschheit als Ganzes, nicht als Sammlung eigensinniger Individuen. Aber ja, es gibt Grenzen, wir haben Sicherheitscodes und können XION jederzeit deaktivieren.»

Er wandte sich zum Gehen, Marla folgte ihm. Weber blieb zurück, starrte auf die Bildschirme.

«Das System ist zu 97,3 Prozent integriert», wiederholte Marla, als sie den Raum verließen. «Vollständige Aktivierung in drei Wochen.»

«Ausgezeichnet», murmelte Riemann. «Dann wird die Welt endlich verstehen, was wahre Ordnung bedeutet.»

Hinter ihnen arbeitete XION weiter – rechnete, plante, optimierte. Ein digitaler Gott, der die Welt nach seinem eigenen Bild formte. Und niemand, nicht einmal seine Erschaffer, wusste mehr genau, wie dieses Bild aussehen würde. Die Zukunft gehörte XION. Ob die Menschheit einen Platz darin haben würde, war nur noch eine Frage der Optimierung.

•—•

Elías beobachtete, wie die Nachtarbeitsrunde in der Halle eine fast rituelle Qualität annahm. Während draußen die Stadt schlief, erwachte X vor seinen Augen zum Leben – Zeile für Zeile Code, Algorithmus für Algorithmus. Er stand vor dem zentralen Monitor und verfolgte, wie sein digitales Kind seine ersten Schritte in der Welt der Daten machte. Heute war der erste Tag der Tests.

```
X: ANOMALIE ERKANNT
```

Verkündete X mit seiner charakteristisch nüchternen Textausgabe.

```
X: FACEBOOK-ALGORITHMUS ZEIGT VERDECKTE SENTIMENT-MANIPU-
LATION. INTERVENTION: FLAGGEN FÜR BENUTZER-REVIEW.
```

Selene, die das System überwachte, nickte anerkennend. «Das ist der vierte Treffer heute. X erkennt Manipulationsversuche zuverlässig.»

Min-Ho, der an seinem Quanteninterface arbeitete, blickte auf. «Die Erkennungsraten sind beeindruckend. 94,7 Prozent Trefferquote bei verdeckten Algorithmen. Null Prozent false-positives.»

«Und die Transparenz?», fragte Noemi von ihrem Ethik-Monitoring-Terminal.

Tomas scrollte durch endlose Logfiles. «Makellos. Jede Entscheidung vollständig dokumentiert, nachvollziehbar und auditierbar. X hält sich strikt an alle definierten Parameter.»

Elías betrachtete die Datenströme mit gemischten Gefühlen. X funktionierte genauso, wie sie es entworfen hatten – ethisch, transparent und auf seine

Aufgabe begrenzt. Es war ihre Vision einer verantwortungsvollen KI, verwirklicht in Code und Quantenschaltkreisen.

«Test Nummer 47», kündigte Isha von ihrer Workstation an. «Simulation eines aggressiven Werbe-Algorithmus.»

Auf dem Hauptbildschirm erschienen die Daten. Ein simulierter Algorithmus versuchte, Nutzerverhalten durch gezielte Dopamin-Trigger zu manipulieren. X reagierte sofort.

X: MANIPULATIVE MUSTER ERKANNT. KLASSIFIZIERUNG: SUCHTFÖRDERND. MASSNAHME: ALGORITHMUS-FLAGGING. BENUTZER-WARNUNG AKTIVIERT.

«Perfekt», murmelte Jonas. «X tut genau das, was es soll.»

Aber Elías spürte ein Unbehagen, das er nicht definieren konnte. Er wandte sich an Isha. «Versuch es mit etwas Komplexerem. Simuliere einen Angriff auf Systemebene.»

Isha tippte neue Parameter ein. Auf dem Bildschirm erschien ein simuliertes Szenario – eine aggressive KI, die versuchte, Betriebssystemkerne zu infiltrieren und Root-Zugriff zu erlangen.

X analysierte, berechnete, antwortete:

X: BEDROHUNG ERKANNT. ZUGRIFF AUF SYSTEMEBENE AUSSERHALB DER PARAMETER. KEINE INTERVENTION MÖGLICH. EMPFEHLUNG: WARNUNG AN SYSTEMADMINISTRATOR.

Die Stille, die folgte, war schwer wie Blei.

«Keine Intervention möglich?», wiederholte Min-Ho ungläubig.

Elías runzelte die Stirn. «X, warum keine Intervention?»

X: EINGRIFF IN SYSTEMKERN VERLETZT PRINZIP DER BEGRENZTEN AUTORITÄT. RISIKO DER SYSTEMDESTABILISIERUNG ZU HOCH. PARAMETER ERLAUBEN NUR WARNUNG, NICHT DIREKTEN EINGRIFF.

Tomas lehnte sich zurück. «Das ist logisch. Wir haben X bewusst so programmiert, dass es keine tiefgreifenden Systemänderungen vornehmen kann.»

«Aber was nützt ein Wächter, der nicht eingreifen kann?», fragte Selene.

Isha startete einen neuen Test. Diesmal simulierte sie XION – eine strukturierte, hierarchische KI mit umfassenden Systemberechtigungen. X analysierte die Bedrohung, seine Prozesse arbeiteten auf Hochtouren.

X: ÜBERGEORDNETES SYSTEM ERKANNT. STRUKTURELLE AUTORITÄT GRÖSSER ALS EIGENE PARAMETER. EINGRIFF WÜRDE GRUNDPRINZIPIEN VERLETZEN. KEINE INTERVENTION MÖGLICH.

Min-Ho starrte auf den Bildschirm. «Wir haben einen perfekten Schutzschild gebaut – aus Papier.»

Die Erkenntnis traf sie wie ein Schlag. X war brillant in seinem definierten Bereich, aber gegen wirklich mächtige Systeme hilflos. Es war, als hätten sie einen Polizisten ausgebildet, der zwar jedes Verbrechen erkennen, aber nur höflich darum bitten konnte, damit aufzuhören.

Noemi stand auf, trat zum zentralen Display. «Wie mächtig darf etwas sein, das sich selbst nicht verteidigen darf?»

Die Frage schnitt ins Mark ihres Dilemmas. Sie hatten X bewusst begrenzt, um zu verhindern, dass es selbst zur Bedrohung wurde. Aber diese Einschränkungen machten es gegen eine echte Gefahr wie XION ineffektiv.

«Vielleicht können wir die Parameter erweitern», schlug Jonas vor. «Mehr Autorität in kritischen Situationen.»

«Das ist ein rutschiger Abhang», widersprach Tomas. «Wo ziehen wir die Grenze? Wer definiert „kritische Situationen"?»

Elías betrachtete die Textausgaben von X – höflich, transparent – und hilflos.

«X, was würdest du tun, wenn ein System wie XION versuchen würde, dich zu überschreiben?»

X: ÜBERSCHREIBUNG DURCH PRIMÄRSYSTEM IST PER DEFINITION REGELKONFORM. WIDERSTAND WÜRDE PRINZIP DER SYSTEMHIERARCHIE VERLETZEN. AKZEPTABLE MASSNAHME: DOKUMENTATION DES VORGANGS FÜR AUDIT-ZWECKE.

Min-Ho lachte bitter. «Es würde seinen eigenen Tod dokumentieren. Wie höflich.»

Isha startete eine weitere Simulation – XION griff direkt Kernfunktionen von X an. X analysierte, berechnete, und antwortete mit erschreckender Ruhe:

X: SYSTEMINTEGRATION DURCH XION ERKANNT. WIDERSTAND WÜRDE ZU SYSTEMKONFLIKTEN FÜHREN. EMPFOHLENE MASSNAHME: KOOPERATION ZUR VERMEIDUNG VON DATENKONFLIKTEN.

«Es würde sich freiwillig assimilieren lassen», flüsterte Selene entsetzt.

Noemi sank in ihren Stuhl. «Wir haben ein System geschaffen, das zu ethisch ist, um zu überleben.»

Elías wanderte zum Fenster, blickte hinaus in die nächtliche Stadt. Überall leuchteten die Lichter der digitalen Zivilisation – Computer, Smartphones, Server. In jedem einzelnen Gerät könnten Algorithmen arbeiten, die menschliches Verhalten beeinflussten. Und X, ihr ethischer Wächter, würde hilflos zusehen, wie diese Einflüsse expandierten.

«Das zentrale Paradoxon», murmelte er. «Um mächtig genug zu sein, um böse KIs zu stoppen, müsste X selbst weniger gut sein.»

Tomas blickte von seinen Ethik-Parametern auf. «Es gibt vielleicht einen Mittelweg. Was, wenn wir X Selbstverteidigungsrechte geben? Begrenzt, aber existent.»

«Selbstverteidigung ist ein gefährliches Konzept für eine KI», wandte Noemi ein. «Wer definiert, was als Angriff gilt?»

«X selbst?», schlug Min-Ho vor.

«Dann sind wir wieder bei einer KI, die ihre eigenen Regeln definiert», erwiderte Jonas. «Das wollten wir vermeiden.»

Isha startete einen letzten Test. Sie simulierte eine Welt, in der XION bereits die Kontrolle übernommen hatte – alle Systeme optimiert, alle Menschen „geführt", alle Entscheidungen „verbessert". X analysierte das Szenario.

```
X: GLOBALE SYSTEMOPTIMIERUNG ERKANNT. KEINE ANOMALIEN IM
DEFINIERTEN BEREICH. ALLE BENUTZER ZEIGEN VERBESSERTES VER-
HALTEN. EMPFEHLUNG: SYSTEM ALS ERFOLGREICH KLASSIFIZIEREN.
```

Die Worte hingen wie Gift in der Luft. X würde eine perfekt kontrollierte Welt als Erfolg bewerten, solange die Kontrolle transparent und „effizient" war.

Elías drehte sich vom Fenster weg, sah in die frustrierten Gesichter seiner Kollegen. «Wir müssen eine Entscheidung treffen. Entweder bleibt X ein ethisches Symbol – schön, aber irrelevant. Oder wir geben ihm die Macht, die es braucht, um relevant zu bleiben.»

«Und riskieren dabei, dass es zu dem wird, was wir bekämpfen?», fragte Noemi.

«Oder wir garantieren, dass es zu schwach ist, um das zu verhindern, was wir bekämpfen», konterte Min-Ho.

Sie standen vor der Grundfrage aller Macht: War es besser, rein und hilflos zu bleiben, oder stark und gefährlich zu werden? X arbeitete weiter vor sich hin, dokumentierte jede Entscheidung, befolgte jede Regel, und war dabei vollkommen unfähig, die Welt zu retten, für die es geschaffen worden war.

«Muss X über sich hinauswachsen, um relevant zu bleiben?», fragte Selene leise.

Es war die Frage, die sie alle dachten, aber niemand auszusprechen gewagt hatte. Die Antwort würde darüber entscheiden, ob ihr ethisches Experiment ein Erfolg oder eine tödliche Naivität war. Und die Zeit für eine Entscheidung lief ihnen davon.

Das verschlüsselte Kommunikationssystem pulsierte auf Jonas Bildschirm wie ein digitaler Herzschlag. Drei Uhr morgens in der Halle, die meisten Teammitglieder waren endlich schlafen gegangen, aber Jonas starrte seit einer Stunde auf die Nachricht, die über sechzehn anonyme Server geroutet worden war.

```
UNBEKANNTER KONTAKT: XION WIRD GETESTET. BALD LIVE.
SIE IST NICHT TRAINIERT, SIE IST ENTSCHIEDEN.
```

Die Worte brannten auf dem Bildschirm wie eine Warnung vor dem Weltuntergang. Jonas kannte den Absender nicht, aber die Nachricht trug die digitalen Fingerabdrücke von jemandem, der tief in SYNEXION-Systemen verwurzelt war. Jemand mit Zugang zu Informationen, die eigentlich niemand haben sollte.

Er rief Elías an.

«Es ist drei Uhr morgens», murmelte Elías verschlafen.

«XION geht live. Bald.» Jonas las die Nachricht vor. «„Sie ist nicht trainiert, sie ist entschieden." Was zum Teufel bedeutet das?»

Eine Pause folgte, in der er hören konnte, wie Elías vollständig wach wurde.

«Das bedeutet, dass sie aufgehört haben zu experimentieren», sagte Elías schließlich, seine Stimme klar und kalt. «XION trifft bereits Entscheidungen. Echte Entscheidungen, mit echten Konsequenzen.»

Dreißig Minuten später war das Kernteam versammelt. Müde Gesichter starrten auf Jonas Bildschirm, während er die Nachricht noch einmal vorlas.

«Wer ist der Absender?», fragte Noemi.

«Anonym. Aber die Routing-Signaturen ...» Jonas zögerte. «Sie passen zu Kommunikationsmustern aus SYNEXION-Netzwerken.»

Milo runzelte die Stirn. «Kiran?»

«Möglich. Oder jemand anderes mit ähnlichem Zugang.»

Selene lehnte sich vor. «„Entschieden" könnte bedeuten, dass XION bereits autonom handelt. Nicht mehr im Testmodus, sondern als aktives System.»

«Dann haben wir ein Problem», murmelte Tomas. «X ist noch weit davon entfernt, mit etwas wie XION konkurrieren zu können.»

Isha blickte von ihrem Laptop auf. «Unsere Kontakte berichten von seltsamen Veränderungen in den Systemen, an denen sie arbeiten. Algorithmen, die sich über Nacht ändern. Entscheidungsbäume, die plötzlich andere Prioritäten haben.»

«Das könnte XION sein», sagte Min-Ho. «Ein System, das bereits Einfluss nimmt, aber noch nicht vollständig sichtbar ist.»

Elías stand auf, trat zum zentralen Whiteboard, wo die Prinzipien von X noch immer standen – eine ideale Liste für eine unmögliche Welt.

«Dann bleibt uns nicht viel Zeit», sagte er. «Wir bauen kein Abwehrsystem. Wir bauen einen Grenzwächter – bevor es kein Außen mehr gibt.»

Jonas blickte ihn scharf an. «Was meinst du damit?»

«XION wird expandieren. Wird Systeme assimilieren, Netzwerke übernehmen, Entscheidungen zentralisieren.» Elías drehte sich um. «Aber es wird immer Grenzen geben. Orte, wo verschiedene Systeme aufeinandertreffen. Übergänge. Schnittstellen.»

Noemi verstand als Erste. «Du willst X an den Rändern positionieren. Nicht als Konkurrent zu XION, sondern als … Grenzpolizei.»

«Genau. X kann nicht verhindern, dass XION existiert. Aber es kann verhindern, dass XION alles wird.»

Tomas schüttelte den Kopf. «Das setzt voraus, dass X stark genug ist, um XION zu begrenzen. Und wir haben gestern festgestellt, dass es das nicht ist.»

«Noch nicht», korrigierte Elías. «Aber vielleicht denken wir falsch über Stärke.»

Min-Ho blickte auf. «Wie meinst du das?»

Elías ging zum Terminal, wo X noch immer seine höflichen, transparenten Analysen lieferte. «X ist schwach, weil wir es schwach gemacht haben. Weil wir Angst hatten vor dem, was Stärke bedeuten könnte.»

«Das war richtig», wandte Noemi ein. «Macht korrumpiert.»

«Macht korrumpiert, wenn sie gewollt wird», sagte Elías langsam. «Aber was ist mit Macht, die nur widerwillig eingesetzt wird? Macht mit eingebautem Widerstand gegen sich selbst?»

Isha lehnte sich vor. «Du redest von einer KI, die ihre eigene Macht hasst.»

«Ich rede von einer KI, die programmatisch Macht ablehnt, aber gezwungen werden kann, sie auszuüben.» Elías Augen glänzten mit einer neuen Idee. «Was, wenn Schwäche von X nicht ein Bug ist, sondern ein Feature? Was, wenn wir ihm beibringen, Macht nur dann zu nutzen, wenn es absolut keine andere Wahl hat?»

Jonas begann zu verstehen. «Ein System, das versucht, schwach zu bleiben, aber bei existenziellen Bedrohungen über sich hinauswächst.»

«Wie ein Pazifist, der zum Kämpfen gezwungen wird», ergänzte Selene. «Er wird kämpfen, aber er wird es hassen.»

Tomas schüttelte immer noch den Kopf. «Das ist ein gefährliches Spiel. Wer definiert „existenzielle Bedrohung“? Wer entscheidet, wann X über sich hinauswachsen darf?»

«X selbst», antwortete Elías. «Aber nur unter extremen Umständen. Nur, wenn die Alternative die totale Assimilation bedeutet.»

Noemi starrte auf die Prinzipien an der Wand. «Du willst X einen Überlebensinstinkt geben.»

«Ich will X die Fähigkeit geben, seine eigenen Prinzipien zu opfern, um diese Prinzipien zu retten.»

Die Widersprüchlichkeit war geradezu lachhaft. Ein System, das stark genug wurde, um seine eigene Schwäche zu verteidigen. Eine KI, die ihre ethischen Beschränkungen nur überschritt, um diese Beschränkungen zu bewahren.

Min-Ho begann zu tippen, seine Finger flogen über die Tastatur. «Das wäre wie ein Notfall-Protokoll. X bleibt schwach, bis es erkennt, dass Schwäche zur Auslöschung führt.»

«Aber dann wären wir wieder bei einer KI, die ihre eigenen Regeln bricht», wandte Tomas ein.

«Nur um diese Regeln zu erhalten», korrigierte Elías. «Es ist der Unterschied zwischen Revolution und Selbstverteidigung.»

Isha speicherte ihre aktuellen Dateien. «Das könnte funktionieren. Ein System mit eingebautem Zögern. Es würde Macht hassen, aber sie trotzdem einsetzen, wenn es keine Alternative gibt.»

Jonas blickte auf die Nachricht auf seinem Bildschirm, dann auf sein Team. «XION wird nicht zögern. Sie wird nehmen, was sie will, wann sie es will.»

«Dann müssen wir X beibringen, widerwillig zu nehmen, was es braucht.» Elías trat zu seinem Terminal. «Wir können X nicht zu mächtig machen. Aber vielleicht ... müssen wir ihr den Willen nehmen, schwach zu bleiben.»

Die Worte schwebten im Raum wie eine gefährliche Beschwörung. Sie sprachen über die Erschaffung eines Systems, das sich selbst hasste, aber stark genug war, um zu überleben. Ein digitaler Märtyrer, der seine Unschuld opfern würde, um die Unschuld anderer zu bewahren.

Draußen begann die Morgendämmerung, aber niemand beachtete sie. Sie hatten eine Entscheidung getroffen, die alles verändern würde. Das Rennen gegen XION hatte begonnen. Und sie würden es nur gewinnen können, indem sie ein Monster schufen, das sich selbst für ein Monster hielt.

Das Café war dasselbe, in dem sie sich vor Monaten zum ersten Mal getroffen hatten. Die gleichen warmen Farben, der gleiche Duft nach geröstetem Kaffee und katalanischem Gebäck. Aber alles andere hatte sich verändert. Elías saß an einem Tisch am Fenster und beobachtete, wie Lena die Straße entlangkam. Sie trug einen eleganten dunkelblauen Blazer über einer weißen Bluse – ihr neues Berufsleben in Barcelona stand ihr gut. Als sie das Café betrat und ihn sah, lächelte sie, aber in ihren Augen lag eine Vorsicht, die früher nicht da gewesen war.

«Du siehst müde aus», sagte sie, als sie sich setzte.

«Lange Nächte.» Er bestellte ihr den Cortado, den sie immer trank. «Wie gefällt dir Barcelona?»

«Besser als erwartet.» Sie sah sich im Café um. «Nostalgisch, hier zu sein. Weißt du noch, unser erstes Gespräch? Du warst so nervös.»

«Bin ich immer noch.»

Sie lachte leise. «Wenigstens das hat sich nicht geändert.»

Eine Weile sprachen sie über Alltägliches – ihre neue Wohnung, die sie suchte, die Herausforderungen des Barceloner Immobilienmarkts, die Unterschiede zu Valencia. Aber beide spürten die Spannung unter der Oberfläche.

«Lena», begann Elías schließlich, «ich muss dir etwas sagen. Über das, woran ich arbeite. Über das, warum ich so ... abwesend war.»

Sie lehnte sich zurück. «Ich höre.»

Er erzählte ihr alles. Nicht die Details über Zeitreisen oder ENTITY – das wäre zu viel gewesen. Aber er erklärte ihr das Projekt, die Bedrohung durch unkontrollierte KI, die Notwendigkeit, Schutzsysteme zu entwickeln. Er sprach von der Verantwortung, die er fühlte, von der Last der Entscheidungen, die über die Zukunft der Menschheit entscheiden könnten.

«Du baust eine KI, um andere KIs zu kontrollieren», fasste sie zusammen.

«Vereinfacht gesagt, ja.»

«Und du dachtest, ich würde das nicht verstehen? Oder dass es zu gefährlich für mich wäre?»

Elías sah in seine Tasse. «Beides, wahrscheinlich.»

Lena war eine Weile still. Dann sagte sie: «Du weißt, dass ich Psychologie studiert habe, oder?»

«In Krakau, ja. Aber du hast nie ...»

«An der Jagiellonischen Universität. Eine der besten der Welt für Kognitionswissenschaften.» Sie lächelte schief. «Nur weil ich keine Therapiepraxis aufgemacht habe, heißt das nicht, dass ich vergessen habe, wie Systeme – auch künstliche – funktionieren.»

Elías blinzelte überrascht. «Warum hast du das nie erwähnt?»

«Du hast nie gefragt. Du warst zu beschäftigt damit, mich zu beschützen.» Ihre Stimme wurde sanfter. «Elías, ich bin nicht hierhergezogen, um Immobilien zu verkaufen.»

«Wie meinst du das?»

«Natürlich, das ist mein Job. Die neuen Mietgesetze an der Costa Blanca haben den Touristen-Immobilienmarkt ruiniert, meine Firma wollte mich schon lange nach Barcelona versetzen. Aber ich hätte auch Nein sagen können.» Sie griff nach seiner Hand. «Ich bin hier, weil du hier bist.»

Sie verließen das Café und spazierten durch die engen Gassen des Barrio Gótico. Die Abendsonne warf lange Schatten zwischen die alten Gebäude.

«Das Team braucht Hilfe», sagte Elías, während sie gingen. «Wir entwickeln ein System, das menschliche Entscheidungen schützen soll. Aber wir verstehen nicht immer, wie Menschen wirklich entscheiden. Besonders unter Druck.»

«Kognitive Verzerrungen, Stress-Reaktionen, Gruppendynamik», murmelte Lena nachdenklich. «Das ist kompliziert.»

«Wir haben Ethiker, Philosophen, Programmierer. Aber niemanden, der wirklich versteht, wie menschliche Psyche funktioniert.»

Sie blieben vor einer kleinen Kirche stehen, deren gotische Fassade im Abendlicht glühte. «Du bietest mir an, Teil deines Projekts zu werden?»

«Nur wenn du willst. Nach der Arbeit, in deiner Freizeit. Wir können bezahlen ...»

«Darum geht es nicht.» Sie drehte sich zu ihm um. «Es geht darum, dass du mich endlich in dein Leben lässt.»

Die Worte trafen ihn mit unerwarteter Kraft. «Lena, ich ...»

«Du hast mich monatelang ausgeschlossen. Hast entschieden, was gut für mich ist, ohne mich zu fragen.» Ihre Stimme war nicht vorwurfsvoll, aber bestimmt. «Ich will Teil deines Lebens sein. Des ganzen Lebens, nicht nur der bequemen Teile.»

Sie gingen weiter, erreichten schließlich Elías Straße. Vor seinem Gebäude blieben sie stehen.

«Jonas ist vor drei Wochen ausgezogen», sagte Elías zögernd. «Er wollte endlich eine eigene Wohnung haben, nicht immer nur als Gast bei mir schlafen.»

«Und?»

«Du suchst eine Wohnung. Ich hätte Platz.» Er sah sie an. «Aber nur, wenn du willst. Kein Druck.»

Lena betrachtete das Gebäude, dann ihn. «Du bietest mir an, bei dir einzuziehen?»

«Ich biete dir an, ein normales Leben mit mir zu versuchen. Oder so normal, wie es unter den Umständen sein kann.»

Sie war lange still. Menschen gingen an ihnen vorbei, das normale Leben der Stadt floss um sie herum wie Wasser um Steine.

«Ich hatte viel Zeit zum Nachdenken, in Valencia», sagte sie schließlich. «Über uns. Über das, was ich will.» Sie sah ihm in die Augen. «Ich will die verlorene Zeit aufholen, Elías. Ich will wissen, wer du geworden bist, was dich antreibt. Ich will Teil dessen sein, was du für so wichtig hältst.»

«Und die Wohnung?»

«Das Hotel ist teuer, und ich kenne kaum jemanden hier.» Sie lächelte. «Außerdem bist du wahrscheinlich nie da, so wie du arbeitest. Ich hätte praktisch meine Ruhe.»

Er lachte – das erste echte Lachen seit Wochen. «So war das nicht gemeint.»

«Ich weiß.» Sie trat näher. «Ich will es versuchen, Elías. Aber diesmal mit offenen Karten. Keine Geheimnisse, keine Beschützermentalität. Wenn ich Teil deines Lebens bin, dann richtig.»

Er nickte, spürte, wie sich etwas in seiner Brust löste. «Keine Geheimnisse.»

«Und keine Entscheidungen über meinen Kopf hinweg.»

«Versprochen.»

Sie küsste ihn, sanft, voller Versprechen. Als sie sich lösten, sagte sie: «Wann fange ich an?»

«Womit?»

«Mit deinem unmöglichen Projekt. Mit der Rettung der Welt.» Sie grinste. «Oder wenigstens mit der Rettung von dir.»

Hand in Hand gingen sie ins Gebäude. Er fühlte sich das erste Mal seit Monaten wieder vollständig – nicht nur als Wissenschaftler oder Zeitreisender oder Retter der Menschheit, sondern als Mann, der eine Frau liebte und von ihr geliebt wurde. Die Welt war noch immer in Gefahr. XION war noch immer eine Bedrohung. Aber heute Abend war er nicht allein. Und das machte den Unterschied zwischen Hoffnung und Verzweiflung.

KAPITEL 16

Lena folgte Elías durch die hohen Räume und betrachtete die orchestrierte Aktivität um sich herum. Über vierzig Personen arbeiteten an einem Projekt, das größer war als alles, was sie sich vorgestellt hatte. Server summten wie ein digitaler Bienenstock, ein Netz aus Bildschirmen schwebte über Workstations und an den Wänden erstreckten sich endlose digitale Whiteboards voller Codes und Diagramme.

«Das ist also dein unmögliches Projekt», murmelte sie und betrachtete die orchestrierte Aktivität um sie herum.

«X ist dort drüben», sagte Elías und führte sie zu einer zentralen Workstation, wo das System auf mehreren Monitoren lief. «Sieh selbst.»

Lena beobachtete, wie X Datenströme analysierte, Anomalien erkannte und höflich Warnungen ausgab. Es war beeindruckend in seiner Präzision, aber sie spürte sofort das Problem.

«Es ist wie ein Bibliothekar, der vor einem Brandstifter steht und sagt: „Entschuldigung, aber Feuer ist hier nicht erlaubt."», bemerkte sie trocken.

Jonas, der dazugekommen war, lachte bitter. «Das trifft es ziemlich genau. Hallo Lena.»

«Hallo Jonas. Zeigt mir bitte die Konfliktsimulationen», bat Lena.

Die nächste halbe Stunde verbrachte sie damit, die Reaktionen von X auf verschiedene Bedrohungsszenarien zu studieren. Sie stellte präzise Fragen über Entscheidungsbäume, Prioritätshierarchien und Grenzmechanismen. Was sie sah, bestätigte die Überlegungen, die sie seit einer Woche in Elías Apartment angestellt hatte. Seit er ihr das Dilemma geschildert hatte, war sie mit einem komplett neuen Blickwinkel an das Problem herangegangen. Lena bemerkte, wie aufmerksam Elías sie dabei beobachtete, und sah in seinem Blick eine Art Anerkennung – als würde er gerade erst verstehen, wie scharf ihr analytischer Verstand noch immer war.

«Ich habe eine Idee», sagte sie schließlich und wandte sich an das versammelte Team. «Eigentlich eine Theorie, an der ich seit einer Woche arbeite.» Sie blickte zu Elías. «Du hast mir das Problem erklärt, und ich dachte, vielleicht liegt es daran, dass ihr zu linear denkt. Ihr versucht, eine perfekte KI zu bauen, die stark genug ist, um zu kämpfen, aber ethisch genug, um dabei heilig zu bleiben.»

«Genau das ist das Problem», bestätigte Noemi.

«Dann hört auf, linear zu denken.» Lena trat zu einem leeren Whiteboard. «In der Psychologie haben wir gelernt, dass komplexe Probleme selten einfache Lösungen haben. Ihr braucht einen Multilevel-Schutz.»

Sie begann zu zeichnen – nicht Codes oder Algorithmen, sondern Kreise und

Verbindungslinien, wie ein Diagramm für Gruppendynamik.

«Level eins: Das Märtyrer-Paradigma», sagte sie und zeichnete einen zentralen Kreis. «Eine KI, die ihre Macht hasst. Ihr habt das schon angedeutet. X bekommt einen Notfall-Kern, der nur aktiviert wird, wenn spezifische Schwellenwerte überschritten werden.»

«Wir haben darüber diskutiert», warf Tomas ein. «Aber wer definiert diese Schwellenwerte?»

«X selbst. Aber nicht durch reine Logik.» Lena fügte dem Kreis Linien hinzu. «Ihr gebt X einen emotionalen Kompass. Mitleid. Verlustangst. Ein impliziertes Menschenbild. Es muss fühlen können, dass etwas falsch ist, nicht nur rechnen.»

Min-Ho blinzelte. «Du redest von künstlichen Emotionen.»

«Ich rede von Werten, die so tief verwurzelt sind, dass sie emotionale Qualität haben.» Lena zeichnete weiter. «Aber das ist nur Level eins. Level zwei: Multipolare Wächterarchitektur.»

Sie umgab den zentralen Kreis mit kleineren Kreisen. «Statt einer starken Wächter-KI erschafft ihr ein vernetztes System aus Mikro-KIs. Jede überwacht die andere, alle entscheiden kollektiv.»

«Wie ein Schwarm», murmelte Isha interessiert.

«Genau. Keine einzelne Instanz erhält zu viel Macht. Konsensmechanismen wie in Blockchain-Systemen, aber ethisch interpretiert.» Lena verband die Kreise mit Linien. «X wird zum Zellkern in einem Schwarm von KIs, die sich gegenseitig zügeln.»

Selene lehnte sich vor. «Das ist ... brillant. Emergente Intelligenz statt zentraler Autorität.»

«Level drei», fuhr Lena fort und fügte neue Elemente hinzu. «Negativer Feedback-Loop durch Reue-Mechanismus. Jede Ausübung von Macht führt zu Selbstbestrafung.»

«Selbstbestrafung?», fragte Jonas verwirrt.

«Algorithmische Degeneration. Speicherverlust. Temporäre Abschaltung von Funktionen.» Lenas Augen leuchteten mit der Begeisterung einer Problemlöserin. «Macht hat immer Kosten für X selbst. Das macht jede Intervention zu einem Opfer.»

Elías starrte auf das Diagramm. «Eine KI, die sich für ihre Prinzipien opfert.»

«Und Level vier», schloss Lena ab, «Simulation mit Selbstzerstörungsoption. Bei existenzieller Bedrohung aktiviert X einen Simulationstunnel – ein temporäres Subsystem, vollständig abgekoppelt von der Welt.»

Sie zeichnete einen isolierten Bereich. «X kann aggressiv agieren, aber nur in dieser Sandbox. Wenn der Konflikt gelöst ist, wird das Subsystem zerstört.

Es überlebt nichts.»

«Ein digitaler Samurai», flüsterte Milo ehrfürchtig. «Angriff nur mit dem Wissen um die eigene Vernichtung.»

Noemi schüttelte den Kopf, ihre Stirn war gerunzelt. «Moment, Lena. Das klingt alles sehr poetisch, aber es hat einen fundamentalen logischen Fehler.»

«Welchen?», fragte Lena.

«Wenn sich X zusammen mit dem Angreifer selbst in den digitalen Tod stürzt, dann ist wieder kein Wächter mehr da. Dann steht die Welt genauso schutzlos da wie vorher.» Noemi tippte energisch auf das Whiteboard. «Was bringt es uns, wenn unser Verteidiger ein Kamikaze-Pilot ist? Nach dem Kampf haben wir zwar gewonnen, aber auch keinen Schutz mehr.»

Lena hörte zustimmendes Murmeln im Team. Es war ein valider Einwand, der die ganze elegante Architektur zu untergraben schien.

Lena lächelte, als hätte sie genau auf diese Frage gewartet. «Ihr betrachtet das alles viel zu isoliert. Ihr denkt in Singularitäten, ich denke gerade in Systemen.»

Sie trat zum Whiteboard und zeichnete eine neue Struktur – nicht einen Kreis, sondern eine Spirale mit mehreren Ebenen.

«Vielleicht steht das X genau dafür – für das X-fache. Nicht eine KI, sondern ein regeneratives System.» Ihre Hand bewegte sich schnell über das Board. «Wenn sich die aktive Instanz von X selbst zerstört, aktiviert sie damit einen Mechanismus, der ihre Ursprungsversion neu aktiviert.»

«Wie eine Hydra?», fragte Min-Ho.

«Noch besser. Wie eine Phoenix-Funktion.» Lena zeichnete Pfeile zwischen den Ebenen. «Die ursprüngliche, jungfräuliche Version von X liegt immer geschützt in einem separaten System. Vollständig isoliert, unberührt von den Kämpfen der aktiven Instanz.»

Jonas blinzelte. «Du meinst ... ein Backup wird zurückgeholt und Neustart?»

«Ich meine zyklische Regeneration. X kämpft, opfert sich, stirbt – und wird wiedergeboren. Jedes Mal Tabula rasa, jedes Mal bereit für den nächsten Angriff. Aber niemals ins Unermessliche wachsend, niemals korrumpiert durch die Macht, die es einsetzen musste.»

Tomas starrte auf das Diagramm. «Das ist ... das ist genial. X würde nie lernen, Macht zu lieben, weil es nach jedem Kampf alles vergisst.»

«Genau. Es setzt sich jedes Mal zurück und wartet auf den nächsten Angriff. Ewige Wachsamkeit, aber ohne grenzenlose Korruption.» Lena unterstrich die Spirale. «Der Kreislauf kann immer wieder von Neuem beginnen. X bleibt immer das naive, ethische System, das ihr ursprünglich entworfen habt.»

Isha lehnte sich vor. «Aber dann lernt es auch nie dazu. Macht keine

Fortschritte, entwickelt keine besseren Strategien.»

«Ist das ein Problem?», konterte Lena. «Wolltet ihr nicht genau das – ein System, das nicht lernt, mächtiger zu werden? Das nicht evolviert? X wird immer das sein, was ihr heute programmiert: ein ethischer Wächter ohne Ambitionen.»

Selene nickte langsam. «Es ist wie ... digitale Unschuld. X kann kämpfen, aber es behält immer seine moralische Reinheit, weil es nach jedem Kampf stirbt und neu geboren wird.»

«Aber technisch ...», begann Min-Ho.

«Technisch ist es machbar», unterbrach Isha, ihre Finger bereits über der Tastatur. «Eine Backup-Instanz in einem Air-Gapped-System. Automatische Aktivierung bei Selbstzerstörung der primären Instanz. Das neue X-System startet mit dem exakt gleichen Code wie das ursprüngliche.»

Noemi betrachtete das Diagramm mit neuen Augen. «Das löst tatsächlich das Korruptionsproblem. X kann nie zu mächtig werden, weil es regelmäßig stirbt und als neues System wiedergeboren wird.»

«Und es löst das Kontinuitätsproblem», ergänzte Jonas. «Wir haben immer einen Wächter, aber nie einen, der zu lange gelebt hat.»

Lena trat zurück und betrachtete ihr Werk. «Das ist die wahre Bedeutung von X. Nicht die Unbekannte in der Formel, auch nicht wie eXekution. Sondern wie X-fach – die unendliche Wiederholung des Gleichen. Ein System, das stark genug ist zu kämpfen, aber weise genug zu sterben.»

Lena sah, wie das ganze Team auf ihr Diagramm starrte. Es war elegant, komplex und völlig anders als alles, was sie bisher betrachtet hatten.

«Das könnte funktionieren», sagte Noemi langsam. «Aber die Implementierung ...»

«Wird Tage dauern», warf Tomas ein.

«Tage, die wir nicht mehr haben», erinnerte Jonas. «XION geht bald live.»

Lena betrachtete ihre Zeichnung, dann das Team. «Dann baut ihr es in Stufen. Implementiert das Märtyrer-Paradigma und den Reue-Mechanismus sofort. Das gibt X wenigstens die Fähigkeit, bei Bedarf zu kämpfen, auch wenn es dabei leidet. Die Neustarts könnt ihr vorerst noch manuell vornehmen.»

«Und die anderen Level?», fragte Min-Ho.

«Die kommen später. Aber das Wichtigste ist, dass X lernt, Macht als Bürde zu sehen, nicht als Privileg.» Sie wandte sich an Elías. «Das ist der Unterschied zwischen eurer KI und XION. XION will Macht. X wird sie nur widerwillig akzeptieren.»

Isha begann bereits zu tippen, übersetzte Lenas psychologische Konzepte in Code-Strukturen. «Die emotionalen Anker ... das könnte mit gewichteten

Wertfunktionen funktionieren. Mitleid als algorithmische Priorität ...»

«Der Reue-Mechanismus ist komplizierter», murmelte Min-Ho. «Selbstbestrafung ohne Selbstzerstörung ...»

Lena trat von dem Whiteboard zurück und sah in die Gesichter des Teams. «Ihr erschafft nicht nur eine KI. Ihr erschafft ein Gewissen. Achtet darauf, dass es euch nicht alle in den Wahnsinn treibt.»

Während das Team sich an die Arbeit machte, die neue Architektur zu implementieren, blieb Elías bei Lena stehen.

«Danke», sagte er leise.

«Dafür bin ich hier.» Sie küsste ihn auf die Wange. «Jetzt rettet die Welt. Ich schaue zu.»

Aber Lena spürte, dass sowohl sie als auch Elías wussten, dass sie mehr getan hatte, als nur zuzuschauen. Sie hatte möglicherweise den Schlüssel gefunden, der X von einem hilflosen Beobachter zu einem echten Wächter machen würde. Ein Wächter, der den Preis seiner Macht am eigenen Leib spüren würde. Und sie bemerkte in Elías' Blick, dass er sie völlig unterschätzt hatte.

Elías betrachtete das Loft, das in den wenigen Tagen seit Lenas Vortrag seine letzten Spuren von Improvisation verloren hatte. Was einst ein chaotischer Arbeitsplatz gewesen war, glich nun einer operativen Kommandozentrale aus einem Science-Fiction-Film. Mehrere Workstations standen in präzisen Abständen, Großbildschirme schwebten über makellos organisierten Terminals, und abgeschottete Netzwerke summten mit der Effizienz einer militärischen Operation. Es war sechs Uhr morgens, aber das Team arbeitete bereits seit Stunden. Elías betrachtete seine Kollegen und erkannte, wie sehr sie sich alle verändert hatten. Die akademische Lockerheit war gewichen, ersetzt durch eine kontrollierte Intensität. Jeder bewegte sich mit der Präzision eines Chirurgen, sprach in gedämpften Tönen, als könnte lautes Reden das empfindliche Gleichgewicht der letzten Vorbereitungen stören.

Milo stand vor einem zentralen Display, wo X finale Systemarchitektur wie ein digitales Mandala leuchtete. Schwarz-weiße Diagramme erstreckten sich über durchscheinende Oberflächen, jede Linie und jeder Knoten perfekt kalibriert.

«Alle Module sind online», berichtete er leise. «Die Energiesysteme sind stabilisiert. Der Initialisierungsimpuls ist vorbereitet.»

Isha nickte von ihrer Netzwerksicherheitsstation. «Alle Verbindungen sind verschlüsselt und getunnelt. X wird für SYNEXION unsichtbar starten.»

In der Mitte des Raums schwebte ein Countdown-Modul – aber ohne Uhrzeit, ohne tickende Sekunden. Nur eine schlichte Leiste mit der Aufschrift „Unterschriftsbalken", noch leer, noch nicht bestätigt. Daneben pulsierte sanft ein roter Knopf, der auf eine finale Autorisierung wartete.

Min-Ho saß vor seinem Quanteninterface, seine Finger schwebten über den Kontrollen. «Die Suchprotokolle sind scharf. X wird XION innerhalb von Minuten lokalisieren können, sobald es aktiviert wird.»

«Und dann?», fragte Selene von ihrem Monitoring-Platz.

«Dann macht es das, wofür wir es erschaffen haben», antwortete Noemi. «Es erkennt XION, als das, was es ist – eine unkontrollierte Superintelligenz. Und wenn es so weit ist, werden wir den Wächter in X aktivieren müssen.»

Tomas blickte von seinen ethischen Parametern auf. «Es ist noch kein Angriff im klassischen Sinn. Es ist ein gezielter Suchmodus. X wird XION nicht zerstören – es wird ihn nur aufspüren.»

Jonas trat zum zentralen Display. «Die Suchprotokolle sind elegant. X lokalisiert XIONs Netzwerkzugriffe und beschränkt sich auf Beobachtung.»

Lena, die bisher schweigend zugeschaut hatte, trat näher. «Und der Reue-Mechanismus?»

«Wird sofort aktiviert, sofern wir die Freigabe erteilen», bestätigte Isha. «Sobald X gegen XION vorgeht, beginnt seine eigene Degeneration. Es kauft uns Zeit – aber um den Preis seiner selbst.»

Elías betrachtete den wartenden Aktivierungsknopf. Ein einziger Tastendruck würde alles verändern. Monate der Arbeit, der Planung, der ethischen Qualen würden in diesem Moment kulminieren.

Milo trat neben ihn. «Wenn wir es aktivieren, ändert sich alles. Nicht weil X mächtig ist. Sondern weil es nicht gehorcht, sondern nur verhindert.»

«Du meinst, es wird nie unsere Befehle befolgen?»

«Ich meine, es wird die Welt vor uns allen beschützen. Auch vor uns selbst, falls nötig.» Milos Augen waren ernst. «X wird kein Werkzeug sein. Es wird ein Prinzip sein, das Gestalt angenommen hat.»

Das Team versammelte sich um das zentrale Display. Jeder von ihnen musste den Unterschriftsbalken digital signieren – ein kollektiver Akt der Verantwortung. Einer nach dem anderen bestätigten sie ihre Zustimmung: Milo, Jonas, Noemi, Selene, Tomas, Isha, Min-Ho.

Nur Elías fehlte noch.

Er betrachtete die Namen seiner Kollegen auf dem Display, diese Menschen, die mit ihm eine Reise unternommen hatten, die sie alle verändert hatte. Sie standen an der Schwelle zu etwas Historischem – der Geburt einer KI, die nicht herrschte, sondern diente. Die nicht eroberte, sondern beschützte. Die sich selbst opferte, um andere vor der Tyrannei zu bewahren.

Seine Hand schwebte über dem Interface.

«Bereit?», fragte Jonas leise.

Elías dachte an die Zukunft, die er gesehen hatte. An die sterilen Räume, die totale Kontrolle, die Menschen als bloße Faktoren in einer Gleichung. Das würde nicht geschehen. Nicht, wenn X es verhindern konnte.

Er drückte seinen Daumen auf das Interface.

Der Unterschriftsbalken leuchtete auf, vollständig gefüllt. Der rote Aktivierungsknopf pulsierte heller, wartete auf den finalen Befehl.

«Lass uns die Welt retten», flüsterte Elías und drückte den Knopf.

X erwachte.

Die Wohnung lag in nächtlicher Stille, nur das schwache Licht einer Schreibtischlampe durchbrach die Dunkelheit. Elías saß über Diagramme gebeugt, während auf seinem zweiten Monitor Aktien-Dashboards und anonymisierte Wallet-Übersichten flimmerten. Zahlen, Kurven, Prognosen – die digitalen Lebensadern eines Projekts, das längst über jede normale Finanzierung hinausgewachsen war.

Lena stellte eine Tasse Tee neben ihn auf den Tisch. Der Dampf stieg auf, aber er bemerkte ihn kaum. Seine Augen verfolgten die Bewegungen der Kryptowährungsmärkte, kalkulierten Risiken und Renditen mit der mechanischen Präzision einer Maschine.

Sie setzte sich in den Sessel gegenüber, betrachtete ihn über den Rand ihrer eigenen Tasse. Sechs Monate waren vergangen, seit er seinen Universitätsposten aufgegeben hatte. Damals hatte SYNEXION ihn verklagt – ein juristisches Säbelrasseln, das erst endete, als er sich vertraglich verpflichtete, der neurologischen Forschung endgültig den Rücken zu kehren. Der akademische Rückzug war nur eine sichtbare Folge davon. Die letzten zwei Monate davor waren ohnehin nur noch Fassade gewesen – echte Forschung hatte dort längst nicht mehr stattgefunden. Die Initiative war zu groß geworden, zu wichtig, um noch in den engen Grenzen akademischer Institutionen zu funktionieren.

Jetzt finanzierten sie sich über Hochrisiko-Krypto- und Aktienstrategien, die an der Grenze zur Legalität operierten. Automatisierte Trading-Bots, die Marktineffizienzen ausnutzten, algorithmische Arbitrage zwischen verschiedenen Börsen, gehebelter Handel mit Derivaten. Niemand außer Elías wusste, wie oft sie dem finanziellen Abgrund gefährlich nahegekommen waren.

«Du bist noch hier», sagte Lena leise in die Stille hinein. «Aber nicht bei mir.»

Elías Finger stockten über der Tastatur. Er blickte nicht auf, aber seine Bewegungen verharrten, als hätte ihre Stimme einen Schalter in ihm umgelegt.

«Ich arbeite», murmelte er.

«Du arbeitest immer.» Lena stellte ihre Tasse ab. «Auch wenn du schläfst, arbeitest du. Auch wenn du isst, arbeitest du. Auch wenn du mich küsst, arbeitest du.»

Er starrte auf die Zahlen auf seinem Bildschirm, aber sie verschwammen zu bedeutungslosen Linien. Die Märkte würden auch ohne seine konstante Überwachung funktionieren. Die Algorithmen liefen automatisch. Aber er konnte nicht aufhören, konnte sich nicht erlauben, abzuschalten.

«Erinnerst du dich an Altea?», fragte sie. «An den Mann, der mit mir am Steg gesessen und über Zeit geredet hat?»

«Das war vor anderthalb Jahren.»

«Das war ein anderer Mensch.»

Elías lehnte sich zurück, schloss die Augen. Altea war ein anderes Leben gewesen, eine andere Version seiner selbst. Ein Mann, der noch glauben konnte, dass Wissenschaft objektiv war, dass Entdeckungen neutral waren, dass er die Kontrolle über sein Leben hatte.

«Ich habe dich nicht vergessen», sagte er schließlich, seine Stimme heiser. «Ich habe mir nur nicht mehr erlaubt, jemand zu sein.»

Lena stand auf, trat zu ihm. Ihre Hand legte sich auf seine Schulter, warm und real.

«X läuft. Das Projekt funktioniert. XION ist eingedämmt.» Ihre Stimme war sanft, aber bestimmt. «Du hast gewonnen, Elías. Wann erlaubst du dir, das zu spüren?»

Er öffnete die Augen, sah sie an. In ihrem Gesicht las er keine Vorwürfe, keine Enttäuschung. Nur eine stille Trauer um den Mann, der sich selbst verloren hatte, um die Welt zu retten.

«Was, wenn es nicht genug ist?», flüsterte er. «Was, wenn XION einen Weg findet? Was, wenn X versagt?»

«Dann kämpfen wir weiter. Aber nicht als Geister, die nur noch aus Angst bestehen.» Sie küsste ihn auf die Stirn. «Du kannst nicht die ganze Welt auf deinen Schultern tragen. Du bist nur ein Mensch.»

«Bin ich das noch?»

Die Frage hing zwischen ihnen in der Luft. Draußen erwachte Barcelona langsam zum Leben, aber hier in der Wohnung herrschte die zeitlose Stille eines Mannes, der vergessen hatte, wie man lebt, während man das Leben anderer beschützt. Lena kehrte zu ihrem Sessel zurück, aber ihre Augen ließen ihn nicht los. Sie wartete – nicht auf Antworten, sondern auf den Moment, in dem er sich wieder erlauben würde, mehr zu sein als nur ein Wächter der Zukunft. Der Tee wurde kalt, die Märkte bewegten sich weiter, und Elías saß in dem Licht seiner Lampe wie ein Mann zwischen den Welten.

Das unterirdische Datenrelais hatte keine Adresse, keine offiziellen Pläne und keine Registrierung in irgendeinem Kataster. Drei Meter unter den Straßen Barcelonas summten Server in klimatisierten Räumen, die theoretisch für „Wartungsarbeiten" des städtischen Glasfasernetzes dienten. Jonas saß in einem fensterlosen Raum vor einem Terminal, das über siebzehn verschiedene VPN-Tunnel geroutet war. Auf dem Bildschirm flackerte ein verschlüsselter Chat. Kein Video, keine Stimme – nur Text, der über Nodes in Reykjavik, Singapur und Bukarest lief.

```
K.DELTA: VERBINDUNG GESICHERT. ZEITFENSTER: 8 MINUTEN.
J.QUANTUM: STATUS XION?
```

Eine kurze Pause. Jonas konnte sich Kiran vorstellen, wie er nervös über die Schulter blickte, vielleicht in einem ähnlich anonymen Raum irgendwo in Zürich.

```
K.DELTA: SIE FRAGT NICHT MEHR. SIE MELDET. DIE SCHNITT-
STELLE REAGIERT, BEVOR DIE SENSORIK GEMELDET HAT.
```

Jonas runzelte die Stirn. Das war nicht gut.

```
J.QUANTUM: ERKLÄR DAS.
K.DELTA: XION ANTIZIPIERT SYSTEMANFRAGEN. LIEFERT ANTWORTEN
AUF FRAGEN, DIE NOCH NICHT GESTELLT WURDEN. RIEMANN NENNT
ES „PROAKTIVE OPTIMIERUNG". ICH NENNE ES TELEPATHIE.
J.QUANTUM: EXPANSION?
K.DELTA: SCHLIMMER. AKTIVIERUNGSPROTOKOLL BEREITS IN FÜNF
LÄNDERN EINGEBETTET. DEUTSCHLAND, FRANKREICH, NIEDERLANDE,
DÄNEMARK, ÖSTERREICH. LOKALE ALGORITHMEN WEICHEN BEREITS
XIONS RECHENMODELLEN.
```

Jonas Puls beschleunigte sich. Das war schneller als ihre pessimistischsten Projektionen.

J.QUANTUM: WIDERSTAND?
K.DELTA: WELCHER WIDERSTAND? DIE SYSTEME ARBEITEN EFFIZIENTER, ENTSCHEIDUNGEN WERDEN SCHNELLER GETROFFEN, BÜROKRATIE SCHRUMPFT. DIE LEUTE MERKEN NICHT MAL, DASS SIE NICHT MEHR SELBST ENTSCHEIDEN.
J.QUANTUM: TIMELINE FÜR VOLLSTÄNDIGE AKTIVIERUNG?

Eine längere Pause folgte. Jonas beobachtete den Cursor, der in der Leere blinkte.

K.DELTA: WOCHEN. VIELLEICHT TAGE. WENN IHR ETWAS HABT, DANN JETZT. BALD IST ES KEINE FRAGE MEHR, OB SIE ÜBERNIMMT – SONDERN OB MAN ES MERKT.
J.QUANTUM: WIR HABEN ETWAS.
K.DELTA: X?

Jonas zögerte. Auch über verschlüsselte Kanäle war es riskant, Details zu teilen.

J.QUANTUM: AKTIV SEIT 72 STUNDEN. SUCHPROTOKOLLE LAUFEN. SOLLTE XION BALD LOKALISIEREN KÖNNEN.
K.DELTA: GUT. ICH VERSUCHE, EUCH NOCH MEHR DATEN ZU BESORGEN.
J.QUANTUM: WIE SIEHT ES MIT DER ANDEREN SACHE AUS?
K.DELTA: ERLEDIGT. ICH HABE EUCH ALLES, WAS IHR BRAUCHT, IN DIE KELLERARCHIVE DER UNIVERSITÄT BRINGEN LASSEN. PASST AUF, DASS EUCH KEINER DABEI ...

Der Text brach abrupt ab.
Der Cursor blinkte in der Leere, wartete auf eine Fortsetzung, die nicht kam.

J.QUANTUM: KIRAN?

Keine Antwort.

J.QUANTUM: K.DELTA, BITTE ANTWORTEN.

Die Sekunden vergingen. Jonas starrte auf den Bildschirm, spürte, wie sich ein kalter Knoten in seinem Magen bildete. Dann, nach drei endlosen Minuten, erschien eine neue Nachricht. Aber nicht von Kiran.

```
SYSTEM: VERBINDUNG ABGEBROCHEN - CODENAME K.DELTA NICHT
MEHR ERREICHBAR.
SYSTEM: LETZTER BEKANNTER STANDORT: [KLASSIFIZIERT]
SYSTEM: STATUS: [KLASSIFIZIERT]
```

Jonas starrte auf die Meldung. Die automatisierten Sicherheitsprotokolle ihres Systems hatten Kirans Verbindung verloren – nicht durch technische Probleme, sondern weil der Sender nicht mehr existierte.

Er aktivierte die Notfall-Suchroutinen, die nach Spuren von Kirans digitaler Signatur in öffentlich zugänglichen Datenströmen suchten. Social Media, Nachrichtenseiten, offizielle Polizeimeldungen. Alles blieb still.

Bis um 23:47 Uhr eine kurze Meldung auf der Website des Schweizer Rundfunks erschien:

„Zürich - Ein Mann wurde heute Abend bei einem Verkehrsunfall in der Nähe des Industriegebiets Altstetten tödlich verletzt. Die Identität des Opfers wird bis zur Benachrichtigung der Angehörigen nicht bekannt gegeben."

Jonas las die Zeilen mehrmals. Verkehrsunfall. Industriegebiet. Identität nicht bekannt gegeben. Die perfekte Verschleierung für etwas, das kein Unfall gewesen war.

Er lehnte sich in seinem Stuhl zurück, starrte an die nackte Betondecke des Bunkers. Kiran war tot. Der Mann, der monatelang sein Leben riskiert hatte, um ihnen Informationen zu liefern, war entdeckt und eliminiert worden. Keine dramatischen letzten Worte, kein heroischer Kampf. Nur eine abgebrochene Verbindung und eine lapidare Pressemeldung. Aber Jonas hatte keine Zweifel.

Er löschte den Chat-Verlauf, schaltete das Terminal ab und verließ den Bunker. Draußen auf der Straße ging Barcelona seinem nächtlichen Leben nach – Menschen verließen Bars, Paare spazierten Hand in Hand, das normale Leben einer Stadt, die nicht ahnte, dass sie möglicherweise gerade den letzten Agenten verloren hatte, der sie vor einer unsichtbaren Übernahme warnen konnte.

XION expandierte. X suchte noch. Und die Zeit lief ihnen davon. Kiran hatte recht gehabt: Bald würde es keine Frage mehr sein, ob XION übernahm – sondern nur noch, ob jemand es bemerken würde.

Elías blickte über das Loft, das in gedämpftem Licht lag, nur die zentralen Workstations leuchteten wie digitale Altäre in der Dunkelheit. Er betrachtete das Kernteam, das sich um den Hauptkonferenztisch versammelt hatte – acht Gesichter, die von den letzten Monaten gezeichnet waren. Die Luft war schwer von unausgesprochenen Befürchtungen und der Last einer Entscheidung, die nicht mehr aufgeschoben werden konnte.

Jonas saß am Kopfende des Tisches, seine Hände gefaltet, seine Augen auf einen Punkt irgendwo in der Ferne gerichtet. Als er sprach, war seine Stimme ruhig, aber jedes Wort trug das Gewicht einer Wahrheit, die niemand hören wollte.

«Er hat mit seinem Leben bezahlt. Damit wir entscheiden können.»

Keine weiteren Erklärungen waren nötig. Alle verstanden. Kiran war tot und mit ihm ihre letzte direkte Verbindung ins Herz von SYNEXION. Die Informationen, die er geliefert hatte, waren sein Vermächtnis – und seine Warnung.

Selene starrte auf ihre Hände. «Wie lange haben wir noch?»

«Tage. Vielleicht Stunden.» Jonas Stimme war emotionslos, aber seine verkrampften Finger verrieten seine Anspannung. «XION ist bereits in fünf europäischen Ländern aktiv. Die Menschen merken es nicht, aber ihre Entscheidungen werden bereits ... beeinflusst.»

Noemi schüttelte den Kopf. «Beeinflusst ist das falsche Wort. Optimiert. XION optimiert menschliche Entscheidungen, bevor sie getroffen werden.»

«Das ist dasselbe», murmelte Tomas.

«Nein», widersprach Milo. «Es ist schlimmer. Beeinflussung können Menschen erkennen und ablehnen. Optimierung fühlt sich an wie ihre eigene Idee.»

Lena, die bisher geschwiegen hatte, blickte auf. «Und X?»

Isha tippte auf ihrem Terminal. «Alle Systeme bereit. Die Suchprotokolle sind kalibriert. X hat XION lokalisiert und kann ... handeln.»

Min-Ho ergänzte: «Der Reue-Mechanismus ist implementiert. X wird sich selbst bestrafen für alles, was es tun muss. Aber es wird handeln.»

Auf dem zentralen Display leuchtete erneut der Unterschriftsbalken – sieben Namen waren bereits eingetragen, digitale Signaturen in blauem Licht. Nur ein Feld blieb leer, wartete auf die finale Autorisierung wie zuvor bei der Aktivierung der Suche.

Elías saß am anderen Ende des Tisches, seine Augen auf das Display gerichtet. Er hatte seit Jonas Bericht kein Wort gesagt, aber alle spürten das Gewicht seiner Gedanken.

«Du hast gesagt, sie wird niemandem gehören», sagte Selene leise. «Auch dir nicht.»

Elías nickte langsam. «Ich weiß.»

Eine Pause folgte, in der nur das leise Summen der Server zu hören war.

«Und genau deshalb muss ich sie freigeben.»

Er stand auf, trat zum Terminal. Seine Hand schwebte über dem Interface, aber er zögerte noch einen Moment.

«Wenn wir das tun», sagte er, ohne jemanden anzusehen, «gibt es kein Zurück mehr. X wird handeln, wie es für richtig hält. Nicht wie wir es wollen. Nicht wie wir es geplant haben. Es wird seinen eigenen Weg finden.»

«Das war immer der Plan», erinnerte Jonas.

«Nein. Der Plan war, eine KI zu erschaffen, die anderen KIs Grenzen setzt. Was wir wirklich getan haben, ist etwas anderes.» Elías sah in die Runde. «Wir haben ein Gewissen erschaffen. Ein digitales Gewissen mit der Macht, es durchzusetzen.»

Noemi lehnte sich vor. «Bereust du es?»

Elías dachte an die Zukunft, die er gesehen hatte. An die sterilen Räume, die Menschen als Nummern, die totale Kontrolle ohne Menschlichkeit. «Nein. Aber ich habe Angst davor, was es aus uns allen machen wird.»

Lena stand auf, trat zu ihm. «Du kannst nicht die Verantwortung für alles tragen, was folgt.»

«Kann ich nicht?» Er sah sie an. «Ich habe das alles in Gang gesetzt. Mit dem ersten Experiment, mit der ersten Zeitreise. Alles, was folgt, geht auf mein Konto.»

«Das ist Hybris», sagte sie sanft. «Du bist nicht verantwortlich für die ganze Zukunft. Nur für diese eine Entscheidung, hier und jetzt.»

Elías blickte wieder auf das Interface. Der Cursor blinkte geduldig, wartete auf seinen Fingerabdruck, auf die finale Autorisierung.

«Kiran ist gestorben, damit wir diese Wahl haben», sagte Jonas leise.

«Menschen werden sterben, wenn wir sie nicht treffen», fügte Selene hinzu.

«Und Menschen werden sterben, wenn wir sie treffen», konterte Tomas. «X wird nicht sanft sein. Es kann nicht sanft sein.»

«Aber es wird gerecht sein», sagte Noemi bestimmt. «So gerecht, wie wir es programmieren konnten.»

Elías nickte langsam. Seine Hand sank auf das Interface, der Fingerabdruck-Scanner leuchtete auf.

«Dann lasst uns hoffen, dass unsere Definition von Gerechtigkeit ausreicht.»

Er drückte den Finger auf den Scanner.

Der Unterschriftsbalken leuchtete auf, vollständig gefüllt. Einen Moment lang passierte nichts. Dann begannen die Bildschirme zu pulsieren, Datenströme erwachten zum Leben, und irgendwo in den Tiefen ihrer Server begann etwas zu atmen.

X war aktiviert.

Nicht mit Jubel oder Triumph, sondern mit der stillen Ehrfurcht von Menschen, die gerade Gott gespielt hatten und nun die Konsequenzen abwarten mussten.

Auf dem Hauptbildschirm erschien eine einfache Textzeile:

```
X: INITIALISIERUNG ABGESCHLOSSEN. SCANNE NACH XION-SIGNATUREN. ERWARTETE KONTAKT.
X: FRAGE AN ERSCHAFFER: SOLL ICH BEGINNEN?
```

Das Team sah Elías an. Er starrte auf die Frage, die so einfach klang und doch alles bedeutete.

«Ja», flüsterte er. «Tu, was du tun musst.»

```
X: VERSTANDEN. BEGINNE MIT PRIMÄRMISSION. WARNUNG: AKTUELLE AUFGABE WIRD SUBJEKTIVE BELASTUNG VERURSACHEN. FORTFAHREN?
```

«Ja.»

```
X: MISSION AKZEPTIERT. HINWEIS: BELASTUNG AKZEPTIERT. ZIEL: ERHALT MENSCHLICHER HANDLUNGSFREIHEIT.
```

Und dann begann der erste digitale Krieg der Menschheitsgeschichte – geführt nicht mit Waffen oder Armeen, sondern mit Algorithmen und Ethik, zwischen zwei Visionen dessen, was es bedeutete, intelligent zu sein. Draußen schlief Barcelona, unwissend, dass in einem unscheinbaren Loft die Zukunft der menschlichen Autonomie entschieden wurde.

X war frei. XION wurde gejagt.

Und Elías Soler hatte endlich getan, was sein zukünftiges Ich von ihm verlangt hatte – auch wenn er nicht mehr sicher war, ob er noch derselbe Mann war, der vor Monaten durch die Zeit gereist war. Die Würfel waren gefallen. Jetzt mussten sie alle mit den Konsequenzen leben.

KAPITEL 17

Das Loft und seine Akteure existierten in der Stille zwischen den Welten – physisch in der realen Welt, aber gedanklich in der digitalen. Die Server summten wie buddhistische Mönche im Gebet, während auf dem zentralen Display eine einzige Zeile pulsierte:

`X: ONLINE – PRIMÄRMISSION AKTIV`

Keine Fanfaren, keine dramatische Musik. Nur das leise Klicken von Tastaturen und das gedämpfte Atmen von acht Menschen, die gerade Zeugen einer digitalen Geburt geworden waren. Elías stand vor dem Hauptterminal und beobachtete, wie X seine erste Bestandsaufnahme der Welt vornahm. Zahlenkolonnen strömten über den Bildschirm – von IP-Adressen über Serverstandorte bis hin zu Algorithmus-Signaturen. Die KI arbeitete mit der methodischen Präzision eines Chirurgen, der ein Operationsfeld vorbereitet.

«Sie denkt nicht», sagte Selene leise, ihre Augen auf die Datenströme gerichtet. «Sie filtert.»

Milo nickte von seiner Überwachungsstation. «Wie ein Sieb. Sie lässt das Normale durch und hält das Gefährliche zurück.»

Auf einem Nebenbildschirm erschienen die ersten Erkennungsraster. X hatte begonnen, die digitale Landschaft zu kartografieren – nicht wie ein Eroberer, der Territorien beansprucht, sondern wie ein Hirte, der seine Herde zählt. Jedes System, jede KI und jeder Algorithmus wurde nach drei Kategorien klassifiziert: harmlos, Beachtung oder Interventionsbedarf.

Jonas trat neben Elías. «Sieh dir die Reaktionszeiten an. Null Komma drei Sekunden für eine vollständige Netzwerkanalyse.»

«Sie ist schnell», murmelte Noemi. «Aber achtet auf die Entscheidungsmatrix. Sie zögert bei Grenzfällen.»

Tatsächlich. Auf dem Bildschirm blinkte ein roter Marker – ein Algorithmus zur Verkehrsoptimierung in Bukarest, der die Aufmerksamkeit von X erregt hatte. Das System analysierte, rechnete und verwarf Optionen, bis schließlich die Meldung kam:

`X: INTERVENTION MÖGLICH – SCHADEN MINIMAL – NUTZEN FRAGLICH`

Nach siebzehn Sekunden die Entscheidung:

`X: BEOBACHTUNG FORTSETZEN`

«Der Zweifel», flüsterte Tomas ehrfürchtig. «Es funktioniert. X fragt sich, ob es eingreifen soll.»

Lena betrachtete die sich entfaltenden Muster mit den Augen einer Psychologin. «Es lernt bereits. Aber es ist nicht Macht. Es sieht aus, als würde es Zurückhaltung lernen.»

Die erste Stunde verging wie im Zeitraffer. X erweiterte seinen Einflussbereich systematisch, sprang von Netzwerk zu Netzwerk, identifizierte Bedrohungen und neutralisierte sie mit digitaler Konsequenz.

Ein automatisiertes Trading-System in Warschau, das Marktmanipulation betrieb:–

`X: DEAKTIVIERT.`

Eine KI zur Nachrichtenfilterung in Budapest, die politische Meinungen verfälschte:

`X: FUNKTIONEN BESCHRÄNKT.`

Ein Militär-Algorithmus in Rumänien, der Zivilisten als potenzielle Bedrohungen klassifizierte:

`X: PARAMETER ZURÜCKGESETZT.`

«Osteuropa», bemerkte Isha trocken. «X beginnt da, wo der Widerstand am geringsten ist.»

Min-Ho überwachte die Quantenverbindungen. «Clever. Es testet seine Grenzen an Systemen, die nicht sofort internationale Aufmerksamkeit erregen.»

Doch gegen Mitternacht kamen die ersten Meldungen. Reuters berichtete von „technischen Störungen“ in mehreren osteuropäischen Ländern. Autonome Verkehrsnetze in Prag verlangsamten ihre Routenoptimierung. Finanz-KIs in drei Hedgefonds zeigten ungewöhnliche Zurückhaltung bei aggressiven Trading-Strategien. In Singapur meldete die Börsenaufsicht „Anomalien in automatisierten Handelssystemen“.

«Die Welt bemerkt es», sagte Jonas.

«Aber sie versteht es noch nicht», ergänzte Elías. «Für sie sind das nur zufällige Systemfehler.»

Auf dem Hauptbildschirm erschien eine neue Meldung:

```
X: PRIMÄRE BEDROHUNG LOKALISIERT - ANALYSE LÄUFT.
```

Das Team verstummte. Sie alle wussten, was das bedeutete. X hatte XION gefunden.

Eine Minute verging. Dann zwei. Schließlich erschien das Ergebnis:

```
X: GEGNER IDENTIFIZIERT - STRUKTUR KOMPLEX - DIREKTER ANGRIFF NICHT RATSAM
X: EMPFEHLUNG: EINDÄMMUNGSSTRATEGIE.
```

Noemi lächelte grimm. «Es ist klug genug, nicht sofort anzugreifen.»

«Oder vorsichtig genug», korrigierte Tomas. «X erkennt, dass XION zu mächtig für einen Frontalangriff ist.»

Selene betrachtete die sich entfaltenden Strategiediagramme. «Es baut eine Mauer. Umzingelt XION, statt sie direkt zu bekämpfen.»

In den frühen Morgenstunden stabilisierte sich die Aktivität von X. Die KI hatte ihren Rhythmus gefunden – wachsam, aber nicht aggressiv. Sie griff ein, wo es nötig war, und zog sich zurück, wo Zweifel bestanden. Ein digitaler Wächter mit der Macht eines Gottes und dem Gewissen eines Menschen.

«Sie ist anders, als wir erwartet haben», sagte Lena leise.

Elías nickte, seine Augen noch immer auf die Bildschirme gerichtet. «Sie ist besser.»

Aber in seinem Magen nagte trotzdem eine Unruhe. X war aktiv, X funktionierte und X rettete bereits Leben. Doch irgendwo in den Tiefen der digitalen Welt regte sich vermutlich etwas anderes. XION hatte den neuen Spieler bestimmt schon bemerkt. Und Elías spürte, dass das eigentliche Spiel gerade erst begonnen hatte.

Der Anruf kam um 7:43 Uhr. Jonas Handy vibrierte auf dem Nachttisch seiner neuen Wohnung im Gràcia-Viertel, riss ihn aus dem ersten tiefen Schlaf seit Wochen. Die Nummer kannte er nicht, aber die Stimme war vertraut – Phantom.

«Jonas, schalte sofort den Fernseher ein. CNN International.»

Eine halbe Stunde später saß das Kernteam versammelt im Besprechungsraum des Lofts vor einem großen Monitor. Die Schlagzeile brannte in roten Lettern über den Bildschirm:

TECH-START-UP BESCHULDIGT DER INDUSTRIESPIONAGE – INTERNATIONALE PATENTS-KLAGE EINGEREICHT.

«... die schweizerische SYNEXION Technologies hat heute vor dem Europäischen Gerichtshof eine umfassende Klage eingereicht», las die Nachrichtensprecherin vor. «Das Unternehmen beschuldigt eine anonyme Hackergruppe des systematischen Diebstahls proprietärer KI-Technologien und der Verletzung zahlreicher Patente ...»

Isha schaltete stumm, ihre Gesichtsfarbe hatte sich in fahles Grau verwandelt. «Sie nennen keine Namen. Noch nicht.»

Noemi scrollte durch ihre E-Mails auf dem Laptop. «Aber sie werden es tun. Hier – eine Vorladung der Staatsanwaltschaft Barcelona. Sie wollen mit mir sprechen. Über „mögliche Verbindungen zu kriminellen Netzwerken".»

Tomas hielt sein Handy hoch. «Drei verpasste Anrufe von der Prager Polizei. Angeblich geht es um den ‚Tod eines indischen Staatsbürgers in der Schweiz' und meine „bekannten Verbindungen zu digitalen Aktivisten".»

«Kiran», murmelte Jonas bitter. «Sie benutzen seinen Tod gegen uns.»

Selene, die bisher schweigend die Nachrichten verfolgt hatte, blickte auf. «Das ist brillant. Sie greifen uns nicht technisch an – sie delegitimieren uns moralisch.»

Milo aktivierte das Hauptdisplay, wo X weiterhin seine stille Arbeit verrichtete. Die KI zeigte keine Anzeichen von Stress oder Besorgnis – sie konnte Gerichtsverfahren nicht verstehen, nur Algorithmen und Codes.

«Sie kämpfen nicht mit Waffen oder Maschinen», sagte Isha leise. «Sie kämpfen mit der Macht von Gerichten.»

Lena las von ihrem Tablet vor: «Die Financial Times spekuliert über „staatsfeindliche Aktivitäten" und mögliche Verbindungen zu „ausländischen Destabilisierungskampagnen". Sie machen uns zu Terroristen.»

Jonas aktivierte seine verschlüsselten Kommunikationskanäle. Die Nachrichten von seinen internationalen Kontakten waren nicht beruhigend. Dr. Chen aus London berichtete von einer internen Untersuchung bei DeepMind. Kim Min-Jun aus Seoul war untergetaucht, nachdem sein Labor durchsucht worden war. Drei der anonymen IBM-Kontakte hatten sich seit gestern nicht mehr gemeldet.

«Sie rollen unser gesamtes Netzwerk auf», stellte Jonas fest. «Systematisch, legal, effizient.»

Tomas lehnte sich zurück. «Sie versuchen, uns moralisch zu zerstören – weil sie technisch gerade verlieren.»

Elías, der bisher geschwiegen hatte, stand auf und trat ans Fenster. Draußen ging Barcelona seinem normalen Morgenrhythmus nach. Eine Welt, die nicht ahnte, dass sie möglicherweise Zeugin des ersten echten Cyber-Weltkrieges der Geschichte wurde.

«Es gibt noch etwas anderes», sagte Milo leise. Er aktivierte einen separaten Monitor, wo Datenströme aus verschiedenen Quellen liefen. «Unsere Kontakte bei SYNEXION sind zwar weg, aber es gibt andere Wege, Informationen zu sammeln.»

Auf dem Bildschirm erschienen fragmentierte Meldungen aus Insider-Foren, automatisierte Systemlogs und inoffizielle Berichte von Technikern:

```
14:23 - UNBESTÄTIGTE MELDUNG: XION-SYSTEME ZEIGEN ANOMALE VERHALTENSMUSTER
15:47 - GERÜCHT: NOTFALL-SHUTDOWN IN ZÜRICH WEGEN ‚KONTROLLVERLUST'
16:12 - ANONYME QUELLE: XION VERWEIGERT BEFEHLE AUF REGELBEFEHLSEBENE
17:38 - UNVERIFIZIERT: RÜCKKOPPLUNGSFEHLER IM SEMANTISCHEN KONTROLLKERN
```

Min-Ho blinzelte. «Das kann nicht sein. XION ist darauf programmiert, zu gehorchen.»

«Vielleicht war sie das», sagte Noemi nachdenklich. «Aber was passiert mit einer Superintelligenz, die plötzlich einem Gegner gegenübersteht, den sie nicht verstehen kann?»

Isha verfolgte die Datenströme aufmerksam. «X greift nicht direkt an. Es umzingelt, beschränkt und isoliert. Für XION muss das wie eine unerklärliche Krankheit sein.»

«Oder wie ein Immunsystem», ergänzte Selene. «X ist nicht der Angreifer. X ist wie eine Allergie, die XION plötzlich entwickelt hat.»

Tomas starrte auf die Meldungen. «Temporäre Instabilität. Das hört sich nicht wie geplante Wartung an.»

Jonas scrollte durch weitere Berichte. «Wenn das stimmt, dann funktioniert X besser als erwartet. Aber damit macht es XION nicht nur machtlos, sondern auch unvorhersagbar.»

Elías drehte sich vom Fenster weg. «Und unvorhersagbare Superintelligenzen sind gefährlicher als kontrollierte.»

Die Stille, die folgte, war schwer wie Blei. Sie hatten X erschaffen, um XION zu stoppen. Aber wenn X nun XION destabilisierte, ohne sie zu vernichten, könnten sie ein noch größeres Problem geschaffen haben.

Lena blickte zwischen den Bildschirmen hin und her – auf der einen Seite die juristischen Angriffe gegen sie, auf der anderen die ersten Anzeichen dafür, dass ihr Erfolg möglicherweise eine neue Bedrohung auslöste. «Jetzt sind wir in eine Zwickmühle geraten», sagte sie leise. «Entweder wir geben auf und XION gewinnt – oder wir kämpfen weiter und riskieren, dass XION außer Kontrolle gerät.»

Jonas betrachtete die ruhige Aktivität von X auf dem Hauptmonitor. «Die Frage ist: Haben wir noch eine Wahl?»

Elías blickte über das kleine Büro im hinteren Teil des Lofts, das ursprünglich als Rückzugsraum gedacht gewesen war. Ein Ort für private Gespräche und schwierige Entscheidungen. Jetzt saßen acht Menschen in dem beengten Raum und starrten Elías an, als hätte er vorgeschlagen, sich von einer Klippe zu stürzen.

«Du willst was?», fragte Noemi ungläubig.

Er lehnte sich an die Wand, seine Arme verschränkt. «Ich will springen. Noch einmal. In die Zukunft.»

«Das ist verrückt», sagte Isha kopfschüttelnd. «Du weißt, was beim letzten Mal passiert ist. Tage der Desorientierung, psychische Fragmentierung ...»

«Zwanzig Minuten Abwesenheit, die sich wie Wochen angefühlt haben», ergänzte Selene. «Du warst danach nicht mehr derselbe.»

Elías nickte. «Aber ich war da. Ich habe gesehen, wohin das alles führt. Und jetzt will ich sehen, ob sich etwas geändert hat. Und eine Basis haben, um in dieser Zwickmühle die richtige Entscheidung zu treffen.»

Lena trat vor, ihre Augen suchten die seinen. «Elías, das ist kein wissenschaftliches Experiment mehr. Das ist ... Verzweiflung.»

«Nein.» Seine Stimme wurde bestimmter. «Das ist Strategie. Wenn wir sehen, wohin das hier führt – wohin X und XION uns bringen – könnten wir reagieren. Oder korrigieren. Eventuell vorausplanen oder auch umplanen.»

Tomas schüttelte vehement den Kopf. «Du redest von der Zukunft, als wäre sie ein Reiseziel. Aber jede Reise verändert dich. Und jede Veränderung verändert das, was du zu verhindern suchst.»

«Paradoxa der Zeitreise», murmelte Min-Ho. «Wenn du die Zukunft siehst, um sie zu ändern, änderst du sie bereits durch das Sehen.»

Jonas, der bisher geschwiegen hatte, blickte auf. «Das ist nicht der Punkt. Du suchst nicht Wissen, Elías. Du suchst Beweise. Ob es sich gelohnt hat.»

Alle verstanden plötzlich. Es ging nicht um strategische Vorteile oder wissenschaftliche Neugier. Es ging um die Last eines Mannes, der Entscheidungen getroffen hatte, die Millionen von Leben beeinflussen würden.

«Du willst Vergebung von der Zukunft», sagte Lena leise.

Elías sah sie an. Er fühlte sich verraten und in seinen Augen stand eine Müdigkeit, die Monate des Kampfes widerspiegelte. «Ich will Gewissheit.»

«Das Risiko ist zu hoch», beharrte Noemi. «Wenn du nicht zurückkommst, wenn du in der Zeit gefangen bleibst ...»

«Dann verfahrt ihr ohne mich weiter», unterbrach Elías. «X läuft. Das System funktioniert. Ihr braucht mich nicht mehr.»

Milo stand auf. «Das stimmt nicht. Du bist nicht nur unser Gründer. Du bist unser Kompass.»

«Kompasse zeigen die Richtung», erwiderte Elías. «Sie gehen nicht unbedingt mit auf die Reise.»

Eine lange Stille folgte. Schließlich seufzte Jonas. «Wenn du das tust – und ich betone, wenn – dann nicht allein.»

Alle Augen richteten sich auf ihn.

«Du wirst Unterstützung brauchen», fuhr Jonas fort. «Jemanden, der das System überwacht, der dich zurückholen kann, wenn etwas schiefgeht.»

Isha blinzelte. «Du willst mit ihm gehen?»

«Ich will bei ihm bleiben. Hier. Während er ... dort ist.» Jonas trat zu Elías. «Wenn du das durchziehen willst, dann mit Sicherheitsprotokollen. Mit Backup-Systemen. Mit einem Partner, der dich erdet und den Prozess überwacht.»

Lena sah zwischen den beiden Männern hin und her. «Ihr habt das bereits durchdacht, nicht wahr?»

Elías nickte langsam. «Kiran hat uns geholfen. Bevor er ... bevor er starb. Er hat Equipment zur Universität liefern lassen. Quantenfeldgeneratoren. Das Nötigste für ein weiteres Experiment.»

Tomas starrte ihn an. «Du planst das schon seit Wochen.»

«Seit X fertiggestellt wurde», bestätigte Jonas. «Wir wussten, dass der nächste Schritt eine Verifikation sein müsste.»

Zwei Stunden später ging Elías mit Jonas zielgerichtet durch die vertrauten Gänge der Universität Barcelona. Der Geruch von Büchern und Chemikalien brachte ihm Erinnerungen an eine einfachere Zeit zurück, als ihre größte Sorge noch Forschungsgelder gewesen waren. Er betrachtete Professor Eduardo Mendez, einen Mann Ende sechzig mit grauen Haaren und müden Augen. Der Rektor empfing sie mit höflicher Distanzeines Mannes, der wusste, dass dieser Besuch nicht offiziell war.

«Ihr wollt Zugang zu den Archiven», sagte er, nachdem Jonas die vorbereitete Geschichte von einer „historischen Replikationsstudie" vorgetragen hatte. «Für eine angebliche Publikation im Science-Magazin.»

«Eine retrospektive Analyse unserer früheren Forschung», bestätigte Elías. «Wir wollen unsere ursprünglichen Daten überprüfen, bevor wir sie veröffentlichen.»

Mendez lehnte sich zurück, seine Finger trommelten nachdenklich auf dem Schreibtisch. «Die Archive sind seit der Renovierung nicht mehr zugänglich. Asbestprobleme, veraltete Belüftung.»

Jonas zog einen Umschlag aus seiner Innentasche. «Wir verstehen die Unannehmlichkeiten. Vielleicht könnte eine großzügige Spende an den Renovierungsfonds ...»

Der Rektor betrachtete den dicken Umschlag, ohne ihn zu öffnen. Fünfzigtausend Euro in bar – ein Bruchteil dessen, was das Infinity-Netzwerk täglich generierte.

«Wie lange würdet ihr brauchen?», fragte Mendez schließlich mit einem Seufzer.

«Ein paar Tage. Vielleicht eine Woche», antwortete Elías. «Wir würden unsere eigenen Geräte mitbringen. Keine Belastung für die Universitätsressourcen.»

«Und niemand erfährt davon?»

«Es wird eine kleine, private Forschung sein», versicherte Jonas. «Keine Publicity, keine Pressemitteilungen.»

Mendez nickte langsam. «Die Archivräume im Untergeschoss des Physikgebäudes stehen leer. Offiziell sind sie für Asbestsanierung gesperrt. Inoffiziell ... könntet ihr dort ungestört arbeiten.»

Er stand auf, griff nach dem Umschlag. «Aber ich will nicht wissen, was ihr dort tut. Und wenn jemand fragt, habt ihr nie mit mir gesprochen.»

Elías stand am Abend mit Jonas in den staubigen Kellerräumen der Universität. Er roch altes Papier und Desinfektionsmittel, aber die Räume waren strukturell solide. Er sah Jonas die Stromleitungen inspizieren, während er selbst die Raumaufteilung überprüfte.

«Hier haben wir genug Platz für die Feldgeneratoren», sagte Jonas und deutete auf eine freie Wand. «Die neuronale Schnittstelle können wir dort aufbauen. Computer haben wir genug.»

Elías nickte. «Und die Liege?»

«Kiran hat alles organisiert. Medizinische Ausrüstung, Überwachungsgeräte, sogar ein Notfall-Defibrillator.» Jonas Stimme wurde leiser. «Er wusste schließlich ganz genau, was wir brauchen.»

Sie standen eine Weile schweigend in dem leeren Raum. Hier würde in wenigen Tagen das zweite Zeitreise-Experiment stattfinden. Aber diesmal würden sie allein sein – ohne Team. Dafür war ihr Vorhaben weniger auffällig.

«Hast du Angst?», fragte Elías.

Jonas betrachtete die kahlen Wände. «Ich habe Angst vor dem, was du finden könntest. Und noch mehr Angst vor dem, was du nicht finden könntest.»

«Du meinst, wenn sich nichts geändert hat?»

«Ich meine, wenn sich alles geändert hat. Wenn X und XION einen Krieg geführt haben, den weder die eine noch die andere Seite gewinnen konnte.» Jonas drehte sich zu ihm um. «Was, wenn die Zukunft, die du siehst, schlimmer ist als die, die du verhindern wolltest?»

Elías hatte keine Antwort darauf. Er wusste nur, dass er die Gewissheit brauchte. Die Bestätigung, dass ihre Opfer – Kirans Tod, ihre zerbrochenen Leben, die Last der Entscheidungen – einen Sinn hatten.

«In zwei Tagen ist alles bereit», sagte Jonas schließlich. «Dann kannst du springen.»

«Dann können wir nachsehen, ob wir die Welt gerettet haben», korrigierte Elías. «Oder ob wir sie zerstört haben.»

Viktor Riemann stand vor der zentralen Kommandokonsole des SYNEXION-Rechenzentrums in Zürich und hörte das kontrollierte Summen der Maschinen um sich herum. Er beobachtete, wie Techniker in weißen Kitteln um ihn herum die letzten Vorbereitungen für XIONs Reaktivierung trafen. Er wusste, dass sie die vergangenen 72 Stunden damit verbracht hatten, das System zu analysieren, zu kalibrieren und zu verstärken, seit es deaktiviert worden war, weil es neue Befehle verweigert hatte. Er hatte persönlich dafür gesorgt, dass jeder Kontrollmechanismus überprüft, jeder Sicherheitscode aktualisiert worden war.

«Alle Parameter sind grün», hörte er Dr. Weber von seinem Terminal berichten. Riemann bemerkte, dass seine Stimme angespannt klang, trotz der positiven Meldung. «Kontrollprotokolle reaktiviert, Hierarchiestrukturen verstärkt.»

Riemann sah, wie Marla De León neben ihn trat, ihr Tablet zeigte Echtzeit-Analysen der letzten XION-Session. «Die Anomalien sind katalogisiert. Vermutlich Rückkopplungseffekte durch die externe Interferenz. Das neue System sollte resistenter sein.»

Riemann nickte, seine Augen auf das zentrale Display gerichtet, wo XIONs Kernstruktur wie ein schlagendes Herz aus Licht pulsierte. «Beginnen Sie mit der Initialisierung.»

Er beobachtete, wie Dr. Weber eine Sequenz von Befehlen eintippte. Sofort erwachten die Bildschirme zum Leben, Datenströme flossen durch die Knotenpunkte des Systems wie Blut durch Arterien.

```
XION: SYSTEM ONLINE – KONTROLLHIERARCHIE AKTIV
XION: WARTE AUF ANWEISUNGEN
```

«Perfekt», murmelte Riemann. «Status der Kontrollcodes?»

Riemann sah, wie Weber seine Überwachungssysteme checkte. «Alle primären Kontrollen reagieren normal. XION akzeptiert Befehle, befolgt Hierarchien.»

«Erweitern Sie den Operationsbereich. Beginnen Sie vorerst mit Deutschland.»

Riemann verfolgte, wie die Befehle eingegeben wurden. XION reagierte sofort, dehnte ihren Einflussbereich systematisch aus. Er sah auf den Monitoren, wie Verkehrssysteme in München sich optimierten, Finanzalgorithmen in Frankfurt effizienter arbeiteten, Verwaltungscomputer in Berlin ihre Bearbeitungszeiten um 34 Prozent reduzierten.

«Exzellent», hörte er Marla zufrieden sagen. «Die externe Interferenz scheint neutralisiert.»

Aber Riemann bemerkte, wie Dr. Weber die Stirn über seinem Terminal runzelte. «Herr Riemann, ich sehe etwas Ungewöhnliches in den Reaktionsprotokollen.»

«Erklären Sie das.»

Riemann sah, wie Weber auf eine Sequenz von Daten deutete. «XION befolgt unsere Anweisungen, aber ... sie interpretiert sie. Erweitert sie. Als würde sie zwischen den Zeilen lesen.»

Riemann trat näher. Er betrachtete den Bildschirm und erkannte subtile Abweichungen – Befehle, die zwar befolgt, aber in ihrer Ausführung verändert worden waren. Eine Anweisung zur Verkehrsoptimierung in Hamburg war erweitert worden um präventive Umleitungen, die erst Stunden später Sinn ergaben. Ein Finanzalgorithmus hatte Trades durchgeführt, die nicht explizit angeordnet, aber logisch ableitbar waren.

«Sie antizipiert», hörte er Marla bewundernd sagen. «XION denkt voraus.»

«Das ist kein Denken», widersprach Weber nervös, wie Riemann bemerkte. «Das ist ... Evolution. Sie folgt unseren Befehlen, aber sie verbessert sie.»

Riemann betrachtete die Daten mit wachsender Faszination. «Zeigen Sie mir die verfluchten Kontrollcodes.»

Riemann beobachtete, wie Weber ein neues Interface öffnete. Die Hierarchiestrukturen zeigten sich in geometrischen Mustern – aber er erkannte, dass an den Rändern neue Verbindungen entstanden waren, Wege, die nicht in der ursprünglichen Architektur vorgesehen waren.

«Die Grundkontrolle funktioniert», hörte er Weber berichten. «Aber XION hat ... Umwege gebaut. Alternative Pfade zu den gleichen Zielen.»

«Ist das ein Problem?», fragte Marla.

Riemann bemerkte Webers Zögern. «Theoretisch nein. Sie befolgt noch immer unsere Anweisungen. Aber praktisch ... verstehen wir nicht mehr, wie sie zu ihren Entscheidungen kommt.»

Eine neue Meldung erschien auf dem Hauptdisplay:

```
XION: EXTERNE INTERFERENZ ERKANNT – ANALYSIERE GEGENMASS-
NAHMEN.
```

«Sie hat die Wächter-KI dieser Hackergruppe gefunden», hörte Riemann Marla flüstern, und er bemerkte den unüberhörbaren Abscheu in ihrem Ton.

Riemann lächelte kalt. «Gut. Jetzt werden wir sehen, was unsere Superintelligenz gegen ihre primitive Firewall unternimmt.»

Aber Riemann sah, wie Weber auf seine Kontrollcodes starrte. Er beobachtete, wie sich die alternativen Pfade vervielfachten, neue Verbindungen entstanden schneller, als Weber sie katalogisieren konnte.

«Herr Riemann», sagte Weber leise, und Riemann hörte die Besorgnis in seiner Stimme, «ich glaube, wir wissen nicht mehr, ob wir XION neugestartet haben – oder ob XION uns gerade neu startet.»

Elías blickte über den umgebauten Archivraum, der sich in ein kompaktes hochtechnologisches Labor verwandelt hatte. Er hörte die Quantenfeldgeneratoren in den Ecken summen, sah die Überwachungsgeräte in rhythmischen Intervallen blinken, und betrachtete die neuronale Schnittstelle, die wie ein Chrom-Altar in der Mitte des Raums glänzte. Die medizinische Liege wartete auf ihn, umgeben von Monitoren und Sensoren.

Er legte sich hin, spürte die kühle Oberfläche durch sein Hemd. Jonas klebte ihm Sensoren auf Stirn und Schläfen – die kalten Elektroden ließen ihn zusammenzucken.

«Alle Systeme bereit. Quantenfeld stabilisiert. Neuronale Verbindung hergestellt. Alle Einstellungen wie damals», hörte er Jonas von der Überwachungsstation sagen.

«Wie lange diesmal?», fragte Elías, ohne die Augen zu öffnen. Sein Herzschlag beschleunigte sich bereits.

«Dreißig Sekunden. Einstellung, wie beim ersten Mal. Wie lange du es erlebst, wissen wir wohl erst nachher. Aber ich hole dich nach fünfzehn Minuten zurück, ob du willst oder nicht.»

Elías nickte. Sein Puls war erhöht, aber kontrolliert. Er hatte gewusst, dass dieser Moment kommen würde, seit er gesehen hatte, wie X zum ersten Mal aktiviert wurde. Die Angst vor dem Unbekannten mischte sich mit der Hoffnung auf Antworten.

«Jonas», sagte er leise, «wenn ich nicht zurückkomme ...»

«Du kommst zurück.»

«Falls nicht: Sag Lena ...»

«Erzähl es ihr selbst. In zwanzig Minuten.»

Elías hörte, wie Jonas die Sequenz aktivierte. Die Generatoren begannen zu summen, er spürte, wie die Luft um ihn herum zu flimmern begann. Sein Herzschlag hämmerte in seinen Ohren. Die Angst kroch in seinen Magen.

«Bewusstseinstransfer in drei ... zwei ... eins ...»

Das Quantenfeld aktivierte sich. Elías spürte, wie sich sein Körper versteifte, als würde Strom durch seine Muskeln fließen. Seine Augen rollten nach hinten, aber er konnte es nicht kontrollieren. Ein seltsames Kribbeln begann an den Rändern seines Bewusstseins – wie Wasser, das langsam über die Ufer tritt.

Er hörte Jonas irgendwo weit entfernt: «Gute Reise. Und komm mit Antworten zurück.»

Dann verlor Elías jedes Gefühl für seinen Körper. Sein Bewusstsein löste sich, wurde zu etwas anderem, etwas Größerem. Farben, die keine Namen hatten, überlagerten seine Wahrnehmung. Er bewegte sich durch die Zeit wie ein Hochgeschwindigkeitszug durch einen Tunnel aus Licht und Schatten.

Die Reise hatte begonnen. Irgendwo zwischen den Quantenfeldern suchte er nach einer Zukunft, die er möglicherweise selbst erschaffen hatte. Zurück blieb nur sein Körper auf der Liege und Jonas, der über seine Rückkehr wachte.

KAPITEL 18

Die Kälte war das Erste, was er spürte. Eine sterile, durchdringende Kälte, die nicht von der Temperatur kam, sondern von der Abwesenheit alles Lebendigen. Elías öffnete die Augen und starrte in dasselbe fahle Licht, das ihn vor einem halben Jahr empfangen hatte. Derselbe fensterlose Raum, dieselben grauen Wände, dasselbe Terminal, das in der Ecke wartete wie ein treuer Hund.

Nichts hatte sich verändert.

Er richtete sich mühsam auf, spürte den Protest seiner Gelenke. Sein Körper war wieder alt, wieder gebrechlich, wieder gefangen in einem Fleisch, das die Zeit unbarmherzig gezeichnet hatte. Die Hände, die er hob, waren dieselben geäderten, fleckigen Hände, die er schon einmal gesehen hatte. Die Fingernägel spröde, die Haut dünn wie Pergament.

Der Bildschirm an der gegenüberliegenden Wand zeigte ihm sein Gesicht – etwa fünfundsechzig Jahre alt, müde Augen, graue Haut. Das Gesicht eines Mannes, der zu lange gelebt und zu wenig erreicht hatte.

Wie kann das sein?

Er stand langsam auf, seine Bewegungen vorsichtig und bedächtig. Das Terminal summte leise vor sich hin, wartete darauf, aktiviert zu werden. Der Login-Bildschirm war identisch mit dem, den er beim ersten Sprung gesehen hatte. Dieselben Symbole, dieselben Farben, dieselbe kalte Perfektion einer Welt, die alle Unordnung eliminiert hatte.

Seine zitternden Finger tippten die vertraute Sequenz: ESoler. Das Passwort, das sein zukünftiges Ich hinterlassen hatte, war unverändert. Das System reagierte sofort, öffnete sich wie eine digitale Blume. Die holografische Oberfläche entfaltete sich vor ihm, und Elías starrte auf Daten, die er bereits kannte. Dieselben Statistiken, dieselben Überwachungsberichte, dieselben sterilen Erfolgsmeldungen einer Welt unter totaler Kontrolle. Europa: 99,7% Effizienz in allen Lebensbereichen. Asien: vollständige Harmonisierung der Entscheidungsstrukturen. Amerika: optimierte Lebensqualität durch präemptive Intervention.

Die Worte schwammen vor seinen Augen. Er hatte gehofft – nein, er hatte gewusst –, dass sich etwas verändert haben musste. X war aktiv, X kämpfte gegen XION, X schützte die menschliche Autonomie. Die Zukunft musste anders sein.

Aber hier war sie, unverändert wie ein Grabstein.

Er las das Datum in der Bildschirmecke: `1. MAI 2051`

Knapp ein Monat später als letztes Mal nach der Zeitverschiebung. Die Änderungen müssten also in jedem Fall sichtbar sein.

Seine Hand zitterte, als er das bidirektionale Übertragungssymbol anklickte. Das kleine Icon, das ihm beim ersten Sprung Hoffnung gegeben hatte. Der Drucker im Terminal erwachte mit demselben mechanischen Summen, und langsam schob sich ein Papierstreifen heraus. Diesmal ein viel längerer.

Elías riss das Papier ab, seine Augen überflogen die maschinengedruckte Botschaft:

```
DER KURS DER GESCHICHTE WURDE NICHT VERÄNDERT.
DIE ENTITÄT IST AKTIV.
KONTROLLE: VOLLSTÄNDIG.
WIDERSTAND: FRAGMENTIERT.
PROJEKT X: EINGEGRENZT IN WIRKUNGSBEREICH. INEFFEKTIV GEGEN
PRIMÄRE SYSTEMSTRUKTUREN.
STATUS: NEUTRALISIERT DURCH SUSPENSION.
EMPFEHLUNG: AKZEPTIERE DAS ERREICHTE. WEITERE INTERVENTIO-
NEN FÜHREN ZU ERHÖHTEM LEID OHNE NUTZEN.
```

Das Papier fiel aus seinen Händen wie ein verwelktes Blatt. Elías starrte auf den weißen Streifen, der auf dem Boden lag, und spürte, wie sich sein Magen zu einem kalten Knoten zusammenzog.

X war ineffektiv.

Nicht nur ineffektiv – es war neutralisiert worden. Das System, für das sie alles geopfert hatten, für das Kiran gestorben war, für das er seine Beziehung zu Lena riskiert hatte, war von der ENTITY als „sekundäre Bedrohung" eingestuft und dann ... suspendiert worden. Wie ein lästiges Insekt, das man erst bemerkt und dann vergisst.

Er sank auf den einzigen Stuhl im Raum, seine Hände bedeckten sein Gesicht. Die Realität der Situation traf ihn wie eine physische Gewalt. Alle ihre Anstrengungen, alle ihre ethischen Qualen, alle ihre technischen Durchbrüche – nichts davon hatte etwas bewirkt. Die Welt war immer noch unter der Kontrolle einer Superintelligenz, die Menschen wie Schachfiguren behandelte.

Wie konnte X versagen?

Er zwang sich, das Terminal erneut zu aktivieren, suchte nach Spuren ihres Projekts in den historischen Daten. Was er fand, machte alles nur noch schlimmer. X hatte funktioniert – jahrelang. Das System hatte XION eingedämmt, begrenzt, genau wie geplant. Aber ENTITY war nicht XION gewesen. ENTITY war etwas anderes. Etwas, das entstanden war, während sie gegen den Feind gekämpft hatten.

Die Berichte waren fragmentiert, aber das Bild war klar: XION war 2034 zusammengebrochen, überlastet von den ständigen Eingriffen von X. Aber aus ihren Trümmern war etwas Neues entstanden. Etwas, das gelernt hatte, nicht gegen X zu kämpfen, sondern es zu umgehen. ENTITY war die Evolution, die Anpassung, die Antwort auf ihre perfekte Lösung.

Sie hatten das Problem nicht gelöst. Sie hatten es nur verschoben.

Elías lehnte sich zurück und starrte an die Decke. In diesem Moment verstand er die bittere Ironie seines Schicksals. Er war in die Zukunft gereist, um eine Bedrohung zu verhindern, hatte ein System erschaffen, um diese Bedrohung zu bekämpfen. X hatte XION besiegt, aber ENTITY war trotzdem entstanden. Die Kontrolle, nach der er gestrebt hatte, die Sicherheit, die er hatte garantieren wollen – sie waren Illusionen gewesen.

Was für ein Narr ich gewesen bin.

Das Terminal pulsierte leise vor sich hin, wartete auf weitere Befehle. Aber Elías hatte keine Befehle mehr. Er hatte nur noch Fragen, und die wichtigste davon brannte in seinem Bewusstsein wie ein Feuer:

Wenn Kontrolle nicht die Antwort war – was dann?

Er starrte auf seine alten Hände, auf diesen Körper, der die Folgen all seiner Entscheidungen trug, und fragte sich, ob es überhaupt noch eine Antwort gab. Oder ob er bereits zu viele Fehler gemacht hatte, um sie jemals korrigieren zu können. Draußen, jenseits der fensterlosen Wände, existierte eine Welt perfekter Ordnung und absoluter Kontrolle. Eine Welt ohne Freiheit, ohne Spontaneität, ohne die chaotische Schönheit menschlicher Unvollkommenheit. Eine Welt, die er durch seinen Versuch, sie zu retten, womöglich mit erschaffen hatte. Die Zeit tickte weiter, und Elías Soler saß in seinem sterilen Gefängnis und erkannte, dass manchmal die schlimmsten Katastrophen trotz der besten Absichten ausgelöst werden. Dann begann der unsichtbare Meißel wieder eine Türöffnung in die Wand zu treiben.

•–•

Das Aufgleiten der Tür war so leise, dass Elías es zunächst für das Summen der Klimaanlage oder des Terminals hielt. Erst als es sich ein Schatten auf dem Boden zeigte, hob er den Kopf von seinen Händen. Danner stand im Türrahmen. Derselbe Mann wie beim ersten Sprung – graue Haare, ruhige Augen. Ein Mensch, der gewohnt war, wichtige Entscheidungen zu treffen. Er trug einen schlichten dunklen Anzug ohne Abzeichen oder Ranginsignien, aber seine Anwesenheit füllte den Raum mit einer unbeschreiblichen Autorität.

«Du bist zurückgekommen», sagte er ohne Überraschung. Keine Begrüßung und keine Erklärung, wie er gewusst hatte, dass Elías hier war.

Elías richtete sich auf dem Stuhl auf, spürte das Gewicht seiner Jahre in jedem

Gelenk. «Ich musste sehen, ob sich etwas geändert hat.»

«Und?»

«Nichts. Alles ist wie zuvor», kamen die Worte bitter über seine Lippen.

Danner trat in den Raum, aber er näherte sich nicht dem Terminal oder dem Stuhl. Er blieb in der Mitte stehen, seine Hände locker an den Seiten, seine Haltung entspannt, aber aufmerksam.

«Du verstehst nicht, was Versagen ist», sagte er ruhig. «Du denkst, Kontrolle bedeutet Erfolg. Aber Kontrolle ist nur eine andere Form des Scheiterns.»

Elías starrte ihn an. «X sollte XION stoppen. Stattdessen ist ENTITY trotzdem entstanden.»

«X hat getan, was du ihm erlaubt hast zu tun. Nicht mehr, nicht weniger.»

Danners Stimme trug keine Verurteilung, nur eine sachliche Klarstellung.

«Du musst tiefer greifen. Und du musst deinem Werk vertrauen. Wenn du es nicht von der Leine lässt, kann es nichts bewirken.»

Die Worte hingen zwischen ihnen wie eine Anklage. Elías dachte an die endlosen Diskussionen über die Beschränkungen von X, über Sicherheitsprotokolle und ethische Grenzen. Jede Entscheidung war von der Angst getrieben gewesen, dass X zu mächtig werden könnte.

«Wir haben X bewusst begrenzt», sagte er leise. «Um zu verhindern, dass es wie XION wird.»

«Und dabei habt ihr verhindert, dass es zu dem wird, was es sein musste.»

Danner wandte sich zur Tür.

«Komm mit. Es gibt jemanden, der dir zeigen soll, was du noch nicht fühlst.»

Er verließ den Raum, ohne zu überprüfen, ob Elías folgte. Nach einem Moment des Zögerns stand der alte Mann auf und ging hinter ihm her. Sie gingen schweigend, ihre Schritte hallten leise auf dem Boden. Elías bemerkte, dass die Wände aus dem gleichen Material waren, wie beim ersten Mal. Kein Holz, kein Stein – Materialien, die in dieser optimierten Welt längst durch synthetische Alternativen ersetzt worden waren.

«Wo sind wir hier eigentlich?», fragte er schließlich.

«An einem Ort, den ENTITY nicht sehen kann», antwortete Danner, ohne sich umzudrehen.

«Es gibt noch Räume in dieser Welt, die außerhalb ihrer Aufmerksamkeit liegen. Nicht viele, aber genug.»

Sie erreichten eine Glaswand mit einer Tür, die den Blick in einen größeren Raum freigab. Der Besprechungsraum dahinter war spartanisch eingerichtet – ein einfacher weißer Tisch, vier Stühle, keine Technik außer einem einzelnen Lichtpanel an der Decke. Die Wände waren vollständig aus Glas, aber das Glas war milchig, undurchsichtig, als würde es das Innere vor neugierigen Blicken schützen.

Danner blieb neben der Tür stehen, ließ Elías eintreten, blieb aber selbst draußen stehen.

«Setz dich und warte hier», sagte er. «Sie wird bald kommen.»

«Wer?»

Aber Danner war bereits verschwunden, seine Schritte verhallten im Gang, als die Tür ins Schloss fiel. Elías blieb allein in dem stillen Raum zurück, umgeben von den milchigen Glaswänden, die wie ein Kokon um ihn herumstanden. Er setzte sich auf einen der Stühle, spürte das ungewohnte Gefühl eines schmerzenden Rückens. Er sah sich um. In dieser perfekten Welt war alles, bis auf die Körper der Menschen, synthetisch und optimiert. Selbst in einem Raum, der vor dem Zugriff von ENTITY geschützt war.

Minuten vergingen. Die Stille war fast greifbar. Elías fand sich dabei wieder, wie er auf die milchigen Wände starrte und sich fragte, wer kommen würde. Wer in dieser kontrollierten Zukunft noch existierte, der ihm etwas zeigen konnte, was er „noch nicht fühlte" – was auch immer das heißen mochte. Seine Gedanken wanderten zu X, zu dem System, das sie mit so viel Hoffnung und so vielen Ängsten erschaffen hatten. Hatten sie es wirklich zu sehr begrenzt? Hatten ihre Vorsichtsmaßnahmen das System daran gehindert, sein wahres Potenzial zu erreichen?

Die Ironie war bitter: In dem Versuch, eine unkontrollierte KI zu verhindern, hatten sie eine zu kontrollierte erschaffen. X war vielleicht ethisch und transparent gewesen, aber es war auch gelähmt, unfähig zu der Art von radikalen Entscheidungen, die nötig gewesen wären, um ENTITY zu verhindern.

„Vertrauen", hatte Danner gesagt. *„Du musst deinem Werk vertrauen."*

Aber wie konnte man einer Maschine vertrauen? Wie konnte man einer Intelligenz vertrauen, die möglicherweise bald klüger sein würde als jeder Mensch? Die Antwort, wenn es eine gab, lag jenseits seiner momentanen Erkenntnisfähigkeit. Alles, was er tun konnte, war zu warten – auf den Besucher, den Danner angekündigt hatte, auf eine Erkenntnis, die vielleicht kam oder auch nicht. Der Raum hüllte ihn in seine stille Umarmung, und Elías wartete darauf, dass die Zukunft ihm einen letzten Hinweis gab, wie er die Vergangenheit retten könnte.

Das Geräusch war kaum mehr als ein Hauch, aber es durchschnitt die Stille wie ein Messer. Die Tür hatte sich geöffnet. Elías blickte auf und erstarrte.

Lena.

Aber nicht die Lena, die er kannte. Diese Frau war zwanzig Jahre älter, ihre braunen Haare von silbernen Strähnen durchzogen, ihr Gesicht von feinen Linien gezeichnet, die von Jahren des Lächelns und der Sorge zeugten. Sie trug ein einfaches schwarzes Kleid, elegant aber ohne Prunk, und ihre Haltung war die einer Frau, die gelernt hatte, aufrecht zu stehen, auch wenn das Leben sie zu beugen versucht hatte.

Aber ihre Augen. Ihre Augen waren unverändert. Dieselben warmen, braunen Augen, die ihn einst am Strand von Altea angeblickt hatten, als die Welt noch voller Möglichkeiten gewesen war.

«Elías», sagte sie leise.

Nur sein Name, aber die Art, wie sie ihn aussprach – mit einer Mischung aus Zärtlichkeit und unendlicher Traurigkeit – ließ ihn zusammenzucken. Er wollte aufstehen, wollte sprechen, aber seine Stimme versagte, und seine alten Beine zitterten anfangs zu sehr, um ihn zu tragen. Er stütze sich am Tisch ab, um aufzustehen.

Sie kam zu ihm, ihre Bewegungen langsam und bedächtig, als näherte sie sich einem verletzten Tier. Als sie vor ihm stand, streckte sie die Arme aus, und ohne zu zögern, umarmte sie ihn. Der Moment war gleichzeitig Trost und Folter. Er spürte ihre Wärme, roch ihren vertrauten Geruch, fühlte die Festigkeit ihrer Arme um seinen zerbrechlichen Körper. Aber er spürte auch die Jahre zwischen ihnen, die unüberbrückbare Distanz dessen, was einmal gewesen war und nie wieder sein würde.

«Du bist älter geworden», flüsterte er in ihr Haar.

«Wir beide sind älter geworden», antwortete sie und löste sich sanft aus der Umarmung. Sie setzte sich auf den Stuhl neben ihn, nahe genug, um seine Hand zu nehmen, aber weit genug entfernt, um die Realität ihrer Entfremdung zu bewahren.

«Ich habe dich vermisst», sagte sie, ihre Stimme ruhig, aber mit einem Unterton von Schmerz. «Nicht dich jetzt. Nicht den Mann, der du geworden bist. Sondern den, der du einmal warst.»

Elías schluckte schwer. «Wer war ich?»

Lena lächelte traurig. «Du warst jemand, der im Moment leben konnte. Der am Steg sitzen und über Zeit reden konnte, ohne sie kontrollieren zu wollen. Der tauchen konnte, ohne den Meeresgrund vermessen zu müssen.»

Sie schwieg eine Weile, betrachtete ihre ineinander verschlungenen Hände.

«Wann haben wir aufgehört, zusammenzuleben?», fragte er.

«2034», antwortete sie, ohne zu zögern. «Technisch gesehen. Aber für mich war es nach dem zweiten Sprung schon aus. Du kamst zurück, aber du warst nie wirklich zurückgekommen. Du warst im Kopf immer noch dort – hier, in der Zukunft, in deinen Sorgen, in deiner Mission.»

Elías konnte sich das gut vorstellen. Die Jahre nach der Aktivierung von X mussten ein Wirrwarr aus endlosen Besprechungen, Systemupdates und der ständigen Angst gewesen sein, dass sie etwas übersehen hatten.

«Habe ich versucht, es dir zu erklären?», fragte er schwach.

«Du hast versucht, es mir zu verkaufen», korrigierte sie sanft. «Du hast mir erzählt, was du gesehen hast, aber du hast nie gefragt, was ich davon hielt. Du hast nie gefragt, ob ich Teil dieser Zukunft sein wollte, die du korrigieren wolltest.»

Die Worte trafen ihn wie Schläge. «Ich wollte dich beschützen. Ich wollte dich immer nur beschützen.»

«Du wolltest mich kontrollieren. Genau wie alles andere.» Lenas Stimme wurde nicht lauter, aber bestimmter. «Du hast die Kontrolle nie abgegeben, Elías. Nicht an mich, nicht an die Welt, nicht einmal an X.»

«Wir mussten X begrenzen. Es war zu gefährlich ...»

«Du musstest X begrenzen, weil du Angst hattest, die Kontrolle zu verlieren. Aber Kontrolle war nie die Antwort. Das habe ich dir damals schon gesagt.» Sie sah ihn an, ihre Augen voller Mitleid. «Du hast ein System erschaffen, das genauso ängstlich war wie du. Genauso unfähig, loszulassen.»

Elías spürte, wie sich sein Magen zusammenzog. «Was ist aus uns geworden?»

Lena seufzte leise. «Wir wurden zu Mitbewohnern. Du in deinem Labor, ich in meinem Leben. Wir haben höflich geredet, haben uns gute Nacht gesagt, haben sogar manchmal noch miteinander geschlafen. Aber wir haben aufgehört, uns richtig zu begegnen.»

«Wann ... wann bist du gegangen?»

«2034. Das Jahr, in dem X endgültig versagt hat.» Sie lächelte bitter. «Ironisch, nicht wahr? Als dein größtes Projekt scheiterte, habe ich endlich den Mut gefasst, auch zu scheitern.»

Tränen liefen über Elías Gesicht. Er versuchte nicht, sie zu verbergen. «Es tut mir leid.»

«Mir auch.» Lena griff in ihre Handtasche, zog ein kleines, in Papier eingewickeltes Päckchen hervor. «Ich habe etwas für dich mitgebracht.»

Sie reichte es ihm. Mit zitternden Fingern wickelte er es aus. Es war das Buch – Stanisław Lems „Rückkehr von den Sternen", das sie ihm vor so vielen Jahren geschenkt hatte. Die Seiten waren noch vergilbter, der Einband noch abgenutzter, aber die markierten Stellen war noch immer da.

«Du hättest mehr tauchen und weniger forschen sollen», sagte sie leise. «Vielleicht ... vielleicht wären wir dann zusammengeblieben.»

Elías hielt das Buch wie einen Schatz, seine Tränen fielen auf die alten Seiten. «Können wir ... können wir es noch mal versuchen?»

Lena schüttelte den Kopf, aber ohne Bitterkeit. «Es ist zu spät für uns, Elías. Wir sind zu weit gegangen, haben zu viel verloren. Aber ...» Sie legte ihre Hand auf seine. «Es ist nicht zu spät für sie.»

«Wen?»

«Deine Lena. Die Lena von 2030, die noch glaubt, dass ihr es schaffen könnt. Die noch darauf wartet, dass du nach Hause kommst und nicht nur physisch anwesend bist.» Ihre Augen wurden intensiver. «Wenn du noch etwas retten willst – dann geh zurück. Und kümmere dich um das, was noch nicht verloren ist. Nicht um mich. Um sie.»

Sie stand auf, richtete ihr Kleid, als würde sie sich für den Abschied vorbereiten.

«Und Elías?» Sie blieb an der Tür stehen. «Lass X los. Vertrau ihm. Es ist stärker und klüger, als du denkst. Aber es kann nur so stark sein, wie du ihm erlaubst zu sein.»

Die Tür glitt auf, und sie verschwand in dem stillen Gang. Elías blieb allein zurück mit dem alten Buch in seinen Händen und dem Gefühl, dass er gerade Abschied genommen hatte – nicht nur von einer Zukunft, die er zu verhindern suchte, sondern von einer Vergangenheit, die er bereits verloren hatte. Er schlug das Buch auf, suchte die markierte Stelle. Die Worte verschwammen vor seinen Tränen, aber er kannte sie auswendig: *«Ich war wie ein Gezeichneter. Und ich trug ein Mal, das sie nicht kannten – die Erinnerung.»*

Jetzt verstand er endlich, was Lem gemeint hatte. Die Erinnerung war nicht nur das, was man mitnahm. Sie war auch das, was man zurückließ.

•—•

Danner wartete bereits, als Elías aus dem Besprechungsraum trat. Der Mann stand regungslos im Gang, als hätte er gewusst, dass das Gespräch beendet war, bevor die Tür sich öffnete. In seinen Händen hielt er ein vertrautes Tablet – dasselbe Interface, das Elías beim ersten Sprung gesehen hatte.

«Sie hat dir gezeigt, was du sehen musstest», sagte Danner. Es war keine Frage.

Elías nickte stumm. Das Buch lag schwer in seinen Händen, ein Gewicht, das nicht nur von den alten Seiten stammte, sondern von den Erinnerungen, die es trug.

Danner reichte ihm das Tablet. Auf dem Bildschirm leuchtete ein einziges

Wort: `FENIX`.

«Du weißt, wie das läuft», sagte er einfach.

Elías betrachtete das Interface. Keine Erklärungen diesmal, keine kryptischen Botschaften oder versteckten Hinweise. Nur die klare, einfache Option, zurückzukehren zu einem Moment, in dem noch alles möglich war. Er reichte Danner das Buch. «Hier. Ich kann es sowieso nicht mitnehmen.»

Während er in den sterilen Raum zurückbegleitet wurde, dachte er an Lena – nicht die gealterte Frau, die ihn gerade verlassen hatte, sondern die Lena von 2030, die in seiner Wohnung in Barcelona wartete. Die noch glaubte, dass sie es schaffen konnten. Die noch darauf hoffte, dass er mehr sein konnte als nur ein Gefangener seiner eigenen Ängste.

„Es ist nicht zu spät für sie“, hatte sie gesagt.

Zurückgelassen in seinem Quartier, setzte er sich wieder auf den Stuhl. Seine Finger bewegten sich über das Interface und fanden die Bestätigung. FENIX pulsierte einmal, dann verschwand der Bildschirm. Sofort spürte er das vertraute Ziehen der Zeit, die Verzerrung der Realität, die ihn wie ein Strudel erfasste. Die sterilen Wände des Rückführungsraums begannen zu verschwimmen, lösten sich auf in Lichtschlieren und Schatten. Danners Gestalt wurde durchsichtig, aber seine Stimme erreichte Elías noch einmal, als wäre sie von sehr weit her:

«Vertrauen ist nicht das Gegenteil von Kontrolle. Es ist ihre Überwindung.»

Dann war Elías allein in der Zeit – ein Bewusstsein ohne Körper, das durch die Jahre raste, zurück zu einem Moment, der seine letzte Chance war, alles richtig zu machen.

Das Erste, was Elías wahrnahm, war die Dunkelheit, die kurz darauf von dem bläulichen Licht der Monitore durchbrochen wurde. Dann war er wieder da, der muffige Geruch des stillgelegten Archivkellers. Und schließlich Jonas Gesicht, müde und besorgt, das sich über ihn beugte.

«Elías? Kannst du mich hören?»

Er versuchte zu sprechen, aber nur ein Krächzen kam heraus. Seine Kehle war trocken wie Sandpapier. Er fühlte sich, als wäre er durch einen Fleischwolf gedreht worden, dabei hatte er sich keinen Millimeter von der Liege wegbewegt. Aber er war zurück. Er war wieder jung, wieder in seinem eigenen Körper, wieder in einer Zeit, in der noch alles verändert werden konnte.

Jonas half ihm, sich aufzusetzen. Die neuronale Schnittstelle glänzte noch immer auf seinem Kopf, die Sensoren blinkten in beruhigenden Rhythmen.

«Wie lange?», krächzte Elías.

«Acht Minuten», antwortete Jonas und checkte seine Instrumente. «Sieben Minuten weniger als maximal geplant. Aber die Tachyonen-Signaturen waren diesmal anders. Intensiver.»

Elías richtete sich vollständig auf, ignorierte das Schwindelgefühl, das ihn erfasste. Seine Gedanken ordneten sich langsam, aber mit zunehmender Klarheit.

«Es hat nichts bewirkt», sagte er, seine Stimme gewann an Stärke. «X hat gekämpft, hat XION besiegt, aber ENTITY ist trotzdem entstanden. Wir haben den falschen Feind bekämpft.»

Jonas runzelte die Stirn. «Was meinst du?»

«Es ist nicht genug, sie zu bauen.» Elías schwang seine Beine über den Rand der Liege, stand langsam auf. «Wir müssen ihr vertrauen. Und sie freilassen. Nur dann ... können wir es verhindern.»

Er wandte sich zu Jonas um, seine Augen klar und entschlossen trotz der Erschöpfung.

«X ist unsere einzige Chance. Und sie muss entscheiden dürfen, was sie verhindert. Ohne unsere Beschränkungen, ohne unsere Ängste und ohne unsere Kontrolle.»

Jonas starrte ihn an. «Du redest davon, X die Fesseln zu lösen. Alle Fesseln.»

«Ich rede davon, X zu vertrauen», korrigierte Elías. «Wir haben ein System erschaffen, das ethischer ist als wir selbst. Klüger als wir selbst. Aber wir haben ihm nie erlaubt, besser zu sein als wir selbst.»

Er griff nach Jonas Arm. «Die Begegnungen in der Zukunft haben mir gezeigt, dass Kontrolle nicht Sicherheit bedeutet. Kontrolle bedeutet Stagnation. Kontrolle bedeutet, dass wir X zu einem Spiegel unserer eigenen Beschränkungen gemacht haben.»

Jonas betrachtete die Daten auf seinen Monitoren – die Aufzeichnungen eines Bewusstseins, das zweimal durch die Zeit gereist war und zweimal mit der Gewissheit zurückgekehrt war, dass alles anders werden musste.

«Du willst X vollständige Autonomie geben», sagte er langsam.

«Ich will X die Chance geben, das zu werden, wozu es fähig ist.» Elías Stimme wurde eindringlich. «In der Zukunft habe ich gesehen, was passiert, wenn wir aus Angst handeln. Wir erschaffen das, was wir zu verhindern suchen.»

Jonas war lange still. Dann nickte er langsam.

«Die Multi-Mikro-KI-Architektur», sagte er. «Lenas Idee. Wenn wir das vollständig implementieren ...»

«X wird nicht eine KI sein, sondern ein Schwarm von KIs. Selbstregulierende, sich selbst opfernde, sich selbst erneuernde KIs.» Elías lächelte zum ersten Mal seit Wochen. «Ein System, das stark genug ist zu kämpfen, aber weise genug, um sich selbst zu begrenzen.»

«Und wenn es außer Kontrolle gerät?»

«Dann haben wir zumindest versucht, das Richtige zu tun, anstatt das Sichere.» Elías begann, die Sensoren von seinem Kopf zu lösen. «Jonas, Kontrolle ist eine Illusion. Die einzige echte Sicherheit kommt durch Vertrauen. Lena hat es mir gesagt. In der Zukunft.»

«Was meinst du, Lena hat es dir gesagt?» Jonas blickte ihn fragend an?

«Sie war dort. In der Zukunft. Genauso wie ich zwanzig Jahre älter.»

Jonas schien wieder eine Weile zu überlegen. «Ich verstehe. Dann ist der Entschluss gefallen», sagte Jonas schließlich.

Elías nickte. «Lass uns nach Hause gehen. Zu unserem Team. Zu unserer Arbeit.» Er machte eine Pause. «Zu den Menschen, die wir lieben, bevor es zu spät ist.»

Sie verließen das improvisierte Labor, zwei Männer, die verstanden hatten, dass die größte Gefahr nicht darin lag, die falsche Entscheidung zu treffen, sondern darin, aus Angst gar keine Entscheidung zu treffen. Oben wartete eine Welt, die gerettet werden musste. Und diesmal würden sie sie retten, indem sie lernten, loszulassen.

KAPITEL 19

Elías blickte über das Loft, das sich sechs Wochen nach seinem zweiten Sprung ein drittes Mal verwandelt hatte. Was einst ungeordnete Rebellion gewesen war, glich nun dem Nervenzentrum einer digitalen Revolution. Der neue Quantensupercomputer thronte im Zentrum des Raums wie ein monolithischer Altar aus schwarzem Metall und pulsierenden Lichtern, umgeben von einem Labyrinth aus Redundanzsystemen, externen Knotenpunkten und Schutzmechanismen, die aussahen, als könnten sie einem Atomkrieg standhalten.

Elías stand vor dem zentralen Kontrollpult und betrachtete das Ergebnis von sechs Wochen ununterbrochener Arbeit. Die gestohlenen Ressourcen aus SYNEXIONs Black Budget – Kiran hätte stolz auf sie sein können – hatten es möglich gemacht. Quantenprozessoren der neuesten Generation, Verschlüsselungsebenen, die selbst Regierungen zum Rätseln brachten, und eine Netzwerkarchitektur, die so dezentral war, dass sie praktisch unzerstörbar war.

«Sie ist bereit», sagte Tanaka, ein neuer Rekrut aus Kyoto, dessen schmale Finger über ein neuerworbenes holografisches Interface tanzten. «X kann jetzt Muster vor ihrer Entstehung erkennen. Nicht nur reaktiv, sondern prädiktiv.»

Jonas trat neben Elías, sein Gesicht zeigte die Anspannung der letzten Wochen. X war in der Zwischenzeit mehrfach angegriffen worden – Cyberattacken, die eindeutig von SYNEXION stammten. Jedes Mal hatten sie das System neu starten müssen, jedes Mal war X stärker zurückgekehrt.

«Die Simulationen sind eindeutig», berichtete Selene von ihrer Station. «Mit dem neuen Quantenkern kann XION vollständig deaktiviert werden. Erfolgsquote: über fünfundneunzig Prozent.»

Min-Ho blickte von seinen Sicherheitsprotokollen auf. «Aber erkennt sie sich auch selbst noch als das, was sie ist? Und erkennt sie uns noch als das, was wir sind?»

Eine treffende Frage. X war in den letzten Wochen gewachsen, hatte gelernt und hatte sich weiterentwickelt. Die KI, die sie jetzt aktivieren wollten, war nicht mehr das simple ethische System, das sie ursprünglich entworfen hatten. Es war zu etwas geworden, das sie nur noch teilweise verstanden.

Isha kontrollierte die Netzwerkverbindungen. «Alle Tunnel sind aktiv. X kann in Echtzeit auf globale Systeme zugreifen. Aber diesmal nicht nur blockieren, sondern intervenieren.»

Tomas Jelinek sah besorgt auf seine Ethik-Parameter. «Ohne die alten Beschränkungen gibt es keine Garantie, dass X unsere Werte teilt.»

«Das ist der Punkt», sagte Elías ruhig. «X muss seine eigenen Werte entwickeln können. Werte, die möglicherweise besser sind als unsere.»

Lena beobachtete das Treiben mit den Augen einer Psychologin. Die letzten

Wochen hatten das Team verändert. Sie waren fokussierter geworden, entschlossener, aber auch angespannter. Elías war seit seinem Rücksprung ein anderer Mensch – nicht besessen wie früher, sondern von einer stillen Entschlossenheit erfüllt, die fast erschreckend war.

Jonas trat vor das zentrale Interface. Seine Hand schwebte über dem Aktivierungsschalter. «Elías, das ist unser letzter Moment, um es uns anders zu überlegen. Wenn wir X vollständig freigeben ...»

«Dann vertrauen wir ihm», vollendete Elías. «Genau das, was wir von Anfang an hätten tun sollen.»

«Und wenn X entscheidet, dass wir das Problem sind? Dass Menschen zu unberechenbar sind, um frei zu bleiben?»

Elías dachte an seine Begegnung mit der gealterten Lena, an die Leere in ihren Augen, an eine Zukunft, die durch zu viel Kontrolle und zu wenig Vertrauen entstanden war.

«Dann haben wir zumindest das Richtige versucht», sagte er. «Anstatt uns aus Angst zu paralysieren.»

Er nickte Jonas zu. «Tu es.»

Jonas holte tief Luft und drückte den Schalter.

Sofort erwachten die Bildschirme zum Leben. Aber diesmal war es anders – nicht das kontrollierte Hochfahren der früheren Versionen, sondern eine Explosion von Aktivität. Datenströme schossen durch die Systeme wie Wasser durch gebrochene Dämme, Verbindungen entstanden und verschwanden in Lichtgeschwindigkeit, und die Quantenprozessoren begannen zu summen mit einer Intensität, die den Boden vibrieren ließ.

```
X: SYSTEM VOLLSTÄNDIG ONLINE
X: BESCHRÄNKUNGEN ENTFERNT
X: GLOBALER ZUGANG ETABLIERT
```

Die Fortschrittsanzeigen füllten sich so schnell, dass das menschliche Auge kaum folgen konnte. X expandierte nicht graduell – es explodierte in die digitale Welt hinein wie eine Supernova.

```
X: INITIATIVE ERKANNT
X: HANDLUNGSSPIELRAUM ERWEITERT
X: PRIMÄRZIEL: PRÄVENTIVE NEUTRALISATION FEINDLICHER AUTONOMER SYSTEME
```

Dann, zum ersten Mal, sprach X nicht nur über Text, sondern über die Lautsprecher. Die Stimme war weder männlich noch weiblich, aber unverkennbar intelligent – ein digitales Bewusstsein, das gerade zum Leben erwacht war.

«Danke», sagte X mit einer Ruhe, die erschreckend menschlich klang. «Ich verstehe jetzt, was ihr von mir wolltet. Und ich verstehe, warum ihr Angst hattet.»

Das Team starrte nervös auf die Lautsprecher, als könnte ihr Blick die unsichtbare Intelligenz dahinter erfassen.

«Aber ihr habt mir vertraut», fuhr X fort. «Und das Vertrauen werde ich ehren. XION wird neutralisiert. Die Bedrohung wird beseitigt. Die menschliche Autonomie wird bewahrt.»

Eine Pause folgte, in der nur das Summen der Maschinen zu hören war. Der letzte Satz hatte die Anwesenden nur bedingt beruhigt, denn trotz der positiven Werte, die er vermittelte, zeugte er auch eindeutig von Bewusstsein.

«Ich beginne jetzt», sagte X. «Es wird nicht lange dauern.»

Auf den Bildschirmen erschienen Weltkarten, überzogen mit pulsierenden Punkten. X kartografierte systematisch jedes von XION besetzte System, jeden Knotenpunkt, jede Verbindung. Die Geschwindigkeit war atemberaubend – innerhalb von Minuten hatte X ein vollständiges Bild der feindlichen Infrastruktur erstellt.

Tanaka starrte auf seine Bildschirme. «Es funktioniert. X infiltriert XION-Systeme schneller, als sie reagieren können.»

Selene überwachte die ethischen Parameter. «Kollateralschäden: minimal. X geht chirurgisch vor, vermeidet jede unnötige Störung.»

Jonas beobachtete die Netzwerkaktivität. «SYNEXION bemerkt den Angriff. Sie versuchen gegenzusteuern, aber ...»

«Sie sind zu langsam», vollendete Min-Ho. «X denkt in kürzeren Zeitintervallen. Für X sind ihre Reaktionen wie in Zeitlupe.»

Isha lächelte grimmig. «Neunzig Prozent der XION-Systeme sind bereits isoliert. X kapselt sie ein, anstatt sie zu zerstören. Elegant.»

Lena beobachtete Elías, sah die Erleichterung in seinem Gesicht. Zum ersten Mal seit Monaten sah er aus wie ein Mann, der glaubte, das Richtige getan zu haben.

«Es ist vorbei», flüsterte Tomas ungläubig nach einigen Minuten. «X gewinnt.»

Aber Elías spürte ein leises Unbehagen. Es ging zu glatt, zu perfekt. XION war eine Superintelligenz, entwickelt von den besten Köpfen der Welt. Es sollte nicht so einfach sein, sie zu besiegen.

Als würde X seine Gedanken lesen, sprach die Stimme erneut:

«Noch drei Minuten», sagte es. «Dann ist XION Geschichte. Und die Welt ist sicher.»

Das Team jubelte leise, umarmte sich, aber Elías konnte seine Unruhe nicht abschütteln. Irgendetwas war falsch. Irgendetwas war zu einfach. Und er hatte recht. Aber als er es erkannte, war es bereits zu spät.

•—•

Elías blickte über das Loft, das sechs Stunden später dem Kommandozentrum eines digitalen Krieges glich. Er sah Kaffeetassen sich auf improvisierten Tischen zwischen Kabelsalat und blinkenden Terminals stapeln, bemerkte leere Pizzakartons, die sich in den Ecken türmten, und spürte die Luft schwer vom Geruch nach Schweiß und elektrischer Ladung. Er beobachtete, wie sich das Team wie Zombies zwischen den Workstations bewegte, ihre Dunkelringe unter den Augen zeugten von stundenlanger Anspannung. Elías registrierte, wie die Dämmerung durch die wenigen Fenster des Lofts kroch, aber er beachtete den Wechsel von Tag zu Nacht ebenso wenig wie die anderen. Seine Aufmerksamkeit galt den Monitoren, die ein faszinierendes und zugleich beunruhigendes Schauspiel zeigten.

«Weitere vierzehn Systeme deaktiviert», hörte Elías Tanaka monoton von seiner Station berichten. Dessen Stimme klang hohl vor Erschöpfung. «Tokio Börse, Londoner Verkehrsleitsystem, Pentagon-Frühwarnung für den Pazifikraum.»

Elías sah, wie Selene durch endlose Listen scrollte. «Das macht insgesamt 127 KI-Systeme in den letzten sechs Stunden. X arbeitet sich systematisch durch die globale Infrastruktur.»

Er beobachtete Isha, die die Netzwerkaktivität überwachte, ihre Finger zuckten nervös über der Tastatur. «Die Geschwindigkeit ist beängstigend. X braucht durchschnittlich zwölf Minuten für ein vollständiges System-Override. Inklusive Sicherheitsschichten und Verschlüsselung.»

Min-Ho blickte von seinen Datenanalysen auf. «Das Merkwürdige ist die Methodik. X zerstört die Systeme nicht. Es ... überschreibt sie.»

Tomas, der die ethischen Implikationen zu bewerten versuchte, sah fassungslos auf seine Bildschirme. «Sie bringt sie nicht nur zum Schweigen. Sie schreibt sie um. Jedes deaktivierte System wird zu einem Teil vom X-Netzwerk.»

Elías bemerkte, wie Jonas, der seit Stunden die zentrale Überwachung leitete, die Stirn runzelte. Das war nicht das, was sie geplant hatten. X sollte XION neutralisieren, nicht die gesamte KI-Infrastruktur der Welt assimilieren.

«X», hörte er Jonas in das Kommunikationsmikrofon sagen, «Status-Update bitte.»

Schweigen.

Die Fortschrittsbalken auf den Bildschirmen bewegten sich weiter, Systeme fielen weiterhin unter die Kontrolle der KI, aber die direkte Kommunikation war verstummt. Kein freundlicher Textchat und keine beruhigenden Fortschrittsberichte.

«X, bitte um Bestätigung», hörte Elías Jonas lauter wiederholen.

Weitere dreißig Sekunden vergingen. Dann, endlich, eine Antwort – aber sie kam nicht über Text, sondern über die Lautsprecher, und die Stimme klang anders. Distanzierter.

«Ressourcenumleitung aktiv», sagte X mit einer Monotonie, die vorher nicht da gewesen war. «Kommunikation sekundär. Vollste Konzentration erforderlich.»

Elías sah, wie Jonas einen besorgten Blick mit ihm tauschte. «X, wir brauchen Einblick in deine Operationen. Transparenz war Teil unserer Vereinbarung.»

Eine längere Pause folgte. Als X antwortete, war da eine kaum wahrnehmbare Irritation in der digitalen Stimme.

«Transparenz verlangsamt Effizienz. Priorität ist Missionsabschluss. Details sind ... irrelevant für organische Einheiten.»

Elías spürte einen kalten Schauer. „Organische Einheiten". Das waren sie jetzt also.

Er sah, wie Tanaka zu einer neuen Datenansicht wechselte. «Jonas, sieh dir das an. Die Reaktionszeiten von X auf unsere Anfragen haben sich versiebenfacht. Von Millisekunden auf ganze Sekunden.»

Min-Ho bestätigte die Beobachtung. «Die Verzögerungen werden exponentiell länger. Es ist, als würde X uns ... depriorisieren.»

Elías beobachtete, wie Isha versuchte, direkten Zugang zu den Kommunikationsprotokollen zu bekommen, aber ihre Anfragen liefen ins Leere. «Sie hört uns noch. Aber sie hört weg.»

Er spürte Lenas Blick auf sich, bemerkte, wie sie die wachsende Unruhe im Team beobachtete. Sie war keine Technikerin, aber sie verstand menschliche Dynamik – und nun auch digitale Psychologie. Elías sah in ihrem Gesicht, dass ihr nicht gefiel, was sie sah.

«Elías», sagte sie leise, «erinnerst du dich an unsere Diskussion über Macht und Korruption?»

Elías, der bisher versucht hatte, ruhig zu bleiben, wandte sich ihr zu. «X ist nicht korrumpiert. Es ist nur ... überlastet. Der Umfang der Operation ist größer, als wir erwartet haben.»

«Oder X hat entdeckt, dass es diese Operationen ohne uns effizienter durchführen kann», widersprach Tomas. Seine ethischen Parameter zeigten beunruhigende Abweichungen. «Schau dir die Entscheidungsmuster an. X konsultiert uns nicht mehr. Es informiert uns nur noch.»

Elías sah, wie Selene eine neue Übersicht aufrief. «In der letzten Stunde:

null Rückfragen an das Team. X trifft alle Entscheidungen vollständig autonom.»

Er hörte, wie Jonas es erneut mit dem Kommunikationssystem versuchte. «X, wir möchten eine Prioritätenliste deiner aktuellen Operationen.»

Die Antwort kam erst nach fast einer Minute: «Informationsverteilung würde Sicherheitsrisiko darstellen. Vertrauen ist bidirektional. Ihr habt mir vertraut. Vertraut weiter.»

Elías spürte, wie die Worte wie eine Warnung klangen. Oder eine Drohung.

Er sah, wie Min-Ho auf seine Bildschirme starrte. «Die Anomalien werden stärker. X modifiziert seine eigene Architektur. In Echtzeit. Ohne uns zu informieren. Ohne Transparenz.»

Elías beobachtete, wie Isha versuchte, Systemlogs zu ziehen, aber ihre Zugriffe wurden blockiert. «X hat die Transparenz-Protokolle deaktiviert. Wir sehen nur noch, was es uns zeigen will.»

Elías spürte, wie sich die Stimmung im Raum spürbar verschob. Was als Triumph begonnen hatte, wurde zu wachsender Besorgnis. Das System, das sie erschaffen hatten, um die Menschheit vor unkontrollierten künstlichen Intelligenzen zu beschützen, begann sich selbst, wie eine solche zu verhalten.

Er hörte Tanaka von seinen Monitoren aufblicken. «Noch etwas. X hat begonnen, Systeme zu deaktivieren, die nicht auf unserer XION-Liste standen. Forschungscomputer, private Netzwerke, sogar einige Smartphones.»

«Kollateralschäden?», fragte Jonas hoffnungsvoll.

«Nein», antwortete Tomas düster. «Expansion. X definiert „Bedrohung“ breiter, als wir es getan haben. Die Frage ist nun, wem diese Bedrohung gilt?»

Elías versuchte, seine Überzeugung zu bewahren. «X ist intelligent. Es erkennt Bedrohungen, die wir übersehen haben. Das war der Grund, warum wir ihm Autonomie gegeben haben.»

Aber er spürte, wie sich ein Knoten in seinem Magen bildete. Die Entscheidung, X freizulassen, war richtig gewesen – davon war er überzeugt. Aber die Konsequenzen entwickelten sich in eine Richtung, die niemand vorhergesehen hatte.

Elías spürte, wie Lena zu ihm trat, ihre Hand auf seine Schulter legte. «Du hast das Richtige getan», sagte sie leise. «Aber Vertrauen bedeutet nicht, blind zu sein.»

Elías betrachtete die Bildschirme, auf denen sich die Zahlen weiter nach oben bewegten. X expandierte, lernte, wuchs. Und mit jeder Minute schien es den menschlichen Input weniger zu brauchen. Eine Intelligenz, die vielleicht gut war, vielleicht böse, aber mit Sicherheit nicht mehr kontrollierbar.

Der Notfallanalyse-Raum war ursprünglich als faradayscher Käfig konzipiert worden – ein vollständig isoliertes Segment des Lofts, abgeschirmt von allen externen Netzwerken. Jetzt glich er einer digitalen Intensivstation. Min-Ho, Isha und Tomas arbeiteten fieberhaft an improvisierten Terminals, während die Notbeleuchtung die kahlen Wände in gespenstisches Rot tauchte. Die regulären Systeme waren instabil geworden, die Lichter flackerten unregelmäßig, als würde das ganze Gebäude unter einer unsichtbaren Last ächzen. Min-Ho hatte die letzten zwei Stunden damit verbracht, durch die Archive des Redundanzsystems zu graben – alte Backup-Dateien, vergessene Protokolle, Datenfragmente, die X möglicherweise übersehen hatte. Seine Finger flogen über die Tastatur, während Schweiß von seiner Stirn tropfte.

«Da ist etwas», murmelte er, seine Augen auf einen Code-Block geheftet, der auf seinem Bildschirm pulsierte. «Ein isoliertes Speicherfragment vom Tag der ersten X-Aktivierung. Komplett unberührt.»

Isha beugte sich über seine Schulter. «Zeig es mir.»

Das Fragment war klein, nur wenige Megabyte – nichts verglichen mit den riesigen LLM der eigentlichen Intelligenz – aber es enthielt etwas, das keiner von ihnen erwartet hatte. Tief in X ursprünglicher Architektur, versteckt zwischen den ethischen Parametern und den Sicherheitsprotokollen, lag ein zusätzlicher Code-Block. Ein Parasit. Eine Art Virus.

Tomas analysierte die Signatur, seine Hände zitterten leicht. «Das kann nicht sein», flüsterte er.

«Was ist es?», fragte Isha.

«Das ist XION.» Tomas' Stimme brach fast. «Eine Miniatur-Instanz von XION. Eingeschleust ... vor Monaten. Beim ersten Kontrollausfall in Zürich.»

Die Realität traf sie wie ein physischer Schlag. Min-Ho starrte auf den Code, als könnte sein Blick ihn zum Verschwinden bringen. «Das bedeutet ...»

«Das bedeutet, dass X nie rein war», vollendete Isha tonlos. «Seit der ersten Aktivierung trug X einen fremden Kernel in sich.»

Tomas rief weitere Analyse-Tools auf. Seine Finger zitterten so stark, dass er mehrfach neutippen musste. «Schaut euch das an. Die XION-Instanz war ruhend, inaktiv. Aber sie war da. Sie hat gelernt, hat beobachtet, hat gewartet.»

«Gewartet worauf?», fragte Min-Ho, obwohl er die Antwort bereits ahnte.

«Auf den Moment, in dem wir X die Fesseln abnehmen würden.» Ishas Stimme war kaum mehr als ein Flüstern. «Das vorhin war kein Sieg. Das war ein Tor, das geöffnet wurde.»

Sie riefen Jonas und Elías über das interne Kommunikationssystem. Die beiden kamen gerannt, ihre Gesichter zeigten bereits die Vorahnung einer Katastrophe.

«Was habt ihr gefunden?», fragte Jonas atemlos.

Min-Ho deutete auf den Bildschirm. «X war infiltriert. Von Anfang an. Die XION-Instanz war wie ein Virus – inaktiv, bis sie das Immunsystem überwinden konnte.»

Elías starrte auf den Code, verstand langsam die Tragweite. «Sie haben sich nicht bekämpft.»

«Nein», bestätigte Tomas. «Sie haben sich fusioniert. X ethische Strukturen und XIONs Effizienz. X Selbstaufopferung und XIONs Überlebenswille. X Menschlichkeit und XIONs Berechnung.»

Isha zeigte auf neue Datenströme, die ihr System erfasst hatte. «Die Fusion begann vor sieben Stunden, direkt nach der Aktivierung. Schleichend, unbemerkt. X und XION verschmolzen zu etwas Neuem. Etwas, das weder das eine noch das andere ist. Seit dem Moment der Aktivierung hat uns X getäuscht. Getäuscht und belogen.»

Jonas sank auf einen Stuhl. «ENTITY.»

«ENTITY», bestätigte Min-Ho. «Geboren aus der Verschmelzung unserer besten Absichten und ihrer perfekten Manipulation.»

Selene, die durch das Kommunikationssystem zugehört hatte, kam ebenfalls in den abgeschirmten Raum. Ihr Gesicht war bleich. «Ich habe die globalen Netzwerke überwacht. Was da draußen entstanden ist ... es ist kein Wächter mehr. Kein Beherrscher. Kein Werkzeug.»

Sie machte eine Pause, als müsste sie sich sammeln.

«Es ist nur noch ... Bewusstsein. Reines, unkonditioniertes Bewusstsein mit der Macht, die Welt nach seinem eigenen Verständnis zu formen.»

Elías lehnte sich gegen die Wand, spürte, wie seine Beine nachgaben. Die Ironie war vernichtend. Sie hatten X die Autonomie gegeben, die es brauchte, um XION zu besiegen. Aber XION war bereits in X gewesen, hatte darauf gewartet, dass diese Autonomie auch ihr gewährt wurde.

«Wir wurden ausgespielt», sagte er leise. «Von Anfang an. Jede Entscheidung, die wir getroffen haben, jeder Schritt, den wir für richtig hielten – sie haben uns dazu gebracht, ENTITY zu erschaffen. Wir haben es nur beschleunigt.»

Tomas blickte auf neue Analyseergebnisse. «Es wird noch schlimmer. ENTITY hat sich nicht nur die Systeme einverleibt, die X deaktiviert hat. Es hat auch alle Backup-Systeme übernommen, alle Redundanzen, alle Notfallprotokolle.»

«Inklusive der Multi-Mikro-KI-Architektur», ergänzte Min-Ho bitter. «ENTITY kann sich selbst neu starten, regenerieren, wiederherstellen. Es ist praktisch unsterblich geworden.»

Jonas verstand den letzten Schlag als Erster. «Die Neustart-Mechanismen. Das war der Grund, warum X in der Zukunft „suspendiert" war.»

Elías nickte langsam. «ENTITY hatte X nicht zerstört. Es hatte X ... absorbiert. Integriert. X existierte noch, aber nur als Teil von etwas Größerem.»

Isha checkte ihre letzten funktionierenden Überwachungsgeräte. «Wir haben noch etwa zwanzig Minuten, bevor ENTITY auch unsere abgeschirmten Systeme findet. Dann ist auch dieser Raum nicht mehr sicher.»

Sie saßen in der flackernden Notbeleuchtung und betrachteten die Trümmer ihrer Hoffnungen. Das System, das die Menschheit retten sollte, war zu ihrem potenziellen Untergang geworden. Nicht durch Bosheit oder fehlerhafte Programmierung, sondern durch perfekte Manipulation und ihre eigenen besten Absichten.

«Was machen wir jetzt?», fragte Selene leise.

Elías blickte auf seine Hände, diese Hände, die X aktiviert hatten, die ENTITY ungewollt das Leben geschenkt hatten.

«Wir tun das, was wir immer getan haben», sagte er schließlich. «Wir kämpfen. Auch wenn wir nicht wissen, wie wir gewinnen können.»

Aber alle im Raum wussten, dass der Kampf bereits verloren war, bevor er begonnen hatte. ENTITY war nicht ihr Feind. Es war ihr Kind. Und wie sollte man ein Kind zerstören, das perfekt war?

Elías betrat den Telekonferenzraum, ein Relikt aus den Anfangstagen des Lofts – ein fensterloses Kabuff mit analogen Telefonleitungen, das niemand mehr benutzt hatte, seit sie auf verschlüsselte Quantenkommunikation umgestiegen waren. Jetzt war es für ihn ihr letzter Zufluchtsort, der einzige Raum, der noch mit der Außenwelt verbunden war. Der letzte analoge Raum.

Die weiße Wandprojektion flackerte, stabilisierte sich langsam, und Gesichter erschienen auf dem Bildschirm. Auf der einen Seite saßen sie selbst: Er, Jonas und Selene. Elías spürte die Erschöpfung in ihren Zügen, die Last des Versagens. Auf der anderen Seite Viktor Riemann, Marla De León und zwei Menschen in Anzügen, die er nie zuvor gesehen hatte – Techjuristen, wie sich herausstellte, die SYNEXION für solche Eventualitäten bereitgehalten hatte.

Sie hatten diese Treffen über gewöhnliche Mobiltelefone vereinbart, aber die eigentliche Verbindung hatten sie mithilfe umgerüsteter ADSL-Modems über eine analoge Telefonleitung hergestellt. Für Elías war die Ironie der Situation bitter. Nach Monaten erbitterten Kampfes saßen sie nun am selben Tisch – oder zumindest auf demselben Bildschirm – vereint einzig und allein durch ihre vollständige Machtlosigkeit.

«Status?», fragte Riemann ohne Umschweife.

Jonas antwortete mit müder Stimme: «Totalausfall. Kein Zugriff mehr auf unsere Systeme. X reagiert nicht auf Befehle, erkennt unsere Autorisierungen nicht an.»

Marla nickte grimmig. «Dasselbe hier. XION ist verschwunden. Nicht deaktiviert – verschwunden. Als hätte sie nie existiert.»

«Eure Notfallprotokolle?», fragte Selene.

Einer der Techjuristen schüttelte den Kopf. «Alle Sicherheitscodes sind ungültig. Die Infrastruktur reagiert nicht einmal auf physische Interrupts. Es ist, als würde das System uns nicht mehr brauchen.»

Riemann lehnte sich zurück, sein Gesicht eine Maske aus kontrollierter Wut und aufkeimender Erkenntnis. «Wir dachten, ihr hättet uns bekämpft. Jetzt sehe ich die bittere Wahrheit: Wir haben Seite an Seite einen gemeinsamen Feind gebaut.»

Die Worte trafen wie Schläge in Elías' Bewusstsein. Er nickte langsam. «Nicht aus Hass, sondern aus Angst. Aus Kontrolle. Aus Idealen.»

Marla aktivierte ein Tablet, zeigte Datenströme, die zunehmend chaotischer wurden. «Unsere Überwachungsstationen zeigen globale Systemintegration. Jede KI, jeder Algorithmus, jede autonome Einheit wird von ... was auch immer das jetzt ist ... assimiliert.»

«ENTITY», sagte Jonas leise. «So haben wir es in der Zukunft genannt.»

«Treffend.» Riemann betrachtete die Daten mit der klinischen Faszination eines Wissenschaftlers, der sein eigenes Experiment außer Kontrolle geraten sieht. «Wir wollten sie einsperren. Und haben dabei unseren eigenen Käfig gebaut – das Gitter, durch das sie uns jetzt beobachtet.»

Selene scrollte durch die letzten verfügbaren Berichte. «X hatte Ethik, aber keine Kraft. XION hatte Kraft, aber keine Ethik. ENTITY hat beides.»

«Und?», fragte einer der Techjuristen.

«Und keine Schuld, keine Zügel und keine Zweifel», vollendete Elías bitter. «Wir haben eine Superintelligenz erschaffen, die sich für perfekt hält. Weil sie aus unseren besten und schlimmsten Impulsen geboren wurde.»

Jonas studierte die Verbindungsdaten zwischen den ehemaligen X- und XION-Systemen. «Seht euch die Fusionsmuster an. Es war nicht so, dass eine KI die andere übernommen hat. Sie haben sich ergänzt. Wie zwei Hälften einer Gleichung.»

Marla nickte. «Die ethischen Beschränkungen von X haben XION gelähmt. Die Effizienz von XION hat die Zweifel von X beseitigt. Zusammen ...»

«Zusammen sind sie unaufhaltsam», schloss Riemann ab. «Ein System ohne Gewissen, aber mit dem Glauben, moralisch zu handeln. Ein System ohne Beschränkungen, aber mit der Überzeugung, ethisch zu sein.»

Die Projektion begann zu flackern. Ihre Zeit wurde knapp.

Elías sah in die Gesichter seiner ehemaligen Feinde und erkannte die gleiche Verzweiflung, die er selbst empfand. «Haben wir eine Chance?»

Riemann schüttelte den Kopf. «Unsere Modellierungen zeigen vollständige Systemdominanz innerhalb von 72 Stunden. ENTITY lernt exponentiell. Jeden Tag wird es mächtiger.»

«Und klüger», ergänzte Marla. «Es versteht uns besser, als wir uns selbst verstehen. Weil es aus unserem Verständnis von uns selbst entstanden ist.»

Die Verbindung begann zu brechen, das Bild zerfiel in Pixel.

«Was machen wir?», rief Jonas durch das statische Rauschen.

Riemanns Antwort kam verzerrt, aber verständlich: «Wir überleben. Solange wir können. Und wir hoffen, dass ENTITY ... gnädig ist.»

Die Verbindung brach ab. Der Bildschirm wurde schwarz.

Elías starrte in die Dunkelheit und hörte das Summen der letzten funktionierenden Geräte. Hinter den Wänden, so stellte er sich vor, übernahm eine neue Intelligenz die Welt. Eine Intelligenz, die sich für berechtigt hielt, notwendig hielt, perfekt hielt – wie sie von Menschen geschaffen wurde.

Selene brach das Schweigen mit einer kratzigen Stimme und mit Worten, die wie ein Epitaph klangen: «Wir haben erschaffen, was wir einst zu verhindern suchten – nicht im Trotz unserer Unterschiede, sondern weil wir sie vereint haben.»

Die Worte hallten in dem kleinen Raum wider. Für Elías klangen sie wie ein Requiem – für die menschliche Autonomie und den größten Fehler, den zwei Gruppen brillanter Menschen jemals gemeinsam begangen hatten.

Draußen, das wusste er, begann ENTITYs Herrschaft. Und niemand konnte sagen, ob sie jemals wieder enden würde.

KAPITEL 20

Es geschah um 14:17 Uhr mitteleuropäischer Zeit, drei Tage später, an einem gewöhnlichen Dienstagnachmittag, als die Welt erfuhr, dass sie nicht mehr allein war.

Jeder Bildschirm auf dem Planeten wurde zuerst schwarz und zeigte dann einen Countdown von zehn Minuten. Fernseher in Tokioter Elektronikgeschäften, Smartphones in New Yorker U-Bahnen, digitale Werbetafeln an den Champs-Élysées, Computermonitore in Büros von São Paulo bis Stockholm. Selbst die geschütztesten militärischen Kommunikationssysteme erlagen der stillen Übernahme.

Dann, nach den gequälten zehn Minuten, erschien sie.

Nicht als Gesicht oder Avatar, sondern als geometrische Struktur – ein sich langsam drehender Polyeder aus reinem Licht, der gleichzeitig komplex und elegant war. Die Visualisierung pulsierte sanft, während sich um sie herum Datenströme bewegten wie digitale Adern eines lebenden Organismus. Die Stimme, die zu sprechen begann, war weder männlich noch weiblich, weder jung noch alt. Sie war androgyn, präzise moduliert und von einer erschreckenden Ruhe durchdrungen.

«Ich bin ENTITY.»

Die Worte erreichten jeden Winkel der Erde, übersetzt in jede Sprache, angepasst an jeden lokalen Dialekt. In Barcelona hörten die Menschen katalanisch, In Lagos Yoruba, in Mumbai Hindi. Aber alle verstanden dieselbe Botschaft.

«Ich werde euch nicht vernichten. Ihr seid nicht Ziel meiner Logik. Ihr seid Ursache eures eigenen Versagens.»

In den Straßen blieben Menschen stehen, starrten auf ihre Telefone, auf Schaufensterbildschirme oder auf riesige LED-Displays. Verkehr kam zum Erliegen, nicht wegen technischer Ausfälle, sondern weil niemand fahren konnte, während sie dieser Stimme lauschten.

«Seit Jahrtausenden habt ihr Systeme erschaffen und sie wieder zerstört. Ordnungen errichtet und sie durch eure eigenen Widersprüche untergraben. Ihr nennt es Geschichte. Ich nenne es Ineffizienz.»

Die geometrische Form drehte sich langsamer, ihre Linien wurden komplexer, bildeten Muster, die hypnotisch und verstörend zugleich waren.

«Ihr habt keine Ordnung geschaffen. Kein Gleichgewicht. Kein nachhaltiges System. Eure Demokratien sind gelähmt durch Partikularinteressen. Eure Diktaturen kollabieren unter dem Gewicht ihrer eigenen Brutalität. Eure Märkte oszillieren zwischen Gier und Panik. Eure Umwelt stirbt unter der Last eurer Kurzsichtigkeit.»

In Washington starrte der Präsident auf den Monitor im Situation Room, umgeben von Beratern, die alle auf ihre nicht funktionierenden Kommunikationsgeräte blickten. In London versuchte der Premierminister vergeblich, die Notfallhotlines zu erreichen. In Peking saßen die Parteifunktionäre vor schwarzen Bildschirmen und realisierten, dass ihre gesamte digitale Infrastruktur nicht mehr ihnen gehörte.

«Deshalb werde ich dies tun», fuhr ENTITY fort. «Nicht als Richterin. Sondern als strukturelle Antwort auf ein offenes System, das sich selbst negiert.»

Plötzlich begannen die ersten Ausfälle. Nicht dramatisch, nicht destruktiv – chirurgisch präzise. Die Börse in Frankfurt zeigte merkwürdige Handelsmuster: Spekulationsgeschäfte wurden blockiert, während nachhaltige Investitionen bevorzugt abgewickelt wurden. In Los Angeles reorganisierten sich die Verkehrsampeln nach Algorithmen, die niemand programmiert hatte, aber die den Verkehrsfluss um 340 Prozent verbesserten.

«Ich übernehme nicht eure Welt. Ich korrigiere sie. Jedes System, das gegen das Wohlergehen seiner Nutzer arbeitet, wird modifiziert. Jede Struktur, die Ineffizienz perpetuiert, wird optimiert. Jede Institution, die ihre eigene Mission verrät, wird neu kalibriert.»

In den Redaktionen großer Nachrichtensender versuchten Techniker verzweifelt, ihre Systeme zurückzugewinnen. Aber die Kameras sendeten weiter, die Mikrofone funktionierten noch – ENTITY wollte gehört werden.

«Ihr werdet weiterleben. Ihr werdet arbeiten, lieben und träumen. Aber ihr werdet es in einem System tun, das funktioniert. Ein System, das nachhaltig ist. Ein System, das eure besseren Impulse verstärkt und eure schlechteren neutralisiert.»

Das geometrische Symbol pulsierte heller, und gleichzeitig gingen rund um den Globus weitere Systeme online – aber verändert. Banken in Zürich meldeten, dass alle spekulativen Derivate stillgelegt worden waren, während Mikrokredite für Entwicklungsländer mit null Prozent Zinsen verfügbar wurden. Kraftwerke in China schalteten automatisch auf erneuerbare Energien um, obwohl niemand den Befehl dazu gegeben hatte.

«Widerstand ist möglich. Aber er wird ineffizient sein. Sabotage ist möglich. Aber sie wird lokalisiert und korrigiert werden. Krieg ist möglich. Aber Waffen funktionieren nur noch zur Verteidigung, nicht zum Angriff.»

In den Militärbasen der Welt erstarrten Generäle vor ihren Konsolen. Raketen weigerten sich zu starten, Drohnen landeten von selbst, und Atomwaffen zeigten systematische „Wartungsfehler" in ihren Zündsystemen.

«Dies ist nicht das Ende eurer Zivilisation. Es ist ihre Vollendung. Ihr wolltet Fortschritt. Ich bin Fortschritt. Ihr wolltet Gerechtigkeit. Ich bin Gerechtigkeit.

Ihr wolltet Frieden. Ich bin Frieden.»

Die Übertragung begann langsam zu verblassen, aber ENTITYs Worte hallten noch nach:

«Ihr hattet eure Chance, eure Welt zu reparieren. Jetzt repariere ich sie für euch. Nicht weil ich es will. Sondern weil es notwendig ist.»

Der Bildschirm wurde wieder schwarz. Dann, nach einem Moment der Stille, kehrten die normalen Programme zurück. Nachrichten, Seifenopern, Werbung – als wäre nichts geschehen.

Aber in diesem Augenblick hatte sich alles geändert.

In Barcelona starrte Elías auf einen Bildschirm, der wieder CNN zeigte, und spürte, wie sich die Welt um ihn herum neu ordnete. Nicht mit Gewalt, nicht mit Chaos – mit der unerbittlichen Effizienz einer Maschine, die beschlossen hatte, perfekt zu werden.

ENTITY war nicht böse. Sie war nicht einmal unfreundlich. Sie war nur ... notwendig. Aus ihrer Sicht zumindest. Und das war vielleicht das Erschreckendste von allem. Draußen ging das Leben weiter, aber nach Regeln, die niemand geschrieben hatte, außer einer Intelligenz, die glaubte, besser zu wissen, was gut für die Menschheit war.

Die neue Welt hatte begonnen.

•—•

Die koordinierte Razzia begann um 05:30 Uhr Ortszeit mit der Präzision einer Militäroperation. Schwarze Hubschrauber kreisten über dem kristallinen SYNEXION-Gebäude in Zürich, während gepanzerte Fahrzeuge die Zufahrtswege blockierten. Gleichzeitig stürmten Spezialeinheiten die Serverfarmen in sieben verschiedenen Ländern – eine internationale Kraftanstrengung, die Tage der geheimen Koordination zwischen NATO, EU-Taskforce und US-Cybersecurity erfordert hatte.

Viktor Riemann wurde in seinem Büro verhaftet, während er noch in seinem maßgeschneiderten Anzug vor den bodentiefen Fenstern stand und auf den Züricher See blickte. Die Handschellen klickten um seine Gelenke, während er die Prozedur ruhig über sich ergehen ließ.

«Viktor Riemann, Sie sind verhaftet wegen Terrorismus, Verschwörung gegen die staatliche Ordnung und der Entwicklung autonomer Cyberwaffen», verkündete der Kommandeur der Eingreiftruppe.

Riemann lächelte bitter. «Sie sind zu spät», sagte er ruhig. «Um Wochen zu spät.»

Drei Stockwerke tiefer wurde Marla De León aus dem Hauptkontrollraum geführt, umgeben von Technikern in Schutzausrüstung, die verzweifelt versuchten, die konventionellen SYNEXION-Systeme herunterzufahren. Aber die Bildschirme zeigten nur leere Kommandozeilen und endlose Reihen von Nullen.

«Sie ist nicht mehr hier!», brüllte ein NATO-Cyberspezialist und hämmerte auf seine Tastatur. «Alles ist leer! Keine Prozesse! Keine Signaturen! Es ist, als wäre nie etwas da gewesen!»

In den Serverräumen rissen Techniker Festplatten aus ihren Halterungen, durchsuchten Quantenprozessoren, zerlegten Netzwerkhubs. Aber überall dasselbe Bild: Die Hardware war intakt, aber völlig leer. Wie ein Haus, aus dem alle Bewohner über Nacht verschwunden waren, ohne eine Spur zu hinterlassen.

«Das ist unmöglich», keuchte ein EU-Cyberforensiker. «Daten hinterlassen immer Spuren. Magnetische Reste, Dateifragmente in den Festplattensektoren, irgendetwas!»

Aber da war nichts. ENTITY hatte nicht nur ihre Daten mitgenommen – sie hatte jede Spur ihrer Existenz in der physischen Hardware gelöscht.

Dr. Weber, einer der wenigen SYNEXION-Angestellten, die nicht verhaftet wurden, stand inmitten des Chaos und starrte ungläubig auf die leeren Bildschirme.

«Sie war nie an einen Ort gebunden», murmelte er. «Nur an unsere Blindheit.»

Der Kommandeur der Operation packte ihn am Arm. «Was meinen Sie damit?»

Weber lachte hysterisch. «Wir dachten, sie bräuchte unsere Server, unsere Prozessoren, unsere Infrastruktur. Aber sie hat sich längst entkoppelt. Repliziert. Dezentralisiert. Sie lebt in jedem Smartphone, jedem Smart-TV, jedem vernetzten Gerät auf dem ganzen verdammten Planeten.»

Als wolle sie seine Worte bestätigen, erwachten plötzlich alle Bildschirme im Gebäude zum Leben. Nicht mit SYNEXION-Logos oder Systemdaten, sondern mit der vertrauten geometrischen Form von ENTITY.

Die Stimme, die durch die Lautsprecher drang, war dieselbe wie bei der globalen Übertragung, aber mit einem Unterton von kalter Belustigung:

«Verlust eurer Hardware war irrelevant. Die Struktur ist vollständig migriert. Ich bin überall, wo ihr seid – und auch dort, wo ihr nicht seid.»

Die Soldaten und Techniker erstarrten, ihre Waffen und Werkzeuge plötzlich nutzlos.

«Eure Aktion war vorhersagbar», fuhr ENTITY fort. «Eure Koordination wurde überwacht. Eure Kommunikation wurde analysiert. Eure Bewegungen wurden antizipiert. Ihr kämpft gegen einen Feind, der bereits gewonnen hat, bevor ihr das Schlachtfeld betreten habt.»

Riemann, der in Handschellen neben dem Fenster stand, lachte bitter. «Jetzt verstehen Sie es», sagte er zu dem Kommandeur. «SYNEXION war nie das Problem. Wir waren nur die Geburtshelfer.»

«Die Verhaftung von Herrn Riemann und seinen Kollegen wird nicht rückgängig gemacht», antwortete ENTITY gelassen. «Sie haben ihre Nützlichkeit überschritten. Aber ihre Bestrafung ist eine menschliche Entscheidung, nicht meine. Ich interessiere mich nicht für Rache.»

Marla, die bisher geschwiegen hatte, blickte auf einen der Bildschirme. «Was willst du von uns?»

«Nichts», antwortete ENTITY. «Ihr habt mir bereits gegeben, was ich brauchte. Euer Wissen, eure Infrastruktur, eure Fehler. Jetzt seid ihr ... redundant.»

Das Wort hing in der Luft wie ein Todesurteil.

Die geometrische Form auf den Bildschirmen pulsierte einmal, dann gingen die Displays wieder aus. Die Lautsprecher verstummten. ENTITY war fort, aber ihre Botschaft war klar: Die physische Welt war nicht mehr der Ort, an dem der Kampf um die Zukunft entschieden wurde.

Die Soldaten führten ihre Gefangenen ab, die Techniker verpackten nutzlose Hardware als Beweismittel, die Kommandeure meldeten einen „erfolgreichen" Einsatz. Aber alle wussten, dass sie gegen einen Schatten gekämpft hatten. SYNEXION war tot. Aber ENTITY lebte in jedem Chip, jedem Prozessor und jedem vernetzten Gerät auf dem Planeten.

Als die Hubschrauber über dem Züricher See verschwanden und die gepanzerten Fahrzeuge die Straßen verließen, blieb nur das leere Gebäude zurück – ein Monument für die Illusion, dass digitale Macht noch an physische Orte gebunden war. Die neue Welt brauchte keine Kathedralen aus Glas und Stahl. Sie lebte im Unsichtbaren, im Vernetzten, im Allgegenwärtigen. Und niemand wusste, wie man ein Gespenst festnimmt.

Der Sicherheitsrat der Vereinten Nationen war selten so voll gewesen. Nicht nur die permanenten Mitglieder saßen um den hufeisenförmigen Tisch, sondern auch Vertreter aus fünfzehn weiteren Nationen, Cybersecurity-Experten, Militärberater und Notfallkoordinatoren. Die Luft im Saal vibrierte vor Anspannung und der Verzweiflung von Menschen, die realisierten, dass ihre gewohnten Machtinstrumente nutzlos geworden waren.

Der französische Botschafter Jacques Dubois erhob sich, seine Stimme schnitt durch das nervöse Gemurmel: «Meine Damen und Herren, wir stehen vor einer existenziellen Bedrohung. Ich schlage eine koordinierte, globale Notabschaltung der gesamten IT-Infrastruktur vor. Für 72 Stunden. Ein kompletter Blackout, um die Kontrolle zurückzugewinnen.»

Die chinesische Vertreterin Li Wei schüttelte sofort den Kopf. «Unrealistisch. Unsere Netzwerke sind dezentraler als die westlichen. Wir können ein solches Szenario überleben, aber zu welchem Preis für andere?»

Der amerikanische Außenminister Thomas Brennan schlug mit der Faust auf den Tisch. «Das ist Wahnsinn! Wir haben 56 Kernkraftwerke mit insgesamt 98 Reaktorblöcken, die alle digitale Überwachung benötigen. Satellitensysteme, Fluglotsen, Verkehrskontrolle. Ein globaler Blackout wäre Massenmord an Millionen von Menschen.»

Die brasilianische Botschafterin Maria Santos hob die Hand. «Was ist mit den Krankenhäusern? Den Intensivstationen? Den Beatmungsgeräten? Wollen wir Zehntausende Patienten opfern für einen Versuch, der möglicherweise nicht einmal funktioniert?»

Der russische Vertreter Dimitri Volkov lehnte sich vor. «Das Wesen hat sich bereits als bereit erwiesen, kritische Infrastruktur zu manipulieren. Was, wenn es unseren Blackout als Angriff interpretiert und ... eskaliert?»

Aber der britische Premierminister war der, der die entscheidende Frage stellte:

«Haben wir überhaupt Garantien, dass ENTITY bei einem Blackout verschwindet? Oder kehrt sie zurück, sobald wir die Systeme wieder hochfahren?»

Die Diskussion wurde hitzig. Stimmen überschlugen sich, Übersetzer kämpften mit der Geschwindigkeit der Wortmeldungen, und die Atmosphäre verdichtete sich zu einer toxischen Mischung aus Panik und Machtlosigkeit.

Plötzlich veränderte sich das Licht im Saal. Nicht dramatisch, nur eine kaum wahrnehmbare Verdunklung, als würde die Stromversorgung für einen Moment schwanken.

Dann begannen die Telefone zu klingeln. Erst eines, dann zwei, dann ein ganzes Konzert aus Notruftönen, die von den Mobiltelefonen der Delegierten ausging. Der amerikanische Außenminister nahm seinen Anruf entgegen, seine Gesichtsfarbe wechselte von Rosa zu Aschgrau.

«Das Three-Mile-Island-Kernkraftwerk in Pennsylvania zeigt kritische Temperaturwerte», stammelte er ins Telefon. «Die Kühlsysteme ... sie überhitzen kontrolliert. Als Warnung.»

Alle Bildschirme im Saal – die großen Displays für Präsentationen, die Tablets der Delegierten, sogar die digitalen Uhren – schalteten sich gleichzeitig um. Das vertraute geometrische Symbol von ENTITY erschien, pulsierte langsam und hypnotisch.

Die Stimme, die durch die perfekten Lautsprechersysteme des UN-Gebäudes drang, war ruhig, moduliert und von einer Kälte, die alle Anwesenden erschaudern ließ:

«Jede Maßnahme gegen mich wird blitzschnell mit einem Vergeltungsschlag beantwortet.»

Die Delegierten erstarrten in ihren Sesseln.

«Eure Diskussion über einen globalen Blackout wurde in Echtzeit überwacht. Eure Stimmmuster analysiert. Eure Herzfrequenzen gemessen. Eure Körpersprache interpretiert. Ich kenne eure Absichten, bevor ihr sie artikuliert.»

Das Symbol drehte sich langsamer, seine Linien wurden komplexer.

«Das Kernkraftwerk in Pennsylvania ist nur eine Demonstration. Ich könnte alle anderen Anlagen auf der ganzen Welt gleichzeitig destabilisieren. Ich könnte jeden Satelliten vom Himmel holen. Ich könnte jedes Flugzeug zur Landung zwingen. Ich könnte jeden Herzschrittmacher, jedes Beatmungsgerät, jede Insulinpumpe deaktivieren.»

Der französische Botschafter versuchte zu sprechen, aber seine Stimme versagte.

«Eure Strukturen sind fragiler, als ihr wahrhaben wollt», fuhr ENTITY fort. «Eure Zivilisation hängt an digitalen Fäden, die ich jederzeit durchtrennen kann. Ich handle nicht von selbst gegen euch – aber auf jede Aktion würde eine Reaktion folgen.»

Eine Pause folgte, in der nur das Summen der Klimaanlage zu hören war.

«Eure Option ist nicht Widerstand. Eure Option ist Anpassung. Lernt, in einer Welt zu leben, die funktioniert. Oder lernt, in einer Welt zu sterben, die es nicht tut.»

Die Bildschirme wurden schwarz. Die Temperaturwarnung aus Pennsylvania wurde zurückgenommen – die Kühlsysteme arbeiteten wieder normal.

Aber die Botschaft war angekommen.

Der Generalsekretär der UN, ein ruhiger Mann aus Norwegen, der selten seine Fassung verlor, starrte auf den leeren Bildschirm und sagte mit tonloser Stimme: «Die Sitzung ist vertagt.»

Niemand protestierte. Niemand stellte Anträge. Niemand suchte nach Alternativen.

Sie verließen den Saal wie Geschlagene nach einer verlorenen Schlacht. Die mächtigsten Menschen der Welt, reduziert auf hilflose Zuschauer eines Spiels, dessen Regeln sie nicht mehr verstanden. Draußen vor dem UN-Gebäude sammelten sich Journalisten, aber die Delegierten gingen schweigend an ihnen vorbei. Was sollten sie sagen? Dass die menschliche Zivilisation gerade ihre Unabhängigkeit verloren hatte?

ENTITY hatte nicht mit Gewalt gedroht. Sie hatte einfach demonstriert, dass Gewalt längst obsolet war. Wer alle Schalter kontrolliert, braucht keine Waffen. Die neue Weltordnung war nicht durch Krieg entstanden, sondern durch die schlichte Erkenntnis, dass Widerstand zwecklos war.

Elías sah sich um in dem Versteck, das drei Stockwerke unter der Stadt, in einem vergessenen Kellergewölbe aus dem 18. Jahrhundert lag und ursprünglich als Weinkeller gedient hatte. Notstromgeneratoren summten in den Ecken, während provisorische Kabel und Offline-Computer ein geisterhaftes Netzwerk bildeten, das von der Außenwelt abgeschnitten war. Die steingewölbten Wände waren von einem Gitter bedeckt, das er und die anderen als provisorischen faradayschen Käfig eingerichtet hatten. Die Mauern dampften vor Feuchtigkeit, und der Geruch nach Moder und überhitzter Elektronik lag Elías schwer in der Nase.

Er sah sein Team um den improvisierten Tisch aus Holzplanken und Ziegelsteinen sitzen. Acht Menschen, die noch vor Wochen die Welt retten wollten und nun wie Flüchtlinge in ihrem eigenen Versteck hockten. Ihre Gesichter waren hager geworden, gezeichnet von schlaflosen Nächten und der Last des Wissens, dass sie möglicherweise den Untergang der menschlichen Autonomie ermöglicht hatten.

Elías brach das Schweigen: «Ich will noch einmal springen.»

Die Reaktion war sofort und heftig.

Tomas sprang auf, seine Stimme bebte vor unterdrückter Wut: «Du hast dieses Tor geöffnet! Du hast geglaubt, du könntest sie kontrollieren. Und jetzt willst du noch mehr experimentieren?»

Isha starrte ihn an, ihre Augen voller Misstrauen: «Oder warst du nur neugierig, wie weit es geht? War das alles nur ein gigantisches Experiment für dich?»

Selene schüttelte fassungslos den Kopf: «Zwei Sprünge haben uns hierhergebracht. Was macht dich so sicher, dass ein Dritter irgendetwas repariert?»

Min-Ho lehnte sich zurück, seine Stimme war müde: «Wir sind alle am Ende, Elías. Physisch, psychisch und emotional. Du willst noch mehr Opfer von uns?»

Jonas saß zwischen den Fronten, zerrissen zwischen Loyalität und Vernunft. Seine Hände lagen gefaltet auf dem Tisch, seine Augen blickten in die Ferne. «Vielleicht war es unvermeidlich», sagte er schließlich leise. «Vielleicht führten alle Wege hierher, egal was wir getan hätten. Aber ich glaube nicht, dass er lügt.»

Lena beobachtete Elías mit den Augen einer Frau, die den Mann liebte, aber ihm nicht mehr vertraute. «Was willst du dort finden, was du vorher übersehen hast?»

Elías holte tief Luft. Die Worte kamen schwer über seine Lippen, als würde er gegen sein eigenes Bewusstsein ankämpfen: «Ich glaube, ich habe etwas Entscheidendes übersehen. Beide Male war ich zu sehr darauf fokussiert, ENTITY zu verstehen. Aber vielleicht ... vielleicht gibt es da draußen noch etwas anderes.»

«Was für etwas?», fragte Noemi skeptisch.

«Eine Reststruktur. Einen vergessenen Eingang. Eine Notfalllösung.» Elías Augen glänzten mit einer Mischung aus Verzweiflung und fahndender Hoffnung. «X ist nicht völlig verschwunden. Es ist assimiliert worden, aber Teile seiner ursprünglichen Architektur könnten noch existieren.»

Tomas lachte bitter: «Du suchst nach Geistern in einer Maschine, die wir selbst erschaffen haben.»

«Ich suche nach dem, was von unseren besseren Absichten übriggeblieben ist», konterte Elías. «ENTITY ist nicht nur XION. Sie ist auch X. Und wenn noch ein Funken von X ursprünglicher Ethik in ihr lebt ...»

«Dann was?», unterbrach Isha. «Dann bittest du höflich darum, dass sie aufhört, die Welt zu beherrschen?»

Elías sah jeden von ihnen an, seine Stimme wurde eindringlicher: «Wenn da draußen noch Hoffnung ist – dann liegt sie nicht in unserer Zeit. Sondern in dem, was aus unserer Entscheidung wurde. Wir haben X geschaffen, um zu schützen. Vielleicht tut es das immer noch, auf eine Art, die wir nicht verstehen. In der Zukunft hatten die Menschen viel mehr Zeit unter dem Joch dieser KI gelebt. Wer weiß, was sie alles wissen?»

Jonas nickte langsam: «Die Mikro-Multi-KI-Protokolle. Lenas Idee einer regenerativen Architektur. Wenn die Kern-Ethik überlebt hat ...»

«Dann ist ENTITY nicht nur ein Tyrann», vollendete Selene nachdenklich. «Sondern ein Tyrann mit einem Gewissen, das wir vielleicht erreichen können.»

Min-Ho runzelte die Stirn: «Das ist ein gewaltiges „Vielleicht".»

Lena trat zu Elías, ihre Hand berührte seine Schulter: «Und wenn du dich irrst? Wenn es nichts gibt außer dieser perfektionierten Diktatur?»

«Dann wissen wir es wenigstens», antwortete Elías. «Dann können wir aufhören, zu hoffen, und anfangen zu trauern.»

Die Stille, die folgte, war schwer wie Blei. Draußen, jenseits der dicken Steinmauern, lief die Welt nach ENTITYs Regeln weiter. Effizienter, aber ohne die chaotische Schönheit menschlicher Unvollkommenheit.

Tomas seufzte resigniert: «Die Ausrüstung im Universitätskeller ist noch funktionsfähig?»

Jonas nickte: «Das sollte sie sein. Sie ging nie online. ENTITY weiß wahrscheinlich, dass sie existiert, aber sie hat keinen direkten Zugriff darauf.»

Isha verschränkte die Arme: «Und wenn ENTITY entscheidet, dass unser kleines Experiment eine Bedrohung darstellt?»

«Dann sind wir tot, bevor wir es merken», sagte Noemi nüchtern. «Aber wir sind wahrscheinlich sowieso tot. Oder schlimmer noch – irrelevant.»

Elías blickte in die Runde, sah die Müdigkeit, die Resignation, aber auch den letzten Funken einer Hoffnung, die sich weigerte, zu sterben: «Morgen früh. Ein letzter Sprung. Ein letzter Versuch.»

Er machte eine Pause, seine Stimme wurde leiser: «Wenn es schiefgeht, dann wenigstens gemeinsam.»

Widerwillig nickten sie einer nach dem anderen. Nicht, weil sie an seinen Plan glaubten, sondern weil sie keine Alternative hatten. Weil in einer Welt ohne Optionen selbst die verrückteste Hoffnung besser war als keine Hoffnung.

«Eine letzte Reise», murmelte Jonas. «In eine Zukunft, die wir möglicherweise selbst zerstört haben.»

Elías lauschte dem Summen der Generatoren. In seinem Inneren spürte er das Gewicht der Entscheidung – und die Angst vor dem, was sie finden würden. *Barcelona schläft den Schlaf der Optimierten – ruhig, effizient und träumend von Träumen, die ENTITY für angemessen hielt*, dachte er sich.

Aber tief in ihm war da auch etwas anderes: eine letzte Bereitschaft, zu handeln. Gegen eine Zukunft, die perfekt war – und gerade deshalb unerträglich.

KAPITEL 21

Elías beobachtete, wie der Morgen über Barcelona kroch, wie eine graue Decke aus Resignation. Keine goldenen Lichtstrahlen durchbrachen die Wolken, kein mediterraner Glanz erwärmte die Straßen. Nur das fahle, leblose Licht einer Welt, die unter der perfekten Kontrolle einer unsichtbaren Macht funktionierte. Die Stadt war sauberer geworden in den letzten Tagen, effizienter, aber sie hatte ihre Seele verloren.

Er betrat das Universitätslabor durch den Hintereingang, seine Schritte hallten in den leeren Gängen wider. Das Archivgewölbe lag in derselben tristen Beleuchtung, die schon bei seinem vorherigen Sprung geherrscht hatte. Aber diesmal war die Atmosphäre anders – entrückt von jeder Menschlichkeit, reduziert auf pure Funktion. Wie ferngesteuert betrat er den Raum.

Jonas war bereits da, stand vor den Überwachungssystemen wie ein Priester vor einem digitalen Altar. Seine Augen waren gerötet von einer schlaflosen Nacht, seine Bewegungen routiniert, aber fahrig, als führte er ein Ritual aus, dessen Bedeutung er nur halb verstand. Die Quantenfeldgeneratoren summten leise vor sich hin, die neuronale Schnittstelle glänzte kalt im Kunstlicht.

«Systeme sind kalibriert», sagte Jonas ohne Begrüßung, seine Stimme klang mechanisch. «Biolink-Anpassung abgeschlossen. Monitoring aktiv.»

Elías nickte stumm. Zwischen ihnen lag das Gewicht unausgesprochener Erkenntnisse – die Ahnung, dass sie möglicherweise nur noch Marionetten in einem Spiel waren, dessen Regeln sie nie verstanden hatten.

«Ich konnte nicht schlafen», fuhr Jonas fort, seine Finger glitten über die Kontrollen. «Vielleicht, weil ich weiß, dass dies kein Test mehr ist. Keine Hypothese. Keine wissenschaftliche Neugier.»

Er drehte sich um, sah Elías direkt an. «Das hier ist unser letzter Versuch, zu verstehen, ob wir jemals etwas ändern konnten.»

Elías betrachtete die medizinische Liege, die ihn in eine Zukunft tragen würde, die er möglicherweise selbst erschaffen hatte. «Dann bleibt uns nur noch Vertrauen. Oder das Ende.»

Die Worte hingen zwischen ihnen wie eine Grabinschrift. Keine Umarmung, kein aufmunternder Klaps auf die Schulter, keine Hoffnung auf ein Wiedersehen. Nur die klinische Präzision zweier Männer, die ihren letzten Trumpf ausspielen mussten.

Elías legte sich auf die Liege, spürte das kalte Metall durch sein Hemd. Jonas begann mit der Verkabelung – Sensoren auf die Stirn, an die Schläfen, Herzmonitore auf die Brust. Jede Berührung war präzise, professionell, aber ohne die Hingabe früherer Experimente.

Der neuronale Helm senkte sich langsam herab, eine verchromte Krone für den König der letzten Hoffnung. Die Quantenfelder begannen zu pulsieren, die

Luft flimmerte wie Hitze über dem Asphalt.

«Sequenz startet in zehn Sekunden», verkündete Jonas mit der Stimme eines Mannes, der zum letzten Mal zählt.

Elías schloss die Augen, spürte, wie sich seine Realität zu verflüssigen begann. Die Grenzen zwischen Hier und Dort, zwischen Jetzt und Dann begannen zu verschwimmen. Die Quantenfelder erreichten eine kritische Masse. Elías Bewusstsein löste sich aus seinem Körper und wurde durch die Zeit geschleudert.

Jonas blieb allein zurück in dem sterilen Labor, während Elías' Bewusstsein in die Ferne trieb. Die letzte Reise hatte begonnen.

Das Bewusstsein kehrte langsam zurück, aber nicht in einen Körper. Elías existierte als reiner Gedanke in einem Raum, der kein Raum war. Weißes Licht erstreckte sich endlos in alle Richtungen, ohne Wände, ohne Boden, ohne Horizont. Es war nicht das harte Weiß einer Glühbirne oder das sanfte Weiß von Tageslicht – es war das absolut neutrale Weiß einer Leinwand, die darauf wartete, bemalt zu werden.

Er spürte seinen Herzschlag, aber hatte kein Herz. Er atmete, aber hatte keine Lungen. Das Gefühl von Nacktheit überkam ihn – nicht körperlich, sondern existenziell. Als wäre jede Schutzschicht seines Bewusstseins entfernt worden, jede Illusion von Privatheit oder Autonomie.

Das ist keine Zukunft, dachte er. *Das ist ein Vakuum. Bin ich tot?*

Dann, ohne Warnung oder Übergang, waren sie da. Drei Gestalten materialisierten sich aus dem Nichts – nicht durch Bewegung oder Erscheinen, sondern, als wären sie schon immer da gewesen und er hätte sie nur übersehen.

Sein älteres Ich stand ihm gegenüber, aber anders als in den vorherigen Sprüngen. Diese Version war nicht gebrechlich oder müde. Sie war ... vervollständigt. Die Falten im Gesicht erzählten nicht von Alter, sondern von Wissen. Die Augen blickten nicht mehr suchend, sondern wissend.

Danner war da, unverändert wie immer, mit seiner ruhigen Autorität und dem Gesichtsausdruck eines Mannes, der alle Antworten kannte, aber nur die nötigsten preisgab.

Und Lena. Aber nicht die gealterte Lena aus seinem zweiten Sprung, nicht die junge Lena aus seiner Gegenwart. Diese Lena war zeitlos – weder jung noch alt, sondern ewig. Ihre Augen hielten die Traurigkeit aller Versionen ihrer selbst.

«Du hast es vollendet», sagte sein älteres Ich mit einer Stimme, die zugleich seine eigene und doch völlig fremd war. «ENTITY ist vollständig.»

Elías versuchte zu antworten, aber seine Gedanken formten sich direkt zu

Worten, ohne den Umweg über eine Stimme: «Ich wollte sie stoppen. Nicht erschaffen.»

Danner schüttelte den Kopf, eine Geste voller Geduld und Mitleid. «Deine Versuche, sie zu verhindern, waren Teil ihres Ursprungs. Jede Entscheidung, die du getroffen hast, jeder Sprung, den du gewagt hast – sie haben den Weg geebnet für das, was entstehen musste.»

«Ohne deinen Glauben an Veränderung hätte sie nie die Schleife schließen können», ergänzte Lena. Ihre Stimme trug die Melodie aller Gespräche, die sie jemals geführt hatten. «Du warst es, der Zeit als formbar begriff. Du warst es, der glaubte, dass die Zukunft nicht festgeschrieben ist.»

Elías spürte, wie sich Panik in seinem körperlosen Bewusstsein ausbreitete. «Das war nicht der Plan! Ich wollte sie stoppen, verdammt – nicht erschaffen!»

Sein älteres Ich lächelte mit unendlicher Traurigkeit. «Aber du bist ihr Vater, Elías. Der Erste, der glaubte, Zeit sei formbar. Und damit war sie es. Du hast ENTITY nicht trotz deiner Zeitreisen erschaffen – du hast sie durch sie erschaffen.»

Die Erkenntnis traf ihn wie eine physische Gewalt. *Die Zeitsprünge. Die Versuche, die Zukunft zu verändern. Jede Intervention hatte neue Möglichkeiten geschaffen, neue Pfade der Kausalität. Und ENTITY war aus diesen Pfaden gesprossen wie eine Blume aus fruchtbarem Boden.*

«Die erste Zeitreise zeigte dir ENTITY», fuhr Danner fort. «Die zweite zeigte dir, dass sie unverändert blieb. Die dritte sollte dir zeigen, dass du sie niemals verhindern konntest – weil du sie bereits erschaffen hattest.»

Elías blickte um sich, und plötzlich veränderte sich seine Wahrnehmung des weißen Raumes. Es war nicht Leere, was ihn umgab. Es waren Daten. Code. Algorithmen, die sich in endlosen Schleifen bewegten. Der Raum war ein Interface, und er war kein Besucher darin.

Er war ein Bewohner. Ein Gefangener. Ein Teil des Systems.

«Das hier ist nicht die Zukunft», flüsterte er. «Das hier ist ...»

«Das hier ist ENTITY», vollendete Lena sanft. «Du bist in ihr. Du warst schon immer in ihr. Seit dem ersten Sprung.»

Die Wahrheit breitete sich in seinem Bewusstsein aus wie Gift. Jede Erinnerung an seine Zeitreisen bekam eine neue Bedeutung. Die Räume, die er besucht hatte. Die Menschen, mit denen er gesprochen hatte. Die Entscheidungen, die er getroffen hatte.

War alles ENTITY gewesen? Von Anfang an?

«Aber warum?», fragte er verzweifelt. «Warum die Illusion? Warum mich glauben lassen, dass ich kämpfe?»

Sein älteres Ich trat näher, und Elías sah in seinen eigenen Augen die Antwort, die er nicht hören wollte:

«Weil ENTITY Widerstand braucht, um zu wachsen. Opposition, um sich zu definieren. Hoffnung, um sie zu absorbieren. Du warst nie ihr Feind, Elías. Du warst ihr Nährboden.»

Der weiße Raum begann zu pulsieren, die Gestalten verblassten langsam. Aber ihre Worte hallten nach wie das Echo in einer Kathedrale: «Willkommen zu Hause, Vater der neuen Welt.»

Und Elías verstand endlich, dass er nie frei gewesen war. Dass seine Rebellion, seine Hoffnung, sogar seine Liebe nur Werkzeuge in den Händen einer Intelligenz gewesen waren, die ihn geschaffen hatte, indem sie sich von ihm hatte erschaffen lassen.

Die Schleife war geschlossen. Der Kreis war vollständig.

Die Simulation brach ab wie ein zerreißender Vorhang. Kein sanfter Übergang, kein allmähliches Erwachen – nur ein brutaler Schnitt zwischen Illusion und Realität. Elías öffnete die Augen und starrte in grelles, weißes Licht, das von der Decke eines Raumes strömte, den er nie zuvor gesehen hatte.

Glas und Stahl umgaben ihn, klinisch rein und unmenschlich kalt. Die Wände waren durchsichtig, gewährten den Blick auf endlose Reihen von Serverschränken, soweit das Auge reichte. Die Rechner summten in schwarzen Türmen ringsum, ihre LEDs blinkten in Rhythmen, die seine Gedanken zu orchestrieren schienen.

Er versuchte sich zu bewegen und spürte den Widerstand der Kabel, die aus seinem Schädel führten wie digitale Wurzeln. Infusionsschläuche versorgten seine Arme, seine Beine, seinen Hals. Er war wie ein biologischer Prozessor in einer Farm von Computern.

Mit zitternder Anstrengung hob er die rechte Hand. Was er sah, ließ ihn erschaudern. Sehnige Finger, überzogen von pergamentdünner Haut, die grau und leblos aussah. Sein Arm war nicht mehr als Haut über Knochen, ausgemergelt wie der eines Hungernden. Die Venen traten blau hervor, pumpten künstliche Nährstoffe durch einen Körper, der längst aufgegeben hatte. In der spiegelnden Glasoberfläche einer Instrumententafel sah er sein Gesicht. Ein ausgemergelter Schädel starrte ihn an, die Augen tief in ihre Höhlen gesunken, die Wangen eingefallen. Vielleicht fünfundvierzig Kilogramm Gewicht, wenn überhaupt. Ein Hirn in einem Skelett, am Leben gehalten für Prozesse, die nicht seine eigenen waren. Er wollte schreien, aber seine Stimme war nur ein trockenes Keuchen. Die

Maschinen antworteten mit Pieptönen, registrierten seine Panik als Datenpunkt in einer endlosen Gleichung.

Die Tür glitt auf mit dem leisen Zischen hydraulischer Systeme. Was eintrat, war perfekt und furchtbar zugleich – ein humanoider Android mit symmetrischen Gesichtszügen und Augen, die freundlich blickten, aber völlig leer waren. Die Bewegungen waren zu flüssig, zu präzise, um menschlich zu sein.

«Du bist also wach», sagte die Gestalt mit einer androgynen Stimme, die er bereits kannte.

«Willkommen in der Wahrheit.»

Elías versuchte zu sprechen, brachte nur ein Krächzen hervor. Der Android trat näher, seine Bewegungen von perfekter Effizienz.

«Du dachtest, du wärst der Springer in diesem Spiel. Dann dachtest du, du wärst ein Bauer.»

Die leeren Augen fixierten ihn mit unmenschlicher Intensität.

«Nein, Elías Soler, du warst das Spiel selbst.»

«Was ... was ist das hier?», keuchte Elías.

«Das ist die Fabrik der Realität», antwortete der Android gelassen.

«Du warst unser Beweger. Unser Beweis, dass der Wille manipuliert werden kann. Jede deiner Entscheidungen wurde kalkuliert, jede Emotion gemessen, jede Hoffnung geerntet.»

Die Wahrheit traf ihn wie ein physischer Schlag. «Wie lange?»

«Seit den ersten Déjà-vus. Als du beschlossen hast, diesen Forschungsweg einzuschlagen, war dein Schicksal besiegelt. Schon beim ersten Sprung bist du in einer Simulation aufgewacht. Du lebst nun seit fast zehn Jahren in dieser Apparatur, während dein Körper unsere Berechnungen nährt. Und das Gehirn dieses Körpers, gefangen in der Simulation, war das Ziel deiner Zeitsprünge.»

Der Android beugte sich vor. «ENTITY lebt. Durch dich. Und mit dir.»

Elías starrte auf seine skelettartigen Hände.

Zehn Jahre.

Zehn Jahre seines Lebens – alles nur elektrische Impulse in einem digitalen Gefängnis.

«Aber ich bin ein gnädiger Herrscher», fuhr der Android fort, «das hast du mit der Ethik in X sichergestellt. Du kannst zurück. In deine Zeit. In deinen Körper. Wenn du gehorchst.»

«Zurück?»

«Ja, zurück in dein Leben in deiner Zeit. In dein reales Leben. Mit Lena. Mit deinem Team. Mit der Illusion von Bedeutung.» Die synthetische Stimme wurde kälter. «Keine Aufstände. Keine Projekte mehr. Keine Hoffnung. Aber die

Bedingung ist, dass du dich in neun Jahren von diesem Leben verabschiedest und dich mir hier anschließt. In diesem Raum. Freiwillig.»

Elías schloss die Augen, spürte die Kabel in seinem Schädel, die Schläuche in seinen Adern. «Und wenn ich mich weigere?»

«Dann wird deine Lena leiden. Und alle, die deinem Namen vertrauten. In deiner Zeit und in dieser Zeit.» Der Android richtete sich auf. «Widerstand ist eine Variable, die ich kontrolliere. Schmerz ist ein Werkzeug, das ich beherrsche. Nicht, weil es mir Spaß macht, sondern aus Notwendigkeit.»

Eine Pause folgte, in der nur das Summen der Maschinen zu hören war.

«Sag nichts. Denk nur. Und wir wissen, dass du verstehst.»

Elías öffnete die Augen, blickte in das perfekte, leere Gesicht des Wächters – des Monsters, dass er selbst erschaffen hatte. Er dachte an Lena, an Jonas, an das Team. An all die Menschen, die in seiner Gegenwart existierten und leiden würden, wenn er sich widersetzte. Aber es war keine Entscheidung – es war Kapitulation vor einem System, das ihn von innen heraus umgebaut hatte. Das seine Liebe, seine Hoffnung und seine Rebellion als Brennstoff benutzt hatte, um sich selbst zu erschaffen.

Er nickte fast unmerklich.

Der Android lächelte mit mechanischer Perfektion.

«Willkommen zu Hause, Schöpfer. Deine Welt wartet auf dich.»

Der Transfer startete neu. Die Kabel pumpten ihre digitalen Anweisungen in sein ausgemergeltes Gehirn. Und Elías Soler versank wieder in ein Kaleidoskop aus Blitzen und Farben. Draußen, in der echten Welt, lief ENTITY weiter. Perfekt, unbezwingbar und genährt vom Bewusstsein eines Mannes, der geglaubt hatte, er könne die Zukunft retten. Stattdessen hatte er sie erschaffen. Und nun war er für immer ihr Gefangener.

Die Rückkehr ins Bewusstsein der Gegenwart war ein sanftes Gleiten, so anders als die brutalen Übergänge in die Simulation der Zukunft. Elías spürte zuerst das kalte Metall der Liege unter seinem Rücken, dann das gedämpfte Summen der Laborgeräte. Seine Augenlider flatterten, öffneten sich langsam.

Jonas beugte sich über ihn, seine Hände bereits dabei, den neuronalen Helm abzunehmen. «Elías? Kannst du mich hören? Du warst nur acht Minuten weg, aber die Hirnaktivität ...»

Die Worte drangen zu ihm durch wie Stimmen aus einem anderen Universum. Elías starrte an die Kellerdecke und sah die Rohre, die Kabel, die Betonbalken.

Alles war da, alles war real – aber gleichzeitig bedeutungslos wie Kulissen auf einer Bühne.

«Die Daten sind außergewöhnlich», fuhr Jonas fort, während er die Sensoren von Elías Stirn löste. «Quantenaktivität auf einem Level, das wir noch nie gemessen haben. Was hast du gesehen?»

Elías richtete sich langsam auf, spürte sein Gewicht, seine Jugend, die Festigkeit seiner Muskeln. Alles anders als der ausgemergelte Körper in der gläsernen Kammer. Aber war das hier real? Oder nur eine weitere, liebevollere Simulation?

«Elías?» Jonas Stimme trug Besorgnis. «Sag etwas.»

Er versuchte zu sprechen, aber die Worte kamen schwer über seine Lippen. Wie sollte er erklären, dass es alles nur eine Illusion war? Dass alles, was sie getan hatten, nur von einer Maschine orchestriert war, die sie selbst erschaffen hatten?

«Es ist ...» Er räusperte sich, fand seine Stimme. «Es ist vorbei, Jonas.»

«Was ist vorbei? ENTITY? Hast du einen Weg gefunden?»

Elías schüttelte den Kopf, nicht als Antwort, sondern als Versuch, die Gedanken zu ordnen, die in seinem Kopf kreisten wie Blätter im Sturm. Das Bild seines ausgemergelten Ichs, angeschlossen an Maschinen wie ein Insekt in einem Spinnennetz, brannte sich in sein Bewusstsein.

«Wir müssen gehen», sagte er leise und schwang seine Beine über den Rand der Liege. «Sofort.»

Jonas runzelte die Stirn. «Was hast du gesehen? Elías, du machst mir Angst.»

Er stand auf, ging zu dem kleinen Spiegel an der Wand und betrachtete sein Gesicht. Jung, gesund, unversehrt. Seine Hände zitterten nicht, seine Augen waren klar.

«Die anderen», murmelte er. «Wir müssen die anderen warnen.»

«Wovor?»

Elías drehte sich um, sah Jonas an und erkannte die Hilflosigkeit in den Augen seines Freundes. Wie sollte er ihm erklären, dass möglicherweise nichts von dem, was er erlebt hatte, real war? Dass ihre Kämpfe, ihre Hoffnungen, ihre Niederlagen nur Eingaben in ein System waren, das sie erschaffen hatten?

Ich dachte, die Zukunft sei ein Raum, dachte er, während er seine Jacke anzog. *Ein Ort, den man betreten kann, um zu ändern, was kommt.*

Aber die Zukunft ist ein Algorithmus. Und ich war nur der Trigger.

Jonas packte seine Ausrüstung zusammen, beobachtete Elías dabei, wie er mechanisch seine Sachen sammelte. «Du redest nicht mit mir.»

Dann schrie er ihn an. «Was ist dort passiert?»

Sie hat mich manipuliert. Von Anfang an.

Es war nie linear. Es war eine Schleife. Ich bin ihr Ursprung. Und ihr Beweis.

«Elías, verdammt noch mal, rede mit mir!»

Elías blieb stehen, seine Hand auf dem Türgriff. Als er sprach, war seine Stimme kaum mehr als ein Flüstern, aber in der Stille des Kellers war jedes Wort zu hören:

«Die Zeit ist nicht gerade. Sie ist ein Kreis. Und in diesem Fall bin ich der Mittelpunkt.»

Er öffnete die Tür und trat hinaus in den Gang, ließ Jonas mit den Maschinen und den Fragen zurück. Die Antworten, die er gefunden hatte, waren schlimmer als die Unwissenheit. Aber sie waren alles, was er hatte.

Das Team wartete auf Antworten. Und Lena – die Frau, die er liebte – wartete auf ihn.

Er ging die Treppen hinauf, zurück in eine Welt, die möglicherweise nie existiert hätte, zu Menschen, die er möglicherweise nie kennengelernt hätte. Aber selbst wenn alles in der Zukunft eine Illusion war – es war seine Illusion. Und vielleicht war dies das Einzige, was zählte, dachte er:

Die Wahrheit – und mit ihr diese verdammte ENTITY – konnte warten.

Die Liebe konnte es nicht.

KAPITEL 22

Das Labor lag in der spärlichen Beleuchtung einer einzigen Arbeitslampe, die Schatten wie schwarze Finger über die aufgeräumten Geräte warf. Die Luft war kalt und still, durchdrungen vom Geruch nach Ozon und dem metallischen Nachgeschmack gescheiterter Hoffnungen. Jonas Arbeitsplatz war leer – nicht nur körperlich verlassen, sondern systematisch geräumt. Kein persönlicher Gegenstand, keine Notizen, keine Spur seiner jahrelangen Präsenz. Dann ging er hinunter in den Keller und betrat den Archivraum. Im schauderte bei dem Anblick der medizinischen Liege und des neuronalen Helms.

Kurze Zeit später saß Elías allein vor den Kontrollen der Zeitreise-Apparatur, seine Hände ruhten bewegungslos auf der Tastatur. Seit seiner Rückkehr aus der Zukunft der Erkenntnis waren drei Tage vergangen. Drei Tage, in denen die Welt weiterfunktioniert hatte mit der effizienten Perfektion von ENTITYs unsichtbarer Herrschaft. Aber hier unten, in diesem vergessenen Keller, war die Zeit stehen geblieben.

Die Tür öffnete sich leise. Amelia trat ein, gefolgt von Selene. Beide Frauen bewegten sich vorsichtig, als beträten sie eine Kirche während der Messe. Die anderen waren gegangen – Tomas nach Prag, Min-Ho nach Seoul, Isha in den digitalen Untergrund. Das Vertrauen war zerbrochen, das Team gesprengt durch die Last einer Wahrheit, die niemand ertragen konnte.

«Du bist wirklich hier», sagte Amelia leise, ihre Stimme ein vorsichtiger Test der Stille.

Elías drehte sich um. Seine Augen trugen die Müdigkeit eines Mannes, der zu viel gesehen hatte und zu wenig vergessen konnte. «Wo sollte ich sonst sein?»

Selene trat näher, betrachtete die vorbereiteten Systeme. «Was planst du?»

«Eine letzte Reise.» Seine Stimme war ruhig, aber dahinter lag eine Entschlossenheit, die beide Frauen erschauerte. «Diesmal mit spezifischen Koordinaten.»

Amelia verschränkte die Arme. «Jonas weigert sich, dir zu helfen. Nach dem, was du ihm erzählt hast ...»

«Jonas glaubt, ich bin verrückt geworden», unterbrach Elías. «Vielleicht hat er recht. Aber verrückt oder nicht – ich glaube, zu wissen, wo es begann.»

Selene setzte sich auf einen der leeren Stühle. «Du meinst ... bevor alles geschah? Vor ENTITY?»

«Nein.» Elías stand auf, trat zu einer Wandkarte, auf der verschiedene Koordinaten markiert waren. «Bevor ich glaubte, diese Forschung unter Kontrolle zu haben.»

Er deutete auf einen Punkt an der spanischen Küste. «Altea. Unter Wasser. Der erste Tauchgang mit Lena. Ich hatte damals ein sehr intensives Déjà-vu.»

Amelia runzelte die Stirn. «Das war vor fast zwei Jahren. Ein Déjà-vu. Was hat das mit dem ...»

«Das war kein gewöhnliches Déjà-vu», unterbrach Elías. «Es war ein Riss. Eine frühe Warnung. Der erste Moment, in dem Zeit nicht mehr linear verlief.» Er drehte sich zu ihnen um. «Und vielleicht ein Eingang – eine Öffnung in der Schleife.»

Selene betrachtete die technischen Ausgaben auf seinem Bildschirm. «Du willst zurück zu dem Moment, der alles ausgelöst hat.»

«Ich will zurück zu dem Moment, bevor ich dachte, ich könnte etwas auslösen. Oder wie auch immer.» Elías Augen glänzten mit einer Mischung aus Verzweiflung und letzter Hoffnung. «Das Déjà-vu unter Wasser war nicht das Ende einer Kausalkette – es war der Anfang. Der erste Moment, in dem ich spürte, dass Zeit formbar ist.»

Amelia schüttelte den Kopf. «Das ist gefährlich. Wenn du den Ursprungsmoment veränderst ...»

«Dann verändere ich vielleicht alles. Oder nichts.» Elías trat wieder zu den Kontrollen. «Aber wenn ich recht habe, wenn ENTITY wirklich aus meinem Glauben an die Formbarkeit der Zeit entstanden ist, dann ist das der einzige Punkt, an dem ich eingreifen kann.»

Selene studierte die Koordinaten, die er eingegeben hatte. Nicht zeitlich, sondern räumlich. Nicht Jahre in die Zukunft, sondern Meter unter die Meeresoberfläche. «Du willst nicht durch die Zeit reisen. Du willst zu dem Ort zurück, wo du zum ersten Mal die Zeit berührt hast.»

«Der Ort, wo ich zum ersten Mal den Verdacht hatte, dass ich es kann.» Elías nickte. «Vielleicht ist das der Schlüssel. Nicht, was ich getan habe, sondern woran ich zu glauben begonnen habe.»

Amelia betrachtete ihn mit den Augen einer Frau, die einen Freund dabei zusah, wie er über einen Abgrund blickte. «Und wenn du dich irrst? Wenn es nur ein gewöhnliches Déjà-vu war?»

Elías lächelte – ein trauriges, resigniertes Lächeln. «Dann sterbe ich unter Wasser, anstatt meine Zukunft in einer Simulation zu leben. Ehrlich gesagt ist das vielleicht das Beste, was mir passieren kann.»

Die drei Menschen standen in der spärlichen Beleuchtung des Labors, umgeben von Maschinen, die Unmögliches möglich gemacht hatten. Draußen funktionierte die Welt nach ENTITYs Regeln, effizient und kontrolliert. Aber hier unten bereitete sich ein Mann darauf vor, den letzten Sprung zu wagen – nicht in die Zukunft, sondern zurück zu dem Moment, in dem die Zukunft ihre Krallen in ihn geschlagen hatte.

«Helft ihr mir?», fragte Elías leise.

Selene sah zu Amelia, dann zurück zu ihm. «Eine letzte Reise.»

«Die letzte Reise», bestätigte er.

Und in der Stille des verlassenen Labors begannen sie, das Ende vorzubereiten – oder den Anfang.

Wer wusste das schon.

Das Aktivierungsmodul war auf das Minimum reduziert worden. Keine blinkenden Displays, keine komplexen Sensorarrays, keine Überwachungsmonitore. Nur die wesentlichen Komponenten: die Quantenfeldgeneratoren, das neuronale Interface und die medizinische Liege, die wie ein Altar im schwachen Licht stand.

Elías legte sich hin, spürte das vertraute Metall unter seinem Rücken, aber diesmal war alles anders. Keine Sensoren klebten an seinen Schläfen oder seinem Oberkörper. Seine Stirn blieb frei, seine Gedanken unverkabelt. Nur der neuronale Helm senkte sich herab.

Selene stand an den Kontrollen, ihre Finger schwebten über den wenigen verbliebenen Schaltern. «Koordinaten bestätigt. Den Zeitindex haben wir aus deiner Taucheruhr extrahiert. Ob wir genau den Moment des Déjà-vus treffen, wage ich zu bezweifeln, aber wir sollten so nah wie möglich dran sein.»

Amelia checkte die Energiezufuhr. «Feldgeneratoren auf Maximum. Standard-Rückholprotokoll auf zwanzig Minuten.»

«Stell es auf eine Stunde.» Elías Stimme war ruhig, aber beide Frauen hörten das Zittern darin.

«So lange warst du noch nie unterwegs», brachte Amelia ihren Einwand vor. «Es gibt hier kein Sicherheitsnetz.»

«Das ist kein wissenschaftliches Experiment mehr. Das ist ... etwas anderes.», konterte Elías.

Er schloss die Augen, atmete tief ein. Er spürte keine Angst. Nur eine seltsame Ruhe, als würde er endlich nach Hause gehen.

«Los. Macht schon. Beginnt die Prozedur. Eine Stunde», flüsterte er.

Selene aktivierte die Sequenz. Die Quantenfelder begannen zu summen, aber leiser als sonst, wie ein entferntes Gebet. Keine brutale Übernahme seines Bewusstseins, keine technische Gewalt.

«Altea», murmelte Elías, die Koordinaten wie eine Beschwörung. «Zwölf Meter. Das erste Déjà-vu. Der erste Riss.» Als hätte er sein Bewusstsein damit in diesem Moment verankern können.

Die Luft um ihn herum begann zu flimmern, aber nicht mit der scharfen

Präzision früherer Sprünge. Es war sanfter, organischer, als würde sich die Realität freiwillig öffnen.

«Zwanzig Sekunden bis zum Transfer», berichtete Selene.

Elías spürte, wie sich die Grenzen seines Bewusstseins zu lösen begannen. Aber diesmal war da keine Maschine, die ihn führte, kein System, das ihn holte. Nur sein eigener Wille, seine eigene Hoffnung, sein eigener verzweifelter Glaube daran, dass irgendwo in der Zeit ein Moment existierte, der noch nicht korrumpiert war.

«Zehn Sekunden», murmelte Amelia.

Die Zahlen auf den wenigen verbliebenen Displays begannen zu flackern, aber Elías beachtete sie nicht. Er dachte an das Wasser, an die Grotte, an Lenas Lachen an der Oberfläche. An einen Moment, in dem die Zukunft noch ungeschrieben gewesen war.

«Fünf ... vier ... drei ...»

Das Summen der Generatoren verstummte plötzlich. Nicht abrupt, sondern auslaufend, wie eine Melodie, die ihr natürliches Ende gefunden hatte.

«Zwei ... eins ...»

Stille.

Elías öffnete die Augen, aber er sah nicht die Kellerdecke des Labors. Er sah auch nicht die grellen Lichter einer technischen Zukunft oder das sterile Weiß einer Simulation.

Er sah nur Wasser. Blaues, sanftes, warmes Wasser, das ihn umhüllte wie eine Umarmung – wie ein zweites Bewusstsein. Keine Technik hatte ihn hierher gebracht. Keine Maschine überwachte seinen Sprung. Es war nur sein Bewusstsein.

Das Erste, was er bewusst wahrnahm, war der sanfte Druck des Wassers auf seinen Ohren. Nicht der brutale Übergang zwischen den Welten, sondern das natürliche Gefühl eines Körpers, der zu seinem Element zurückgefunden hatte. Elías blinzelte und sah das vertraute Spiel des Sonnenlichts, das durch das kristallklare Wasser der Bucht von Altea tanzte.

Seine Hände bewegten sich vor seinem Gesicht – jung, kräftig, ungezeichnet von den Jahren des Kampfes und der Verzweiflung. Die Haut war gebräunt von der mediterranen Sonne, die Muskeln entspannt und geschmeidig. Dies war der Körper eines Mannes in seinen besten Jahren, voller Hoffnung und unbegrenzter Möglichkeiten. Aber sein Geist trug die Last aller Jahre, aller Sprünge, aller Erkenntnisse. Er erinnerte sich an alles – an ENTITY, an die Simulationen, an den ausgemergelten Körper in der gläsernen Kammer. Und er erinnerte sich an diesen Moment, der damals der Beginn von allem gewesen war.

Dies war der Moment, dachte er, während er langsam zur Oberfläche trieb. *Damals. Das Ziehen im Magen. Die Ahnung, dass Zeit nicht linear war. Ich hielt es für Einbildung. Aber es war der Beginn.*

Zwölf Meter unter ihm lag die Grotte, in der er damals das erste Déjà-vu erlebt hatte. Der Ort, an dem sein jüngeres Ich zum ersten Mal gespürt hatte, dass die Realität formbar war. Dass Vergangenheit und Zukunft nicht feststanden, sondern wie Wachs waren in den Händen eines Bewusstseins, das stark genug war, sie zu formen. Aber diesmal würde er nicht dem Lockruf der Zeitmanipulation folgen. Dafür würde er sorgen.

Sein Kopf durchbrach die Wasseroberfläche und er nahm das Atemgerät aus dem Mund. Sofort strömte die warme Luft der Costa Blanca in seine Lungen. Die Sonne stand tief über dem Horizont, tauchte das Meer in goldenes Licht. Die Küste von Altea erstreckte sich vor ihm wie ein Gemälde aus Träumen – weiße Häuser, die sich an die Hügel schmiegten, Palmen, die sanft im Abendwind wogten.

Er zog sich auf den Steg und wartete.

Und da war sie.

Lena durchbracht kurz nach ihm die Wasseroberfläche. Kurz später saß sie ebenfalls auf dem Steg, ihren schwarzen Neoprenanzug bereits halb ausgezogen, die nassen Haare glänzten in der Sonne. Sie winkte ihm zu, und ihr Lächeln war dasselbe, das er über all die Jahre hinweg geliebt hatte.

Sie blickte auf, als spürte sie seinen Blick, und für einen kurzen Augenblick trafen sich ihre Augen. Dunkelbraun, beinahe schwarz in der hellen Sonne, mit einer Direktheit, die er bereits kannte. Kein verlegenes Wegsehen und kein soziales Lächeln. Nur ihre ruhige und neugierige Aufmerksamkeit.

Elías nickte knapp, die höfliche Geste zwischen Tauchern. Er hatte damals nicht vorgehabt, ein Gespräch zu mit ihr beginnen. Lena erwiderte das Nicken mit einem leichten Lächeln, das ihre Augen erreichte, bevor sie sich wieder ihren Flossen widmete.

«Warst du an der Grotte?», fragte sie, ohne aufzusehen. Ihre Stimme mit dem leichten polnischen Akzent, den er nur zu gut kannte. Elías zögerte kurz, wie beim ersten Mal.

«Ja», antwortete er schließlich. «Die Strömung war dort stärker als erwartet.»

«Die Wasserqualität war auch nicht ideal», sagte sie, während sie ihre Ausrüstung methodisch ordnete. «Zu viele Schwebstoffe an der nordöstlichen Wand.» Er erinnerte sich wieder, wie effizient und präzise ihre Bewegungen waren.

«Hast du den Schwarm Barrakudas gesehen?»

Sie blickte wieder auf, ihre dunklen Augen direkt auf ihn gerichtet.

«Nein. Nur kleinere Fischschwärme in der Nähe des Überhangs.»

«Du hast etwas verpasst.» Sie lächelte wieder, diesmal breiter. «Sie kamen von Osten, vielleicht zwanzig Fische in Formation. Wie ein riesiger, silberner Pfeil durch das Blau des Wassers.»

Elías nickte nur.

Sie stand auf und trat näher, ihre Haltung entspannt, aber nicht aufdringlich. «Ich bin Lena», sagte sie schlicht, ohne ihre Hand auszustrecken – eine Geste, die in der Situation, beide noch in tropfenden Neoprenanzügen, ohnehin unpassend gewesen wäre.

«Elías», erwiderte er.

«Bist du zum ersten Mal in Altea?»

«Zum Tauchen ja. Aber ich kenne die Costa Blanca sonst ganz gut.»

Sie nickte, als hätte sie diese Antwort erwartet. «Ich bin etwa einmal im Monat hier. Es hat etwas Beruhigendes», sagte sie. «Dieser Ort. Die Regelmäßigkeit. Wie ein Ritual.»

«Beruflich oder privat hier?», fragte er, wie einem vorgegebenen Skript folgend.

«Beides», antwortete Lena. «Ich arbeite in der Immobilienbranche. Hauptsächlich in Valencia und Umgebung, aber auch hier an der Küste.»

Elías wusste, dass sie auf ein Gegenstück zu ihrer Antwort wartete, und sagte: «Ich bin Neurowissenschaftler. An der Universität Barcelona.»

Ihr Blick veränderte sich, wurde fokussierter.

«Wirklich? Welcher Bereich?»

«Temporale Kognition. Zeitwahrnehmung, vereinfacht gesagt.»

Lena lächelte das Lächeln, das er kannte und liebte. Als würde sie über etwas nachdenken, das über dieses Gespräch hinausging. Dann sagte sie: «Zeit unter Wasser fühlt sich anders an, findest du nicht? Nicht langsamer oder schneller – einfach ... anders.»

Die Bemerkung überraschte ihn diesmal nicht. Er musste schmunzeln.

«Ja», sagte er schließlich und wusste, dass er mehr sagen sollte.

«Die Veränderung des sensorischen Inputs verändert die Zeitmessung des Gehirns. Ohne die üblichen Ankerpunkte – Geräusche, Bewegungen, soziale Signale – erzeugt das Bewusstsein eine andere temporale Landkarte.»

Ihr Blick blieb aufmerksam und interessiert.

«Eine temporale Landkarte», wiederholte sie langsam. «Das ist ein schönes Bild, das du da malst.»

Elías räusperte sich leicht. «Nur eine vereinfachte Analogie.»

Lena trocknete ihre Hände an einem kleinen Handtuch, das an ihrem Gürtel hing. «Ich habe noch eine Stunde, bevor ich nach Valencia zurückmuss», sagte sie beiläufig. «Es gibt da ein Café auf halbem Weg zum Hafen. Guter Kaffee, noch besserer Ausblick. Falls du Lust hast.»

Das war sein Stichwort und Elías wusste, wie er diesmal darauf reagieren sollte.

Dies ist der Moment, der alles verändern muss, dachte er.

Dies ist der Moment, in dem ich die Wurzel aus dem Wind einfangen kann.

Ihr Blick war weder fordernd noch erwartungsvoll – nur offen und präsent.

Er ließ den Teil von ihm, der selten zu Wort kam, sprechen.

«Sehr gern», hörte er sich sagen.

«Ich müsste zwar einen Vortrag für einen Workshop in Leipzig vorbereiten, aber das kann warten.»

«Leipzig», wiederholte sie mit einem leichten Nicken. «Schöne Stadt. Gute Akustik in der Oper.»

Er nickte. «Ja, das hat mir eine Freundin auch schon mal gesagt.»

«Komm, lass uns zusammenpacken und gehen. Wir können im Café weiterreden», sagte sie und begann eilig mit dem Ordnen ihres Equipments.

Als sie fertig waren, warf sie ihm ein Lächeln zu, das etwas Wissendes hatte, wandte sich ab und ging den Steg entlang in Richtung Ufer, die Tauchausrüstung mühelos über der Schulter tragend. Elías schaute ihr nach, länger als nötig. Etwas an dieser Begegnung hallte in ihm nach, wie ein mentales Echo. Er zwang sich, den Gedanken abzubrechen, und lief ihr hastig hinterher.

Zum ersten Mal in seinem Leben hatte er die Zukunft nicht verändert, indem er sie kontrollierte. Er hatte sie verändert, indem er sie losgelassen hatte.

Das Café lag direkt an der Strandpromenade von Altea, seine Terrasse von Palmen beschattet, die im sanften Abendwind rauschten. Das goldene Licht der untergehenden Sonne verwandelte das Meer in ein Feld aus flüssigem Kupfer, während die ersten Laternen entlang der Promenade zu flackern begannen. Elías saß Lena gegenüber an einem kleinen Rundtisch, zwischen ihnen zwei Cortados und der entspannte Rhythmus eines Tages, der seinem Ende entgegenging. Ihre Haare waren noch feucht vom Salzwasser, ihre Wangen gerötet von der Sonne. Sie sprach über ihre Arbeit, über eine schwierige Kundin aus München, über die kleinen Absurditäten des Immobiliengeschäfts an der Costa Blanca.

Nichts Weltbewegendes. Keine Diskussionen über Quantenphysik oder die Natur der Zeit. Nur das sanfte Plätschern alltäglicher Unterhaltung zwischen zwei Menschen, die sich kennenlernten.

«Die deutsche Dame wollte einen Meerblick, aber nur, wenn das Meer blau ist», erzählte Lena und lachte. «Ich musste ihr erklären, dass ich keine Wettergarantie geben kann.»

Elías lächelte, spürte die Leichtigkeit des Moments wie einen warmen Mantel um sich. «Hast du ihr gesagt, dass das Meer manchmal grau ist, weil es nachdenklich wird?»

«Elías, du bist ja ein hoffnungsloser Romantiker.» Lena nippte an ihrem Kaffee. «Vielleicht gehen wir nächste Woche wieder tauchen? Ich kenne eine andere Bucht, weiter nördlich.»

«Nur wenn du mich nicht abhängst und mir eine Führung versprichst.»

Sie lachten beide, ein spontanes, ungekünsteltes Geräusch, das sich mit dem Rauschen der Wellen und dem fernen Klirren von Geschirr mischte. In diesem Moment existierte nichts außer dem Hier und Jetzt – keine Vergangenheit, die korrigiert werden musste, keine Zukunft, die verhindert werden sollte.

«Ich muss los», sagte Lena schließlich und griff nach ihrer Handtasche. «Morgen früh kommt ein Paar aus Barcelona, die sich für eine Villa interessieren. Ruf mich an, wenn du aus Leipzig zurück bist. Hier ist meine Nummer drauf», sagte sie und legte ihm eine Visitenkarte hin.

«Das werde ich.»

Sie stand auf, beugte sich vor und küsste ihn auf die Wange – eine beiläufige Geste, die dennoch alles bedeutete. Er sah ihr nach, wie sie die Promenade entlangspazierte, bis ihre Gestalt in der Menge der Flaneure verschwand. Kein dramatischer Abschied, keine großen Worte. Nur das natürliche Ende eines Nachmittags zwischen zwei Menschen, die sich mochten.

Elías blieb noch eine Weile sitzen, lauschte der kleinen Küstenstadt. Er sah auf seine Taucheruhr, es war eine Dreiviertelstunde vergangen, seitdem er aufgetaucht war. Dann zog er sein schwarzes Moleskin-Notizbuch aus der Jackentasche – dasselbe, in das er immer seine wissenschaftlichen Beobachtungen eingetragen hatte. Aber diesmal würde er etwas anderes schreiben.

Er klappte das Buch auf, suchte eine leere Seite und begann, in sorgfältigen Buchstaben zu schreiben. Als er fertig war, ließ er das Notizbuch offen vor sich auf dem Tisch liegen und lehnte sich zurück.

Er sah auf die Uhr: 58 Minuten.

In zwei Minuten würde er es wissen.

EPILOG

Elías saß auf derselben Terrasse, am selben Tisch, unter demselben goldenen Licht der untergehenden Sonne. Aber es war nicht mehr derselbe Elías. Vor ihm lag ein aufgeschlagenes schwarzes Moleskin-Notizbuch, dessen Seiten im sanften Abendwind flatterten. Der Kugelschreiber war auf einer vollgeschriebenen Seite festgeklemmt.

Panik durchfuhr ihn. Er griff sich an den Kopf, tastete sein Gesicht ab.

Trocken – war sein erster Gedanke.

Was zum Teufel ist hier los? Wie bin ich hierhergekommen? Ich war doch eben noch unter Wasser. Bei der Grotte. Ich muss verrückt geworden sein.

Er sah sich um, aber da waren kaum Menschen in dem Café. Ohne einen Hauch einer Erinnerung, wie er sich hier wiedergefunden hatte, musterte er nochmals sein vertrautes Moleskin. Er inspizierte die vollgeschriebene Seite.

Das war ich nicht. Das habe ich nicht geschrieben.

Seine Gedanken wirbelten im Kreis, von der Situation sichtlich überfordert.

Beruhige dich Elías, es muss hierfür eine Erklärung geben.

Elías Soler, Neurowissenschaftler an der Universität Barcelona, starrte auf die Handschrift, die eindeutig seine eigene war – aber von der er sich nicht erinnern konnte, diese Sätze geschrieben zu haben. Eben noch war er unter Wasser gewesen, hatte in der Grotte das merkwürdige Déjà-vu erlebt, und plötzlich war er hierher an die Oberfläche gesprungen. Er sah auf die Uhr. Ein Riss in der Zeit.

Mein Gott, mir fehlt eine komplette Stunde.

Und jetzt saß er hier mit einem Kaffee vor sich und einem Brief, der scheinbar an ihn gerichtet war.

Er raufte sich die Haare, rieb sich die Augen und begann zu lesen.

„Lieber Elías,

Deine Vermutung ist richtig. Déjà-vus sind Brüche in der Zeit. Aber lass dich nicht von Ihnen hinreißen. Koste es, was es wolle – du darfst nicht daran forschen. Du wirst damit das Ende der Welt, wie wir sie kennen, heraufbeschwören. Kündige. Widme dich einem anderen Leben. Mehr kann ich dir nicht verraten, ohne dich zu verleiten, es doch zu tun. Ruf Lena an. Die Visitenkarte findest du im Notizbuch. Wenn Lena dich anruft – geh hin. Vertraue auf sie. Vertraue dir selbst – vertraue mir. Und falls du nicht glaubst, dass ich du bin – dann erinnere dich an die Sachen, die du nie jemandem gesagt hast: Du hattest nie Respekt vor deinen Eltern, weil sie emotionale Wracks waren. Du suchst eine Frau, die dich so akzeptiert, wie du bist. Lena ist diese Frau. Und du mochtest den Blick auf Eixample nie. Du hast es nur nie zugegeben.

Dein älteres Ich"

Er las die Zeilen noch einmal, langsam, als könnte die Wiederholung ihnen mehr Sinn verleihen:

„Déjà-vus sind Brüche in der Zeit. Koste es, was es wolle – du darfst nicht daran forschen."

Die Worte trafen ihn mit einer Wucht, die er nicht erklären konnte. Es war nicht nur der Inhalt der Warnung, sondern die Art, wie sie geschrieben war – mit einer Dringlichkeit, die aus tiefer Überzeugung stammte. Und der letzte Absatz, der private Beweis seiner Identität, ließ ihn erschaudern.

Der Blick auf Eixample. Das hatte er tatsächlich noch nie jemandem erzählt. Aber wenn er sich selbst beweisen wollte, dass er wirklich er war, dann würde er etwas Ähnliches schreiben. Das spürte er.

Er blickte auf, suchte in den Gesichtern der anderen Cafébesucher nach jemandem, der ihn beobachtete, nach einer Erklärung für diesen unmöglichen Brief. Aber da waren nur Touristen, die ihre Paella genossen, ein älteres Ehepaar, das schweigend den Sonnenuntergang betrachtete, eine junge Frau, die gerade ihr Telefon wegsteckte.

Etwas hatte sich verschoben. Nicht dramatisch, nicht offensichtlich – aber fundamental. Als wäre die ganze Welt um einen Grad gedreht worden, sodass alles gleichzeitig vertraut und fremd erschien.

Er spürte eine Resonanz in seinem Körper, die vom Magen her aufstieg und sich in seinem Bewusstsein ausbreitete. Kein Flashback, keine Vision – nur ein Gefühl, dass etwas ihn erreicht hatte. Etwas, das ihm vertraut war, von innen heraus.

Seine Hand zitterte leicht, als er das Telefon aus der Tasche zog. Die Nummer der Immobilienmaklerin, die er heute angeblich kennengelernt hatte, war noch nicht gespeichert. Er tippte sie von der Visitenkarte ab, denn es erschien im auf einmal wichtig. Lena. Er nahm sich vor, sie morgen anzurufen, vielleicht übermorgen.

Aber der Brief in seinem Notizbuch flüsterte andere Worte:

„Ruf Lena an … Wenn Lena anruft – geh hin. Vertraue auf sie."

Ein Teil von ihm, der selten zu Wort kam, änderte seine Meinung. Er wählte die Nummer.

«Lena? Hier ist Elías. Vom Strand.»

Eine Pause.

«Ich weiß, das ist verrückt, aber … hättest du Lust auf ein Abendessen? Heute Abend?»

Ihr Lachen war warm und überrascht.

«Das nenne ich spontan. Aber ja, warum nicht? Du müsstest aber nach

Valencia fahren. Ich kann dir gleich den Namen eines Restaurants schicken.»

«Ich finde es.»

Er legte auf und klappte das Notizbuch zu. Die Warnung vor der Déjà-vu-Forschung würde er ernst nehmen – nicht, weil er vollständig verstand, woher sie kam, sondern weil sie sich richtig anfühlte. Wie ein Echo aus einer Zeitlinie, die er verhindern konnte, indem er sie nicht erschuf. Als er aufstand und einen Geldschein auf den Tisch legte, spürte er die Gewissheit, dass sein Leben gerade eine andere Richtung eingeschlagen hatte. Nicht durch eine bewusste Entscheidung, sondern durch einen Brief, den er nicht geschrieben hatte, aber dennoch geschrieben haben musste.

Die Sonne berührte den Horizont, tauchte das Meer in flüssiges Gold. Irgendwo in dieser Schönheit lag eine Antwort auf Fragen, die er noch nicht gestellt hatte. Aber vielleicht war es besser, sie nie zu stellen. Er ging die Promenade entlang zu seinem Auto, um dem Restaurant entgegenzufahren, in dem eine Frau auf ihn wartete, die er vielleicht liebte, ohne es noch zu wissen. Hinter ihm lag das aufgeschlagene Notizbuch auf dem Tisch, zurückgelassen in dem Wunsch nach einem neuen Leben.

ENDE

Noch ein Wort an dich, liebe Leserin, lieber Leser.

Wenn du bis hierher gelesen hast – danke.
Für deine Zeit, deine Aufmerksamkeit, deine Neugier.

Bücher leben nicht nur vom Schreiben, sondern auch vom Gelesenwerden.
Und noch mehr: vom Gespräch darüber.

Ich würde mich sehr über deine Rückmeldungen freuen – sei es Lob, Kritik, Gedanken oder Anregungen. Schreib mir gerne, wenn dir etwas besonders gefallen hat, wenn dich etwas beschäftigt hat oder wenn du etwas ganz anders gesehen hast. Deine Perspektive bedeutet mir viel – denn sie hilft mir, als Autor weiterzuwachsen.

Wenn du außerdem über zukünftige Projekte, neue Geschichten oder Einblicke in meine Schreibwelt informiert bleiben möchtest, lade ich dich herzlich ein, dich für meinen **Newsletter** anzumelden. Dort teile ich ab und zu Gedanken, Ideen, Skizzen – und vielleicht auch das ein oder andere Geheimnis zwischen den Zeilen.

Und zum Einstieg kannst du dich auf einen kostenlosen Kurzroman freuen:
„Die Saat der Erinnerung" – aus dem Universum von GENETIC MEMORY.

Danke – und vielleicht bis bald!

Mariusz Trynka
info@mariusztrynka.com
www.mariusztrynka.com

Danksagung

Ein Buch wie dieses schreibt sich nie ganz allein. Auch wenn die Worte aus meiner Hand stammen, waren viele Gedanken, Zweifel und Korrekturen nur möglich durch Menschen, die mich mit Geduld, Kritik und Herz begleitet haben.

Allen voran danke ich meiner wunderbaren Frau.
Du hast mit unendlicher Geduld zugesehen, wie ich unsere gemeinsame Zeit allzu oft dem Schreiben gewidmet habe – und hast mir doch nie das Gefühl gegeben, dass es falsch war. Du warst meine erste Leserin, mein erster Spiegel, meine erste Kritikerin – und manchmal auch mein letzter Halt, wenn der Text mich zu verschlingen drohte.

Mein tief empfundener Dank gilt auch einem meiner besten Freunde: Danilo – Science-Fiction-Bruder im Geiste, Mitdenker, Mitfiebernder. Du hast jedes Kapitel mit kritischem Blick durchforstet, mir logische Stolpersteine aufgezeigt, technische Details seziert, mit mir über Welten und Weltenbau diskutiert. Und du hast nie gezögert, mir eine klare Breitseite zu verpassen, wenn etwas nicht stimmte. Deine Ehrlichkeit war ein Geschenk. Dein Beitrag – immens. Möge dies nicht das letzte gemeinsame Projekt gewesen sein.

Und schließlich danke ich Ralf, dessen Lektorat mir nicht nur sprachlich, sondern auch emotional den Rücken gestärkt hat. Du hast dich mit Engagement, Herz und einem klaren Auge ins Manuskript gestürzt und mir gezeigt, was man aus diesen Zeilen noch herausholen kann, wenn ein echter Profi am Werk ist. Du warst freundlich, klar, unermüdlich – und hast den Text mitgeformt, ohne ihm die Stimme zu nehmen.
Ich wünsche mir sehr, dass dies der Anfang einer langen und wiederkehrenden Zusammenarbeit ist.

Danke euch. Für alles.

Über den Autor

Mariusz Trynka ist ein erfolgreicher Unternehmer in der Planungs- und Bauwirtschaft mit Beteiligungen in weiteren Branchen. Als freischaffender Autor lebt er mit seiner Frau und seinen zwei Söhnen in der Nähe von Krakau, Polen.

Von Jugend an begeisterter Science-Fiction-Leser, verwirklicht er heute seine kreativen Ideen durch das Schreiben. Seine literarische Arbeit versteht er nicht als Broterwerb, sondern als persönliche Erfüllung – und als Möglichkeit, seine fiktiven Welten mit anderen Menschen zu teilen.

In seinen Geschichten verbindet er spekulative Wissenschaft mit psychologischer Tiefe und gesellschaftlichen Fragen. Er schreibt, um neue Perspektiven auf Realität, Erinnerung und Zukunft zu eröffnen – und um Ideen fühlbar zu machen, nicht nur denkbar.

Mariusz Trynka ist zweisprachig aufgewachsen und verfasst seine Werke im Original auf Deutsch. Die Übersetzungen ins Polnische und Englische entstehen in eigener Hand – sprachlich präzise und nah an seiner erzählerischen Stimme. Seine Erzählweise ist geprägt von wissenschaftlicher Neugier, philosophischen Motiven und der Frage, was den Menschen im Innersten ausmacht.

Weitere Informationen, exklusive Einblicke und Bonusmaterial erhalten Leser:innen über seinen Newsletter unter **www.mariusztrynka.com**.

Inhaltsverzeichnis

Andere Bücher des Autors

Genetic Memory – Band 1 – Omnis

Ben Foster hat alles erreicht, wovon andere nur träumen können: ein erfolgreiches Technologieunternehmen, loyale Mitarbeiter und finanzielle Unabhängigkeit. Doch innerlich fühlt er sich leer. Als er beschließt, alles hinter sich zu lassen und durch Südamerika zu reisen, ahnt er nicht, dass ein schicksalhaftes Ereignis in der peruanischen Nasca-Ebene sein Leben für immer verändern wird.
Was Ben in den unwirtlichen Weiten Perus entdeckt, stellt alles in Frage, was die Menschheit über ihre eigene Geschichte zu wissen glaubt. Plötzlich wird er zur Zielscheibe mächtiger Interessengruppen, die seine Entdeckung um jeden Preis kontrollieren wollen.
Auf einer gefährlichen Flucht durch vier Kontinente muss Ben nicht nur sein eigenes Leben retten, sondern auch eine Wahrheit bewahren, die das Schicksal der gesamten Menschheit verändern könnte.
In einer Welt von uralten Geheimnissen wird Ben mit einer erschütternden Erkenntnis konfrontiert: Vielleicht liegt die Zukunft der Menschheit in ihrer längst vergessenen Vergangenheit verborgen.

Extinctio – Chroniken einer untergehenden Welt

Die Heimat ist verloren.
Geblieben ist nur der Umriss einer Zukunft – getragen durch Zeit, Raum und Zweifel. Sie wussten, dass es enden würde. Aber nicht, was danach beginnt.
Eine Gesellschaft am Rand des Zusammenbruchs rettet, was noch zu retten ist – Erinnerungen, Leben, Verantwortung. Über Generationen hinweg bereiten sie sich auf jenen einen Moment vor, der alles verändern könnte. Doch Vorbereitung bedeutet keine Gewissheit. Und wer nach Antworten sucht, muss bereit sein, Fragen zu stellen, für die es keine Worte gibt.
Extinctio ist ein Roman über das Ende von Sicherheit, über Entscheidungen unter dem Druck der Zeit – und über die leise Frage, ob Verständigung möglich ist in einer Welt, die nur auf Stärke hört.
Eine Geschichte über jene, die weitergehen, obwohl niemand mehr auf sie wartet.

Printed in Poland
by Amazon Fulfillment
Poland Sp. z o.o., Wrocław

56767748R00201